La disparue des montagnes

*

Un bébé dans la tourmente

JUNO RUSHDAN

La disparue des montagnes

Traduction française de
CHRISTINE BOYER

BLACK ROSE

HARLEQUIN

Collection : BLACK ROSE

Titre original :
WYOMING MOUNTAIN MURDER

HARPERCOLLINS FRANCE
83-85, boulevard Vincent-Auriol, 75646 PARIS CEDEX 13
Service Clients — www.harlequin.fr
ISBN 978-2-2805-0293-1 — ISSN 1950-2753

Édité par HarperCollins France.
Composition et mise en pages Nord Compo.
Imprimé en juillet 2024 par CPI Black Print (Barcelone)
en utilisant 100% d'électricité renouvelable.
Dépôt légal : août 2024.

FSC
www.fsc.org
MIXTE
Papier issu de sources responsables
FSC® C159065

Pour limiter l'empreinte environnementale de ses livres, HarperCollins France s'engage à n'utiliser que du papier fabriqué à partir de bois provenant de forêts gérées durablement et de manière responsable.

1

— Il va me tuer !

Charlie Sharp reconnut tout de suite la voix paniquée au bout du téléphone. Haley était l'une de ses clientes VIP. Non seulement elle suivait ses cours mais elle faisait également appel à certains de ses services clandestins.

— Calme-toi.

Son *smartphone* coincé entre l'épaule et l'oreille, elle verrouilla les portes de l'Underground Self-Defense School pour la nuit. Deux ans plus tôt, elle avait monté seule ce centre de formation aux techniques d'autodéfense.

— A-t-il découvert que tu avais l'intention de le quitter ? poursuivit-elle en ramassant son sac de sport. Raconte-moi ce qui s'est passé.

Haley poussa un gémissement. Elle semblait souffrir horriblement, et Charlie sentit un gros poids tomber sur sa poitrine. Elle n'avait aucun mal à imaginer les sévices endurés par la pauvre Haley. Seth, son mari, était un monstre.

En général, elle s'efforçait de ne pas nouer de liens trop étroits avec ses clientes. S'attacher à elles était risqué, elle le savait bien. Mais le triste sort des victimes de violence conjugale la touchait particulièrement et pour les aider à s'en sortir, elle s'impliquait chaque fois corps et âme.

— Haley, parle-moi.

— Je n'ai pas de temps. Il m'a fait très mal, ajouta-t-elle avant d'exploser en sanglots. J'ai peur. Viens, je t'en supplie.

Sa terreur était palpable.

— Mon Dieu, il revient, ajouta-t-elle.

La communication fut coupée.

Charlie regarda l'écran de son *smartphone*. Elle hésitait sur la conduite à tenir. Devait-elle la rappeler ? Mais si son mari entendait la sonnerie de l'appareil, sa fureur risquait de s'amplifier.

Lui envoyer un texto aurait le même résultat.

Vas-y. Elle est en danger.

Sur un coup de tête, elle traversa le parking en courant, s'installa au volant de sa Porsche puissante, jeta son sac sur le siège passager et démarra sur les chapeaux de roues. Au stop, elle tourna à droite sur Third Road qui traversait la ville.

Dès qu'elle fut sur la Highway 230, la Snowy Range Road, elle écrasa l'accélérateur pour pousser le moteur au maximum.

Le bon sens lui conseillait de prévenir la police comme n'importe qui le ferait face à une situation dramatique. La vie d'une femme était menacée.

Mais Charlie en était incapable pour la même raison qui avait poussé son amie à l'appeler, elle, et non les flics.

Seth Olsen, le mari de Haley, était inspecteur de police à Laramie, dans le Wyoming. Par solidarité professionnelle, ses collègues policiers l'avaient toujours protégé. Ils préféraient regarder ailleurs pour ne pas causer d'ennuis à l'un des leurs. Sous emprise, Haley n'avait jamais osé porter plainte contre lui. Il la battait comme plâtre mais vu qu'aucun policier ne prendrait sa défense, elle avait renoncé à demander l'aide des autorités. Et Seth continuait à la maltraiter en toute impunité.

Avec une profonde inspiration, Charlie refoula ses propres souvenirs d'enfance qui remontaient à la surface. Les cris de sa mère. Son visage tuméfié, les hématomes qui couvraient son corps. Sa culpabilité, les excuses qu'elle trouvait toujours à son mari pour justifier sa violence.

Charlie avait passé les six premières années de sa vie dans un état de peur permanente. Elle ne savait jamais ce qui allait déclencher la colère de son père et les coups qui suivraient. Tous les prétextes étaient bons. Le programme à la télévision qui ne l'intéressait pas. Le dîner qui n'était pas prêt à l'heure. Du bœuf au menu alors qu'il avait envie de poulet. Une réflexion qui lui avait déplu. Ou simplement la météo qui ne lui convenait pas. Il faisait trop chaud. Trop lourd. Il y avait trop de neige.

Et parfois, il explosait de fureur sans aucune raison. Son père était un homme cruel. Il déversait sa violence sur sa femme par sadisme, pour le plaisir de la voir pleurer.

Ce cauchemar avait duré jusqu'à l'été de ses sept ans.

Cet été-là, il s'était produit un événement qui avait changé la vie de Charlie pour toujours.

Elle leva le pied, négocia un virage et s'engagea sur le chemin de terre qui menait aux ranchs Olsen. À la mort de leurs parents, les deux frères s'étaient partagé la propriété familiale. Seth avait hérité du ranch B, qui bénéficiait d'un lac assez grand pour y pêcher. Abel, qui était trisomique, avait reçu le ranch A et la ferme porcine.

La route bifurquait, et elle prit la voie qui conduisait chez Seth. Elle ralentit encore pour ne pas risquer de déraper sur une ornière. Comme elle approchait, la peur qui la rongeait depuis l'appel désespéré de Haley grimpa d'un cran.

Le petit chalet de Seth et de Haley apparut sous le clair de lune. Il était plongé dans l'obscurité et rien ne bougeait à l'intérieur. La voiture de Haley, une berline blanche, était garée devant.

Charlie s'arrêta assez loin de la maison, enfonça son *smartphone* dans la poche arrière de son pantalon et bondit hors de la voiture. Elle ouvrit le coffre et fouilla en vitesse sa boîte à outils pour en tirer une lampe torche. Celle-ci était en métal, longue et lourde. Au pire, elle pourrait s'en servir comme d'une arme.

Elle scruta les alentours. Il n'y avait pas d'autres habitations à proximité. Le chalet était entouré d'arbres qui dissimulaient le lac. Elle n'entendait que le croassement des grenouilles et le chant des grillons. Des odeurs d'herbe coupée et d'eau stagnante parfumaient l'air de la nuit.

Une légère brise agitait les branches du bouleau qui surplombait la maisonnette. Alors qu'elle s'approchait du porche, elle n'entendait aucun bruit à l'intérieur. Aucun cri. Aucun pleur.

Rien qu'un silence inquiétant.

Gagnée par la chair de poule, elle se frotta les bras tout en traversant la cour envahie par la végétation.

Haley se cachait-elle quelque part ? Seth était-il toujours là ? Son *pick-up* n'était nulle part en vue.

Mais pourquoi le chalet était-il plongé dans le noir ?

Quelque chose n'allait pas. Vraiment pas.

En proie à une sourde appréhension, elle gravit les marches vermoulues et se dirigea vers l'entrée. Le plancher du perron craquait sous ses pas.

Il n'y avait ni cloche ni sonnette. Mais quand elle donna un petit coup à la porte, celle-ci s'ouvrit facilement comme si elle n'avait pas été bien fermée.

— Hello ? cria-t-elle. Il y a quelqu'un ?

Pas de réponse.

Haley gisait peut-être, inconsciente, à l'intérieur, dans une mare de sang. Seth était un sale type, capable de rouer de coups sa femme et de la laisser mourir seule dans le noir par pure cruauté.

Charlie méprisait tellement les hommes dans son genre que si elle le voyait se noyer sous ses yeux, elle ne lui tendrait pas la main. Elle le laisserait couler comme une pierre.

Mais sa colère ne parvenait pas à calmer son inquiétude croissante.

— Il y a quelqu'un ? répéta-t-elle. Haley ?

Elle tendit l'oreille, s'efforçant de capter le moindre gémissement.

Toujours rien.

Elle décida d'entrer. Tant pis si, en principe, elle n'avait pas le droit de s'introduire chez quelqu'un sans y avoir été invitée. Il s'agissait de sauver une vie.

Elle franchit le seuil, laissa la porte claquer derrière elle. Le ventre noué, elle pénétra avec précaution dans le salon. Elle pressa le bouton de sa lampe torche mais celle-ci refusa de s'allumer. Elle la secoua dans l'espoir de régler le problème. En vain. Les piles étaient mortes. Elle aurait dû songer à les changer. Heureusement, elle en gardait toujours une réserve dans son coffre.

Elle hésita à aller les chercher en vitesse. Mais mieux valait retrouver Haley d'abord. Dans une situation de vie ou de mort, chaque seconde comptait. Il lui avait déjà fallu vingt minutes pour arriver au chalet.

Dieu seul savait ce que Seth avait infligé à Haley pendant ce laps de temps. Sans doute l'avait-il rouée de coups. Dans quel état était la malheureuse, à présent ? Souffrait-elle d'une hémorragie interne ? D'une commotion cérébrale ?

Les rideaux tirés filtraient le clair de lune et lui interdisaient de voir grand-chose à l'intérieur. Pourtant, elle préférait éviter de toucher les interrupteurs ou quoi que ce soit d'autre, si la maisonnette se révélait, comme elle le craignait, être une scène de crime.

Dans le salon, un canapé en cuir fatigué faisait face à une cheminée et à un écran plat. Des revues couvraient la table basse. Il y avait de tout, de la presse people aux magazines de ragots en passant par un hebdomadaire de recettes de cuisine et le *National Geographic*. Un cendrier débordant de mégots était posé sur ce dernier.

Elle entra dans la chambre principale. Un grand lit recouvert d'une couette bleue et blanche dominait l'espace. Il était flanqué de deux petites tables de chevet. Sur l'une d'elles se trouvait un verre d'eau.

Elle jeta ensuite un œil à la minuscule salle de bains attenante. Là non plus, il n'y avait personne. Mais quelque chose sur le lavabo attira son attention. Dans la semi-pénombre, des taches sombres brillaient sur la porcelaine. Elle se pencha pour les examiner de plus près.

Du sang.

Pas beaucoup. Quelques gouttes seulement. Résultat peut-être d'un saignement de nez. Mais sa découverte l'encouragea à inspecter le reste de la maison.

L'absence d'air climatisé rendait l'atmosphère humide épaisse comme de la soupe.

La deuxième chambre, plus petite que la première, était également déserte.

Charlie remonta le couloir jusqu'à la cuisine. Très exiguë, celle-ci ne contenait que l'essentiel, une gazinière, quelques placards et un réfrigérateur-congélateur. Par la porte arrière grande ouverte, le clair de lune éclairait une grande flaque sombre sur le carrelage.

De la boue ?

Comme elle jetait un regard circulaire dans la pièce, elle s'aperçut que les placards et les murs en étaient maculés.

Une sourde angoisse s'empara d'elle. Elle se rapprocha de la mare poisseuse sur le sol, en veillant à ne pas marcher dessus, et activa la lampe de son *smartphone* pour mieux voir. Elle s'accroupit pour l'étudier de plus près, y plongea le doigt, le huma, le goûta. Il ne s'agissait pas de boue, mais de sang, elle en était certaine. Noir. Collant. Et surtout, il y en avait beaucoup. Partout.

Prise de vertige, elle s'efforça de recouvrer ses esprits. Mais alors qu'elle mesurait la pleine portée de sa découverte, elle fut submergée par une vague d'horreur mêlée d'incrédulité et d'indignation.

La gorge serrée, elle avait du mal à déglutir, à maîtriser ses émotions.

— Non, murmura-t-elle pour elle-même. Ce n'est pas possible.

Elle ne parvenait pas à y croire. Mais quand son regard balaya la cuisine et le porche arrière jusqu'à l'herbe, elle dut se rendre à l'évidence.

Elle avait sous les yeux les traces laissées par un corps

ensanglanté traîné par terre. Seule incertitude, Charlie ignorait si elles menaient au lac, où le cadavre aurait pu être jeté dans l'eau, ou au garage, où il aurait pu être chargé dans le coffre d'un véhicule pour être emporté ailleurs.

Au bord du malaise, elle se leva et sortit en titubant du chalet pour se diriger vers le lac. Peut-être verrait-elle quelque chose dans l'eau. Pour ne pas risquer de polluer la scène de crime et de détruire des preuves, elle veilla à rester à l'écart des traînées sanglantes.

Le ventre noué, elle sentait des gouttes de sueur perler à son front.

Tout en marchant, elle composa le numéro de Haley. Elle espérait contre tout bon sens que celle-ci avait réussi à se défendre, que ce n'était pas son cadavre qui avait été tiré hors de la maison. Que pour une fois, son amie avait pris le dessus et tué son agresseur avant qu'il ne la tue. Et pris la fuite.

Charlie savait comment gérer ce genre de situation, comment aider Haley à s'en sortir.

L'appel tomba directement sur la messagerie vocale.

La lueur d'espoir s'éteignit, lui laissant un goût amer dans la bouche. Et une profonde culpabilité.

Qu'allait-elle faire ?

À ce stade, prévenir la police semblait indispensable. Mais elle ne voulait pas, ne pouvait pas, s'y résoudre.

Les policiers feraient tout pour protéger l'un des leurs, elle le savait. D'une manière ou d'une autre, ils s'arrangeraient pour que les soupçons s'orientent vers Charlie au lieu de Seth. D'ailleurs, elle se trouvait sur les lieux du crime. Et venait de les contaminer. Ils lui feraient porter le chapeau.

De plus, les services clandestins qu'offrait Charlie sous le manteau à certaines de ses clientes seraient inévitablement découverts et lui créeraient beaucoup d'ennuis.

Non. Contacter la police n'était pas une option.

Alors, elle appela la seule personne au monde en qui elle avait confiance. Rocco Sharp, son cousin. Ils étaient très proches et elle l'aimait comme un frère.

Il décrocha aussitôt.

— Salut, Charlie.

— J'ai besoin d'aide. J'ai un problème.

— Explique-moi vite. Je travaille et ne peux pas m'éterniser au téléphone.

Rocco était agent au *Bureau of Alcohol, Tobacco, Firearms and Explosives*, qui veillait à l'application des lois fédérales sur les armes à feu. Il avait été dernièrement affecté à une unité opérationnelle réunissant le FBI et la police de Laramie. Il n'allait pas lui préciser à quoi il était occupé parce qu'il lui était interdit d'en parler.

— Haley Olsen m'a appelée, dit-elle. Son mari venait une fois de plus de la tabasser. Je me suis rendue chez eux mais il n'y a personne. Je suis persuadée que Seth lui a fait quelque chose, qu'il l'a tuée.

— Tu dramatises un peu, non ? répondit Rocco. Écoute, je comprends que Haley et ses problèmes conjugaux réveillent en toi des souvenirs douloureux. Mais ne t'affole pas trop vite.

Voir une femme violentée provoquait toujours la fureur de Charlie mais elle refusait d'accepter l'idée qu'elle réagissait de façon excessive parce que Haley lui rappelait sa mère. Cette dernière avait été une femme battue par son mari, un policier protégé par ses collègues. Pour avoir déjà vécu ce cauchemar, Charlie savait comment cette histoire allait se terminer.

Mal.

Peut-être était-il déjà trop tard.

— Je ne dramatise pas, répliqua-t-elle. J'ai vu du sang dans le chalet. Beaucoup de sang. Comme si quelqu'un y avait déplacé un cadavre. La maison est plongée dans le noir, et il n'y a personne à l'intérieur mais la voiture de Haley est toujours là. En revanche, je tombe directement sur sa messagerie vocale quand j'appelle.

Rocco poussa un juron.

— Tu es entrée chez eux par effraction ?

— La porte était ouverte.

— Merde. Ce n'est pas bon signe.

— Je sais, répondit-elle en fermant les yeux.

— Tu as toujours eu le chic pour attirer les ennuis, Charlie.

Elle ne prit pas la peine de le nier parce qu'il avait raison.

— Appelle le 911, la police, lui conseilla-t-il.

— Certainement pas ! s'insurgea-t-elle aussitôt. Si tu étais ici, je l'envisagerais peut-être. Mais là...

— Je ne peux pas venir. Je suis coincé sur une opération à l'extérieur de Laramie. Mais je vais t'envoyer quelqu'un, ajouta-t-il avec un soupir.

Charlie n'en avait aucune envie.

Elle ne faisait confiance qu'à lui et à personne d'autre. D'ailleurs, personne ne la croirait sur parole. On ne lui accorderait même pas le bénéfice du doute. Rocco était l'exception qui confirmait la règle.

Mais il était loin.

— Qui ?

— Quelqu'un qui t'aidera, qui sera avec toi.

— Qui ? répéta-t-elle avec un gémissement de frustration. Donne-moi son nom. J'ai besoin de savoir.

— Bradshaw, lâcha-t-il enfin.

— Quoi ? C'est une blague ? Il est flic !

Brian Bradshaw était policier à Laramie. *L'un d'eux*. Et donc la dernière personne qu'elle voulait mêler à cette histoire. Mieux valait pour elle quitter les lieux en vitesse.

— C'est un ami, répliqua Rocco. Il veillera sur toi. Il fera office de tampon entre ses collègues de Laramie et toi.

Techniquement, depuis quelques mois, Bradshaw avait été « prêté » par le poste de police pour être affecté à un groupe de travail en collaboration avec le FBI et Rocco. Depuis qu'ils œuvraient ensemble, les deux hommes avaient sympathisé. Ils passaient du temps ensemble, partageaient des repas, assistaient à des matchs de football. Elle taquinait souvent Rocco à propos de leur amitié virile.

Certes, son cousin avait le droit de se lier avec qui il voulait mais pour sa part, elle ne faisait pas confiance à ce Bradshaw et ne comptait pas sur lui pour la protéger.

Elle n'avait aucune envie de l'appeler. En réalité, elle ferait tout pour l'éviter.

Brian Bradshaw avait une façon insidieuse de rester chaleureux et enjoué alors qu'elle se montrait toujours glaciale, voire odieuse, avec lui. Sa gentillesse imperturbable lui semblait louche. Personne n'était aussi affable et prévenant. Et encore moins en permanence. Les apparences étaient trompeuses, elle le savait bien. Derrière son expression mielleuse et son physique de jeune premier, il dissimulait quelque chose, elle en était certaine.

D'accord, il était beau comme le péché, elle ne pouvait le nier. Mais, si elle ne détestait pas l'observer à la dérobée, jamais elle ne tomberait dans les filets d'un homme comme lui. Brian était trop... trop tout. Trop bavard. Trop séduisant. Trop insistant.

De toute façon, l'essentiel se résumait à un seul fait rédhibitoire.

Il était flic.

Tout comme l'avait été son propre père.

Que son cousin travaille pour le gouvernement américain l'ennuyait déjà beaucoup. Si elle avait grandi avec Rocco et lui confierait sa vie sans hésiter, elle veillait pourtant à le tenir à distance. Il ne savait rien de ses activités clandestines, par exemple. Comme il la connaissait bien, peut-être se doutait-il qu'elle n'était pas irréprochable. Mais il avait l'intelligence de ne pas lui poser de questions. Il ignorait des pans entiers de son existence et cela valait mieux pour elle comme pour lui.

Une odeur désagréable lui chatouilla soudain les narines. Son estomac se noua lorsqu'elle l'identifia.

De la fumée ?

Elle se retourna. Le chalet de Seth et Haley était la proie des flammes. L'incendie se propageait vite.

Très, très vite.

La gorge serrée, elle regarda le triste spectacle avec incrédulité.

— Leur maison brûle, marmonna-t-elle, à moitié pour elle-même.

— Quoi ? Je ne comprends pas, dit-il.

Elle non plus.

— Tu disais qu'il n'y avait personne à l'intérieur, non ?

L'esprit en déroute, Charlie se dirigea vers le chalet. Elle tentait de trouver un sens à ce qu'elle voyait. En vain.

Une autre pensée la traversa soudain. Quelque part à proximité, dissimulé dans la pénombre, se trouvait celui qui avait mis le feu au chalet.

Un frisson la parcourut.

— Je m'en vais. Je dois y aller.

Sans ajouter un mot, elle coupa la communication et s'élança vers sa voiture.

Mais alors qu'elle contournait la maisonnette en bois en courant, elle aperçut les bonbonnes de gaz utilisées pour chauffer l'endroit. Sa bouche devint sèche, sa gorge se serra. Traversée par une décharge d'adrénaline, elle accéléra encore pour s'en éloigner au plus vite. Son cœur battait la chamade.

Mais il était déjà trop tard.

Le chalet explosa. Elle sentit le souffle la soulever avant de la jeter à terre. Une intense chaleur brûlait l'air et grilla ses cheveux.

Quand son corps frappa le sol avec violence, sa tête heurta une pierre. Un voile noir tomba sur ses yeux, et elle perdit connaissance.

2

— Accepterais-tu d'aider Charlie à creuser cette affaire tout en lui évitant des ennuis avec tes collègues policiers ? demanda Rocco.

— Compte tenu de ce que je viens de te dire, es-tu sûr que je sois la personne la plus indiquée ? répondit Brian. Je comprendrais très bien que tu changes d'avis. Peut-être devrais-tu faire appel à quelqu'un d'autre. À Nash, par exemple.

Nash Garner était le responsable du FBI et l'agent superviseur de leur unité opérationnelle interarmées. Il se montrait parfois un peu brusque et taciturne mais il était juste. Dommage que Becca, l'autre agent de leur équipe, soit en vacances.

— J'en suis sûr, dit Rocco. Il faut que ce soit toi.

Aucune hésitation ne teintait sa voix, ce qui était encourageant.

— Tu es le seul à pouvoir y arriver, poursuivit-il. L'entreprise exigera de ta part un délicat exercice d'équilibriste, j'en suis conscient. Surtout, ne parle pas à Charlie de ce que tu viens de me raconter. Elle paniquerait. Pour le reste, je te fais confiance. Prends soin d'elle pour moi, d'accord ?

— Oui, oui, d'accord, dit Brian tout en se rendant compte qu'il venait de faire une promesse presque impossible à tenir.

À l'instant où il raccrocha, il se demanda dans quoi il s'embarquait et un léger malaise s'empara de lui.

Aider un ami et un collègue était naturel pour lui, une évidence. En général, il répondait toujours présent sans se poser trop de questions. Mais là, la situation était délicate. D'autant plus qu'il s'agissait de Charlie...

Cette femme était une véritable énigme. Il rêvait de trouver le défaut de sa cuirasse, le moyen d'abattre ses défenses. Peu importe le temps qu'il lui faudrait pour y parvenir. Sans doute devrait-il faire preuve d'une grande patience parce que Charlie se montrait distante avec lui, glaciale, inaccessible. Inabordable, à tous les niveaux.

Pourtant, il ne renonçait pas. Il continuait d'espérer la faire sienne, un jour.

Il aimait relever les *défis*. Et ce mot la résumait parfaitement.

Un an plus tôt, Rocco avait été affecté à l'unité opérationnelle interarmées et avait emménagé à Laramie. Par son intermédiaire, Brian avait fait la connaissance de sa cousine, Charlie. Bizarrement, alors qu'elle vivait dans cette ville depuis des années, leurs chemins ne s'étaient encore jamais croisés. Mais dès qu'il l'avait vue, dès qu'il lui avait été présenté, il avait eu l'impression d'être aspiré dans son orbite. En tout cas, depuis lors, il ne cessait de penser à elle.

Charlie, en revanche, ne voulait manifestement rien avoir à faire avec lui. Vu la manière dont elle l'évitait, les gens auraient pu croire qu'il avait la peste. Toutes ses tentatives pour l'approcher et apprendre à mieux la connaître s'étaient soldées par des échecs. Chaque fois, elle l'avait sèchement rembarré. Pourtant, il ne ménageait pas ses efforts. Il lui avait successivement proposé de donner bénévolement des cours d'autodéfense dans son école, de se charger de déboucher un évier chez elle, de lui changer un pneu crevé, un jour qu'elle était en panne sur le bord de la route, de lui offrir un café... Elle avait tout refusé d'un ton froid.

Quand il était tombé par hasard sur elle lors d'un gala de charité organisé pour financer un refuge pour femmes battues à Cheyenne, il y avait vu un signe du destin. Il s'était dit que tout pourrait changer entre eux, cette nuit-là. Et en effet, pendant quelques heures parfaites, la magie avait opéré.

Mais dès le lendemain, elle avait recommencé à lui parler du bout des lèvres, à lui montrer qu'il ne l'intéressait en rien, à lui manifester ostensiblement de l'hostilité. Lui, en revanche, était hanté par le souvenir de cette soirée. Cela en devenait exaspérant.

Rendre ce service à Rocco pourrait être un bon moyen pour se rapprocher d'elle.

Ou une grosse erreur qu'il finirait par regretter.

De toute façon, l'entreprise serait difficile. Il avait déjà expliqué les complications prévisibles à Rocco. Néanmoins, son ami lui avait donné le feu vert, lui-même étant en mission d'infiltration loin de Laramie.

La nuit était tombée, et Brian profitait de la douceur estivale pour contempler le ciel étoilé tout en sirotant une bonne bière fraîche sous son porche. Le Wyoming se vantait de bénéficier des cieux les plus sombres, d'être le meilleur endroit pour observer les constellations, la Voie lactée, en particulier.

Le lieu idéal pour se vider la tête et se ressourcer.

Heureusement, il n'habitait pas très loin de chez Olsen. Ni de chez Charlie. L'un et l'autre se trouvaient à une dizaine de minutes de chez lui mais dans des directions opposées. Il décida de se rendre d'abord au ranch Olsen pour y jeter un coup d'œil. Il passerait ensuite voir Charlie.

Repoussant ses inquiétudes, il prit son badge, son arme, attacha son holster à sa ceinture, grimpa dans son camion et partit.

En route, il appela l'opérateur du poste de police de Laramie.

— Bonsoir. Ici, l'inspecteur Brian Bradshaw. J'ai appris qu'un incendie s'était déclaré chez l'inspecteur Seth Olsen et...

— Je suis au courant, Bradshaw. Le frère de Seth a téléphoné pour dire qu'il avait entendu une énorme explosion avant de voir les flammes.

Brian sentit son ventre se nouer.

— Il y a eu une explosion ? répéta-t-il, surpris.

— Apparemment.

La situation dégénérait plus vite qu'il ne l'avait anticipé.

— Les pompiers sont sur place et s'activent à éteindre le feu, poursuivit l'opérateur.

Brian fit un calcul rapide dans sa tête en prenant en compte la distance qui séparait le ranch de la caserne de pompiers.

— Comment se fait-il qu'ils soient arrivés si vite sur les lieux ?

— Ils étaient déjà dans le coin pour une autre intervention. Ils ont donné la priorité au ranch Olsen à cause de l'explosion.

À travers le pare-brise, Brian vit alors une épaisse fumée qui s'élevait dans le ciel nocturne. Tandis qu'une odeur âcre envahissait l'habitacle à travers ses vitres baissées.

Charlie.

— Y a-t-il eu des victimes ? Des blessés ?

— Aucune victime n'est à déplorer pour le moment, répondit l'opérateur, et le « pour le moment » angoissa Brian. Ils ont apporté des chiens pour fouiller les restes de la maison, une fois l'incendie circonscrit.

— Ont-ils déjà identifié l'origine du sinistre ?

— Pas que je sache. Le nouveau capitaine des pompiers est là-bas. Il fera certainement un rapport dès qu'il aura eu la possibilité d'enquêter correctement.

Brian avait en effet entendu dire qu'un nouveau type avait repris le poste.

— Comment s'appelle-t-il ?

— Powell. Sawyer Powell.

Il se demanda si ce dernier était lié à Holden Powell, le chef adjoint du bureau du shérif.

— D'accord. Merci.

Il coupa la communication.

Changement de plan. Brian ralentit et opéra un demi-tour pour se rendre chez Charlie. Personne n'avait été retrouvé chez Seth. Les pompiers étaient à la manœuvre. Lui-même n'avait donc rien à faire d'utile au ranch et ne ferait que gêner leur travail. De plus, sa présence surprendrait ses collègues qui se demanderaient pourquoi il était là.

Aller trouver Charlie et obtenir d'elle des informations de première main était la meilleure façon de commencer son enquête.

Elle n'habitait qu'à quelques kilomètres de chez lui. Il ne s'en était rendu compte que le jour où il l'avait aperçue sur cette route avec un pneu crevé. Plus méchante qu'un serpent à sonnette, elle lui avait dit qu'elle savait se servir d'un cric et n'avait besoin de personne pour changer une roue. Fin de la conversation.

Il espérait que, cette fois, elle accepterait son aide.

Il ne lui fallut pas longtemps pour arriver et se garer dans son allée, à côté de la Porsche de Charlie. Rien n'était plus sexy à ses yeux qu'une belle femme au volant d'une voiture de sport puissante et racée. Même la couleur lui allait. Bleu glacier.

Elle n'avait pas beaucoup de terrain, un hectare tout au plus. Sa maison était située au bord de la route.

Il saisit son stetson et descendit de son camion mais avant de mettre son chapeau, il lissa ses cheveux en arrière. Alors qu'il passait devant le bolide, un pincement de jalousie le traversa. Il n'avait jamais eu l'occasion de conduire un tel bijou. Cela dit, au volant de son camion, il avait une meilleure vue sur la route.

Il se dirigea vers le porche en se demandant à quel genre d'accueil il aurait droit. Froid ou tiède ?

Brian espérait ce dernier. Pour une fois.

Le rideau d'une fenêtre s'écarta, et Charlie apparut. Elle le fusilla d'un regard noir et s'écarta avec colère.

Elle allait se montrer glaciale, comprit-il. Comme d'habitude.

Le contraire l'aurait surpris.

Il entendit des pas résonner à l'intérieur puis la porte s'ouvrit. Les poings sur les hanches, Charlie pencha la tête de côté, les sourcils froncés. Mais il ne vit que ses yeux vert émeraude. D'une limpidité saisissante, ils étaient superbes, de vrais joyaux. Il avait envie de s'y noyer.

Cette femme était d'une beauté à couper le souffle.

Si Rocco et elle étaient cousins, ils étaient très différents physiquement. Rocco était grand et imposant, avec des cheveux noirs et une peau brune hérités de son père d'origine hawaïenne. Alors que Charlie avait les cheveux blonds et un teint de porcelaine. Dotée d'une silhouette mince et élancée, elle réussissait pourtant à être intimidante. Sa force résidait dans sa personnalité.

Mais ce soir, elle semblait à plat, comme si elle était passée dans une essoreuse. Des bouts d'herbe et des éclats de bois ornaient ses cheveux ébouriffés, son jean et son T-shirt étaient tachés de boue. Son menton et ses bras écorchés.

Il tendit la main vers son visage.

— Vous saignez.

Elle l'écarta avec brusquerie et tapota l'endroit auquel il faisait référence avant de considérer le sang sur ses doigts.

— Ce n'est rien.

Se redressant, elle le regarda de nouveau. Même si elle était très grande, il la dépassait d'une bonne tête.

— J'avais dit à Rocco que vous étiez la dernière personne sur terre que je voulais qu'il appelle.

Brian ne releva pas la remarque acerbe qui glissa sur lui comme de l'eau sur les plumes d'un canard. Il était très doué pour cet exercice. Comme la plupart des survivants.

Sans se laisser décourager par son expression dédaigneuse, il esquissa un sourire en effleurant le bord de son stetson.

— Ravi de vous voir, moi aussi. Puis-je entrer ? Il vaudrait mieux discuter à l'intérieur, madame.

— Je vous en prie, épargnez-moi le « madame ». Je n'ai pas un milliard d'années. Être nommée ainsi m'exaspère.

— Ce n'était pas mon intention, je vous l'assure. Mais si vous voulez me dire ce qui ne vous exaspère pas, je suis tout ouïe.

La réflexion lui déplut, elle se ferma, les mâchoires serrées. Il comprit qu'il lui fallait combler le silence qui devenait gênant avant qu'elle ne lui claque la porte au nez.

— Mon utilisation de « madame » et « monsieur » est une vieille habitude militaire dont j'ai du mal à me défaire. Mille excuses.

Elle s'adoucit, un peu.

— Vous avez fait l'armée ? s'enquit-elle avec curiosité. Je l'ignorais. Dans quelle branche ?

— Je travaillais dans le renseignement, au sein de l'ISA, l'Intelligence Support Activity. Une unité créée pour répondre à des besoins spécifiques du renseignement militaire et des opérations spéciales.

Il était difficile d'expliquer à des civils en quoi consistait sa mission d'alors mais à la grimace sceptique sur son visage, il comprit qu'il devait pourtant essayer.

— Mon ancienne unité et nos homologues, SEAL Team Six, Delta Force, sont considérés comme des élites, chargés des opérations les plus délicates, les plus risquées. Vous n'entendrez pas parler de l'ISA aux informations et ne verrez jamais de films sur leurs activités, dit-il. Mais, sans nous, Delta et SEAL auraient du mal à réussir.

C'était une synthèse assez exacte de la situation.

— Pourquoi les avez-vous quittés pour devenir policier ? demanda-t-elle.

Et dans sa bouche, le mot « policier » sonnait comme une insulte.

Il avait cru que c'était lui qui poserait les questions. Était-elle en train de le sonder pour voir s'il était apte à l'aider ?

— Le sujet n'a pas d'intérêt pour le moment.

— Il en a pour moi.

Elle croisa les bras sur sa poitrine et ajouta :

— Vous ne franchirez pas le seuil de cette maison tant que je n'aurai pas obtenu une réponse satisfaisante.

Brian réprima un gros soupir.

— Mon père est tombé malade. Ma mère ne pouvait pas gérer le ranch toute seule et n'avait pas les moyens d'embaucher quelqu'un. Alors, j'ai décidé de cesser d'exercer un métier que j'appréciais pour soutenir ceux que j'aimais.

Il n'était pas un lâcheur.

— Mais deux ans après mon retour à Laramie, mon père a été

victime d'un grave accident vasculaire cérébral. J'ai dû le mettre dans le centre Silver Springs Senior Living. Ma mère a refusé de vivre loin de lui et s'y est installée, elle aussi.

Il avait abandonné sa carrière pour rien. Ses compétences acquises auprès des forces spéciales allaient être perdues. En fin de compte, il avait dû vendre les chevaux pour payer les frais exorbitants de la maison de retraite.

Maintenant, il était coincé. Il avait été contraint de revenir dans le Wyoming. En tant que policier. Il vivait seul sur une propriété dont il ne savait quoi faire. Il l'aurait bien vendue mais il avait promis à ses parents de la conserver...

Seul point positif dans cette myriade de déceptions, il avait été affecté à la force opérationnelle interarmées.

— Satisfaite ? demanda-t-il.

Cette fois, quand il lui sourit, il n'essaya pas de cacher sa tristesse. Avoir dû renoncer à ses rêves n'avait rien de réjouissant. Être témoin du déclin tragique de son père, encore moins.

Au moins ses parents étaient-ils ensemble. Leur exemple lui faisait croire au véritable amour. Il doutait de la réalité d'une âme sœur mais espérait trouver un jour quelqu'un qui le comprendrait, accepterait ses défauts, apporterait la lumière dans ses ténèbres et vice versa.

— Pas entièrement mais ça ira, répondit-elle après un long moment en s'écartant pour le laisser entrer. Depuis combien de temps êtes-vous flic ? ajouta-t-elle.

— Quatre ans.

Pourtant, il n'avait rien d'un bleu. Elle n'aurait pas affaire à un débutant.

— Mais grâce à mes antécédents militaires, j'ai été promu inspecteur de police, il y a deux ans.

Il avait cru la rassurer en le précisant mais elle fronça les sourcils. De toute évidence, il était passé à côté de quelque chose d'important.

— Mettons les choses au clair, dit-elle en fermant la porte.

Ce n'est pas parce que Rocco vous fait confiance que je vous fais confiance. Compris ?

Elle était dure en affaires.

Il ne l'en aima que davantage.

— Cela me paraît juste, dit-il en enlevant son chapeau. Mais rappelez-vous que je suis venu vous aider. Avec l'intention de tout mettre en œuvre pour aboutir.

— On verra.

Tout en entrant dans sa maison, il regarda autour de lui.

Le mobilier était minimaliste, les murs blancs unis. Quelques œuvres d'art abstraites jetaient des notes de couleur ici et là. Pas de bibelots. Pas de photos personnelles. En face d'un canapé, un écran plat était posé sur une table basse qui n'était rien d'autre qu'un coffre de rangement en bois. Des cartons fermés bordaient le mur du fond.

Pourtant, elle ne venait pas d'emménager.

— Depuis combien de temps vivez-vous ici ?

— Deux ans et demi.

L'endroit était fonctionnel, elle y dormait et s'y nourrissait. Elle n'avait même pas entièrement déballé ses affaires.

— Vous ne passez pas beaucoup de temps chez vous, n'est-ce pas ? demanda-t-il.

— Non. L'Underground Self-Defense School est ouverte sept jours sur sept, quinze heures par jour, pour donner à toute personne intéressée par mes cours la possibilité de trouver un horaire compatible avec son emploi du temps. Pourquoi cette question ? ajouta-t-elle avec raideur.

N'étant pas du genre à mentir mais ne voulant pas l'offenser non plus, il répondit :

— Et si nous nous occupions de vos blessures ?

Charlie secoua la tête.

— Ce ne sont que quelques égratignures, répliqua-t-elle. Ça attendra. Asseyez-vous, ajouta-t-elle en se laissant tomber sur une chaise en face du canapé.

Soigner ses plaies, aussi mineures soient-elles, devrait être la priorité mais il sentit que c'était à elle d'en décider.

— Il va m'être difficile de me concentrer face à une femme ensanglantée. Je vous propose un compromis. Vous me laissez m'en charger pendant que vous m'expliquez la situation. Vous acceptez parfois des compromis, n'est-ce pas ?

Il ne plaisantait qu'à moitié. Il savait à quel point elle était têtue.

Elle poussa un gémissement agacé et serra les mâchoires.

— Oui, il m'arrive d'en faire. Mais pas souvent. En général, ils sont inutiles.

Comme elle n'avait pas rejeté d'emblée sa proposition, il tenta d'aller un peu plus loin.

— Où se trouve votre trousse de premiers soins ?

Elle commença à se lever mais il l'interrompit d'un geste.

— Permettez-moi d'aller vous la chercher.

Il posa une main sur son épaule pour l'exhorter à rester assise mais elle tressaillit à son contact comme s'il l'avait brûlée.

— Je ne suis pas une handicapée.

— C'est certain mais Rocco m'a fait promettre de prendre soin de vous.

— Il ne voulait certainement pas dire dans ce sens-là.

— Néanmoins, il en serait content et, en plus, je marquerais des points avec ma mère.

— Je n'arrive pas à croire que vous vous souciez de l'opinion de votre mère.

Elle l'observa de la tête aux pieds et ajouta avec une grimace :

— En fait, si. Je le peux.

À en juger à son expression, ce n'était pas un compliment.

— Avez-vous été scout aussi ? demanda-t-elle.

— Oui. Louveteau, d'abord.

Charlie leva les yeux au ciel.

— Oh ! non, ne me faites pas rire.

Elle n'était vraiment pas à prendre avec des pincettes.

Heureusement, rien n'ébranlait jamais son optimisme.

— Où est votre trousse de premiers secours ? répéta-t-il.

— Dans le placard du bas de la cuisine. Ne vous attendez pas à trouver une pharmacie. Mais le minimum indispensable.

Avec un bref hochement de tête, il sortit du salon pour se diriger vers la pièce voisine. En effet, sa trousse ne contenait pas grand-chose, même pas d'éther ou d'alcool.

Cela dit, dans l'immédiat, ni l'un ni l'autre n'étaient nécessaires. Une solution désinfectante et une pommade antibiotique suffiraient. Il prit également des bandages.

Il retourna dans le salon et s'agenouilla devant elle.

— Je n'ai droit à aucun commentaire désagréable ? demanda-t-elle avec étonnement en regardant ce qu'il avait dans les mains.

— Vous avez l'essentiel, répondit Brian avec un haussement d'épaules.

Il retroussa la jambe de son pantalon.

La plaie sur son genou était souillée de terre et de gravillons. Comme il commençait à la nettoyer, elle grimaça de douleur et lui agrippa l'épaule. Quand il versa un peu plus de désinfectant sur l'entaille, elle poussa un juron.

— Désolée. Je ne suis pas si douillette, en général.

— Aucun problème.

Il tamponna la blessure avec un morceau de gaze, heureux de constater que le saignement se tarissait.

— N'hésitez pas à vous accrocher à moi, si vous en ressentez le besoin.

Elle considéra sa main sur son épaule. Et écarquilla les yeux comme si elle n'avait pas eu conscience de son geste. Elle le lâcha aussitôt, attrapa un verre rempli d'un liquide ambré sur la table basse et en but une bonne gorgée.

— Quel est votre poison ? demanda-t-il en appliquant la pommade antibiotique.

— Du scotch. Un Glenfiddich de vingt ans d'âge.

Elle dépensait sans compter dans deux domaines : sa voiture

et son whisky, se dit-il. Certainement pas dans la décoration d'intérieur.

— Vous ne vous refusez rien ! Pour ma part, je suis plutôt amateur de bières.

— Bien sûr, dit-elle avec un léger ricanement. Cela ne m'étonne pas.

— Pourquoi ?

En attendant une réponse, il entreprit de nettoyer la plaie sur son poignet au-dessus de sa montre connectée.

— C'est la boisson alcoolisée par excellence aux États-Unis.

— Et ?

Elle secoua la tête comme s'il était inutile de s'étendre sur la question mais ajouta pourtant :

— Vous avez tout de l'Américain moyen. Vous buvez donc des bières.

Heureusement qu'il n'avait pas un ego surdimensionné et n'était pas du genre susceptible.

Rocco lui avait un jour confié que même s'il était la personne la plus proche de Charlie, ils n'étaient pas très complices. Parce qu'elle en avait décidé ainsi. Elle préférait garder ses distances.

Et soudain Brian comprit pourquoi elle était seule. Pourquoi elle n'avait pas de photos de famille ou d'amis accrochées aux murs. Parce qu'elle avait la technique pour repousser les gens. Un talent forcément issu d'une profonde souffrance. Ou d'une indicible peur.

Ou peut-être les deux.

— Vous apprendrez que j'ai surtout le profil des montres Timex, répliqua-t-il en tamponnant de solution saline la coupure de son menton. J'encaisse très bien les coups, rien ne m'arrête et quoi qu'il advienne, je continue de marcher, ajouta-t-il avec un clin d'œil.

Êtes-vous capable d'en dire autant, Charlie ?

Elle le regarda, une expression impénétrable sur le visage. De près, elle était encore plus jolie. Ses yeux superbes, sa bouche sensuelle, l'envoûtaient. Il s'efforça de ne pas imaginer la sensation de ses cheveux sur son torse nu. Plus difficile encore, il s'interdit de penser à ses lèvres au même endroit.

Du bout des doigts, il appliqua un peu de pommade sur son menton. À ce contact, elle entrouvrit les lèvres et laissa échapper un soupir tremblant. Il sentit son pouls accélérer et son sang brûler ses veines. Quelque chose passa entre eux, quelque chose de chaud et de sacré.

Mais trop vite, elle se pencha en arrière et s'écarta.

Éprouvant le besoin de se ressaisir, il se leva et s'assit sur la chaise de l'autre côté de la table basse.

— Dites-moi la raison pour laquelle vous avez appelé Rocco et pourquoi vous étiez au ranch Olsen, ce soir.

— Tout d'abord, vous devez me jurer de ne jamais m'obliger à comparaître comme témoin.

— Ça dépendra de ce que vous me direz.

— Soit vous acceptez que tout ce que je vous dirai restera entre nous, soit je n'ai rien d'autre à ajouter.

Brian avait fait une promesse à Rocco et, en venant, il savait que Charlie ne lui faciliterait pas les choses.

— Je suis capable de franchir certaines lignes, de m'exonérer de certaines règles, dit-il, mais je ne vais pas encourager un tel comportement.

Elle regarda ses baskets boueuses et soupira.

— Il est plus difficile de tout vous raconter que de tout déballer à mon cousin.

Totalement compréhensible. Et plutôt normal.

— Mais j'ai besoin de l'entendre de vous.

— Pour voir si je mens ? lança-t-elle, les yeux brillants.

— Parce que, sans même en être conscient, un témoin direct en dit toujours beaucoup plus que l'homme qui a vu l'homme qui a vu l'ours.

En tant qu'ancien agent du renseignement, il savait obtenir des informations auprès des gens. Sa spécialité, des années durant. Le témoignage de celui qui avait vécu une situation était toujours le meilleur.

Et permettait de repérer les mensonges.

De creuser plus profondément la vérité.

De lire entre les lignes et de découvrir ce que le témoin espérait cacher.

— J'étais en train de fermer l'Underground Self-Defense School quand Haley m'a appelée.

Il devinait les tensions qui l'habitaient à la raideur de sa nuque. Elle serrait si fort les mains que ses jointures en blanchissaient.

— Elle m'a dit que Seth allait la tuer. Il l'avait encore rouée de coups.

Les sourcils froncés, Brian se pencha vers elle.

Voilà précisément ce qu'il avait voulu éviter, le jeu du téléphone arabe.

— Quels étaient ses mots exacts ?

— « Il va me tuer. Il m'a fait très mal. »

Elle fit un geste évasif comme si elle n'était pas certaine de l'exactitude des termes.

— Puis elle m'a demandé de venir.

— Elle a dit « Il », pas « Seth » ?

— Oui et alors ?

Des rumeurs couraient selon lesquelles Haley était une femme volage. Seth aussi la trompait. Si c'était vrai, tous deux étaient infidèles.

— Peut-être faisait-elle référence à un autre homme, à un amant peut-être.

— Chez elle ? Un amant qui la battrait ? C'est absurde. Elle ne m'a jamais parlé d'un amant, ajouta-t-elle.

La plupart des épouses infidèles ne s'en vantaient pas.

— Ça ne veut pas dire qu'elle n'en avait pas un. Ce que je ne comprends pas, dit-il en se levant pour se rapprocher d'elle, c'est pourquoi Haley vous a appelée, vous, et non pas la police.

— Demander l'aide des flics était inutile. Vous vous tenez les coudes dans la profession, dit-elle en agitant une main accusatrice dans sa direction. La seule fois où elle a composé le numéro des secours, Seth l'avait forcée à dire qu'elle était tombée pour expliquer ses blessures. Et après leur départ, il lui a fait regretter de les avoir appelés. Il la maltraitait psychologiquement, physiquement aussi. Plusieurs fois, il a laissé des ecchymoses et des cicatrices que j'ai vues de mes yeux vues.

Brian tombait des nues. Il avait toujours considéré Seth comme un type bien. Il ne l'aurait jamais imaginé comme un homme violent, encore moins avec une femme. Seth n'était pas seulement un collègue. Ils jouaient au football avec lui et d'autres policiers. Après le travail, ils sortaient souvent tous ensemble pour boire des bières. Ou pour dîner, parfois. Ils n'étaient pas vraiment amis comme il l'était avec Rocco mais ils étaient copains.

Il avait parlé de leurs liens avec Rocco, en toute transparence. Et ce dernier lui avait conseillé de les taire à Charlie.

— Cela n'explique toujours pas pourquoi elle vous a contactée, vous, répliqua-t-il. Elle a sûrement de la famille ou des amis. Pourquoi Haley Olsen vous a-t-elle appelée ?

Elles n'étaient certainement pas « meilleures amies ». Charlie n'était pas du genre à avoir des amies. Elle était une louve solitaire. Torturée et mordante. Tout ce qu'il voulait, était qu'elle arrête de fuir.

Et chasser les ombres de son regard.

Y parviendrait-il ?

Elle prit son verre, but une gorgée et haussa les épaules.

— Je n'en sais rien.

Il s'avança vers elle.

— Je suis, au contraire, persuadé que vous le savez.

Un battement de paupière, un instant d'hésitation. Elle serra les mâchoires et détourna les yeux avant de reposer son verre avec un claquement.

— Non, pas du tout. Elle s'était beaucoup confiée à moi lors des séances de formation à l'Underground Self-Defense School. Peut-être sentait-elle qu'elle pouvait me faire confiance pour l'aider.

— Pour l'aider en quoi ? Vous avait-elle demandé d'intervenir auprès de son mari ?

Elle pinça les lèvres. Un geste subtil mais révélateur. Au mieux, elle cachait quelque chose. Au pire, elle mentait.

Il secoua la tête. Elle était très loin de se douter qu'elle avait affaire à un professionnel du renseignement. À l'ISA, il avait mené des centaines d'interrogatoires.

Ses lèvres roses pincées prouvaient qu'elle retenait une avalanche de secrets. Et lui donnaient envie de l'embrasser, lentement… pour les lui faire avouer.

Une technique qu'il n'avait jamais employée auparavant. Sa spécialité en tant qu'agent du renseignement avait été de révéler les vérités que ses « clients » cherchaient à enterrer en les poussant à se contredire. Il avait été très doué dans son travail. Certaines compétences ne se perdaient pas. Il était peut-être un peu rouillé mais n'avait rien oublié.

Il découvrirait ce qu'elle ne voulait pas qu'il sache.

Une fois qu'il était sur quelque chose, il était comme un limier. Il ne s'arrêtait pas avant d'avoir abouti.

— Si quelque chose est arrivé à Haley, et je n'en suis pas certain, à ce stade, dit-il. La police viendra vous interroger dès qu'ils auront étudié ses relevés téléphoniques.

— Elle m'appelait d'un téléphone prépayé que je lui avais donné pour qu'elle puisse communiquer avec moi sans que Seth soit au courant. Le numéro sur lequel elle m'a contactée est celui de mon propre appareil prépayé. Les flics ne pourront pas remonter jusqu'à moi.

Un véhicule surgit brusquement de la route et fonça vers la maison. Le crissement sourd des pneus sur la pelouse les fit se tourner vers la baie vitrée.

— Vous attendez quelqu'un ? demanda-t-il.

Elle secoua la tête.

— Non.

Des années d'entraînement lui donnèrent le réflexe de saisir son arme. Des phares étaient braqués sur eux tels des projecteurs aveuglants.

Puis des coups de feu retentirent.

3

D'instinct, Charlie voulut pousser Brian sur le côté pour l'écarter de la ligne de feu. Mais il était déjà en mouvement et se jeta sur elle à une vitesse fulgurante. Il la fit tomber au sol et s'allongea sur elle pour la protéger comme un bouclier.

Les balles firent exploser la baie vitrée. Une pluie d'éclats de verre se répandit dans la pièce, une lampe se brisa. Les projectiles finirent leur course dans le mur du fond.

À l'extérieur, le véhicule du tireur s'éloigna dans un rugissement de moteur.

Le cœur battant à tout rompre, Charlie restait pétrifiée. De toute façon, si elle avait voulu bouger, tout mouvement lui aurait été impossible. Le corps lourd et musclé de Brian la clouait au sol.

Lentement, il retira le bras qu'il avait enroulé autour de sa tête. Comme il baissait les yeux vers elle, il lui caressa le visage de ses yeux chocolat. Sous son regard chaleureux, elle sentit un long frisson la parcourir, une réaction qui n'avait rien à voir avec la mort à laquelle elle venait d'échapper et tout à voir avec lui.

Ne commence pas à t'emballer. Il s'agit d'une réaction à cette fusillade, d'une montée d'adrénaline, rien d'autre, se dit-elle en tentant de s'en convaincre.

— Ils sont partis, murmura-t-elle d'une voix qu'elle ne reconnut pas. Vous pouvez me lâcher maintenant.

Comme il ne s'écartait pas immédiatement, elle pressa ses mains contre son torse pour le repousser mais le regretta aussitôt.

Elle sentit en effet sous ses doigts ses muscles durs et puissants, la chaleur et l'odeur de sa peau.

Et un désir aussi violent qu'incongru la souleva.

— Je veux seulement m'assurer qu'ils ne vont pas revenir, dit-il, son souffle doux effleurant sa joue.

— Oh.

Elle n'avait pas envisagé cette éventualité.

Il la tenait avec une tendresse qui l'émut au ventre. La gorge serrée, elle sentit son cœur battre plus fort.

Quelque part, elle avait hâte qu'il se redresse et s'écarte enfin d'elle. Mais d'un autre côté elle avait envie de s'accrocher à lui, de l'étreindre avec force, de s'imprégner de sa chaleur. Il rayonnait d'une incroyable force de vie et d'un indéniable *sex-appeal*. Même son odeur la troublait. Elle n'avait jamais rencontré un homme capable de l'affoler à ce point.

Elle s'efforça de démêler la terreur qui l'avait saisie lorsque les coups de feu avaient retenti des délicieux frissons qui la parcouraient à présent. Coincée sous lui, elle se surprit à glisser dans une étrange passivité.

Seigneur, elle détestait l'effet qu'il avait sur elle.

— Le danger est passé maintenant, non ? demanda-t-elle à voix basse.

Il hocha la tête, la bouche tout près de la sienne.

— Oui, je crois que oui. Mais restez allongée, à l'abri, pendant que je m'en assure.

Il roula sur elle et se redressa, l'arme à la main.

Le froid qui envahit Charlie dès qu'il s'éloigna la glaça. Elle considéra les débris de verre, les impacts dans le mur, le désordre laissé par les balles qui lui étaient destinées.

Brian rampa jusqu'aux baies vitrées, se plaqua contre le mur et tendit le cou vers l'extérieur.

— Ils sont partis, vous pouvez vous lever.

Il revint vers elle et lui tendit la main. Mais elle craignait tellement l'intensité de sa réaction si elle le touchait à nouveau, qu'elle préféra se mettre debout toute seule.

— Merci.

— Qui vous tirait dessus ? Et pourquoi ? En avez-vous une idée ?

— Non.

Mais quelque part, elle avait l'intuition que cette attaque était liée d'une manière ou d'une autre à la disparition de Haley.

— Il s'agissait peut-être de Seth, ajouta-t-elle. En tout cas, cela ne m'étonnerait pas.

Il fronça les sourcils.

— Pourquoi un policier vous prendrait-il pour cible ? demanda-t-il.

Le ton sur lequel il posait la question prouvait que pour lui cette hypothèse était absurde, inconcevable.

— Les flics aussi commettent des crimes. Prémédités. Par passion. Par désespoir. Ou par intérêt. Et cessez de me regarder comme si je délirais.

Les mâchoires serrées, il se frotta la nuque.

— Vous avez raison. Certains policiers sont de sales types. Mais ce n'est pas le cas de la plupart d'entre eux. Je le saurais.

— Vos lunettes roses vous empêchent peut-être de voir la triste réalité en face.

— J'ai vécu la boucherie de la guerre, enduré des horreurs qui traumatiseraient n'importe qui et me suis frotté aux côtés les plus sordides de l'humanité. Alors, croyez-moi, je n'édulcore pas la réalité. Je la vois telle qu'elle est.

Il prit une profonde inspiration et lui sourit.

— Mais nous nous écartons du sujet, revenons à nos moutons. Je sais que vous adorez être mordante, que vous en avez fait votre passe-temps favori, mais les polémiques stériles ne nous feront pas avancer et n'aideront pas Haley. Puisque, fondamentalement, nous sommes du même bord, que diriez-vous d'une trêve ?

Son sourire bienveillant désamorça sa colère qui se dégonfla comme un ballon de baudruche. Son sourire semblait sincère ce qui le rendait puissant.

Elle avait beau se montrer dure, intraitable et féroce, cet homme ne cessait de la déstabiliser et de l'attendrir.

Quelque part, elle regrettait de lui donner du fil à retordre. Mais se rappeler qu'il était flic suffit à ranimer sa méfiance.

Ressaisis-toi. Il tentait sans doute de lui faire baisser la garde. Personne n'était aussi gentil face à quelqu'un d'aussi agressif.

Et surtout pas avec elle.

Être mordante n'était pas un passe-temps. Mais un mécanisme de défense. Le plus efficace de son arsenal. Mais dans cette histoire, collaborer avec lui était sans doute le seul moyen pour elle d'obtenir des réponses.

— D'accord, trêve.

— Pour quelle raison Seth serait-il venu ici ? Pourquoi vous aurait-il tiré dessus ?

— Parce que je sais ce qu'il a fait. J'ai vu le sang dans le chalet. Puis quelqu'un y a volontairement mis le feu et l'a fait exploser. Il ne s'agissait pas d'un accident. Quelqu'un a délibérément déclenché cet incendie pour effacer ses traces. Et m'a ensuite prise pour cible dans l'espoir d'éliminer un témoin.

— Vous avez fui une scène de crime ?

— Ne le demandez pas sur ce ton soupçonneux, comme si c'était moi qui avais commis le crime en question. Ce n'est pas le cas. J'essayais seulement d'aider une amie. Puis j'ai paniqué.

— Avant toute chose, je dois signaler cette fusillade, dit-il. J'y suis tenu, ajouta-t-il comme elle ouvrait la bouche pour protester. Ce n'est pas négociable. Ensuite, vous allez me raconter exactement ce qui s'est passé ce soir, après votre échange téléphonique avec Haley.

Les dents serrées, elle céda.

— D'accord. Mais je refuse de mettre la police de Laramie dans le coup. Si vous tenez à prévenir les autorités, appelez le bureau du shérif. D'accord ?

Elle avait déjà un inspecteur de police chez elle. Un autre lui avait sans doute tiré dessus. Cela semblait amplement suffisant. Elle ne voulait pas impliquer davantage de policiers.

— Si vous voulez.

Pour Brian, Charlie se replongea dans les souvenirs de la soirée. Elle dut endurer le flot incessant de ses questions alors qu'il tentait de décortiquer son histoire.

— Quand le chalet a explosé, le souffle m'a soulevée avant de me projeter au sol. Je suis restée sonnée quelques instants. Dès que j'ai recouvré mes esprits, je suis partie.

À la vue des restes calcinés de la maisonnette en bois, de la carcasse noircie de la voiture de Haley et des débris enflammés éparpillés dans la cour, elle avait mesuré sa chance d'être encore en vie.

— En fait, vous n'avez été témoin que d'un incendie criminel, dit-il finalement.

— Et comment expliquez-vous tout ce sang partout, dans la cuisine, en particulier ?

Elle prit une autre gorgée de whisky. Elle n'avait pas l'habitude d'en boire et le réservait en général pour un événement à fêter ou, comme ce soir, une peur à oublier. Là, elle avait éprouvé coup sur coup deux indicibles terreurs. Cela valait bien un doigt d'alcool supplémentaire.

— Je suis certaine qu'un cadavre avait été traîné dans la maison. Celui de Haley.

— Mais vous n'avez pas vu le corps, n'est-ce pas ?

— Non, mais Haley a disparu. Elle ne répond pas à son téléphone et j'ai vu sa voiture devant chez elle avant l'explosion.

— Peut-être a-t-elle tué son mari avant qu'il ne la tue, peut-être a-t-elle eu le dessus. Ensuite, peut-être a-t-elle utilisé son *pick-up* pour transporter le cadavre. Avant de mettre le feu au chalet.

— Seth Olsen n'est pas un poids plume, répliqua-t-elle. Il a à peu près la même stature et la même musculature que vous. Alors que Haley pèse cinquante kilos toute mouillée. Elle n'aurait pas eu la force de déplacer un corps toute seule. Pourquoi l'aurait-elle fait, d'ailleurs, alors qu'elle savait que j'arrivais ?

Les yeux plissés, il l'observa soudain d'un regard circonspect.

Elle avait dit quelque chose qu'elle aurait dû garder pour elle, comprit-elle. Mais quoi ?

— Vous êtes le genre de femme qu'une amie appelle pour l'aider à se débarrasser d'un cadavre. Et voilà pourquoi Haley a composé votre numéro et pas un autre.

C'était une affirmation. Pas une question.

Il n'allait quand même pas interpréter les faits pour faire d'elle une suspecte !

Avec un juron, elle maudit son cousin de lui avoir envoyé Brian.

— Haley n'avait pas prévu de tuer son mari. Mais de le quitter. Seth l'avait sans doute découvert et voilà pourquoi il l'a tabassée, ce soir. Honnêtement, je ne sais pas pourquoi elle m'a téléphoné. Mis à part le fait qu'elle savait que je viendrais, quels que soient les risques pour moi. Et pour info, je n'ai jamais aidé qui que ce soit à se débarrasser d'un cadavre.

Mais il y a toujours une première fois à tout.

Brian sembla réfléchir.

— Cessons de spéculer, dit-il. La police recherchera Haley et peut-être réapparaîtra-t-elle. Jusqu'ici, aucune victime n'a été retrouvée dans la maison. Nous saurons avec certitude qu'il n'y en avait pas lorsque les chiens auront fouillé les débris.

— Quelqu'un a allumé l'incendie, insista-t-elle. Délibérément. Pour dissimuler un crime et effacer les traces de sang que j'ai vues à l'intérieur.

Ce quelqu'un lui avait aussi tiré dessus, elle en était convaincue. Et avait eu tort de s'attaquer à elle. Parce que maintenant, elle n'était pas seulement terrifiée et horrifiée.

Elle était en colère.

— Je n'en doute pas.

— Vous doutez seulement de la responsabilité de Seth.

Brian soupira.

— Je n'ai pas dit ça. Écoutez, sauter sur des conclusions hâtives est contre-productif et ne nous mènera nulle part. Je préfère enquêter et laisser les preuves parler d'elles-mêmes.

Une voiture de patrouille s'arrêta devant la maison. Les gyrophares clignotaient mais le conducteur n'avait pas branché la sirène.

— Je vous préviens, je ne lui dirai rien à propos de l'appel téléphonique de Haley, lança-t-elle à Brian. Ni de ma présence au ranch au moment de l'explosion.

Il fronça les sourcils.

— Vous le devez.

— C'est faux. Rien ne m'y oblige. J'ai seulement accepté de vous laisser signaler la fusillade au bureau du shérif.

— Vous vous trouviez sur une scène de crime. Vous avez le devoir de faire une déclaration officielle.

— Je le ferai. Après avoir trouvé des preuves pour étayer mes dires. Et à présent, voyons si je peux vous faire confiance, ajouta-t-elle en allant ouvrir la porte.

Elle en doutait.

— Bonsoir, madame. Je suis l'adjoint en chef, Holden Powell. Je suppose que l'explosion de votre baie vitrée est due à la fusillade ?

— Oui. Je vous en prie, entrez, dit-elle en s'effaçant pour le laisser passer.

Brian s'avança, la main tendue.

— Bonsoir, Holden.

— J'ai été surpris de vous entendre, ce soir, Brian.

— Les circonstances ont rendu cet appel nécessaire.

— Combien de coups de feu ont-ils été tirés ? demanda l'adjoint.

Charlie ferma la porte.

— Cinq, répondit-elle.

— L'un de vous a-t-il vu le tireur ?

Ils secouèrent tous deux la tête.

— Il a filé, ajouta Brian. Et je n'ai pas essayé de le rattraper. Je préférais m'assurer que Charlie allait bien. De plus, au cas où ils auraient été plusieurs, je ne voulais pas risquer qu'un deuxième tireur à pied vienne finir le travail.

Là encore, cette éventualité terrifiante ne lui avait pas traversé l'esprit. Elle ne s'attendait pas à ce que quelqu'un lui tire dessus chez elle. Avec ses activités parallèles, secrètes, il lui était parfois arrivé de croiser des personnes mal intentionnées à son égard. En général, elles l'attaquaient en face. De toute façon, Charlie ne craignait pas les affrontements physiques. Elle savait se défendre. Être prise pour cible était une première.

— Avez-vous vu la marque, le modèle ou la couleur du véhicule ?

De nouveau, tous deux secouèrent la tête.

— Qui pourrait vouloir vous tuer, madame ? demanda l'adjoint. Et pourquoi ? En avez-vous une idée ?

Brian se tourna vers elle, la suppliant des yeux de répondre avec sincérité.

Elle se raidit sous l'intensité de son regard mais refusa de céder.

Elle avait besoin de sa coopération. Pas de son jugement.

— Je me suis fait quelques ennemis en ville, grommela-t-elle, mais je ne peux pas dire avec certitude qui aurait pu faire ça ni pourquoi.

Elle jeta un coup d'œil à Brian.

Allait-il se taire ?

Ou la décevrait-il comme tant d'autres avant lui ?

Les bras croisés, il resta silencieux mais elle devinait sa désapprobation.

À sa grande surprise, il ne trahit pas sa confiance.

L'adjoint promena les yeux autour de lui. Il enfila des gants en latex, sortit un sac d'indices et une pince à épiler.

— La bonne nouvelle, dit-il en extrayant délicatement une douille encastrée dans le mur, est que je n'ai vu personne surveiller la maison comme quelqu'un cherchant à revenir attaquer, ce soir. Néanmoins, je vous conseille de rester sur vos gardes.

Elle hocha la tête.

— J'en avais bien l'intention.

— Vous ne devriez pas passer la nuit ici, renchérit Brian.

— Je suis d'accord, dit l'adjoint. Mieux vaut dormir dans un endroit sûr jusqu'à ce que nous ayons compris ce qui se passe. Que nous sachions qui vous cible et pourquoi.

— Primo, il n'est pas question que je laisse qui que ce soit me chasser de chez moi. Deuxio, je n'ai nulle part où aller.

Elle avait un peu honte de l'admettre mais c'était la vérité.

— Allez dormir chez Rocco, suggéra Brian. Il ne reviendra pas avant quelques jours, et j'ai une clé de chez lui.

Elle était sa cousine et n'avait pas sa clé. Alors qu'il l'avait laissée à son copain, constata-t-elle avec amertume. Cela dit, Rocco n'avait pas la clé de chez elle non plus.

Pourtant, cela la contrariait.

— Ou vous pouvez passer la nuit chez moi, ajouta Brian. J'ai une chambre d'amis très confortable.

L'offre était généreuse. Et même adorable. Ce qui était louche puisqu'il considérait que mordre les gens était son passe-temps favori. Personne n'était gentil avec quelqu'un qui se comportait ouvertement de manière odieuse. Brian était trop beau pour être vrai. Quelque chose ne collait pas chez lui, indépendamment même du fait qu'il était flic. Elle ne parvenait pas encore à mettre le doigt dessus mais elle devait faire très attention. Sinon, elle risquait de le payer cher.

— Je suis très bien ici, répliqua-t-elle. Dès que j'aurai mis des planches pour sécuriser la baie vitrée et tout nettoyé, tout ira bien, ajouta-t-elle en considérant le désordre dans le salon.

— Je vous donnerai un coup de main, si vous voulez, proposa Brian.

— Ce n'est pas nécessaire. Je vais m'en occuper.

Brian se tourna vers l'adjoint.

— Pouvez-vous faire venir des techniciens de la police

scientifique pour prendre des empreintes de traces de pneus dans la cour ?

— Bien sûr, pas de problème, répondit Holden en hochant la tête. Cela dit, si vous n'avez pas de suspect, elles ne vous seront pas très utiles.

— Espérons que nous en aurons rapidement un, dit-il.

— Eh bien, je vous laisse alors, conclut l'adjoint en se dirigeant vers la porte.

— Encore une chose, dit Brian. Sawyer Powell, le nouveau capitaine des pompiers, a-t-il un lien de parenté avec vous ?

— C'est mon frère. Pourquoi ?

— J'ai entendu dire qu'il y avait eu un incendie et une explosion au ranch Olsen et qu'il était chargé de l'enquête. Je pensais lui en parler demain.

— N'hésitez pas. Personne n'effectue mieux son travail que Sawyer.

— Ravi de l'apprendre. Merci encore, ajouta Brian en lui serrant la main une fois de plus.

— Aucun problème. Je m'en vais, maintenant.

Une fois le chef adjoint parti, Charlie retourna à la cuisine. À la vue de la baie vitrée brisée, elle prit une autre gorgée de scotch. Dommage qu'elle n'ait pas de planches de bois à poser. Elle n'était pas bricoleuse pour un sou.

Brian s'approcha d'elle.

— J'ai chez moi des panneaux contreplaqués dont je ne me sers pas, déclara-t-il comme s'il lisait dans ses pensées.

Elle reposa son verre avec un petit rire triste.

— Bien sûr, vous en avez à ne savoir qu'en faire.

— Et maintenant, vous, vous allez me dire que vous n'en avez pas besoin...

En effet, il lisait dans ses pensées.

— Je n'en ai pas besoin, merci.

— Pourquoi ?

La question était simple. La réponse beaucoup plus difficile à formuler.

Elle haussa les épaules.

— La force de l'habitude. Ne compter que sur soi-même est plus sûr.

De cette façon, elle ne risquait pas d'être déçue si quelqu'un la laissait tomber. Voilà pourquoi elle n'avait jamais rien demandé à Rocco ou à ses parents. Ils étaient la seule famille qui lui restait. Elle ne voulait pas risquer de les perdre s'ils la décevaient pour une raison ou une autre. Elle préférait accepter l'amour et la gentillesse qu'ils lui donnaient sans rien espérer d'autre.

— N'avoir besoin de personne n'est pas une force, Charlie.

Il y avait quelque chose de sexy dans la façon dont il prononçait son prénom. Elle se rendit compte qu'elle le reluquait et s'obligea à détourner son regard de ses lèvres.

— Il est temps de prendre de nouvelles habitudes, poursuivit-il. Comme vous l'avez souligné plus tôt, vous n'êtes pas très âgée. Vous êtes capable d'apprendre de nouveaux trucs, non ?

À trente ans, elle était loin d'être vieille. Plus que capable de changer, si elle le désirait. D'ailleurs, elle avait appelé Rocco à l'aide, non ?

Mais elle ne prit la peine de le souligner puisqu'elle avait compris le point de vue de Brian.

En revanche, lui, il ne la connaissait pas, ni ne comprenait ce dont elle avait été témoin lorsqu'elle était enfant, ce à quoi elle avait survécu.

Les murs qu'elle érigeait autour d'elle empêchaient les autres d'entrer mais ils lui permettaient aussi de tenir debout. Ils étaient une mesure d'auto-préservation. Pas d'isolement.

— Si j'ai besoin d'une psychanalyse sauvage, je vous préviendrai.

Il sourit, et son rythme cardiaque s'emballa.

— J'adorerais vous allonger sur mon canapé un jour, dit-il d'une voix douce et profonde qui la fit frissonner.

Reprenant son sérieux, il s'éclaircit la gorge.

— Dans l'immédiat, je vais courir chez moi, charger les planches de contreplaqué et les installer sur la baie vitrée brisée pendant que vous commencez à nettoyer. Et par souci de transparence, sachez que je ne le fais pas pour vous. Mais pour Rocco. Je me suis engagé auprès de lui. L'Américain moyen tient toujours ses promesses, ajouta-t-il avec un clin d'œil.

Déstabilisée par ce clin d'œil sexy, elle ne parvint pas à trouver une remarque sarcastique pour lui répondre. Pourtant, elles lui venaient en général très facilement à l'esprit.

— Êtes-vous armée ? poursuivit-il.

— J'ai un pistolet dans mon coffre-fort.

Il lui était parfois nécessaire mais elle préférait ne pas le porter en permanence.

— Sortez-le et gardez-le avec vous pendant mon absence. Je ne serai pas long.

Sur ces mots, il attrapa son chapeau de cow-boy et partit.

Le temps qu'elle balaie les débris et finisse de ranger le salon, il était de retour. Il habitait vraiment tout près.

En un temps record, il posa les panneaux de contreplaqué devant la baie vitrée et les cloua jusqu'à ce qu'ils soient bien en place.

Quand il eut fini, elle réprima un bâillement. La fatigue prenait le pas sur l'adrénaline.

— Merci, dit-elle. Je sais qu'il est tard et que vous avez probablement mieux à faire. Dormir, par exemple.

— Inutile de me remercier. Je ne l'ai pas fait pour vous. Vous vous en souvenez ? Mais par amitié pour Rocco.

Elle ne cacha pas le sourire qui s'affichait sur ses lèvres.

— Désolée, je n'ai pas de bière à vous proposer.

— Je prendrai ce que vous avez, si vous êtes d'humeur à boire un verre.

Comment aurait-elle pu refuser ?

Elle remarqua qu'il était très doué pour trouver des moyens de transformer un « non » en un « oui ». Ça devait faire partie de ses super pouvoirs acquis lorsqu'il travaillait pour les renseignements.

Sortant un verre de l'armoire, elle regretta de ne pas lui avoir demandé plus tôt s'il voulait boire quelque chose. Afficher son hostilité était une chose. Mais se montrer ouvertement grossière en était une autre. Sa tante Cecilia, la mère de Rocco, aurait honte de son peu de manières.

Elle lui versa une bonne rasade de whisky et lui tendit le verre.

Alors qu'il le lui prenait des mains, les yeux dans les yeux, ses doigts caressèrent les siens un peu plus longtemps que nécessaire.

Un désir sensuel la saisit et la brûla jusqu'aux os. Elle retira sa main, avala une gorgée de scotch en essayant de ne pas le regarder. Ce qui était impossible.

Ses yeux chocolat avaient un pouvoir magnétique. Il émanait de cet homme une aura, un charisme, qui l'attirait, inexorablement.

Brian était grand et large d'épaules. Ses cheveux acajou étaient si épais qu'elle avait envie d'y passer les doigts. Non seulement il était beau, intelligent, mais il y avait encore autre chose chez lui, quelque chose d'irrésistible. Et elle devait comprendre de quoi il s'agissait.

— Je ne m'attendais pas à tant de caractère et de douceur mêlés, dit-il d'une voix de velours qui en aurait fait frissonner plus d'une.

Il ne précisait pas s'il parlait du contenu de son verre ou d'elle, ce qui l'affolait, en la laissant tout imaginer.

Il s'approcha, effaçant l'espace entre eux.

Il lui sourit de ce sourire à la fois amical, bienveillant et terriblement sexy.

Rationnellement, elle savait qu'elle devait fuir, s'écarter de lui. Mais elle ne bougeait pas, son corps la trahissait. Elle n'avait jamais ressenti une attirance aussi forte. La sensation était déconcertante.

Il baissa la tête, rapprocha son visage du sien et un long frisson lui parcourut l'échine.

Elle pensa qu'il allait l'embrasser et sentit son cœur accélérer dans sa poitrine à cette perspective.

Parce qu'elle voulait qu'il l'embrasse ou surtout pas ?

Il regarda sa bouche, ses yeux s'assombrirent.

Et soudain il se détourna.

— Vous feriez mieux de dormir un peu, dit-il. Vous commencez tôt demain.

Elle eut du mal à recouvrer ses esprits.

— Hein ?

Une profonde déception la traversa.

Mais le vrai choc était le désir qui la dévorait. Voilà longtemps qu'elle n'avait pas senti la tension et la chaleur d'un corps d'homme. Et plus longtemps encore qu'elle n'avait pas éprouvé cette faim au creux de son ventre de femme.

— L'Underground Self-Defense School ouvre à 6 heures, non ? reprit-il.

Charlie hocha la tête. Elle dut s'avouer qu'elle avait tout oublié. Il n'y avait plus que Brian Bradshaw, et ce baiser qu'ils avaient failli partager...

— Oui, vous avez raison. Je me lève en général à 5 heures.

— La journée qui s'annonce sera chargée pour moi aussi. Je vais commencer à me renseigner, à enquêter tranquillement.

— Vous me croyez ?

Allait-il l'aider ?

— Je crois que quelque chose de grave s'est passé au ranch Olsen, ce soir. Je crois que tout ce qui s'y est passé vous met en danger. Il y aura une enquête officielle mais je suis le seul à pouvoir faire le lien entre les événements puisque vous avez décidé de ne pas faire une déclaration complète. Je crois aussi que vous ne me dites pas tout ce que j'ai besoin de savoir.

Loin d'être accusatrice ou teintée de reproches, sa voix était douce, compréhensive.

— Retrouvons-nous demain soir. Chez moi.

— Pour quoi faire ? Et pourquoi chez vous ?

— Je profiterai du dîner pour vous communiquer tout ce que j'aurai découvert d'ici là. Vous devez vous nourrir. Cela fera d'une pierre deux coups, ajouta-t-il avec un sourire. Je vous enverrai mon adresse par SMS.

Il vida son scotch d'un trait, posa son verre sur le comptoir à côté de son arme, attrapa son chapeau et sortit à grands pas.

Sans attendre de réponse.

Parce qu'il ne lui avait pas laissé le choix. Il ne lui avait pas proposé de venir dîner. Il ne s'agissait pas d'une option.

Mais d'un fait acquis dont il n'y avait pas lieu de discuter.

Le frisson qui la parcourait encore était un signe avant-coureur.

Brian était dangereux.

Ce n'était pas la première fois qu'elle le sentait. Chaque fois qu'ils étaient près l'un de l'autre, il remuait quelque chose en elle. Lui donnait envie d'en savoir plus sur lui. De se rapprocher de lui. Elle ne pouvait pas se le permettre.

Pas avec un flic.

4

Le beuglement d'un klaxon réveilla Brian en sursaut. Un peu désorienté, il promena les yeux autour de lui. Il était toujours dans son camion. Garé devant chez Charlie. Les rayons du soleil matinal se déversaient dans la cabine à travers les vitres baissées.

Debout sur le marchepied, Charlie le dévisageait fixement, une main pressée sur l'avertisseur.

À sa vue, sa tension artérielle grimpa d'un cran.

— Arrêtez ça, lança-t-il.

Elle lâcha le klaxon et lui tendit un grand gobelet de café noir bien chaud.

— Bonjour. Imaginez ma surprise en vous trouvant ici alors que je sortais pour mon jogging quotidien.

Il frotta ses yeux embués de sommeil.

— Quelle heure est-il ?

Elle jeta un coup d'œil à sa montre connectée.

— 5 h 25. Mais la vraie question n'est pas là. Pourquoi avez-vous décidé de camper devant chez moi ? Comme vous portez les mêmes vêtements qu'hier, j'en déduis que vous avez passé la nuit dans votre camion...

Il but une gorgée de café et s'ébouillanta la langue. Une série de jurons s'ensuivit.

Charlie le considéra avec étonnement

— Et moi qui croyais que votre statut de super-héros de l'armée américaine vous interdisait tout langage grossier...

Chaque fois qu'il posait les yeux sur elle, ses pensées s'affolaient. Certaines étaient classées X.

Dans le passé, il avait déjà connu de jolies femmes et était sorti avec certaines d'entre elles. Mais Charlie dégageait quelque chose qui l'ensorcelait.

Il souffla sur le café et réessaya. Il avait besoin de sa dose de caféine pour démarrer sa journée.

— Vous n'avez pas répondu à ma question, poursuivit-elle. Dois-je écraser de nouveau le klaxon pour vous faire parler ?

— Vous n'oseriez pas.

— Vous voulez parier ?

Non, il préférait ne pas s'y risquer.

Les rayons du soleil qui perçaient les nuages auréolaient Charlie d'une lumière éthérée. Elle ressemblait à un ange. Un ange déchu envoyé pour le perdre.

Brian avait toujours eu un faible pour les blondes au tempérament de feu. Mais il ignorait pourquoi, parmi toutes celles qui vivaient dans le grand État du Wyoming, ou même dans le monde, il était attiré à ce point par elle.

Mais, indéniablement, il l'était.

— Que vous passiez la nuit seule chez vous me semblait dangereux, répondit-il. Quelqu'un a essayé de vous tuer. Le tireur pourrait revenir. J'ai remarqué que vous aviez installé un système d'alarme, mais maintenant votre maison a été fragilisée. Sans baie vitrée, vous êtes vulnérable. Je n'aurais pas pu dormir en m'inquiétant pour vous. Et tenter de vous faire entendre raison était une perte de temps, je le sais. Je connais votre côté têtu.

Elle croisa les bras sur sa poitrine.

— Je préfère me qualifier de volontaire. Ou de tenace.

Il n'allait pas jouer sur les mots. Le résultat était le même. Elle ne l'aurait pas écouté.

Comme il se mettait à bâiller, elle le considéra avec attention.

— Combien de nuits comptez-vous dormir ici ?

Il prit une autre gorgée de café.

— Jusqu'à ce que votre baie vitrée soit changée. Ou que vous ayez pitié de moi et que vous vous installiez ailleurs. Dormir assis n'est pas idéal pour mon dos, ajouta-t-il en s'étirant avec un gémissement.

— Je ne suis pas d'un naturel compatissant, répliqua-t-elle avec une moue moqueuse. Mais je vais quand même voir ce que je peux faire pour vous, ajouta-t-elle en souriant.

Il ne put s'empêcher de lui rendre son sourire. Sa présence, son humour, ce courant magnétique qu'il avait toujours senti entre eux, lui redonnaient de l'énergie.

— Comme c'est gentil de votre part, plaisanta-t-il.

— Je n'ai pas une once de gentillesse dans les veines, répliqua-t-elle.

— Un homme prévenu en vaut deux. Je veillerai à vous traiter avec soin.

Il tourna la clé dans le contact et démarra en bâillant.

— À ce soir. Disons, 20 heures.

— Impossible, dit-elle en redescendant du marchepied. Je ne ferme pas l'Underground Self-Defense School avant 21 heures. Appelez-moi pour faire le point sur l'enquête. Inutile de m'inviter à dîner.

Dans des circonstances normales, pour un rendez-vous galant, Brian lui aurait proposé de lui apporter leur repas au centre de formation.

Mais, là, le dîner concernait le travail. Il avait besoin d'elle en tête à tête, sur son territoire à lui, là où il contrôlait l'environnement, pour se donner une chance de lui faire baisser la garde. C'était le moyen le plus simple de découvrir ce qu'elle lui cachait.

— Vous allez vous débrouiller pour vous libérer... Si vous voulez que je vous communique ce que j'aurai appris.

Il savait comment l'appâter. Elle le comprit et se mit à rire. Pourtant, elle parut pensive.

— Qui se serait douté qu'un héros tel que vous était si dur en affaires ?

— Je n'arrête pas de vous le dire, mais vous n'écoutez pas. Les vrais héros ne reculent devant rien pour parvenir à leurs fins, ajouta-t-il avec un clin d'œil.

Brian avait fait siennes des vertus telles que l'honneur, l'intégrité et le courage. Mais il n'était pas aussi noble qu'un héros de bandes dessinées, qui suivait son devoir envers et contre tout. Pas après ce qu'il avait fait quand il était dans l'armée. Pas après ce qu'il y avait vu.

Combien de temps faudrait-il à Charlie Sharp pour découvrir qui il était réellement, pour voir le « vrai » Brian Bradshaw ?

Jusqu'à présent, elle avait surtout compris qu'il détenait le pouvoir d'amener les gens à lui livrer leurs secrets.

Elle sourit.

— Je vais m'arranger avec l'Underground Self-Defense School. Je ne voudrais pas manquer l'occasion d'échanger nos informations.

Ses mots suggéraient qu'elle avait l'intention d'avancer de son côté pour avoir de nouveaux éléments à lui donner.

— Si vous persistez à mettre votre nez où il ne faut pas, quelqu'un risque de vous attaquer, dit-il. J'espérais que la fusillade d'hier soir vous avait appris quelque chose.

— Oui. À ne jamais rester devant une baie vitrée si les stores ne sont pas baissés.

Ce n'était pas la leçon à laquelle il pensait.

— 20 heures. Ne soyez pas en retard.

Avec un geste de la main, il partit.

La ponctualité n'était pas seulement un signe de respect, mais aussi une mesure de fiabilité.

Charlie pouvait lui faire confiance, même si elle n'y croyait pas. Il avait besoin de savoir si la réciproque était vraie. Il avait de sérieux doutes.

À son sujet.

Charlie avait déjà contacté trois installateurs de fenêtres. Le quatrième lui donna la même réponse que ses concurrents.

Elle poussa un gros soupir de frustration.

— Êtes-vous sûrs de ne pas pouvoir la remplacer plus tôt ?

— Quatre semaines, nous ne pouvons pas faire mieux, madame, répondit le *manager*. Une baie vitrée de cette dimension doit être faite sur mesure. Même en prenant l'option « service express », il nous faudra un mois pour l'obtenir. En revanche, dès qu'elle nous aura été livrée, nous vous l'installerons le lendemain.

Elle réprima un gémissement.

— Je comprends.

— Voulez-vous que je la commande ?

— Oui, j'en ai absolument besoin.

— D'accord. Je vous rappellerai dès qu'elle sera là.

— Merci, dit-elle avant de raccrocher.

Il n'était pas question de laisser Brian dormir dans son camion devant chez elle une nuit de plus, encore moins pendant un mois. Mais comme il l'avait souligné, la baie vitrée cassée posait en effet un problème de sécurité. Elle devait trouver une solution mais elle s'en occuperait plus tard.

Dans l'immédiat, il lui fallait commencer à enquêter. Brian essaierait peut-être de glaner des renseignements de son côté, comme il l'avait promis. Mais elle préférait ne pas compter sur lui. Il n'était pas question que Seth Olsen s'en tire s'il était responsable de la mort de sa femme.

Elle sortit de son bureau pour aller trouver Dustin Lee, l'un de ses professeurs d'arts martiaux. Il rangeait le matériel après son cours de midi, l'un des plus suivis.

— Avez-vous réussi à faire remplacer votre baie vitrée ? demanda-t-il.

— Malheureusement, non. Je devrai attendre un mois...

— Je n'arrive toujours pas à croire que quelqu'un vous ait tiré dessus.

Elle non plus.

— Je sais. C'est fou.

La porte d'entrée s'ouvrit et Mercy McCoy apparut. Âgée d'une vingtaine d'années, elle était comme toujours habillée d'un T-shirt et de leggings blancs.

En y repensant, Charlie ne l'avait jamais vue porter autre chose que du blanc. Elle vivait dans l'enceinte de la secte Shining Light, que son père dirigeait. Charlie avait entendu dire que les membres portaient une couleur différente en fonction de leur statut.

Elle aurait bien demandé à Mercy de lui expliquer ce code vestimentaire mais elle ne voulait pas la mettre mal à l'aise. Son centre de formation était ouvert à tous.

— Bonjour, dit Mercy. Rocco est-il arrivé ?

— J'ai bien peur que non, répondit Charlie. Il ne viendra pas aujourd'hui.

Son cousin passait parfois en coup de vent pour donner des séances d'entraînement l'après-midi. Mais il assurait surtout celles du soir, une fois par semaine.

Mercy s'assombrit, manifestement déçue.

— Nous avions rendez-vous pour un cours particulier.

Mercy avait commencé par suivre des entraînements collectifs avec Charlie mais dès que Rocco lui avait proposé une formation individuelle, Charlie ne l'avait plus beaucoup revue.

— Désolée, dit-elle. Il est débordé de travail, ces temps-ci.

Elle ignorait combien de temps Rocco serait absent.

— J'avais indiqué sur le site que les séances avec lui étaient annulées jusqu'à nouvel ordre.

— Je ne l'ai pas vu. L'accès à Internet est limité dans l'enceinte.

Mercy regarda autour d'elle comme si elle ne savait pas trop quoi faire, et Charlie chercha une solution.

— Si vous le souhaitez, Dustin peut le remplacer, dit-elle.

Mais Mercy secoua la tête tout en reculant vers la porte.

— Merci mais non. Je ne veux déranger personne.

— Ce n'est pas un problème, assura Dustin. Donnez-moi dix minutes et je suis à vous.

— C'est inutile, merci. J'aurais dû consulter le site Web. Je ne peux m'en prendre qu'à moi-même.

Si Charlie avait été au courant de ce cours particulier, elle aurait appelé Mercy pour l'informer de l'annulation.

— Ce n'est pas un problème, répéta Dustin. Sincèrement.

— Je suis habituée au style d'enseignement de Rocco. Je préfère attendre qu'il revienne.

Son refus n'étonna pas Charlie. Mercy semblait fascinée par son professeur.

Il aurait fallu être aveugle pour ne pas voir l'effet que son cousin avait sur la gent féminine mais, cette fois, la séduction était réciproque. Rocco était manifestement tombé sous le charme. Mercy rayonnait. Elle irradiait d'une lumière intérieure. D'une grande beauté naturelle, elle paraissait fragile mais elle était loin d'être une faible femme.

La sous-estimer serait une erreur.

— En êtes-vous sûre ? demanda Charlie. Au moins, pour ne pas être venue pour rien.

— J'en suis sûre. S'il vous plaît, dites-lui que je suis passée.

— Comptez sur moi.

Mercy les salua d'un geste de la main et s'en alla.

Dès qu'elle fut sortie, Charlie se tourna vers Dustin.

— J'ai besoin que tu me rendes un grand service, dit-elle.

— Avec plaisir. Tout ce que vous voulez. Il suffit de demander.

— Alors, je vais t'en demander deux. Accepterais-tu d'assurer les cours seul ce soir et de fermer le centre ?

Elle lui demandait beaucoup, elle le savait. Son autre professeur, Teddy Williams, ne s'était pas encore présenté. Il arrivait souvent en retard. Ou partait plus tôt que prévu. Ou se faisait porter pâle.

Malgré de nombreux avertissements, Teddy devenait de moins en moins fiable. Elle avait fini par comprendre que ses cours à l'Underground Self-Defense School ne représentaient qu'une activité annexe pour lui. Mais s'il continuait à travailler en dilettante, elle allait être obligée de se séparer de lui.

— Bien sûr, dit Dustin qui n'avait pas l'air emballé. Que se passe-t-il ?

— J'ai à faire ailleurs. Ce qui m'amène au service numéro deux.

— Oui ?

— Cela t'ennuierait-il d'échanger ta voiture avec la mienne ?

Un grand sourire éclaira aussitôt les traits de Dustin.

— Vous plaisantez ! Depuis que je donne des cours ici, je rêve de prendre le volant de votre Porsche.

— Eh bien, ton rêve est devenu réalité. Elle est à toi. Pour quelques jours.

— N'en dites pas plus, c'est oui.

Il fouilla sa poche, en sortit les clés de sa jeep et les lui tendit.

Charlie réunit ses affaires et se dirigea vers le parking. La voiture de Dustin était idéale pour une opération de surveillance. Spacieuse, elle était équipée de vitres teintées et se fondait à la perfection dans le paysage. Et surtout, si Seth remarquait le véhicule, il ne le relierait pas à Charlie.

Elle dissimula ses cheveux sous une casquette de *base-ball* et démarra. Maintenant, elle devait trouver l'inspecteur Olsen.

Au printemps dernier, elle avait commencé à l'espionner, à noter son emploi du temps et à le photographier. Son objectif alors n'avait pas été de déterminer s'il était un criminel, comme maintenant. Mais de découvrir ses habitudes, ses routines quotidiennes, afin de décider quel jour et à quelle heure Haley devrait le quitter. Accompagner une femme battue pour lui permettre de changer de vie en douceur nécessitait des mois de préparation. Lui créer une nouvelle identité, lui forger une légende en ligne et bien sûr, demander à un faussaire de lui fabriquer de faux papiers, prenaient du temps. Les documents dont Haley aurait besoin n'étaient même pas encore prêts. En principe, elles avaient convenu que Haley disparaîtrait dans une quinzaine de jours, dès que tout serait en ordre.

En suivant Seth, Charlie avait rapidement compris qu'il lui serait plus facile de lui filer le train sans se faire remarquer si elle posait un traceur GPS sur son *pick-up*. Elle n'avait pas encore eu la possibilité de le faire. Mais elle s'était aperçue qu'il commençait invariablement ses journées en se rendant à la salle de sport. Ensuite, son emploi du temps différait en fonction de ses activités. Par ailleurs, il déjeunait au Delgado environ trois fois par semaine. Les seuls autres endroits qu'il fréquentait régulièrement étaient le club de *strip-tease* local sur Raven Drive - parfois dans la journée ou tard le soir puisqu'ils étaient ouverts de midi à 2 heures du matin - et bien sûr, le poste de police.

Comme Charlie passait devant ce dernier, elle remarqua le camion de Brian garé devant. Sans doute était-il là pour mener des investigations, songea-t-elle avec satisfaction. Il tenait ses promesses. Normalement, en effet, il travaillait dans un autre établissement.

Comme elle longeait le parking situé à l'arrière du bâtiment, elle repéra le *pick-up* de Seth. Elle s'arrêta un peu plus loin. En attendant qu'il sorte du poste de police, elle prit son appareil-photo, équipé d'un téléobjectif. Elle voulait garder des traces de ses faits et gestes.

Elle était arrivée pile au bon moment, se dit-elle en voyant Seth franchir la porte de derrière et traverser le parking. Vêtu d'un jean et d'un T-shirt, il était rasé de près, les cheveux peignés en arrière.

Elle ne savait pas très bien à quoi elle s'attendait. Peut-être à l'expression affligée d'un homme tourmenté par la disparition de sa femme. Certainement pas à cet air guilleret ni à ce sourire suffisant. Tout en marchant, il alluma une cigarette. Elle zooma sur lui, s'assura d'avoir son sourire insouciant dans l'objectif et l'immortalisa avant qu'il ne se hisse au volant de son *pick-up*.

Elle était prête à parier un rein que Seth Olsen avait joué auprès de ses collègues la comédie du mari ravagé de chagrin et d'angoisse.

Quel imposteur ! Il l'écœurait.

Dès qu'il sortit du parking, elle démarra la jeep et le suivit. Elle s'efforçait de garder le plus de distance possible entre eux tout en veillant à ne pas le perdre de vue. Même si elle était dans une voiture plus discrète que sa Porsche, elle n'osait pas trop s'approcher. Elle avait espéré apercevoir un autre véhicule derrière lui, celui d'un inspecteur enquêtant sur lui. Mais visiblement, elle était la seule à l'avoir pris en filature.

Rien d'étonnant.

Ils se dirigèrent vers la périphérie de Laramie. Une fois franchies les portes de la ville, il allait sans doute lui être plus difficile de le suivre sans se faire remarquer. Entre les immenses plaines qui s'étendaient à perte de vue et les routes de montagne sinueuses, les voitures derrière lesquelles se cacher deviendraient plus rares mais Charlie était trop têtue pour renoncer.

Dès qu'elle en aurait l'occasion, elle mettrait un traceur GPS sur le *pick-up* de Seth. Un tel dispositif espion lui permettrait de suivre ses allées et venues sans risquer d'être découverte.

En attendant, elle se gara sur le parking d'un supermarché, situé à la sortie de la ville. Si Seth revenait à Laramie, il devrait forcément passer par cette route.

Pour patienter, elle entra dans l'établissement, acheta une bouteille d'eau et revint s'asseoir dans la jeep. Le magasin offrait une connexion wi-fi à ses clients. Elle en profita pour allumer son ordinateur portable et travailler. Mais elle gardait un œil sur la circulation.

Deux heures plus tard, elle vit revenir le *pick-up* de Seth.

Elle posa son ordinateur portable sur le siège passager et démarra. Dès qu'il passa devant elle, elle le fila. Il retournait en ville.

Lorsqu'il s'engagea sur Raven Drive, elle comprit où il allait. Son audace la mit en rogne.

En face du Bare Back Gentlemen's Club, elle trouva un endroit pour se garer qui offrait une vue imprenable sur l'entrée. Pour être moins visible, elle se glissa à l'arrière de la jeep et réussi à prendre quelques photos de lui pénétrant dans le club de *strip-tease*.

Maintenant, elle n'avait plus qu'à attendre. Elle regarda l'heure sur son *smartphone*. Elle regrettait de ne pouvoir annuler le dîner avec Brian. Suivre Seth était une priorité. D'instinct, elle devinait que cette surveillance lui apporterait des réponses. Mais Brian avait clairement indiqué qu'il ne lui communiquerait aucune information par téléphone. Pour apprendre ce qu'il avait découvert, il lui fallait le voir.

Pour espérer reconstituer le puzzle, elle avait besoin de tous les éléments.

Elle devrait donc dîner avec Bradshaw.

Au moment où Brian coupait le feu sous la grande marmite posée sur la cuisinière, la sonnette de l'entrée retentit.

Il regarda l'heure sur l'horloge du four. 20 heures pile.

Il versa rapidement les fruits de mer dans un plat, secoua les crevettes, les queues de homard, les pattes de crabe et les couvrit. Il les servirait avec du maïs grillé et des pommes de terre.

Puis il s'essuya les mains sur son tablier et alla ouvrir la porte.

Charlie entra, retira sa casquette de *base-ball* et se recoiffa les cheveux avec les doigts.

— Ça sent bon, dit-elle.

— J'espère que vous n'êtes pas allergique aux crustacés.

— Non ! Une chance.

— J'aurais dû vous poser la question avant. Ou cuisiner des steaks pour limiter les risques. Mais j'ai un côté joueur.

Il l'entraîna à travers la maison vers l'arrière, vers le patio. Elle découvrit une table en bois sur laquelle trônait un grand plateau de fruits de mer. Des bières et un bon chardonnay se rafraîchissaient dans un seau à glace.

— Wouah ! Vous avez prévu de quoi restaurer un régiment.

— J'aime cuisiner en grandes quantités pour avoir beaucoup de restes. Et gagner du temps en cuisine par la suite.

Elle saisit la bouteille de whisky de vingt ans d'âge qu'il avait également achetée.

— Du Glenfiddich ! Mon scotch préféré. Vous n'avez pas lésiné pour me faire plaisir. Je suis touchée.

Cette bouteille lui avait en effet coûté deux cents dollars mais si ce breuvage la faisait parler, il considérerait cette dépense comme un bon investissement.

— À toutes fins utiles, dit-elle, je ne bois de l'alcool qu'en de rares occasions. Quand la journée a été horrible. Ou la meilleure de ma vie.

Il fut emballé par la perspective de leurs futurs dîners. Il espérait surtout avoir la possibilité d'en partager beaucoup avec elle.

— Voilà qui est bon à savoir. Asseyez-vous.

— Ça vous dérange si je me lave les mains d'abord ? demanda-t-elle.

— Non, bien sûr. Deuxième porte à gauche, ajouta-t-il en montrant le couloir.

Il profita de son absence pour retourner à la cuisine chercher le beurre, la mayonnaise et le pain chaud. Au moment où il finissait de tout mettre sur la table, elle réapparut. Alors qu'elle s'asseyait en face de lui, elle prit une bière.

Il en fut surpris.

— Je m'attendais à un autre choix de votre part.

— J'apprécie une bonne bière fraîche de temps en temps. Mais ce soir j'ai seulement envie de goûter ce que vous aimez.

Incapable de s'en empêcher, il sourit.

— Pourquoi ce déploiement de charme pour le moins inattendu ?

— On m'a souvent jugée mordante, têtue, impulsive... Mais charmante ? Jamais.

Ce soir, ils jouaient tous les deux une comédie dans l'espoir d'obtenir quelque chose de l'autre. Pensait-elle devoir l'amadouer pour qu'il lui livre des renseignements ?

Elle décapsula sa bière, en but une longue gorgée.

— Verdict ? demanda-t-il.

— Délicieuse. La bière accompagne bien les fruits de mer. Vous dînez souvent dans votre jardin ?

— Tous les soirs, si le temps le permet. Mon père avait fabriqué lui-même cette table. Et il y a quelques années, j'ai construit le four à pizza.

— Félicitations, je suis impressionnée.

— J'ai connu beaucoup de repas de famille dans cette maison.

Brian aimait l'air frais, la terre, les bois, les montagnes. Il regrettait que ses parents n'aient pas vécu plus longtemps sur cette propriété.

Il lui montra le plat.

— Servez-vous.

Ils remplirent leurs assiettes et commencèrent à déguster le bon repas qu'il avait préparé. Il avait mis sur la table tous les ustensiles dont ils auraient besoin, y compris des maillets en bois.

Elle fit craquer des pattes de crabe, en arracha la chair si succulente et se lécha les doigts.

Ils étaient détendus et bientôt, l'alcool aidant, ils décidèrent de se tutoyer.

— Alors, dit-elle enfin, un peu rassasiée. As-tu appris quelque chose ?

En effet, il en savait plus que ce matin mais il n'était pas pressé de tout lui révéler.

— D'abord, il y a quelque chose que je voulais te demander.

— Oui ? dit-elle en beurrant un morceau de pain. Et quoi ?

— Quand je t'ai proposé de donner des cours gratuitement à l'Underground Self-Defense School, pourquoi as-tu refusé sans même me laisser une chance ?

Elle grogna.

— Tu veux que je te réponde avec sincérité ?

— Je t'en prie, elle m'est indispensable.

Il mourait d'envie de comprendre.

— Parce que tu es policier.

Il eut l'impression d'une gifle.

— Et alors ? Rocco travaille pour le gouvernement en étroite collaboration avec le FBI. Tu l'as pourtant autorisé à enseigner dans ton école.

Mâchonnant des crevettes, elle secoua la tête.

— Ce n'est pas pareil.

— Nous travaillons tous deux dans les forces de l'ordre.

— C'est très différent.

— Qu'as-tu contre les flics ?

Elle leur en voulait, manifestement. Et beaucoup. Au point de décliner son offre de cours gratuits pour cette seule raison.

— Je vois clair dans ton jeu, dit-elle.

— De quoi parles-tu ?

— Tu me sers un somptueux plateau de fruits de mer pour me faire parler.

Elle avait raison mais il n'avait pas l'intention de le reconnaître si facilement.

— Comment cela ?

— Non seulement, ces crustacés sont un régal mais manger avec les doigts crée une convivialité, un climat détendu et donc une sorte d'intimité, propice aux confidences.

Il était en effet difficile de se montrer distant avec quelqu'un tout en suçant des pattes de crabe en face de lui. Voilà pourquoi il avait décidé de mettre des fruits de mer au menu. Les steaks n'auraient pas eu cet effet.

Brian eut un sourire entendu.

— Ce n'est pas faux.

Elle changeait de sujet, comprit-il. Elle bottait en touche.

— Alors dis-moi, insista-t-il. Pourquoi détestes-tu les policiers ?

Il gardait une douceur dans le ton, malgré sa curiosité.

Elle poussa un gros soupir.

— Si je commence à te raconter, la conversation va vite devenir lourde et douloureuse. Je ne suis pas sûre que tu en aies envie.

Elle n'avait aucune idée de ce dont il avait envie. Si elle le savait, elle paniquerait probablement.

— J'aimerais mieux te connaître, dit-il avec sincérité. Et inversement. C'est visiblement un sujet important.

— D'accord. N'oublie pas ensuite que c'est toi qui l'as demandé.

Laissant tomber les pattes de crabe dans son bol, elle leva les yeux vers lui.

— Mon père était flic. Et battait ma mère. Elle n'a jamais osé appeler les secours parce qu'il lui avait promis de la tuer si elle s'y risquait. Mais les voisins avaient prévenu la police à plusieurs reprises. Quand ils arrivaient, ils emmenaient mon père dehors, discutaient avec lui sur la pelouse. Ensuite, invariablement, ils s'en allaient. Ils prétendaient ne rien pouvoir faire parce que ma mère ne voulait pas porter plainte. Les appeler était inutile. J'ai vite compris que la solidarité entre flics primait la défense des victimes.

Le même scénario s'était reproduit avec Haley, pensa-t-il. Du moins, Charlie en était-elle persuadée.

Mais désormais, si la police recevait un signalement de violences conjugales, elle était tenue d'intervenir, que la victime souhaite ou non porter plainte.

Était-ce déjà le cas quand Charlie était enfant ? Il l'ignorait.

Avec la nouvelle législation adoptée pour protéger les femmes battues, sa mère aurait bénéficié d'un soutien, que son mari soit policier ou non.

Bien sûr, Brian n'était pas naïf au point de penser qu'un tel dispositif était parfait, sans faille.

Laramie était une petite ville. Seth avait beaucoup d'amis policiers. Certains auraient pu être enclins à détourner les yeux pour ne pas mettre un collègue dans l'embarras. Cela dit, Brian ne l'aurait jamais fait.

— Je me souviens très bien de la dernière fois que mon père l'a rouée de coups. J'avais sept ans. C'était l'été. La journée avait été caniculaire. Les cigales étaient si bruyantes que leur chant en devenait un peu effrayant. Le pain de viande servi pour le dîner avait déclenché sa fureur. Parce qu'il voulait du poulet. Il l'a battue si fort que j'ai pensé qu'il allait la tuer. Il la massacrait. Alors, j'ai appelé les flics. Quand ils sont arrivés, j'ai trouvé le courage de parler. Même si mon père me dévisageait comme s'il avait envie de m'étrangler et qu'il m'ordonnait de me taire. J'ai continué, je leur ai raconté tout ce qui s'était passé. Les deux policiers sont sortis discuter dans le jardin. Je les ai entendus se disputer. L'un d'eux est enfin revenu et a arrêté mon père. Cinq heures plus tard. Cinq petites heures plus tard, répéta-t-elle en écartant les doigts de la main, il est revenu. Il a fait irruption dans la maison, l'arme au poing. Il m'a sortie du lit par les cheveux, traînée dans leur chambre. Ma mère le suppliait de ne pas me faire de mal. Il me regardait avec des yeux vitreux, son expression était étrange. Il m'a dit que tout était ma faute. Puis il a tiré sur ma mère avant de retourner l'arme sur lui. En me laissant la vie sauve.

Perdre ses deux parents d'une manière aussi horrible avait dû être un profond traumatisme, surtout à un âge si tendre. Vivre avec le souvenir de cette monstruosité était forcément un cauchemar. Sans parler de la culpabilité du survivant.

— Je suis désolé que tu aies connu une telle épreuve, dit-il.

— Après l'enterrement, je suis allée vivre avec ma tante et mon oncle, les parents de Rocco.

Cela expliquait beaucoup de choses sur Charlie. Et pourquoi Rocco était la personne la plus proche d'elle sans qu'ils soient réellement intimes.

— Un tel événement te change pour toujours, dit-il. Et laisse une marque indélébile. Je n'ai jamais rien vécu de cette ampleur. Mais après avoir perdu deux coéquipiers au cours d'une mission dangereuse, je suis devenu cynique et amer.

S'il avait connu ce que Charlie avait enduré, à sept ans, Dieu sait comment il aurait réagi. Depuis l'armée, il y avait eu des moments où les ténèbres avaient menacé de le faire sombrer. Mais chaque jour, il se réveillait, heureux d'être en vie, d'avoir la possibilité de faire une différence dans le monde.

— D'une manière ou d'une autre, je me force à toujours voir le verre à moitié plein, ajouta-t-il. Mais ce n'est pas toujours facile.

Il savait que la situation de Charlie était infiniment plus complexe.

— Assez pleurniché sur mon triste sort, dit-elle avec légèreté comme s'ils avaient évoqué la météo ou l'état des routes. Ce n'est pas pour parler de moi que je suis venue. Vas-tu te décider à me dire ce que tu as appris ? À moins que tu n'aies rien trouvé.

Il était fasciné par cette femme. Par sa beauté. Par son esprit. Par son cœur. Par ses secrets. Par tout ce qu'elle était.

Par ses cicatrices aussi.

— Plus tôt ce matin, j'ai échangé avec le capitaine des pompiers, Sawyer Powell. Il m'a confirmé que l'incendie du chalet des Olsen était d'origine criminelle, comme tu l'avais soupçonné. Ils ont retrouvé les traces d'un accélérant. De la poudre à fusil.

— Le type d'accélérant qu'un flic utiliserait.

Elle avait raison.

— Cela ne prouve pas que Seth soit responsable du sinistre. Par ailleurs, les chiens ont fouillé les restes calcinés de la maisonnette. Ils n'ont pas trouvé de cadavre mais les pompiers ont récupéré de l'ADN. Des traces de sang.

Charlie se raidit, il sentit ses tensions.

— Seulement des traces ? Mais j'en avais vu beaucoup. Il y en avait partout

Les yeux dans les siens, il la crut.

— Le feu a détruit pas mal de preuves.

— Et l'inspecteur Olsen ? A-t-il été inculpé ?

Brian secoua la tête.

— Non. Haley est considérée comme une personne disparue. Seth a un alibi et a été suspendu de ses fonctions à titre de mesure conservatoire.

Elle fronça les sourcils.

— Quel alibi ?

— Un autre inspecteur qui travaille avec lui a affirmé qu'ils étaient ensemble.

Brian ne savait pas encore s'ils étaient de service à ce moment-là, mais il le découvrirait.

— Tu plaisantes, j'espère ? C'est typique ! Un policier en protège un autre. Et maintenant, tu vas me dire qu'aucun d'eux ne mentirait et que Seth serait incapable de tuer sa femme.

Les gens étaient capables de crimes horribles s'ils étaient motivés et si les circonstances le leur permettaient. Seth avait d'abord travaillé pour les mœurs avant d'être affecté aux stupéfiants mais de toute façon, n'importe quel policier intelligent saurait comment se débarrasser d'un cadavre, détruire des preuves et se fabriquer un alibi. De plus, que celui de Seth soit son collègue et copain semblait louche à Brian. Mais il ne voulait pas nourrir la méfiance de Charlie.

— Un inspecteur expérimenté enquête, assura-t-il. Un type bien. Je le connais.

Kramer avait de nombreuses qualités mais il traversait une période difficile. Et Brian se demandait si ses épreuves personnelles risquaient d'avoir un impact sur l'enquête. Lorsque Brian était passé au poste de police, il n'avait pas réussi à lui parler seul à seul mais il devait le revoir bientôt.

— Es-tu en train de me dire que si Olsen est coupable, s'il a tué Haley et a fait exploser le chalet pour détruire les traces de son crime, il lui sera impossible de s'en tirer ?

Brian s'était posé la même question quand il était allé fouiner au poste de police, un peu plus tôt. Il y avait des failles dans le système, il en était conscient. Beaucoup d'hommes avaient intégré la police depuis de nombreuses années et avaient forgé au fil du temps des amitiés solides et des loyautés profondes.

— Pas impossible, mais improbable.

Du moins l'espérait-il.

Elle posa ses beaux yeux verts sur lui.

— Et maintenant tu vas t'en laver les mains ? Ou approfondir la question ? Es-tu décidé à m'aider ?

— Je ne peux pas enquêter sur un éventuel homicide sans que tout le monde au poste de police ne le sache.

— D'accord. Merci pour le dîner.

Et jetant sa serviette sur la table, elle se leva.

Il se mit sur pied à son tour et lui prit le bras pour l'arrêter.

— Tu m'as dit que nous partagerions nos découvertes. Qu'as-tu appris, de ton côté ?

Elle fronça les sourcils.

— Quand Olsen a quitté le poste de police, il s'est rendu au club de *strip-tease* de Raven. Il y est resté deux heures.

Cela ne constituait pas un crime.

— Peut-être avait-il besoin de se défouler. De se déconnecter pendant un moment.

Les gens ne réagissaient pas tous de la même façon.

Au poste de police, Seth avait semblé ravagé et un peu perdu. Ses collègues lui avaient proposé des vêtements puisqu'il avait tout perdu dans l'explosion, à l'exception de ceux qu'il gardait dans son casier.

— Puis il est allé dans une maison à Mulberry, poursuivit-elle en lui donnant l'adresse exacte. Il avait une clé et est entré. Peux-tu savoir à qui appartient l'endroit ?

— Oui, je vais m'en occuper mais mesures-tu le danger qu'il y avait à le suivre ?

— Quelqu'un doit le faire. Apparemment, personne au sein de la police de Laramie ne s'en soucie. Personne ne le prenait en filature. Je me sens responsable de Haley. C'est moi qui l'avais convaincue de quitter Seth et qui l'aidais à s'y préparer. Elle craignait de bouleverser sa vie et de déménager à l'autre bout du pays. S'il a compris ce qu'elle s'apprêtait à faire et l'a tuée pour l'en empêcher alors tout est ma faute. J'ai l'impression de l'avoir laissée tomber.

Le regard de Charlie s'accrocha au sien alors que tout en elle s'adoucissait.

Son inquiétude pour Haley ainsi que sa culpabilité assombrissaient ses beaux yeux. Charlie Sharp qui se plaisait à donner d'elle une image détachée, indifférente à tout, montrait soudain sa vulnérabilité.

Pourtant, il ne pouvait pas s'empêcher de penser qu'elle ne lui disait pas tout dans cette histoire, sur son implication. Si seulement elle pouvait lui faire assez confiance pour être complètement honnête.

Il faudrait du temps pour instaurer cette confiance. Heureusement, il était patient.

— Tu comprends ? murmura-t-elle d'une voix tremblante.

Il soupira, sachant qu'il allait regretter ce qu'il allait dire ensuite.

— Je comprends et je m'en soucie. J'enquêterai sur ce drame si tu acceptes de cesser de t'en mêler.

Son implication ne l'aiderait pas à résoudre l'affaire et l'exposait, elle, au danger

— Bien sûr, dit-elle après un moment d'hésitation. Je vais te laisser t'en occuper.

Brian voulait croire qu'elle laisserait réellement tomber le dossier. Il l'espérait mais il sentait que son entêtement était plus puissant que sa détermination.

— Laisse-moi débarrasser, et je t'escorte jusque chez toi.

Un autre froncement de sourcils.

— Pour camper à nouveau devant la maison ?

Il hocha la tête en refusant d'entendre les protestations de son dos.

— Inutile, dit-elle. Donne-moi les clés de l'appartement de mon cousin. Je dormirai là-bas jusqu'à son retour.

Brian était certain que Rocco ne s'en soucierait pas, mais il avait envoyé un texto à son copain plus tôt pour s'en assurer et obtenu son feu vert.

— Puis-je te faire confiance sur toute la ligne ? Pour rester à l'écart de l'enquête et t'installer chez Rocco ?

Charlie lui décocha un sourire empreint de tristesse qui l'inquiéta.

— Pour le savoir, tu devras attendre de voir...

5

Une pointe de culpabilité tourmentait Charlie alors qu'elle manœuvrait la jeep de Dustin sur le parking de la salle de sport de Seth.

Lorsqu'elle avait promis à Brian de ne plus se mêler de l'enquête, elle avait été sincère. Elle n'avait pas voulu mentir et avait conclu leur accord de bonne foi, bien qu'à contrecœur. Mais ensuite, dans la nuit, elle s'était tournée et retournée sur le canapé de Rocco, incapable de trouver le sommeil. Elle n'avait cessé de penser à Haley. De se demander ce qui lui était arrivé, de s'inquiéter. De craindre que Seth s'en tire, même s'il l'avait tuée, uniquement parce qu'il était policier. Elle avait regretté de ne pouvoir rien y faire.

Puis elle s'était rendu compte qu'elle avait la possibilité de faire quelque chose que personne dans la police n'était prêt à assumer.

Alors que l'aube se levait, elle repéra le *pick-up* gris de Seth au fond du parking. Manifestement, il n'avait rien changé à ses habitudes. Au printemps dernier, elle l'avait surveillé pendant des mois et il avait toujours commencé ses journées dans la salle de sport. Il était donc probable qu'il allait encore passer dix minutes à soulever des haltères et à faire des pompes. Il terminerait son entraînement par une longue course sur le tapis roulant avant de se rendre aux douches. En revanche, comme il était désormais suspendu, en congé administratif, il ne se rendrait pas ensuite au poste de police et elle ne savait pas où il irait.

Elle se gara sur une place libre entre leurs véhicules, enfonça sa casquette de *base-ball* sur sa tête, rabattit la capuche de sa veste et sortit. Tout en s'assurant d'un bref coup d'œil que personne ne l'observait, elle s'approcha du *pick-up*.

Avec un dernier regard circulaire, elle se laissa tomber au sol près de la roue arrière. Il aurait mieux valu planter un traceur à l'intérieur, dans l'habitacle, mais neutraliser un système d'alarme n'était pas simple sur un véhicule moderne et lui aurait demandé trop de temps. En le plaçant à l'extérieur, elle risquait de le casser ou de le perdre. Mais dans le passé, elle avait eu de la chance et rien de fâcheux n'était arrivé. Elle tira le petit boîtier magnétique de sa poche et le posa sur une surface plate du châssis. À moins de devoir changer une roue, il ne le verrait jamais.

Elle se leva et retourna s'installer au volant de la jeep.

Il était temps. Seth poussait déjà les portes du gymnase. Il était en grande conversation avec un blond à lunettes. Ce dernier semblait nerveux. Il regardait sans cesse autour d'eux avec inquiétude.

Charlie saisit son appareil-photo et mitrailla les deux hommes en train de parler.

Tout en marchant, Olsen posa la main sur l'épaule du blond. Ce dernier se raidit, puis hocha la tête.

Quelques photos supplémentaires. Il était temps de filer avant qu'ils ne remarquent sa présence.

Désormais, elle pourrait suivre chacun de ses mouvements. Et savoir tout ce qu'il faisait.

En écoutant Haley parler de son mari, Charlie avait découvert que Seth Olsen était très orgueilleux. Il pensait que quoi qu'il fasse, il s'en tirerait toujours sans jamais être inquiété. Peut-être même un meurtre.

Eh bien, non. Plus maintenant.

Voilà plus d'un an que Brian n'avait pas travaillé au poste de police deux jours de suite. Et maintenant, chaque fois qu'il entrait dans le bâtiment, la claustrophobie le gagnait. Il s'était habitué à être « prêté » à l'unité opérationnelle interarmées et donc séparé de ses collègues policiers. Cet éloignement ne le contrariait pas, au contraire. Cette unité opérationnelle correspondait mieux à ses compétences et à son expérience. Travailler avec le FBI avait élargi son horizon, et désormais il envisageait la suite de sa carrière ailleurs que dans la police de Laramie.

Son collègue, l'inspecteur Kent Kramer, n'était pas dans son bureau mais Brian le trouva dans la salle de repos en train de se servir un café.

— Salut, Kent, dit-il en s'avançant vers lui.

— Brian ! Quelle surprise ! Tu as donc décidé de nous honorer de ta présence deux jours d'affilée. En quel honneur ?

La vue de ses yeux injectés de sang renforça les inquiétudes de Brian. Depuis qu'il avait perdu sa femme dans un accident de voiture, Kent n'était plus le même, ce n'était un secret pour personne. Il passait ses soirées à noyer son chagrin dans les bars. Brian se demandait de plus en plus souvent si son collègue n'était pas devenu alcoolique. Certes, il parvenait encore à effectuer son travail mais sa consommation d'alcool devenait un problème que Brian ne pouvait plus ignorer.

— Je voulais te parler. Seul à seul.

— Ah oui ? répondit Kent, avec un sourire. Ne me dis pas que je pourrais être utile à ton unité opérationnelle !

Depuis l'arrivée de Brian à Laramie, Kent s'était montré accueillant, sympathique et bienveillant avec lui. Il avait été le premier à l'encourager à devenir au plus vite inspecteur. S'il n'avait pas vraiment été un mentor, il n'avait jamais hésité à lui dire « Bravo, tu as fait du bon travail ». Et il avait été le seul à le féliciter d'avoir été choisi comme agent de liaison de la police pour l'unité opérationnelle interarmées.

— Non, répondit Brian. En fait, je me demandais plutôt si moi, je pouvais t'être utile ?

Kent plissa le front, et son sourire s'envola.

— Comment ça ?

— Hier, je suis passé devant le chalet de Seth et j'ai vu la fumée, l'incendie.

— Vraiment ? demanda Kent. D'après le dispatcheur, tu as été informé du sinistre. Rien n'indiquait que tu en avais été témoin.

Brian se servit un café.

— J'ai en effet reçu une note mais j'avais aperçu le chalet en feu de la route. Bref, je me demandais pourquoi tu étais le seul à enquêter.

Pour une affaire aussi importante, impliquant l'un des leurs, de surcroît, il aurait dû y avoir deux inspecteurs sur le dossier.

Kent jeta un coup d'œil autour de lui, poussant Brian à l'imiter. Ils étaient seuls dans la pièce. Et personne ne traînait dans le couloir.

— J'ai posé la même question au lieutenant, répondit-il en baissant la voix. Apparemment, c'est compliqué. Seth est en mauvaise posture, tu sais, vu que sa première femme, Linda, avait perdu la vie dans des circonstances suspectes.

Brian ignorait qu'il avait été marié une première fois.

— Que lui était-il arrivé ?

— Elle avait trop bu et était tombée dans l'escalier. Dans sa chute, elle s'était brisé la nuque. Le légiste avait conclu à un accident mais...

— Mais le chalet de Seth est de plain-pied.

Kent secoua la tête.

— Non, à l'époque, ils vivaient dans la maison de Linda. Une grande bâtisse de deux étages.

— Te souviens-tu du taux d'alcool dans le sang de Linda ?

— Je l'avais cherché dès que l'enquête m'avait été confiée. Elle était à 3 grammes...

Brian siffla. Le taux était très élevé, assez élevé pour altérer la marche, voire la parole, d'un individu. À 0,8 gramme, une personne était considérée comme ivre.

— Après sa mort, Seth avait vendu la maison, ajouta Kent. Et grâce à cette transaction, à l'argent obtenu, il avait évité de justesse à la propriété familiale des Olsen de faire l'objet d'une saisie. Il disait alors que Linda avait été son ange gardien, qu'elle prenait soin de lui depuis l'au-delà.

— Cela n'explique pas pourquoi tu es le seul inspecteur sur l'affaire.

La mort de sa première femme dans des circonstances suspectes donnait une raison supplémentaire de soupçonner Seth d'un crime et donc de mettre deux enquêteurs sur le coup.

Le regard de Kent balaya le couloir. Il attendit qu'un employé passe.

— D'après les rumeurs, il y aurait des policiers corrompus à Laramie, chuchota-t-il.

Brian en avait entendu parler. La nouvelle cheffe de la police, Wilhelmina Nelson, avait sans doute été nommée pour régler le problème avant qu'un scandale n'éclate et ne fasse la une des journaux. Un combat qui ne serait pas simple à mener ni à gagner. Une raison de plus pour laquelle Brian avait été soulagé d'être affecté ailleurs.

S'il y avait des « ripoux » à Laramie, ils avaient de grandes chances de travailler aux mœurs ou aux stups. D'être à différents niveaux de responsabilités au sein du poste de police. Et de former un groupe soudé.

Kent but une gorgée de son café.

— La cheffe Nelson a dit au lieutenant qu'il n'était pas question qu'un collègue ami de Seth enquête sur l'affaire. Je suis le seul inspecteur, à part toi, à ne pas l'être. Il est très proche et même intime avec tous les autres.

Ce qui n'avait rien de surprenant. Laramie était une petite ville. Le poste de police était minuscule et ne se comparait pas aux commissariats des grandes villes comme New York ou Chicago.

— La police des polices va s'impliquer, poursuivit Kent. Ils envoient quelqu'un de Cheyenne qui devrait débarquer la semaine prochaine. En attendant, il n'y a que moi.

— As-tu déjà un peu avancé dans l'enquête ? Quelques pistes ?

Kent versa du sucre dans son café.

— Jusqu'à présent, j'enchaîne les fausses pistes, les voies de garage. Seth affirme que, s'il est arrivé malheur à Haley, son amant en est forcément responsable. J'ai parlé à ce type mais dès que j'ai mentionné le nom d'Olsen, il s'est refermé comme une huître et a refusé de dire quoi que ce soit. En tout cas, il a nié être l'amant de Haley et il a un alibi solide. Que j'ai vérifié.

Kent jeta un autre coup d'œil furtif vers le couloir.

— J'aimerais pouvoir en dire autant de Seth...

Une nouvelle plus surprenante.

— Je pensais que Colvin était son alibi.

— Oui. Soi-disant. Mais ils n'étaient ni l'un ni l'autre de service à ce moment-là. Rien ne me prouve qu'ils étaient ensemble ni ce qu'ils faisaient. Je n'ai que leur parole.

Merveilleux.

— Comment s'appelle le prétendu amant ? s'enquit Brian.

Inclinant la tête sur le côté, Kent lui lança un regard ironique.

— Pourquoi cette question ?

— J'ai bien envie de le réinterroger pour toi. Ça ne peut pas faire de mal.

— Écoute, tu es le seul autre inspecteur avec qui il est envisageable pour moi de parler de cette affaire. Et je te le dis tout net, rien ne colle dans cette histoire, je ne la sens pas du tout. D'instinct, je sais qu'elle va mal finir, m'exploser à la figure. Je suis plus que d'accord pour que tu m'aides à enquêter mais ton implication doit être officielle. Si tu as l'intention d'interroger des suspects, tu dois au préalable obtenir la bénédiction du lieutenant. Ensuite, je te communiquerai tout ce que j'ai, et tu seras libre d'aller cuisiner l'amant présumé. Mais Olsen a le bras long, je te préviens. Il est comme cul et chemise avec tout le monde à Laramie. Je ne suis pas sûr que tu aies grand-chose à gagner à t'en mêler.

Brian lui sourit. Si Kent voyait déjà des signaux d'alarme, le besoin d'un deuxième inspecteur devenait impératif, essentiel. Et urgent. L'implication de la police des polices était un bon signe mais beaucoup d'événements étaient susceptibles de se produire d'ici l'arrivée des « bœuf-carottes ». Des preuves avaient déjà été détruites dans l'incendie. Qui savait ce qui pouvait se passer d'autre ?

Sa tasse de café à la main, Brian se dirigea vers le bureau du lieutenant. Il frappa à la porte.

Le lieutenant Malcolm Jameson leva les yeux de l'écran de son ordinateur.

— Bradshaw ? dit-il en lui faisant signe d'entrer. Je suis surpris de vous voir. Que puis-je faire pour vous ?

Brian referma la porte derrière lui.

— Puis-je vous parler franchement ?

— Je vous le demande, répondit Jameson en l'invitant d'un geste à s'asseoir. Avez-vous un problème avec l'unité opérationnelle interarmées ? L'agent superviseur, Nash Garner, ne tarit pas d'éloges sur vous.

— Je suis heureux de l'apprendre et, non, je n'ai aucun problème. Voilà. J'ai entendu parler de l'incendie du chalet d'Olsen et de la disparition de sa femme. La situation est délicate, je le comprends bien, mais Kramer apprécierait un coéquipier pour l'aider sur cette enquête.

Le lieutenant Jameson fronça les sourcils.

— La cheffe Nelson n'a donné son feu vert que pour Kramer. Nous devons nous assurer qu'il n'y a pas de conflit d'intérêts, une complication supplémentaire. Kramer est un inspecteur chevronné et capable. De plus, il ne lui reste plus que quelques jours à gérer seul l'affaire. La police des polices sera bientôt là pour le relayer.

— Pensez-vous que la cheffe m'accepterait comme second enquêteur ?

— Vous avez déjà une mission à effectuer, non ? Et très médiatisée.

Depuis que Brian avait rejoint l'unité opérationnelle interarmées, il n'avait encore jamais profité d'un jour de vacances ni d'arrêt maladie. Nash l'avait poussé à prendre une semaine pour souffler. Voilà pourquoi, quand Brian en avait fait la demande officielle ce matin, il l'avait obtenue.

— Par chance, je suis en congé pour quelques jours. J'ai du temps libre. Alors pourquoi ne pas me mettre sur l'affaire ?

Le lieutenant s'adossa à sa chaise.

— J'avoue être surpris. Pourquoi vous intéressez-vous autant à ce dossier ?

— Si ma femme disparaissait et que ma maison explosait, je voudrais que tout le monde soit sur le pont. Or un seul inspecteur travaille sur cette affaire. Ce n'est pas normal.

— Je ne comprends toujours pas ce qui vous pousse à enquêter à tout prix. L'ambition ? La gloire ? Quoi d'autre… Je sais que vous ne le faites pas pour l'argent.

En souriant, Brian baissa la tête. Il aurait pu dire la vérité. Servir, protéger ses concitoyens, s'assurer que justice soit rendue était sa raison de vivre.

Au lieu de quoi, il répondit :

— Je dois beaucoup à Kent. Sans lui, je ne serais pas inspecteur. Or il traverse une période difficile et a besoin d'un coup de main jusqu'à ce que la police des polices arrive. J'aimerais l'épauler sur cette affaire.

Le lieutenant hocha la tête.

— Je comprends. C'est une chance que vous vous soyez éloigné quelque temps du poste de police. Vous avez la réputation de vous entendre avec tout le monde et pourtant, vous n'êtes vraiment ami avec personne.

Puis il fronça les sourcils.

— Vous jouez au foot avec Seth et quelques autres, non ? Oui, ajouta-t-il, comme s'il s'en souvenait brusquement. Vous aviez marqué un but décisif lors du match annuel contre les pompiers.

— L'entraînement est sur le point de reprendre. Mais je trouverai des prétextes pour ne pas m'y rendre. Je ne jouais que pour faire un peu d'exercice. Parfois, nous prenions un verre après. Je vous assure qu'il n'y a pas de conflit d'intérêts.

Après un moment de réflexion, Jameson hocha la tête :

— D'accord.

Il décrocha son téléphone.

— Si la cheffe Nelson l'accepte, ce qu'elle fera, à mon avis, vous êtes désormais le coéquipier de Kent. À titre temporaire. Évitez de venir au poste de police. Personne ne doit savoir que vous êtes là-dessus. Il est préférable de ne pas en faire état. Et quand l'entraînement de foot reprendra, participez comme vous le feriez normalement. Cela vous permettra peut-être d'apprendre quelque chose.

— D'accord, merci.

Clic, clac, clic, clac.

Charlie prit des photos de Seth alors qu'il quittait le Delgado. Il y avait dîné avec un homme qu'elle reconnut pour l'avoir vu sur de nombreuses affiches publicitaires. Il s'y autoproclamait « l'agent immobilier le plus efficace du Wyoming ».

Il se vantait, elle en était persuadée.

Dès que Seth regagna son *pick-up*, elle démarra et le suivit. Elle avait eu de la chance ce matin de trouver l'opportunité de poser un traceur sur son véhicule. Grâce à ce dispositif espion, lui filer le train toute la journée avait été un jeu d'enfant. Cela dit, jusqu'à présent, cette surveillance n'avait rien donné. Néanmoins, certaine qu'il cachait quelque chose, elle était déterminée à continuer cette filature et à photographier ses faits et gestes.

Le moment venu, elle dirait la vérité à Brian et lui avouerait que rester sur le banc de touche n'était pas son style. Ils devraient trouver un autre accord pour travailler ensemble.

Avec un soupir, Charlie vit Seth retourner au club de *strip-tease*.

Encore ? Ce n'est pas possible !

Elle hésita à laisser tomber et à rentrer chez elle. Mais elle avait l'intuition que tôt ou tard cette surveillance porterait ses fruits. À condition de s'y tenir, même si la tâche se révélait ennuyeuse ou répétitive.

Après s'être garée au même endroit que la veille, elle prit quelques clichés de Seth entrant dans le club. Puis elle s'installa sur la banquette arrière de la jeep en se demandant pour combien de temps.

Surveiller quelqu'un était un travail pénible mais elle espérait qu'il finirait par payer.

Une heure plus tard, la porte d'entrée du club s'ouvrit. Une rousse aux cheveux bouclés, vêtue d'un peignoir et chaussée de talons vertigineux, apparut. Charlie s'affala sur le siège arrière dans l'espoir de passer inaperçue jusqu'à ce qu'elle se rende compte que la femme se dirigeait droit vers la jeep.

Que diable ?

Charlie posa son appareil de photo et fut tentée de sauter à l'avant pour prendre le volant et filer en vitesse. Mais maintenant qu'elle avait été repérée, mieux valait savoir ce que lui voulait cette rouquine.

Celle-ci cogna la vitre arrière.

— Sortez de cette voiture.

— Pardon ?

— Vous m'avez entendue. Sortez. Tout de suite.

Charlie hésita. La rousse ne représentait aucune menace physique mais la situation ne lui semblait pas de bon augure.

Boum, boum, boum.

Surprise, elle sursauta et se tourna vers l'autre côté du véhicule. Un homme grand et costaud frappait du poing le toit de la jeep. À sa tenue et à ses biceps, elle comprit qu'il était l'un des videurs de la boîte.

Ils l'avaient surprise et avaient l'avantage à présent.

— Vous avez entendu, dit-il. Sortez de la voiture.

Mais elle préférait éviter cette option.

— Je m'en vais, d'accord ? dit-elle en s'installant au volant.

Alors qu'elle cherchait ses clés, la rousse tira un cran d'arrêt de la poche de son peignoir.

— Je peux crever vos pneus avant que n'ayez eu le temps de démarrer, dit-elle. Que préférez-vous ?

Que voulaient-ils d'elle ?

Seth l'avait-il repérée et les avait-il envoyés pour voir ce qu'elle cherchait ?

Charlie jeta un coup d'œil à son sac à main dans lequel elle avait dissimulé son arme. La sortir pourrait faire grimper la tension inutilement. Elle n'utilisait la violence qu'en dernier recours. Optant pour la sagesse, elle obtempéra et déverrouilla sa portière.

— Y a-t-il un problème ? demanda-t-elle en levant les mains dans un geste conciliant.

— C'est ce nous cherchons à savoir.

Un poing sur la hanche, la rouquine pointa son couteau vers Charlie.

— C'est la deuxième fois que je vous vois espionner la boîte de *strip-tease*, ajouta-t-elle. Or, la dernière fois que quelqu'un est venu rôder par ici, mon casier et ceux des autres filles ont été forcés.

Son agressivité se comprenait mieux.

— C'est un malentendu.

Et elle espérait le dissiper facilement.

— Je n'ai pas l'intention de vous voler quoi que ce soit.

— Alors que faites-vous ici ?

— J'ai pris un mari en filature.

Charlie fit un geste par-dessus son épaule vers le siège arrière de la voiture sur lequel son appareil-photo était visible.

La rouquine regarda à l'intérieur.

— D'accord. Je vous crois. Maintenant, ça fera cinquante dollars pour chacun de nous.

Charlie baissa les mains.

— Je paie pour quoi exactement ?

— Pour notre silence, répondit la rouquine avec un sourire. Sinon, Hammer, dit-elle en désignant le videur, vous dénoncera à tous les hommes à l'intérieur en précisant le modèle de votre voiture et votre numéro d'immatriculation.

C'était du racket. Combien de détectives privés avaient-ils subi le même sort ?

Avec un gémissement, Charlie prit son sac à main et en sortit les quelques billets qui s'y trouvaient.

— C'est tout ce que j'ai. Quatre-vingts dollars.

— Cela ira.

Ils se partagèrent l'argent. Le videur retourna au club mais la rousse resta devant Charlie.

— Le mari en question est le vôtre ?

— Non.

— Quel est son prénom ?

Charlie croisa les bras.

— Je préfère ne pas le dire.

— Et moi, je préférerais que vous me le confiiez. J'aide toujours les femmes qui aident d'autres femmes.

Charlie émit un rire amer.

— Pardonnez-moi mais j'ai du mal à vous croire, étant donné que vous venez de m'extorquer de l'argent.

— Il faut bien gagner sa vie, ma chère. Même vous, vous êtes payée pour vous asseoir ici avec votre appareil-photo.

— J'effectue cette filature gratuitement, en l'occurrence. Une de mes amies a disparu, et j'essaie de savoir si son mari en est responsable.

Quelque chose passa sur le visage de la rousse, peut-être une lueur de curiosité ou d'inquiétude.

— La plupart des hommes là-dedans nous traitent comme

de la viande. Pas comme des femmes qui travaillent pour payer leurs factures et qui méritent le respect. Je ne leur dois rien. Quel est son prénom ?

Charlie avait toutes les raisons de ne pas lui faire confiance mais, après tout, elle venait d'acheter son silence pour quarante dollars.

— Seth Olsen, répondit-elle en pensant qu'elle avait plus à gagner qu'à perdre à le dire.

La rouquine recula.

— Haley a disparu ?

— Vous la connaissez ?

— Nous sommes amies.

Amies ? Charlie ne l'avait pas vue venir, celle-là.

— Nous ne pouvons pas parler ici, poursuivit la strip-teaseuse en regardant le parking avec inquiétude. Allez vous garer à l'arrière du club, près des bennes à ordures. Attendez-moi une demi-heure, le temps de faire mon numéro, et je vous rejoins.

— D'accord.

Charlie ouvrit la portière lorsqu'une pensée la traversa.

— Je n'ai pas retenu votre prénom ?

— Aubrey. Et le vôtre ?

— Charlie.

Les trente minutes à patienter dans la ruelle à l'arrière du bâtiment lui parurent les plus longues de sa vie. Il lui était difficile de croire que Haley était amie avec Aubrey, strip-teaseuse et maître-chanteur de son état. Tout le contraire de Haley. Femme au foyer, celle-ci consacrait beaucoup de temps à faire du bénévolat à l'hôpital et à tricoter pour les vétérans de guerre.

Cela dit, quand Aubrey était entièrement vêtue et ne brandissait pas de couteau, peut-être aimait-elle aussi confectionner des pulls.

Le pouls de Charlie s'accéléra lorsque la rouquine franchit la porte arrière du club, toujours vêtue de son peignoir.

Le claquement saccadé des talons aiguilles de la jeune femme résonna dans la ruelle alors qu'elle s'approchait du véhicule. Elle sauta sur le siège passager et claqua la portière.

Une question trottait dans la tête de Charlie.

— Comment Haley et vous vous êtes-vous rencontrées ? demanda-t-elle, en espérant ne pas être vexante.

— Au club de *strip-tease*, répondit Aubrey. Haley y travaillait, à une époque. C'est comme ça qu'elle a fait la connaissance de Seth. Elle a su attirer son attention. Au début, il était adorable avec elle, très tendre. Elle l'a séduit, et il est tombé raide amoureux. Après leur mariage, tout a changé. Il l'a obligée à démissionner. Haley s'en fichait. Elle pensait qu'il n'avait pas envie qu'elle se déshabille devant d'autres hommes, qu'il avait sa dignité. Mais très vite elle a compris qu'il ne la laisserait travailler nulle part. Il tenait à ce qu'elle reste à la maison.

Il voulait l'isoler, qu'elle se retrouve seule et dépendante de lui financièrement.

— C'est le comportement classique d'un dominateur.

Aubrey se tourna vers elle et s'appuya contre la portière.

— Vous savez qu'il la bat ?

Charlie hocha la tête.

— Dès qu'ils se sont installés ensemble, il est vite devenu directif, poursuivit Aubrey en se tordant les mains. Je lui avais dit qu'une fois mariés, ce serait pire. Mais elle ne m'écoutait pas. Elle pensait qu'il était son prince charmant. Ça n'existe pas.

Voilà pourquoi Charlie détestait les contes de fées. Plutôt que de jouer les demoiselles en détresse dans l'espoir d'être secourue par un beau chevalier, elle avait décidé de s'en sortir toute seule, à la force de ses propres poignets.

— Qu'est-il arrivé à Haley ? reprit Aubrey.

— Je l'ignore encore. J'enquête pour reconstituer ce qui s'est passé.

— Il lui promettait souvent de la tuer si elle ne lui obéissait pas. Il a sans doute tenu parole. Ce ne serait pas la première fois. Vous saviez que sa première femme était morte ? D'après les journaux, il s'agissait d'un tragique accident. Et Seth avait été lavé de tout soupçon par ses collègues.

Sa première épouse avait perdu la vie, prétendument accidentellement ? La seconde avait mystérieusement disparu... La coïncidence était trop grosse pour être due au hasard.

— L'avez-vous déjà entendu menacer Haley ? demanda Charlie. L'avez-vous vu la frapper ?

Aubrey secoua la tête.

— Non. Je ne sais que ce que Haley m'a dit.

Les flics qualifieraient son témoignage de rumeur et refuseraient de le prendre en compte.

— À quand remonte la dernière fois que vous lui avez parlé ?

— Je ne l'ai pas revue depuis des mois. Depuis que Seth a commencé à venir au club régulièrement. Il n'accorde pas beaucoup d'attention aux filles quand il est ici. Il y rencontre toujours des gens. Le club lui sert de deuxième bureau. J'en avais parlé à Haley. Elle m'avait demandé de l'espionner. Mais c'était trop dangereux. J'avais refusé. Elle avait alors cessé de me parler. Quand je suis tombée sur Rafe il y a quelques semaines, je lui ai demandé des nouvelles. Mais il ne l'avait pas croisée depuis des lustres non plus.

— Qui est Rafe ?

— Raphaël Martinez. Son « ami », déclara Aubrey, utilisant des guillemets aériens sur le dernier mot.

Brian avait peut-être raison à propos d'un adultère.

— Rafe était son amant ?

— Je n'en ai aucune certitude mais j'en ai le sentiment. En tout cas, je crois qu'elle comptait sur lui pour l'aider à se libérer de Seth. Haley sait y faire avec les hommes. Elle a une manière à elle de les attirer, de les faire se sentir uniques et merveilleux. Comme s'ils étaient le centre de l'univers. Quand elle le voulait, elle était fascinante.

— Savez-vous où je peux trouver ce Rafe ?

— Il tient la boutique de fleurs sur Grand Avenue.

— Merci d'être venue me parler.

Charlie craignait que cette conversation mette Aubrey en danger. La rousse le lui confirma :

— Si vous voulez vraiment me remercier, ne revenez plus ici. Sauf pour me dire que vous avez retrouvé Haley. Ou que Seth a été arrêté.

6

Charlie se gara non loin du fleuriste The Prickly Poppy. Avant de sortir de la voiture, elle retira sa casquette de *base-ball* et passa les doigts dans ses cheveux pour les remettre en forme.

Comme elle s'apprêtait à pousser la porte de la petite boutique de fleurs, une voix familière lança derrière elle :

— Que fais-tu ici, Charlie ? Je t'en prie, dis-moi qu'il s'agit d'une heureuse coïncidence et que ta présence n'est pas due à une raison qui va me hérisser le poil.

Réprimant un soupir, elle se retourna pour faire face à Brian.

— Admettons qu'il s'agit d'un hasard et n'en parlons plus.

Très étonnamment, elle était heureuse de le voir.

— Tu es venue acheter des fleurs ? demanda-t-il en se rapprochant.

Il était si près qu'elle fut obligée de pencher la tête en arrière pour croiser son regard.

Un frisson la parcourut mais elle l'ignora.

Elle fut tentée de mentir. Lui dire ce qu'il avait envie d'entendre serait plus simple et lui éviterait la discussion désagréable qu'ils auraient fatalement si elle lui avouait la vérité. Mais jusqu'à maintenant Brian s'était montré franc avec elle. Pour autant qu'elle le sache, il n'avait pas trahi sa confiance. Non seulement elle lui devait l'honnêteté en retour mais elle se surprenait à se livrer à lui sans effort. Une première pour elle.

— Non, je ne suis pas venue acheter des fleurs, reconnut-elle.

— La raison de ta présence va-t-elle me...

— Te hérisser ? Oui, je le crains.

Il se raidit.

— Nous avions un accord, lui rappela-t-il. J'ai respecté mes engagements. Mieux, j'ai demandé et obtenu d'être affecté à l'enquête. J'ai désormais la possibilité de mener des investigations de manière officielle. Alors que toi tu m'as menti puisque tu continues à fouiner partout et à te mettre, du même coup, en danger.

— J'étais sincère en passant cet accord. Je pensais y arriver, réussir à rester assise, les bras croisés en attendant que tu m'informes de tes avancées. Mais ce n'est pas dans ma nature, j'en suis incapable. Désolée.

Il la regarda.

— J'essaie seulement de t'éviter des ennuis.

Même s'il était évident qu'il était contrarié, ce fut l'inquiétude dans ses yeux qui la fit culpabiliser. Qu'il soit si gentil ne lui facilitait pas les choses.

Et qu'il soit, en prime, si sexy encore moins.

Elle n'avait jamais beaucoup aimé les cow-boys, leur préférant les *bad boys*. Mais son stetson et son jean lui allaient bien, elle devait le reconnaître. Son côté « gendre idéal », propre sur lui et ses innombrables qualités lui donnaient envie de le pervertir.

Il se tourna vers la jeep.

— À qui appartient cette voiture ? demanda-t-il.

— À Dustin, l'un de mes professeurs.

— Qu'est-il arrivé à ta Porsche ?

Avec un soupir, elle enfonça les mains dans les poches de son jean et se redressa.

— Rien. Maintenant, s'il te plaît, cesse de poser des questions dont les réponses te déplairaient.

Rocco savait, lui, se taire.

— Je n'ai pas l'habitude de communiquer sur mes faits et

gestes, de rendre des comptes, poursuivit-elle. De coopérer. De conclure des accords et de les tenir.

— Cela s'appelle travailler en équipe.

Il mettait le doigt sur le point sensible.

— Exactement, dit-elle. Et ce n'est pas mon fort. J'ai l'habitude de travailler seule.

— Je comprends mais tu vas devoir faire un minimum de concessions si tu veux obtenir des renseignements. Je mets ma carrière en jeu dans cette histoire et en échange, j'espère un minimum de réciprocité. Or, tu persistes à garder pour toi des éléments majeurs qui pourraient pourtant m'aider à comprendre ce qui se trame. J'ai besoin de savoir ce que tu caches.

Elle sentit son ventre se nouer. Qu'il lise en elle comme dans un livre ouvert la gênait. Surtout, il ne mesurait pas ce qu'il lui demandait.

— Charlie...

Il lui prit le bras avec gentillesse et poursuivit d'une voix douce, presque apaisante :

— Je ne te demande pas de me déballer tous tes secrets dans la rue. Mais je suis en droit d'attendre de toi la vérité. C'est le minimum, non ?

Le minimum ?

— Et ensuite ? Qu'estimes-tu être en droit d'attendre d'autre ?

— Tu as l'intention de continuer d'enquêter de ton côté sur cette affaire, n'est-ce pas ?

— Je le dois.

— J'en prends conscience. Je te demande donc de rester chez moi pendant que tu mènes tes investigations. Avant de protester, essaie de comprendre, ajouta-t-il. Puisque tu tiens absolument à te mettre en danger, je n'ai pas d'autre moyen de te protéger.

— Je suis capable de me défendre, répliqua-t-elle en se libérant de son emprise.

Elle avait emporté son arme lorsqu'elle s'était installée chez Rocco. Le moment semblait bien choisi pour la porter.

Il soupira.

— Quelqu'un t'a déjà tiré dessus. Si tu continues à fourrer ton nez partout, ce quelqu'un pourrait récidiver. Chez moi, tu seras une cible moins facile à atteindre que seule chez Rocco.

Son ton empreint de douceur l'émut au ventre.

— Ce sont les nouveaux termes de notre accord, reprit-il. Ils ne sont pas négociables. C'est ça ou je ne te dis plus rien sur l'enquête.

Elle voulut protester. Comment osait-il lui poser un tel ultimatum ? C'était du chantage, ni plus, ni moins. Sentant monter une sourde colère, elle le fusilla du regard.

Mais il poursuivit :

— Réfléchis-y pendant que je vais interroger Rafe Martinez.

— Je t'accompagne, dit-elle.

— Il n'en est pas question. Je vais l'interroger de façon officielle. Tu restes ici. Et essaie de prendre du recul, de réfléchir. Travailler avec moi est ta meilleure option mais en retour, j'exige que tu me transmettes ce que tu découvriras de ton côté. Intégralement.

— Et que j'accepte, en prime, de partager ton lit.

Il haussa un sourcil.

— Je ne t'ai jamais demandé de partager mon lit. Dans mon esprit, tu allais prendre la chambre d'amis mais c'est comme tu préfères. Tu es la bienvenue sous ma couette.

Un sourire exaspérant passa sur ses lèvres alors qu'il se penchait vers elle.

— Ne cherche pas à la fuir ou à la combattre, lui murmura-t-il à l'oreille. C'est inutile.

— De quoi parles-tu ? demanda-t-elle, perturbée par sa proximité.

Les yeux dans les siens, il lui effleura la joue de la main.

— De l'alchimie entre nous.

Ce mot fit écho en elle. Il balaya la solitude qu'elle avait si souvent niée et refoulée. Brian avait raison. Elle éprouvait pour lui une attirance viscérale. Elle répugnait à l'admettre mais le trouble puissant qu'il provoquait en elle l'effrayait de façon insensée.

— Il y a d'autres options que de chercher à lui échapper, poursuivit-il doucement, son souffle lui caressant le visage. De plus agréables aussi.

Et en l'attrapant par le cou, il captura ses lèvres.

Toutes les raisons pour lesquelles elle s'était convaincue que se rapprocher intimement de Brian serait une erreur disparurent. Lorsque leurs langues entamèrent une danse sensuelle, elle s'envola, émerveillée.

Mais quand il rompit le baiser et s'éloigna lentement d'elle, les doutes revinrent l'assaillir. Elle avait eu tort de l'embrasser, se reprocha-t-elle.

Le cœur battant à tout rompre, elle ne savait plus très bien où elle en était. Personne ne l'avait jamais embrassée comme ça, avec autant de... Quel mot qualifierait ce mélange parfait de passion et de douceur ? Elle avait l'impression d'avoir perdu ses repères. Elle sentait des milliers de papillons voleter dans son ventre.

Brian ne bougea pas, ne prononça pas un mot. Il n'en avait pas besoin. Son regard brûlant en disait plus que de longs discours.

Elle détourna la tête, s'éclaircit la gorge.

— Je t'attends ici.

Tout en s'humectant ses lèvres meurtries, elle retourna vers la jeep. Elle s'adossa contre la portière et croisa les bras pour qu'il ne remarque pas le tremblement de ses mains.

Lorsque Brian ouvrit la porte de la boutique de fleurs, un petit carillon retentit. Il disparut à l'intérieur.

Le souvenir de son baiser la bouleversait encore.

Un malheureux petit baiser avait suffi à la déstabiliser. Que se passerait-il si elle couchait avec lui ? Elle préférait ne pas l'imaginer.

L'esprit en déroute, elle avait pourtant une décision à prendre. Devait-elle accepter de collaborer avec Brian à ses conditions ? Il les avait posées par grandeur d'âme, par honnêteté et noblesse de caractère, elle le savait. Pourtant, elle hésitait.

L'affaire était complexe. Et un élément dérangeant ressortait de ce micmac. La façon dont Aubrey avait parlé de Haley, comme d'une « strip-teaseuse fascinante, capable de donner à un homme l'impression d'être le centre de l'univers ». Cette Haley-là ne ressemblait en rien à la femme effacée qui avait poussé la porte de l'Underground Self-Defense School, deux mois plus tôt, dans l'espoir de retrouver un certain pouvoir sur sa vie. Était-il possible que Seth ait réussi à la vider de sa substance pour qu'elle ne soit plus que l'ombre d'elle-même ?

Ou Haley lui avait-elle menti, joué une comédie malsaine ?

La porte de la boutique de fleurs s'ouvrit, et Brian en sortit à grands pas. À en juger à son expression, l'entretien ne s'était pas bien déroulé.

— Ce fut bref, remarqua-t-elle.

— Parce qu'il ne voulait pas me parler. Il a prétendu avoir déjà été interrogé par la police et n'avoir rien à ajouter.

— Alors, que fait-on maintenant ? demanda-t-elle. Quelle est la prochaine étape ?

Les pouces sous son ceinturon, il planta les yeux dans les siens.

— As-tu pris une décision ?

— Pour information, je déteste les ultimatums, dit-elle. Mais pour cette fois, je cède. Nous procéderons à ta façon.

Se faire tirer dessus n'avait pas été une expérience agréable. Si s'installer chez Brian réduisait la probabilité d'une récidive, elle acceptait son plan. Quant à lui parler de ses activités clandestines, cela valait peut-être mieux, à ce stade. Sans doute avait-elle intérêt à percer l'abcès maintenant, une fois pour toutes.

Elle espérait surtout ne pas finir en prison.

Il hocha la tête.

— Alors à toi de jouer. Essaie, toi, de tirer les vers du nez du dénommé Rafe, dit-il.

— Je croyais qu'il ne voulait pas parler.

— Pas à un flic. Mais peut-être à toi, dit-il en repoussant tendrement des mèches de cheveux de son visage. Tu sauras sûrement le mettre en confiance, l'amadouer, ajouta-t-il de cette voix rauque qui la fit frissonner.

— En tout cas, je vais essayer, dit-elle en s'obligeant à se remémorer la mission qu'il venait de lui confier.

— On se retrouve ensuite chez moi, dit-il en se dirigeant vers son camion.

— Où vas-tu ?

— Maintenant que je suis officiellement chargé de l'affaire, je dois enquêter. J'ai effectué des recherches sur l'adresse que tu m'as donnée, sur la maison de Mulberry. Elle appartient à une société offshore. Plus je creuse, plus tout devient trouble. Il n'est plus aussi facile qu'autrefois de dissimuler l'identité des actionnaires mais l'expert qui s'en est chargé a effectué un travail impressionnant. Je vais demander de l'aide à une spécialiste de ma connaissance. Voir ce que je peux découvrir.

— D'accord. J'arriverai tard chez toi, ce soir. Je dois fermer l'Underground Self-Defense School.

Teddy était de nouveau absent, et Dustin avait une vie. Contrairement à elle. Elle ne pouvait pas lui demander de travailler tous les jours jusqu'à point d'heure, surtout avec si peu de préavis. Si cela continuait, elle allait être obligée de fermer l'Underground Self-Defense School à certains moments. Peut-être même une journée entière par semaine.

— Bonne chance, dit Brian en effleurant son chapeau.

Dès qu'elle entra dans la boutique, le parfum sucré des fleurs l'enveloppa. Elle croisa le regard de l'homme qui l'observait de derrière le comptoir en taillant des roses.

— Bonjour, dit-il. Et bienvenue au Prickly Poppy. Puis-je vous aider ?

Elle le rejoignit au comptoir.

— Je l'espère. Laissez-moi d'abord me présenter : Charlie Sharp.

— Je sais qui vous êtes. Vous dirigez l'Underground Self-Defense School

— Haley y a suivi des cours. Nous sommes amies. Et elle a disparu, il y a deux jours.

Son expression devint méfiante, et il posa son sécateur.

— Les flics me l'ont dit. C'était votre ami qui est venu m'interroger, il y a cinq minutes ? L'inspecteur Bradshaw ?

— Je n'aime pas les flics. Je ne leur fais pas confiance. Et que le mari de Haley en soit un m'inquiète beaucoup maintenant qu'elle ne donne plus signe de vie.

Il hocha la tête.

— Quel rapport avec moi ?

— J'ai entendu dire que vous étiez proches, tous les deux. Tout ce que vous pourrez me dire sur Haley m'aidera peut-être à comprendre ce qui lui est arrivé. Et, j'espère, à la retrouver.

— Mais je ne l'ai pas vue depuis un moment.

— Je crois savoir que vous étiez amis, dit-elle. Que s'est-il passé ?

— Si Seth découvre que j'en ai parlé à quelqu'un...

— Il n'en saura rien. Je vous le promets. Pourquoi avez-vous cessé d'être amis, Haley et vous ?

— En février dernier, son taré de mari m'a attaqué dans la réserve, alors que j'étais en train de fermer pour la nuit, répondit Rafe. Il portait une cagoule de ski mais je l'ai reconnu à sa voix. Il m'a roué de coups et m'a dit de rester loin de sa femme. Qu'il me tuerait si je l'approchais encore.

Maintenant, elle comprenait pourquoi il n'avait rien voulu dire à un policier.

— Ça n'aurait jamais dû arriver, dit Charlie en posant la main sur la sienne. Êtes-vous sûr qu'il s'agissait de Seth ? Vous a-t-il dit son nom ?

— Il n'en avait pas besoin, répondit Rafe. J'ai reconnu sa voix. J'en fais encore des cauchemars.

— Je ne veux pas être indiscrète mais Haley et vous aviez-vous une liaison ?

Rafe secoua la tête.

— Non.

— Vous pouvez me le dire si vous étiez amants, insista-t-elle. Seth est un monstre. Il battait sa femme et l'a peut-être tuée. Il la traitait comme une ordure.

— Nous ne couchions pas ensemble. Haley avait besoin d'un ami sur qui s'appuyer, à qui raconter ses problèmes, répondit Rafe. Un jour où nous prenions un verre, elle m'a embrassé. Cela m'a déstabilisé. Je ne m'y attendais pas. Je suis gay et je pensais qu'elle l'avait deviné. Je le lui ai dit et nous avons ri. Il n'y avait pas lieu d'en faire tout un plat. J'ai appris à la connaître, à l'aimer. Mais c'était platonique entre nous. J'ai essayé de l'expliquer à son mari mais il ne m'a pas laissé parler.

— Savez-vous si elle avait quelqu'un d'autre ? demanda Charlie. Un amant ?

— Pas pendant que nous étions amis, en tout cas. Elle me l'aurait dit, si elle avait eu quelqu'un, j'en suis sûr.

— Haley envisageait-elle de quitter Seth ? Vous en avait-elle parlé ?

— Elle en avait très envie mais elle avait peur. C'est moi qui lui avais suggéré de prendre des cours à l'Underground Self-Defense School. Par la suite, Haley s'était mis en tête de demander à son amie Aubrey d'espionner Seth au club de *strip-tease*. Quelque chose de louche s'y tramait, elle en était persuadée. Haley croyait que si Aubrey trouvait des trucs compromettants sur lui, elle pourrait s'en servir pour faire pression sur lui.

— Vous voulez dire que Haley lui avait demandé ce service mais que Aubrey avait refusé ?

— Non. Elles se rencontraient une fois par semaine. Aubrey lui communiquait tout ce qu'elle avait découvert, au fur et à mesure.

— En êtes-vous sûr ?

— Sûr et certain. Parfois, elles parlaient ici, dans la réserve. Ou à la pâtisserie, Divine Treats. Ou même à la bibliothèque. Haley adorait ces entrevues secrètes. Non seulement à cause de leur nature clandestine mais aussi parce qu'elle croyait réellement obtenir quelque chose sur Seth.

Pourquoi Aubrey lui avait-elle menti ?

Il devenait de plus en plus difficile de démêler le vrai du faux.

— Combien de fois se sont-elles rencontrées ? demanda Charlie.

Rafe haussa les épaules.

— Je n'en ai aucune idée. Après l'avertissement de son mari, j'ai coupé les ponts avec Haley. Elle avait besoin de moi et je culpabilisais de l'abandonner mais je n'avais pas le choix.

En proie à un profond sentiment d'échec, Charlie le remercia et sortit de la boutique.

7

Une boîte de la pâtisserie Divine Treats à la main, Brian frappa à la porte du bureau de Melanie Merritt, l'adjointe de la procureure du district.

Elle leva les yeux des dossiers dans lesquels elle était plongée et les posa sur la boîte en carton blanc. Elle identifia immédiatement son origine et poussa un gémissement.

— Je vous ai dit d'arrêter de me soudoyer pour obtenir des faveurs. Mon tour de taille ne peut plus se le permettre.

Avec un petit rire, il entra et retira son chapeau.

Intelligente et brillante, Melanie était très douée dans son domaine. Elle était aussi élégante et agréable à regarder. Véritable bourreau de travail, elle ne s'accordait des pauses que pour se restaurer, dormir ou faire un peu d'exercice.

Il posa la boîte sur le bureau.

— Vous voulez rire ? Vous êtes plus mince que moi. De plus, vous n'avez probablement même pas déjeuné.

Elle était toujours très occupée et une pointe de culpabilité le tourmenta en songeant qu'il allait lui imposer une tâche supplémentaire.

— C'est vrai, reconnut-elle. Je n'ai rien mangé depuis le petit déjeuner. À moins de compter les innombrables cafés que j'ai ingurgités depuis mon arrivée.

— Je carbure, moi aussi, à la caféine.

Elle ouvrit la boîte, regarda à l'intérieur et fondit à la vue de la tarte feuilletée au poulet, épinards et artichaut

— Vous avez choisi celle que je préfère !

La dernière fois qu'elle avait passé d'innombrables heures à les aider sur une enquête, il avait remarqué qu'elle l'appréciait.

— Je leur ai même demandé de la réchauffer pour vous.

— Vous, vous allez rendre une femme heureuse un jour.

Il y travaillait.

— Pouvez-vous m'accorder quelques instants ?

— Vous arrivez, chargé de cadeaux. Comment refuser ? Asseyez-vous.

— Je travaille actuellement sur une affaire de disparition inquiétante. Et je m'efforce de reconstituer ce qui s'est passé. Un suspect a été vu dans une maison qui n'est pas la sienne.

Il lui donna l'adresse qu'elle nota.

— J'ai essayé de savoir à qui elle appartenait, reprit-il. J'ai obtenu le nom d'une société *offshore*. Je pensais qu'il serait simple de découvrir le nom des actionnaires.

La législation sur la transparence des entreprises, en vigueur depuis peu - le *Corporate Transparency Act*, en particulier - avait en effet été conçue pour interdire l'anonymat complet des détenteurs du capital des sociétés. Désormais, toutes les administrations et les forces de l'ordre avaient accès au registre de leurs actionnaires et des dirigeants.

— Mais quand j'ai cherché dans les bases de données, je suis tombé sur une *holding offshore*.

— L'obligation de déclaration des actionnaires et des dirigeants ne vise que les sociétés enregistrées aux États-Unis.

— Il s'agirait donc d'une société étrangère ?

— Peut-être. Peut-être pas, répondit-elle. Le dispositif comporte quelques failles. Il faut détenir au moins un quart du capital pour être soumis à cette déclaration. S'il y a cinq actionnaires et que chacun en possède vingt pour cent, ils peuvent contourner la loi. Une autre façon d'échapper à ce contrôle est de constituer des SA qui se détiennent les unes les autres via une *holding*. Cela dit, de tels montages nécessitent la compétence d'un avocat doté d'une grande expertise et versé dans l'exploitation des failles du système.

— Comment savoir alors à qui appartient une société ?

— Sans citation à comparaître ? demanda-t-elle.

— Je préfère l'éviter pour le moment. Il est possible qu'un policier corrompu soit impliqué. Mieux vaut ne pas attirer l'attention.

— Ça va être délicat. Et prendra du temps. Mais je peux effectuer quelques recherches pour vous.

— Allez-vous devoir réduire vos rares heures de sommeil pour vous en charger ? demanda-t-il en ne plaisantant qu'à moitié.

— Je dois vous rembourser cette tarte d'une manière ou d'une autre, n'est-ce pas ? répliqua-t-elle en riant.

Toutes les pâtisseries de l'État du Wyoming ne suffiraient pas à la remercier de son aide.

— Merci. Je vous en suis très reconnaissant.

Il se leva et se dirigea vers la porte.

— Brian, dit-elle en l'arrêtant. Soyez prudent. De tels montages de sociétés ne sont pas très courants.

— Mais vous en avez déjà vu ?

— Oui et chaque fois, un cartel de drogue était impliqué. Si vous y ajoutez un policier corrompu, le cocktail pourrait vous exploser à la figure. Littéralement. Surveillez vos arrières.

Charlie verrouilla la porte de l'Underground Self-Defense School pour la nuit et consulta de nouveau son *smartphone* pour localiser le traceur GPS.

Ce soir, Seth avait passé pas mal de temps à Centennial et à Woods Landing-Jelm, deux villes situées, l'une et l'autre, à une demi-heure de route de Laramie.

Seth se rendait souvent là-bas, lorsqu'elle le filait, au printemps dernier, pour préparer la fuite de Haley. À l'époque, elle ne se souciait pas de ce qu'il y faisait. Maintenant, elle aurait aimé savoir ce qu'il y fabriquait mais elle avait dû revenir plus tôt à l'Underground Self-Defense School, pour relayer Dustin.

De toute façon, les adresses des endroits où il était allé dans ces deux villes étaient enregistrées dans l'historique du traceur GPS. Peut-être demanderait-elle à Brian de creuser.

Maintenant, Seth était retourné dans la maison de Mulberry.

Charlie avait assez de bon sens pour ne pas vouloir s'y aventurer toute seule et en pleine nuit. Mais peut-être pourrait-elle l'espionner de loin, discrètement.

Alors qu'elle démarrait la jeep, que Dustin avait accepté de lui laisser quelques jours de plus, son estomac gargouilla. Elle n'avait rien mangé depuis ce matin.

En route, elle passa devant un *drive-in* et commanda un double cheeseburger, des frites et une bouteille d'eau. Tout en roulant, elle commença à se restaurer.

Quand elle y arriva, la maison de Mulberry était éclairée. Deux voitures stationnaient devant le porche à côté du *pick-up* de Seth, des voitures qui ne s'y trouvaient pas la dernière fois. Aux ombres qui bougeaient derrière les rideaux tirés, elle devina que trois ou quatre personnes étaient à l'intérieur.

Il n'y avait pas beaucoup de véhicules dans le quartier. La plupart stationnaient dans des allées privées.

Par discrétion, Charlie se gara un peu plus bas dans la rue, derrière une berline. Elle posa son appareil sur les genoux, prête à prendre des photos si l'occasion se présentait. Tout en dévorant son hamburger, elle resta focalisée sur la maison.

Comme elle finissait son repas et s'essuyait les mains dans des serviettes en papier, la porte s'ouvrit. Trois types apparurent, dont Olsen.

Elle saisit son appareil et zooma sur leurs visages alors qu'ils descendaient les marches du porche. Elle prit plusieurs clichés. Ils discutèrent entre eux un petit moment sur le trottoir. L'un d'eux avait des cheveux blonds coupés très court. L'autre était chauve et un peu enrobé.

Enfin, Seth les salua de la main et se dirigea vers son *pick-up*. Elle en profita pour photographier les plaques d'immatriculation des véhicules des deux autres.

Tout en déverrouillant sa portière, Olsen promena les yeux autour de lui. Et les planta soudain sur elle.

Elle sentit son cœur s'accélérer dans sa poitrine et baissa son appareil.

La lentille avait-elle reflété la lumière d'un réverbère et attiré son attention ?

Le regard rivé sur elle, il descendit la rue.

Vers elle.

Elle tira sur la visière de sa casquette pour dissimuler son visage et démarra. En voyant Seth s'élancer à sa poursuite, elle actionna la marche arrière et roula jusqu'à l'angle de la rue. La gorge serrée, elle manœuvra, passa la première et fila en vitesse. Tout en écrasant l'accélérateur, elle jeta un coup d'œil dans le rétroviseur.

Olsen arrivait au croisement en courant comme un dératé.

Terrifiée, elle brûla un stop, tourna à droite et fonça sur la route.

Son cœur battait la chamade, l'adrénaline brûlait ses veines. Elle l'avait échappé belle. Il s'en était fallu d'un cheveu. Elle espérait surtout que Seth n'avait pas relevé sa plaque d'immatriculation.

Pied au plancher, elle fit plusieurs détours pour vérifier que personne ne la suivait. Rassurée, elle ralentit enfin et respecta les limitations de vitesse jusqu'à la maison de Brian.

En arrivant devant chez lui, elle poussa un gros soupir de soulagement. Non seulement elle avait réussi à échapper à Olsen mais elle passerait la soirée chez Brian. La perspective d'être avec lui plutôt que seule chez elle la réconfortait.

Sa gentillesse pour elle était sincère, touchante. Il se souciait d'elle et pas seulement par loyauté envers Rocco.

Quant à leur alchimie...

Elle ne cessait de s'imaginer au lit avec lui, et cette perspective devenait de plus en plus tentante.

Elle fourra l'appareil-photo dans son sac en se demandant si elle parlerait à Brian de ce qui venait de se passer. Sans doute pas. Il lui reprocherait sa démarche, s'inquiéterait des conséquences. Elle n'avait pas besoin d'un sermon.

Avec une profonde inspiration, elle ferma les yeux un instant. Saisie d'une peur rétrospective, elle revit Seth, la façon dont il l'avait dévisagée avec colère. Il lui avait paru prêt à détruire la jeep à mains nues pour l'atteindre. Et l'étrangler.

Elle sentait toujours son cœur battre à tout rompre.

Reprends-toi. Ne laisse pas Brian deviner ta terreur.

La porte de la maison n'était pas fermée. Elle entra et la verrouilla derrière elle. Au bout du couloir, les portes-fenêtres donnant sur le patio étaient ouvertes.

Elle posa son sac sur l'un des tabourets de la cuisine. Sur le comptoir se trouvait une assiette de viande froide et de salade, recouverte d'un film plastique avec une note qui disait : « Au cas où tu aurais faim. »

Il était vraiment adorable. Si elle avait su qu'il allait lui préparer à dîner, elle aurait choisi son repas fait maison plutôt qu'un *fast-food* indigeste. Elle mit l'assiette au frigo, saisit la bouteille de vin, ouvrit quelques placards pour trouver les verres. Elle en prit un et se versa une bonne dose de chardonnay.

Elle gagna alors le porche.

Brian pencha la tête sur le côté et lui sourit.

— Viens près de moi, dit-il en désignant le fauteuil à bascule à côté de lui.

Elle s'y laissa tomber et sirota une gorgée de vin. Frais et fruité, il était délicieux. Penchant la tête en arrière, elle contempla le ciel étoilé. Ce spectacle grandiose fit naître au plus profond d'elle-même un espoir inattendu. L'espoir que ce moment de paix dure éternellement.

L'espoir que Brian l'embrasse à nouveau.

— J'étais inquiet, dit-il d'une voix douce. Tu n'as pas appelé pour me prévenir que tu serais en retard. Voilà plus d'une heure que tu as fermé l'Underground Self-Defense School.

Elle se raidit. Elle n'avait pas l'habitude rendre des comptes à quelqu'un et encore moins de se justifier.

— Brian, je...

Il prit sa main dans la sienne, mêla leurs doigts.

— Je sais. Je ne te reproche rien. Je dis seulement que j'étais inquiet. La prochaine fois, appelle, d'accord ?

Son ton était calme, compréhensif. Comment aurait-elle pu se rebiffer ?

Baissant la tête, elle inspira profondément.

— Je ne laisse pas les gens m'approcher pour une bonne raison. Il ne s'agit pas seulement de me protéger, moi, mais aussi de les protéger, eux. Je ne veux pas créer d'ennuis aux rares personnes que j'ai dans la vie. Voilà pourquoi je ne confie rien d'important à Rocco. Tu m'as demandé de tout te dire concernant cette affaire et je suis prête à le faire mais je tiens à t'avertir. Tout savoir te compromettra. En tant que policier.

Il cessa de se balancer et la regarda avec intensité.

— Me compromettra comment ?

Elle secoua la tête, exaspérée. Elle voulait son aide, pas ruiner sa carrière. L'entraîner là-dedans était une erreur. Une erreur qu'elle n'avait pas envie qu'il regrette.

Il posa une main sur son épaule pour la détendre.

— Commence par me dire ce que tu as appris de Rafe Martinez. Nous allons progresser petit à petit. J'ai besoin de tout savoir mais pas forcément tout de suite. D'accord ?

Charlie sentit son ventre se nouer de culpabilité. Elle le prévenait qu'elle risquait de le compromettre et lui ne se souciait que d'elle. Il cherchait à l'aider à se confier sans forcer au lieu de songer à se protéger.

Par tempérament, elle était plutôt du genre à arracher un pansement d'un coup sec pour en finir. Mais si Brian acceptait de retarder le moment des aveux, elle allait commencer par le plus simple.

Avec une profonde inspiration, elle prit une gorgée de vin.

— Rafe m'a dit que Haley et lui n'étaient qu'amis. Il n'y a jamais eu quoi que ce soit de sexuel entre eux.

— Tu le crois ?

— Il est gay.

Brian hocha la tête.

— Mais il cache quelque chose, j'en suis certain.

— D'après lui, Seth était persuadé qu'il entretenait une liaison avec Haley. Un soir, alors qu'il fermait sa boutique, Olsen l'a agressé. Il portait une cagoule de ski et l'a roué de coups.

Brian se pencha en avant.

— Pourquoi ne l'a-t-il pas signalé ?

— Il avait trop peur. Seth avait menacé de le tuer s'il parlait.

— En tout cas, il le prétend, dit Brian.

— Tu continues de croire qu'un flic est incapable de battre sa femme ou de l'assassiner ?

— Non. Ce n'est pas ce que je dis.

Elle attendit qu'il lui dise ce qu'il pensait mais il se contenta de la dévisager avec calme.

— En tout cas, merci de ne jamais faire allusion à cette agression dans un rapport officiel, ajouta-t-elle. J'ai promis à Rafe de ne pas en parler, qu'il n'aurait pas d'ennuis.

Brian eut l'air insulté.

— Ne me prends pas pour un imbécile, dit-il. Écoute, la police des polices va enquêter sur Seth. Les inspecteurs viennent de Cheyenne. Ils ne le connaissent pas et se montreront impartiaux. Retourne voir Rafe et demande-lui s'il accepterait de leur parler.

— Cela m'étonnerait mais je peux essayer.

Elle doutait qu'il soit réceptif à l'idée. À sa place, elle ne le serait pas.

— À quand remonte la dernière fois qu'il a vu Haley ?

— Plusieurs mois. Il l'évite depuis l'agression.

Pauvre homme. Son histoire corroborait les antécédents violents de Seth et ce que lui avait raconté Haley.

Elle porta le verre à ses lèvres.

Mais il poursuivait :

— Je suis tombé sur un os avec la maison de Mulberry.

Comme elle fronçait les sourcils, il ajouta :

— Mais je finirai par aboutir. Mon amie Melanie Merritt, va m'aider à avancer.

Elle faillit en avaler de travers.

— L'adjointe de la procureure ? demanda-t-elle. Ça doit être sympa d'avoir des amis haut placés.

Il la dévisagea comme s'il hésitait à en dire davantage.

— J'ai encore deux adresses à creuser, dit-elle. L'une à Centennial et l'autre à Woods Landing-Jelm.

— Ne me dis pas que tu continues de prendre Seth en filature.

— Alors je ne te le dis pas. Je t'enverrai les adresses par texto.

— C'est dangereux de le suivre, insista-t-il. Tu dois arrêter. Tôt ou tard, il s'en apercevra et te le fera payer cher. Tu n'auras plus alors à t'inquiéter que ce qui est arrivé à Haley.

Elle tourna son regard vers le ciel.

— Tu m'écoutes, Charlie ? insista-t-il.

Agacée par son ton paternaliste et par le fait qu'il avait raison, elle soupira. Olsen l'avait déjà repérée parce qu'elle avait fait preuve de légèreté et s'était aventurée trop près de la maison de Mulberry. L'avouer à Brian, après son petit sermon, ne ferait que le contrarier davantage. Et l'inquiéter.

À sa grande surprise, elle trouva agréable d'avoir quelqu'un qui se souciait d'elle.

— Je t'ai entendu.

— Par ailleurs, j'ai enquêté sur Seth. Cherché s'il avait des antécédents de violence conjugale.

Elle se redressa dans le fauteuil à bascule.

— Et alors ? Qu'as-tu découvert ?

— Rien. Haley n'a pas appelé une seule fois la police. Et n'a jamais porté plainte. Et aucun signalement à l'hôpital ne vient étayer l'hypothèse d'une quelconque maltraitance.

Charlie en eut le souffle coupé.

— Tu ne me crois pas. Après tout ce que je t'ai raconté. J'ai vu de mes yeux vu son visage tuméfié, ses hématomes !

— Haley Olsen n'a jamais mentionné aucune forme de violence conjugale, ne s'est jamais rendue à l'hôpital, n'a jamais composé le numéro des secours. L'inspecteur Kent Kramer s'est entretenu avec la famille de Haley. Elle ne leur a jamais rien dit à ce sujet non plus. Le dossier est vide. Alors que, de son côté, Seth a toujours été bien noté par ses supérieurs et n'a jamais fait l'objet du moindre blâme.

Elle avait du mal à en croire ses oreilles.

Mais il poursuivait :

— Savais-tu que Haley avait été strip-teaseuse au Bare Back ?

Elle ne l'avait appris que quelques heures plus tôt mais elle hocha la tête.

— D'après les rumeurs, Haley trompait Seth, poursuivit-il. Si ce n'était pas avec Rafe, c'était peut-être avec quelqu'un d'autre. Le seul témoignage que j'ai pu trouver concernant un comportement violent entre eux désignait... Haley. Un jour, elle a frappé le *pick-up* de Seth avec une batte de *base-ball*.

— Quoi ? Quand ?

— Il y a six mois. Le jour de la Saint-Valentin, rien de moins. Sur le parking du Delgado. Plusieurs collègues policiers déjeunaient là et ont assisté à la scène. S'ils ne l'ont pas arrêtée, c'est uniquement parce que Seth leur a demandé de ne pas le faire. Il leur a dit qu'il s'agissait d'une affaire personnelle et qu'il ne voulait pas qu'elle ait d'ennuis.

Il y a six mois ? Le jour de la Saint Valentin.

— Je parie qu'elle réagissait à l'agression de Rafe. Il s'était fait attaquer en février dernier.

Cette agression avait peut-être été la goutte d'eau qui avait fait déborder le vase. Et conduit Haley à pousser la porte de l'Underground Self-Defense School, quelques mois plus tard.

— Peu importe la raison. L'important est qu'il existe des témoignages attestant que Haley, une femme soi-disant battue, a fait preuve d'agressivité envers Seth. En public. Et son mari prétendument violent l'a défendue, protégée. Et lui a évité la prison. Quelque chose ne colle pas dans cette histoire.

Elle poussa un soupir.

Ces révélations contredisaient en effet tout ce qu'elle croyait savoir sur Haley. La première fois que Charlie lui avait suggéré de changer d'identité pour commencer une nouvelle vie ailleurs, Haley avait réagi comme une victime terrifiée. Elle n'avait pas cessé de pleurer, de se reprocher la violence de Seth comme si elle s'en estimait responsable. Et imaginer ce qui lui arriverait si Seth découvrait son intention de le quitter la paralysait de peur. Elle craignait qu'il ne la tue. Elle hésitait, se demandait s'il ne valait pas mieux rester.

Était-il possible qu'il y ait une autre facette dans sa personnalité, une facette dont Charlie ne savait rien ?

Déstabilisée, elle se leva, se dirigea vers la rambarde de la terrasse, s'y appuya.

— As-tu trouvé quelque chose qui te fasse douter, au moins un peu, de l'innocence de Seth ?

Brian la rejoignit.

— Oui. Son alibi est invérifiable. Au moment de l'incendie du chalet, il se trouvait soi-disant avec son ami, l'inspecteur Colvin. Or ni l'un ni l'autre n'étaient de service ce jour-là. Personne ne les a vus ensemble. Aucune caméra de circulation ne les a filmés non plus.

— Il n'est donc pas au-dessus de tout soupçon, dit-elle. Si son casier judiciaire est vierge, c'est peut-être parce qu'il ne s'est jamais fait pincer. Cela ne signifie pas qu'il n'a rien à se reprocher.

— Tu as raison. Rien n'est clair. Je vais creuser, aller au fond des choses.

— Tu te soucies donc de Haley et de ce qui lui est arrivé, dit-elle sans parvenir à dissimuler son étonnement.

— Bien sûr, je m'en soucie. Une femme a disparu. Son mari, un policier, en est peut-être responsable. Et indépendamment de cette histoire, il se rend peut-être coupable d'activités criminelles. Cela compte pour moi et tu comptes davantage encore.

Elle poussa un profond soupir, intensément soulagée que Brian ne laisse pas tomber l'affaire. Qu'elle compte pour lui était différent et la déstabilisait. Elle ne savait pas très bien ce qu'elle devait en faire.

Les yeux dans les siens, il l'observa un long moment.

— J'ai besoin de savoir ce que tu me caches, Charlie. Qu'as-tu peur que je découvre ?

— Disons que je ne suis pas exactement une honnête citoyenne.

— As-tu des cadavres enterrés quelque part ? demanda-t-il d'un ton léger.

Ce n'était pas aussi grave et pourtant, elle aurait aimé qu'il évoque la question avec sérieux.

— Et si je te disais que j'avais tué quelqu'un ? Comment réagirais-tu ?

Il fronça les sourcils.

— Je te demanderais pourquoi tu l'as tué.

Elle ne s'attendait pas à tant de mansuétude mais sa réponse ne la détendit pas.

Il la dévisagea calmement.

— Cesse de me sonder. Dis-moi.

Elle finit son verre de vin. Pourquoi insistait-il à ce point ?

Il devina son malaise et se voulut rassurant :

— Considère cette terrasse comme un confessionnal. Ce que tu me confieras ne sortira pas d'ici. Je ne trahirai jamais tes secrets, ta confiance.

Elle fronça les sourcils devant cette promesse, sachant qu'il ne pouvait pas la tenir.

— Laisse-moi une chance, Charlie.

— Une chance de quoi ? De me laisser tomber ?

Il prit son visage entre ses mains et lui caressa les joues des pouces.

— T'ai-je déjà déçue ?

Non. Jamais, c'est vrai.

— Tu n'as rien d'une lâche, ajouta-t-il. Alors ne commence pas à te comporter comme si tu en étais une.

Brian attendit que Charlie lui réponde. Il se préparait à tout et à n'importe quoi. Il était évident qu'elle allait lui avouer un acte illégal. Mais il savait qu'elle n'était pas une meurtrière.

Il la regarda dans les yeux.

Son enfance abominable avait brisé quelque chose en elle. Pour espérer en guérir un jour, il lui fallait apprendre à faire confiance à quelqu'un. Il avait envie d'être ce quelqu'un.

Avec un soupir, elle se lança enfin :

— Je n'ai pas seulement convaincu Haley de quitter son mari, dit-elle. Je l'y aidais.

— Tu l'y aidais comment ?

— En lui offrant la possibilité de s'installer ailleurs sous une autre identité, de tout changer dans sa vie. Je faisais en sorte que Seth ne puisse jamais la retrouver.

Elle parlait de faux papiers, d'une activité illégale.

— C'est la première fois que tu fais cela ? Que tu aides quelqu'un à disparaître en lui proposant une nouvelle vie ?

— Je l'ai fait cinq ou six fois depuis trois ans. Pour des clientes en danger, des femmes et des enfants menacés par la violence d'un conjoint ou d'un ex-conjoint. Jamais pour des criminels.

Le ventre noué, il lâcha son visage.

— Leur fabriques-tu de fausses cartes d'identité ?

Charlie avait de nombreux talents mais il ne l'imaginait pas en faussaire.

Cela dit, elle ne cessait de le surprendre.

— J'agis en tant qu'intermédiaire, en tant qu'agent de liaison si tu préfères. Ma cliente achète de faux papiers à l'un de mes contacts. Mais je ne gagne rien dans l'affaire.

Il fut soulagé d'apprendre que Charlie n'était pas un faussaire. Mais elle aurait dû lui en parler dès le début.

— Haley a peut-être décidé de quitter la ville plus tôt que prévu, dit-il. Et mis en scène tout ce que tu as vu chez elle pour impliquer Seth… un petit cadeau de départ, en somme.

— Pourquoi tant de cynisme de ta part ?

Il haussa les épaules. Travailler des années durant dans la police avait laissé des traces.

Mais Charlie poursuivait :

— Au fond de mon cœur, je suis persuadée que Haley est morte. Il y avait tellement de sang dans ce chalet. Trop. De plus, si elle était partie, où irait-elle ? Elle n'avait pas encore de nouvelle identité. Aucun de ses faux papiers n'était prêt. Les clientes n'ont jamais le moindre échange avec mon contact. Tout passe par moi. Et ça n'explique toujours pas qui m'a tiré dessus.

Un crime était certainement possible. Le sang trouvé autour du chalet correspondait à l'ADN de Haley. La police scientifique avait également détecté la présence de grandes quantités de sang dans la maison mais les traînées sanglantes à l'extérieur n'avaient pu être analysées.

Pourtant, l'absence de cadavre le troublait.

— Tu t'es lancée dans une entreprise dangereuse, dit-il. Non seulement pour toi mais plus encore pour tes clientes. Endosser une fausse identité est susceptible de leur créer une myriade d'ennuis, de graves ennuis.

— Leurs légendes sont solides, les faux papiers ont l'apparence de vrais. Il n'y a jamais eu de problème.

— Comment peux-tu mettre la vie, l'avenir, de ces femmes et de leurs enfants, entre les mains d'un faussaire forcément louche que tu ne connais pas vraiment ?

Charlie baissa les yeux.

— Je le connais.

— Tu le connais bien ?

Elle prit une profonde inspiration et lâcha :

— Intimement. J'ai eu une relation avec lui dans le passé.

La lame froide de la jalousie le frappa en plein cœur.

— Il y a combien de temps ? lança-t-il, plus durement qu'il ne l'aurait voulu.

Elle le dévisagea avec surprise.

Il avait finalement perdu son sang-froid, regretta-t-il. À cause d'un ancien amant de Charlie, qui était aussi un criminel et toujours présent dans sa vie.

— Nous avons arrêté de sortir ensemble, il y a quatre ans, dit-elle.

Il ravala une partie de son irritation.

— L'aimais-tu ?

Elle secoua la tête. Sans une once d'hésitation.

— Non, répondit-elle.

Savoir qu'elle ne lui avait pas donné son cœur le rassura.

— Pourquoi as-tu mis fin à cette relation ?

Sortir avec un criminel était une aberration pour lui mais peut-être avait-elle un faible pour les voyous, après tout.

— Orson n'arrêtait pas de pirater mon téléphone et mon ordinateur. Je ne supportais pas d'être espionnée en permanence par mon petit ami.

— Et pour le reste, il était parfait ?

— Pas vraiment, dit-elle avec un petit rire teinté d'amertume. Orson aime la variété et prône le polyamour. Je ne suis pas partageuse. Nous ne sommes pas restés longtemps ensemble. Mais même après notre rupture, il était d'accord pour continuer à m'aider. Par intérêt financier, pas pour mes beaux yeux. Il y a très peu de refuges pour femmes battues dans l'État et encore moins dans cette région. Je n'aide que celles en danger de mort qui ont besoin de tout quitter pour toujours.

— Quel est le nom de famille d'Orson ? demanda-t-il, déterminé à enquêter sur ce type, à déterrer tous les crimes et délits dont il s'était rendu coupable.

Elle secoua la tête.

— Me demander de te faire confiance est une chose. Me demander de trahir quelqu'un d'autre en est une autre.

Il soupira.

— Tu ne devrais plus utiliser les services de ton ex. Il existe de meilleures façons d'aider quelqu'un à disparaître. Les voies légales. Il faut sortir ces femmes de leurs cercles habituels, inonder Internet de fausses informations à leur sujet. Leur conseiller de n'accepter que des emplois rémunérés en espèces. C'est plus difficile mais plus sûr.

— Si tu as besoin de m'arrêter parce que tes fonctions de policier t'y obligent, je le comprendrais. Tout ce que je te demande est de continuer d'enquêter pour découvrir ce qui est arrivé à Haley.

Pas un instant, il n'avait envisagé de l'arrêter, d'autant qu'elle l'avait prévenu que ses aveux le mettraient dans une position délicate. Il avait fait le choix de continuer à l'interroger en toute connaissance de cause.

— Je te l'ai dit, tu es dans le confessionnal de Bradshaw. Ton secret ne sortira pas d'ici.

Il respectait ce qu'elle essayait de faire pour Haley. Ce qu'elle faisait pour sauver et protéger des femmes battues, vulnérables et perdues. Même s'il n'était pas d'accord avec ses méthodes – légalement très limites –, il la respectait.

— Vraiment ? demanda-t-elle.

L'incrédulité dans sa voix l'irrita.

Un peu.

— Tu n'as rien à craindre de moi.

Maintenant, peut-être commencerait-elle à y croire.

Elle posa une main sur son torse et s'appuya contre lui.

— Je m'étonne qu'il soit possible pour nous deux de partager le même point de vue sur ce sujet, reconnut-elle.

— Tu pourrais être agréablement surprise de tout ce que nous partageons.

Il la prit dans ses bras.

— Et davantage encore de ce que nous partagerons, ajouta-t-il.

Il mourait d'envie de l'embrasser.

Sans doute en avait-elle envie aussi parce qu'elle se hissa sur la pointe des pieds, glissa les mains dans ses cheveux et captura ses lèvres. Ce fut un baiser affamé et exigeant.

La première fois qu'il l'avait embrassée, il l'avait prise par surprise. Elle lui avait paru déstabilisée, hésitante, peut-être rétive.

Maintenant, elle lui rendait son baiser comme si elle était aussi impatiente et avide que lui.

Elle tira la chemise de son pantalon, glissa les mains dessous, les promena sur sa peau avant de se coller à lui.

Il approfondit leur baiser qui devint vite grisant.

Il la désirait de la pire des manières. Depuis longtemps. Depuis leur rencontre fortuite au gala de charité à Cheyenne. Ce soir-là, ils avaient, l'un et l'autre, baissé la garde, pris un verre, dîné, eu une vraie conversation. Plus profonde que leurs brefs échanges passés. Ils avaient ri ensemble. Brian lui avait finalement pris la main pour l'entraîner sur la piste de danse. Un petit orchestre jouait un slow romantique.

Au milieu des autres couples, il avait attiré Charlie contre lui, promené les mains sur son dos nu, l'avait sentie frissonner à son contact. Il avait été si heureux de la prendre dans ses bras. Ils se déplaçaient en synchronisation parfaite, deux pièces d'un puzzle qui s'emboîtaient naturellement. Au-dessus de leurs têtes, des centaines de petites lumières scintillaient comme des étoiles. Il avait regardé le visage de Charlie. Envoûté par sa beauté, par son sourire, il l'avait embrassée sans réfléchir, goûtant le champagne sur ses lèvres.

Lorsqu'elle avait ouvert la bouche, mêlé sa langue à la sienne et en se pressant plus étroitement contre lui, il avait cru savoir comment la soirée se terminerait.

Mais elle avait soudain reculé et s'était enfuie. Et par la suite, chaque fois qu'ils s'étaient croisés à Laramie, elle avait recommencé à se montrer glaciale avec lui…

Pour espérer un avenir avec elle, ils ne devaient pas coucher ensemble trop vite, avait-il compris. Sinon, elle l'emmènerait au septième ciel pour le jeter de sa vie au matin.

Il recula et croisa son regard.

— Pas ce soir.

Il ne voulait pas risquer de tout faire capoter par impulsivité.

— J'ai préparé la chambre d'amis pour toi.

— Pourquoi ? protesta-t-elle en ronronnant. Je croyais que j'étais la bienvenue sous ta couette.

— Tu es et seras toujours la bienvenue chez moi. Et dans mon lit. Mais tu n'es pas prête pour ce dernier.

Les yeux dans les siens, elle posa la main sur son sexe tendu sous son pantalon et caressa la preuve indubitable de son désir.

— J'ai l'impression, au contraire, que nous sommes tous les deux prêts à voir où cette alchimie pourrait nous mener. Que dirais-tu d'un peu de plaisir sans engagement, sans s'attacher, sans promesses d'éternité ? dit-elle à voix basse, ses doigts poursuivant leur douce torture.

Il gémit. Tout son corps aspirait à aller plus loin. Mais il lui prit la main, en embrassa la paume.

— J'ai envie de nouer des liens, de m'engager si possible pour toujours. Je refuse de faire l'amour quelques heures avec toi pour te voir t'enfuir ensuite comme un cheval sauvage effrayé.

Charlie s'immobilisa comme étourdie.

Elle restait silencieuse, se contentant de le regarder.

— Je veux davantage que du sexe avec toi, poursuivit-il pour mettre les points sur les *i*. J'espère une vraie relation.

Une insondable tristesse emplit ses yeux.

— J'ai bâti des murs autour de moi pendant plus de vingt ans, Brian. Je ne suis pas sûre d'être capable de les faire tomber.

— Ce ne sont pas des murs mais de hautes clôtures. Je me fais fort de réussir à sauter par-dessus.

Il lui sourit et sortit une clé de sa poche.

— Elle ouvre la porte d'entrée. Tu peux maintenant aller et venir sans avoir besoin que je sois là.

Elle lui prit la clé. Leurs doigts se frôlèrent, et elle lui saisit la main.

— Et si tu te trompais sur moi ? Et si j'étais...

Sa voix se brisa. Une larme jaillit de ses yeux émeraude qu'elle essuya rapidement.

— Je ne me trompe pas, dit-il en caressant sa joue. Et il n'y a pas d'urgence. Je t'attendrai.

Peu importe le temps que cela prendrait et même s'il n'y avait aucune garantie.

— Je ne te demande pas de tout me donner pour toujours. Pas encore en tout cas... Seulement une chance, ajouta-t-il.

8

Charlie remonta le couloir sur la pointe des pieds. Elle s'efforçait de ne pas faire de bruit pour ne pas réveiller Brian. Pourtant, elle avait hâte de le voir ce matin. Leur conversation de la veille au soir avait été éprouvante. Lui avouer qu'elle aidait les victimes de violence conjugale à se forger une nouvelle identité et à se procurer de faux papiers n'avait pas été simple. Au départ, elle ignorait comment il réagirait à ces révélations.

Mais comme d'habitude, il n'en avait pas fait tout un plat et avait accepté la situation sans sourciller. Il lui avait semblé plus ennuyé par son association avec Orson, son ex, que par ses activités illégales. Il la déconcertait totalement. Elle ne l'aurait jamais imaginé du genre jaloux. Ni enclin à tolérer qu'elle opère en zone grise. Ni, surtout, capable de repousser sa proposition de coucher avec elle en toute simplicité, sans engagement.

Au départ, elle avait voulu minimiser son refus. Ce n'était pas très grave.

Mais cela n'avait pas marché. En réalité, elle vivait mal cette fin de non-recevoir, très mal. Comme une forme de rejet.

Orson n'aurait jamais refusé un rapport sexuel avec elle. D'ailleurs, depuis leur rupture, il lui avait souvent proposé de faire l'amour « en toute amitié ». Mais si elle en avait parfois eu envie, elle avait toujours décliné, ne voulant pas faire partie de son harem. Elle n'éprouvait plus rien pour Orson. Il appartenait définitivement au passé.

Mais quel homme dédaignerait un bon moment sous des draps avec une femme ?

Comme elle passait devant la cuisine, elle s'immobilisa.

Vêtu d'un short et d'un T-shirt et chaussé de baskets, Brian buvait un verre d'eau devant l'évier. Depuis qu'il s'était levé, il avait été silencieux comme un ninja. Elle aurait juré qu'il dormait encore.

Comme il posait son regard sur elle, elle sentit une douce chaleur l'envahir. Elle devinait qu'il savait exactement ce qu'il voulait et ne se contenterait pas de moins. En prendre conscience était excitant, elle ne pouvait le nier.

Mais comprendre qu'elle lui plaisait la déstabilisait autant que ce face-à-face inattendu alors qu'elle s'apprêtait à sortir en catimini de la maison.

Depuis toujours, elle craignait d'être déçue si elle approchait les autres de trop près. Avec Brian, et pour la première fois de sa vie, elle avait peur que ce soit lui qui le soit.

— J'avais envie d'aller courir avec toi, dit-il. Si ma compagnie ne te dérange pas.

Bien sûr, cela l'ennuyait, et il le savait certainement. Voilà pourquoi il s'était arrangé pour la surprendre.

— Comme tu veux, répondit-elle en se dirigeant vers la porte.

— Où allons-nous ?

— Nous n'allons parcourir que 6,2 kilomètres, ce matin, dit-elle en trottinant jusqu'à la route.

— 6,2 kilomètres ? Voilà qui est précis.

— J'ai cartographié le parcours via ma montre connectée. Nous contournerons le champ de tir avant de revenir. Je ne me rendais pas compte que tu vivais si près de chez moi.

Comme il lui effleurait le bras, elle sentit un frisson la traverser.

— Je suis heureux d'être près de toi, dit-il.

Sans doute ne faisait-il pas uniquement allusion à la proximité de leurs maisons respectives mais elle refusa de songer à une autre interprétation pour qu'il ne la voie pas rougir. Mieux valait éviter de lui montrer son trouble.

— Allons-y, dit-elle en s'élançant sur Rogue Canyon Road.

Il se mit à sa hauteur. Tout en courant à côté d'elle, il veilla à se positionner à l'extérieur, du côté de la circulation.

Son instinct protecteur ne le quittait jamais.

Du coin de l'œil, elle admira sa foulée parfaite et sa musculature.

Il la regarda soudain, et elle détourna la tête, gênée d'avoir été surprise en train de le reluquer.

— Rocco m'a raconté que tu avais quitté la maison de ta tante et de ton oncle à dix-sept ans. Tout de suite après avoir obtenu ton bac.

— Oui, c'est exact.

— Il a dit aussi que tu changeais d'emploi et de lieu de vie environ tous les deux ans.

Rocco parlait trop.

— C'est vrai.

— J'ai beaucoup bougé, moi aussi, quand je travaillais pour l'armée. Ce n'était pas vraiment un choix. Et toi, pourquoi déménager si souvent ?

Elle haussa les épaules.

— J'ai toujours eu envie d'une vie trépidante, d'action. J'ai essayé différentes villes. New York. Los Angeles. Miami. Chicago. Denver...

Au cours de son séjour dans le Colorado, elle avait rencontré Orson.

— C'est pour cette raison que tu n'as pas déballé tous tes cartons chez toi ? Tu es tellement habituée à déménager en permanence que tu te prépares déjà à repartir ?

— J'aime le mouvement. Mais le quotidien dans les grandes villes m'a vite épuisée, desséchée. Et maintenant, je me sens ancrée au Wyoming. J'aime les grands espaces.

Cela dit, elle n'aurait jamais imaginé avant de s'y installer que le *Far West* et la vie au milieu des cow-boys étaient pour elle.

Mais comme elle regardait Brian avec les montagnes en toile de fond, elle fut contente de s'être trompée.

— Tu es à Laramie depuis un moment, reprit-il. Presque trois ans.

Elle hocha la tête. Cela faisait longtemps pour elle.

— Tu penses rester ? ajouta-t-il.

À quoi rimait cet interrogatoire ?

— L'Underground Self-Defense School m'enracine, répondit-elle avec sincérité.

Elle accéléra, déterminée à mettre fin à la conversation.

Ils se rendirent au champ de tir à un rythme soutenu et revinrent chez lui en un rien de temps.

Les premiers rayons du soleil projetaient des ombres nettes sur les collines. Une petite brise agitait les arbres autour d'eux.

Elle ferma les paupières, inclina la tête en arrière et inhala profondément. Le parfum des fleurs sauvages flottait dans l'air, enivrant.

— J'adore cette odeur. Différente le matin et le soir.

Elle rouvrit les yeux. Brian lui tournait le dos. Une fine couche de sueur recouvrait son T-shirt mais il n'était pas essoufflé, contrairement à elle.

Il se retourna, s'avança vers elle et la prit dans ses bras pour l'étreindre avec force.

Surprise, elle se raidit. Mais très vite, elle se retrouva blottie au creux de son épaule, le nez dans son cou, à s'imprégner de ses fragrances masculines.

C'était bon d'être tout contre lui. Un peu effrayant aussi. Mais elle y serait restée sa vie durant tant elle y était bien.

Il pressa les lèvres contre son oreille, son souffle chaud caressant sa peau.

— Quelqu'un nous épie, chuchota-t-il. Quand je m'écarterai, tu regarderas derrière toi. Derrière les saules, il y a une voiture garée. Un SUV noir.

Le ventre noué, elle eut du mal à déglutir.

— Il n'était pas là quand je suis rentré hier soir, ajouta-t-il. Mais il stationne sur cette colline depuis que nous sommes partis.

Il la lâcha et se pencha pour faire semblant de renouer ses lacets.

Charlie glissa un œil dans la direction qu'il lui avait indiquée. Effectivement, derrière un bosquet d'arbres se trouvait une voiture noire. Le soleil brillait sur le pare-brise à travers les branches.

— Comporte-toi naturellement, poursuivit Brian. Je vais monter sur le toit. Voir si j'arrive à distinguer sa plaque d'immatriculation. Ensuite, nous nous préparerons et partirons dans des véhicules séparés. J'aimerais que tu te rendes dans un endroit animé, peuplé. Peut-être au Delgado.

Le restaurant était proche de l'Underground Self-Defense School et ne désemplissait pas de la journée. Le lieu était bien trouvé.

— Nous saurons alors lequel d'entre nous est suivi.

Le soleil déclinait à l'horizon mais la chaleur était encore étouffante en ce début de soirée. Brian sentait des gouttes de sueur perler ses tempes. Il s'inquiétait pour Charlie. Personne ne l'avait suivi jusqu'au bureau du shérif, ce qui signifiait qu'elle était la cible.

Chez le shérif, il avait demandé au chef adjoint d'identifier la plaque d'immatriculation du SUV garé près de chez lui ce matin.

Le résultat avait été pour le moins étrange.

— Le numéro s'affiche comme bloqué, avait déclaré l'adjoint. Peut-être s'agit-il d'un véhicule du gouvernement. Ou de la voiture d'un policier agissant sous couverture. Pourquoi ne pas interroger la police de Laramie ?

Brian avait donc transmis le numéro de la plaque à Kent. Et attendait son retour.

Reportant son attention sur la situation présente, il abaissa ses jumelles. La grande maison de Woods Landing-Jelm dont Charlie lui avait donné l'adresse ne lui inspirait rien de bon.

Située à la périphérie de Jelm Mountain, la propriété s'étendait sur plusieurs hectares. Il n'y avait aucun voisin à proximité.

L'endroit avait tout d'un laboratoire d'amphétamines clandestin. Les fenêtres condamnées, l'existence d'un système de ventilation inhabituel qui crachait des volutes de fumée à travers de petits tuyaux sur le toit, l'odeur d'œufs pourris qui flottait dans le vent laissaient peu de place au doute. Sans parler des deux types armés qui fumaient des cigarettes devant l'entrée. Sans doute étaient-ils chargés de la sécurité.

La maison à l'autre adresse, à Centennial, était un peu différente. Elle aussi était protégée par des gardes armés mais apparemment, elle était plutôt réservée au stockage et à la distribution de la drogue. Là encore, il n'avait pas pu s'approcher trop près. L'endroit étant très isolé, les vigiles verraient quelqu'un venir à des kilomètres.

Il n'y avait rien d'étrange à ce qu'un inspecteur des stups surveille ce genre de lieux. Seth ne faisait peut-être que son travail.

Mais imaginer Charlie se faufilant dans cette bâtisse lui donnait des sueurs froides. Les laboratoires clandestins - et surtout ceux qui y travaillaient – étaient extrêmement dangereux et imprévisibles.

Il espérait qu'elle l'écouterait et se tiendrait désormais à l'écart de Seth. En le prenant en filature, avait-elle essayé de le provoquer, de le pousser à la faute ?

Elle le sous-estimait. Seth n'était pas stupide. Et s'il était vraiment corrompu et s'il avait réellement tué sa femme, il n'avait pas de limites.

La veille au soir, Brian avait eu l'impression d'avoir avancé avec Charlie. Elle s'était ouverte, lui avait parlé d'une activité illégale, malgré les risques. Elle lui avait montré une réelle confiance sur laquelle il pensait pouvoir s'appuyer.

Ce matin, il n'en était plus très sûr. Elle n'avait pas été glaciale. Seulement silencieuse. Comme si elle n'était plus certaine de la voie à suivre. Une peur le tenaillait. Il craignait que Charlie, sous un prétexte ou un autre, finisse par se convaincre qu'ils ne pouvaient pas être ensemble. Elle fuyait depuis tant d'années que prendre le large était devenu un réflexe pour elle.

Cela dit, tant qu'elle comprenait que filer le train d'un inspecteur de police, peut-être corrompu et qui avait sans doute tué sa femme, était dangereux, l'essentiel était préservé. Pour le reste, il trouverait un moyen d'abattre ses défenses.

Comme il songeait à Seth, il jeta un coup d'œil à sa montre par association d'idées. 18 heures 20. Il était temps d'y aller. Le premier entraînement de football de la saison commençait dans une demi-heure.

Il descendit la colline sur laquelle il s'était perché pour observer les alentours, remonta dans son camion et retourna à Laramie.

En ville, il ignora les enseignes de restauration rapide pourtant tentantes. Ce matin, Charlie leur avait préparé un petit déjeuner plutôt succinct. Manifestement, cuisiner n'était pas une passion pour elle. Il n'avait pas déjeuné et aurait pu prendre un hamburger. Il lui faudrait des heures avant d'avoir la possibilité de dîner.

Son *smartphone* vibra dans sa poche. Il le sortit et jeta un coup d'œil à l'écran. Kent l'appelait.

— As-tu trouvé quelque chose ?

Il avait cru que son collègue attendrait lundi pour effectuer les recherches.

— Non. Désolé. J'ai obtenu le même résultat que le bureau du shérif. C'est étrange. S'il s'agissait du véhicule de l'un des nôtres, je devrais être au courant. À moins que quelqu'un n'ait délibérément voulu le cacher. S'il y a une autre explication, je ne vois pas laquelle. Écoute, je suis toujours au bureau et quelque chose me chiffonne. Tu as un instant à me consacrer ?

— Mais nous sommes samedi, répondit Brian. Ton jour de congé.

Kent laissa échapper un petit rire qui cachait mal un indicible chagrin.

— Je n'ai pas de vie, tu sais. Quoi qu'il en soit, j'aimerais ton avis sur quelque chose, insista-t-il.

— Oui, bien sûr, dit Brian. De quoi s'agit-il ?

— Hier, une dénommée Donna Williams est passée au poste de police pour signaler une disparition inquiétante, celle de son fils, Theodore. Teddy, pour les intimes.

— D'accord. Et alors ?

Brian tourna sur Grand Avenue et se dirigea vers le terrain où ils jouaient. Il se changerait dans la cabine de son camion.

— Je ne comprends pas pourquoi tu m'en parles.

— Mme Williams a vu son fils pour la dernière fois lundi. Il passe la voir tous les deux jours. N'ayant pas eu de nouvelles de lui depuis lors, elle s'est rendue chez lui. Au courrier accumulé dans sa boîte aux lettres, elle pense qu'il a disparu mardi. Or, Haley s'est volatilisée mercredi.

— Tu crois que les deux disparitions sont liées ?

— En tout cas, la coïncidence m'a troublé. Voilà pourquoi je suis resté au bureau. Pour consulter quelques statistiques. Devine combien de personnes disparues ont été signalées au Wyoming cette année ?

— Je ne sais pas. Cent ?

— Quarante-cinq. Dans le comté, huit. À Laramie, trois. Deux, la semaine dernière.

— En effet, c'est bizarre. Pour toi, il ne s'agit pas d'un hasard.

— Sûrement pas. J'ai parcouru le dossier de Haley, à la recherche d'un lien, d'une correspondance, entre ces deux disparitions. La famille de Haley a mentionné qu'elle suivait des cours à l'Underground Self-Defense School sur Third Street depuis quelques mois, dit Kent. Et devine où travaillait Teddy Williams ?

Brian étouffa un gémissement.

— Il donnait des cours à l'Underground Self-Defense School ?

— Bravo. Mais il n'y enseignait qu'à temps partiel. Tu veux savoir où il était employé le reste du temps ?

— Où ? demanda Brian.

— Au magasin d'armes de Nelson, déclara Kent. Ils vendent de la poudre à canon. Combien veux-tu parier que c'est la même marque qui a été utilisée comme accélérant pour activer l'incendie chez les Olsen ?

— Je ne me risquerais pas à parier parce que je perdrais mon argent. Mais combien d'autres magasins d'armes proposent ce genre de choses ?

— Je trouverai. Je vais faire un saut chez Nelson pour lui poser quelques questions. Ensuite, j'irai frapper à l'Underground Self-Defense School.

— Je me charge de l'Underground Self-Defense School, déclara Brian. Je connais la propriétaire.

Renoncer à observer le SUV qui lui filait le train n'avait pas été facile pour Charlie. Seul point positif : elle savait maintenant à quel véhicule elle devait s'intéresser. Une Subaru Forester. Mais elle n'avait pas réussi à voir la plaque d'immatriculation.

Depuis combien de temps était-elle suivie ?

Elle aurait donné beaucoup pour le savoir.

Revenant à la situation présente, elle leva son appareil-photo pour effectuer un zoom arrière et immortaliser tous les hommes sur le terrain de football autour de Seth. Ils étaient dix. Elle fit des gros plans de chacun.

Deux d'entre eux ne lui étaient pas inconnus. Le chauve et le blond. Elle montrerait leurs portraits à Brian. Il l'aiderait peut-être à les identifier.

Un autre camion s'arrêta sur le parking à côté du terrain de foot, un camion qui lui disait vaguement quelque chose. Mais lorsque la portière s'ouvrit et que le conducteur bondit à terre, Charlie réprima l'envie de se pincer en reconnaissant… Brian.

Quand on parle du loup…

Un sourire aux lèvres, il traversa le terrain au pas de course, frappa dans les mains de plusieurs des joueurs, dont Seth, pour les saluer avant de commencer à s'échauffer.

Elle avait l'impression d'être dans un mauvais rêve.

Pendant une heure, elle resta assise à regarder Brian jouer avec ses copains. Avec Seth Olsen.

En proie à une profonde colère, elle les photographia se renvoyant le ballon, s'encourageant, riant ensemble. Que feraient-ils ensuite ? Iraient-ils boire un verre ? Dîner ?

Brian l'avait exhortée à cesser de suivre Seth. Soi-disant pour la protéger. N'était-ce pas plutôt pour qu'elle ne découvre pas qu'ils étaient amis ?

Pourquoi ne lui avait-il pas parlé de leurs relations ? Parce qu'il avait quelque chose à cacher, cela semblait évident. Enquêtait-il réellement sur Seth, d'ailleurs ? Ou cherchait-il à l'apaiser en lui laissant croire qu'il le faisait ?

Tout devenait clair, à présent. Voilà pourquoi Brian lui répétait que Seth n'était certainement pas coupable.

Brian Bradshaw était trop beau pour être vrai, elle aurait dû s'en douter.

Furieuse contre sa propre naïveté, elle frappa le volant.

Elle avait pris tout ce qu'il avait raconté pour argent comptant, elle avait voulu lui faire confiance.

Chaque fois qu'ils s'étaient parlé, il l'avait regardée, regardée vraiment. L'avait écoutée. Comme s'il voyait son âme. Comme s'il appréciait ce qui la rendait unique.

Quelle imbécile elle avait été de penser que sa gentillesse, sa considération, sa patience, son empathie étaient sincères...

Les flics se tenaient les coudes, se protégeaient mutuellement. Elle l'avait toujours su.

Si elle en doutait encore, elle en avait une preuve supplémentaire sous les yeux. Leur match de football était plus que révélateur.

À la fin de la partie, comme ils se dirigeaient vers le parking, Brian passa un bras sur les épaules de Seth. Visiblement, ils étaient très proches.

Une lame lui déchira le cœur. Il lui avait caché son amitié avec Seth. Qu'il ne lui confie pas toute sa vie en détail était compréhensible. Mais, là, il ne s'agissait pas d'un détail. Ne pas lui parler de leurs relations revenait à lui mentir.

Dans une heure ou deux, Seth serait probablement au club de *strip-tease*. L'idée que Brian s'y rende avec lui et avec les autres lui retourna l'estomac.

Puis elle comprit. Voilà pourquoi il lui avait donné une clé de chez lui. Pour être libre de passer du temps avec Seth. Son copain. Elle en avait la nausée.

Elle aussi irait au club. Il était temps de découvrir ce qui se tramait à l'intérieur et pourquoi Aubrey lui avait menti.

Elle s'éloigna du terrain de sport et se rendit dans un salon de coiffure qu'elle connaissait de réputation : Hair Dreams. Ils étaient spécialisés dans les relookings et les perruques.

À l'accueil, elle montra sa carte de crédit et dit :

— Je n'ai pas rendez-vous. Mais j'ai besoin de changer de look, de paraître totalement différente. J'aimerais devenir une autre. Tout de suite. Quel que soit le prix, je paierai le double.

La réceptionniste se tourna sur sa chaise.

— Carey ! J'ai une cliente pour toi. Elle veut changer de tête et elle est pressée.

— Envoie-la-moi ! répondit le visagiste en lui faisant signe.

La réceptionniste se retourna.

— Allez-y.

Comme Charlie se laissait tomber dans le fauteuil, elle se souvint soudain avoir promis à Dustin de fermer l'Underground Self-Defense School, ce soir. Mais maintenant, ses plans avaient changé. En gémissant, elle sortit son *smartphone* de son sac à main et l'appela.

— Avons-nous des cours particuliers prévus ce soir ?

— En principe, oui. Mais le client a appelé pour annuler et je viens de terminer le dernier entraînement collectif de la journée.

— Et toujours pas de nouvelles de Teddy ?

— Non, aucune.

Elle secoua la tête de frustration.

— Il n'a pas répondu à mes appels.

Elle ne voulait pas le virer via une messagerie vocale mais manifestement, elle allait y être contrainte.

— Tu peux partir alors. Et laisse une note sur la porte d'entrée pour prévenir que nous fermerons plus tôt toute la semaine prochaine.

Elle appellerait tous les clients pour s'excuser pour la gêne occasionnée.

— D'accord. N'oubliez pas que je dois partir à 16 heures demain. Vous devrez fermer.

— Bien sûr. Aucun problème. J'apprécie ta souplesse.

— Assez pour me donner une augmentation ? demanda-t-il d'une voix hésitante.

Elle avait visiblement perdu un professeur. Pourquoi ne pas récompenser celui qui se montrait fiable ?

— Nous discuterons du montant mais sur le principe c'est d'accord. Merci encore, dit-elle avant de raccrocher.

Enfin, le dénommé Carey surgit derrière elle, une canette de Coca à la main. Le visage couvert de piercings, vêtu d'un débardeur moulant et d'un slim, il lui sourit.

— Bonsoir, ma chérie. Que puis-je faire pour vous ? Voulez-vous que je vous transforme en quelqu'un d'autre ou cherchez-vous à devenir si magnifique que celui qui vous a déçue le regrettera éternellement ?

— J'ai besoin de ressembler à une autre pendant quelques heures. Rien de définitif. Si vous parvenez à me rendre, en prime, magnifique, ce serait formidable. Mais j'ai besoin que vous le fassiez vite.

— Avec moi, tout est possible ma chérie. En vous regardant, je capte plus de mordant que de douceur. L'idée de mettre en valeur votre côté obscur ne vous fait pas peur ?

— Bien au contraire.

Carey gloussa.

— Alors, laissez-moi faire. Quand j'aurai fini, vous serez méconnaissable.

9

Après une heure à taper dans un ballon avec ses collègues, Brian avait l'estomac dans les talons. En rentrant chez lui, il fit bouillir une casserole d'eau pendant qu'il prenait sa douche. Tout en enfilant un jean, il finit de préparer des spaghettis et des boulettes de viande.

Il aurait bien attendu Charlie mais elle allait être retenue encore un bon moment à l'Underground Self-Defense School et il mourait de faim.

Torse nu, il terminait son repas lorsque la porte d'entrée s'ouvrit. S'il avait su qu'elle rentrerait si tôt, ils auraient pu dîner ensemble, regretta-t-il.

Il se retourna pour lui faire face et s'apprêtait à s'excuser mais il resta sans voix à la vue d'une superbe brune un peu trop fardée. Sans lui faire l'aumône d'un regard ni d'un mot, elle passa devant lui et gagna à grands pas la chambre d'amis.

— Charlie ?

C'était elle... mais elle ne lui ressemblait en rien.

Il bondit de sa chaise et se précipita derrière elle.

— Que se passe-t-il ?

— Ne me pose plus de questions, je ne te répondrai pas, répliqua-t-elle.

— De toute évidence, quelque chose t'a énervée, dit-il avec calme. S'il te plaît, explique-moi de quoi il s'agit.

Elle prit son grand sac de voyage et fouilla à l'intérieur.

De plus près, il la voyait mieux. Maquillée comme une voiture volée, elle avait à présent de longs cheveux noirs qui tombaient sur ses épaules. Son nouveau look le fascinait.

Pourquoi portait-elle une perruque ?

Il la saisit par le bras pour interrompre ce qu'elle faisait.

— Parle-moi, Charlie.

Finalement, elle se tourna vers lui.

— Je ne t'en veux pas. C'est ma faute. J'aurais dû m'en douter et ne pas commettre l'erreur de laisser un flic entrer dans ma vie. Je ne sais pas ce qui m'a pris, ajouta-t-elle en se dégageant de son emprise. Je n'ai pas réfléchi. Je me suis comportée comme une idiote.

Il ne comprenait pas un mot de son petit laïus et s'efforça de deviner le problème.

— Je sais que tu as peur, Charlie, dit-il, de nouer une relation amoureuse. Mais tu ne peux pas fuir éternellement. Un jour, tu ouvriras les yeux et tu te rendras compte qu'il manque quelque chose d'énorme à ta vie. Mais il sera peut-être trop tard.

Tout en tirant de son sac de la lingerie en dentelle noire, elle le considéra avec dédain.

— Une relation amoureuse ? répéta-t-elle d'un ton moqueur. Tu crois que je te fuis ? Que j'ai peur de tomber amoureuse ? Oh ! je t'en prie !

Elle retira son T-shirt, révélant un soutien-gorge de sport et des abdominaux lisses et tendus.

Il se détourna. Il mourait d'envie de la déshabiller mais pas comme ça.

— Alors pourquoi es-tu en colère ?

— Je ne suis pas en colère. Je suis furieuse, hors de moi, répondit-elle tout en se changeant. Je n'arrive pas à croire que je t'en ai tant raconté. Mon passé. Mes souffrances. Comment ai-je pu te laisser entrer dans mon intimité et m'exposer ainsi ? Je te faisais confiance. Et pendant ce temps-là, toi, tu te jouais de moi.

— De quoi parles-tu ?

Tout en faisant claquer ses hauts talons sur le sol, elle se retourna pour le regarder en face. Elle avait troqué sa tenue de sport pour une microrobe au décolleté vertigineux qui laissait apercevoir la dentelle de son soutien-gorge, exposait ses cuisses nues et moulait son corps comme une seconde peau.

— Seth Olsen et toi êtes amis, asséna-t-elle en le fusillant de ses yeux trop fardés.

Brian jura dans sa barbe.

— Je t'avais demandé de cesser de le suivre.

— Bien sûr. Pour que je ne vous voie pas ensemble, que je ne me rende pas compte que vous étiez si proches. Vas-tu le nier ? lança-t-elle en sortant de la pièce, son sac en bandoulière. Tu prétendais enquêter sur lui. En réalité, vous êtes comme cul et chemise. Comment as-tu osé me mentir ?

Le *staccato* aigu de ses talons aiguilles frappant le plancher résonnait dans sa tête, l'empêchant de réfléchir.

— C'était un oubli. Je ne t'ai jamais menti.

— J'ai trente ans, Brian. Au cours de ma vie, je n'ai été proche que de quatre personnes. Ma mère, qui a été tuée devant moi. Rocco et ses parents. Même avec eux, il a toujours été plus simple pour moi et surtout moins risqué de garder mes distances, de ne pas trop m'ouvrir. Parce que s'ils venaient à me trahir, à me décevoir, j'en éprouverais une douleur qui me broierait jusqu'à ce que je ne sois plus rien. Je le sais d'expérience, je l'ai trop souvent vécu sans le passé. Mon chagrin et ma culpabilité me détruisaient alors de l'intérieur. Je ne veux plus jamais revivre cet anéantissement. Plus jamais

Le souffle coupé, il restait silencieux, cherchant quoi répondre.

— Pendant la majeure partie de ma vie, j'ai été une victime aux yeux des gens, poursuivit-elle. Du coup, ils me plaignaient, décidaient pour moi, me manipulaient. Pour mon bien, bien sûr, ajouta-t-elle avec une telle ironie et une telle colère qu'il ne vit que la douleur qui l'habitait.

— Et tu crois que je me suis comporté ainsi avec toi ?

— Cela crève les yeux, non ? Tu as déformé les faits, dit-elle, pour que je me sente coupable d'avoir des secrets, de ne pas tout te dire.

— Tu te trompes, Charlie. Ne te fie pas aux apparences. Donne-moi cinq minutes pour tout t'expliquer.

— Cinq minutes pour m'embobiner encore ? Non, merci. De toute façon, rien de ce que tu pourrais dire n'effacera ta trahison, ajouta-t-elle en se dirigeant vers la porte d'entrée.

Désespéré et perdu, il lâcha la seule réponse à le traverser.

— Rocco savait.

Elle s'arrêta.

Jetant un coup d'œil par-dessus son épaule, elle siffla :

— Il savait quoi ?

— Que Seth est un vague copain. Que nous jouons au football ensemble, prenons un verre à l'occasion. Que nous nous retrouvons parfois pour dîner avec les collègues. Quand ton cousin m'a appelé pour me demander de t'aider, je le lui ai dit, je ne lui ai rien caché. Il m'a recommandé de ne pas t'en parler. Il pensait que tu ne le prendrais pas bien.

Avec le recul, Brian se rendait compte qu'il aurait dû le lui dire. Pas tout de suite, pas lorsqu'il était venu chez elle pour la première fois en s'efforçant de gagner sa confiance. Mais il avait eu tort de ne pas lui en avoir parlé plus tôt.

Elle sortit quelque chose de sa poche et le lui lança.

Il l'attrapa.

La clé de chez lui.

— Merci, dit-elle en s'éloignant à grands pas. Maintenant je suis en colère contre mon cousin aussi. Vous vous êtes permis de décider tous les deux de ce dont je dois être au courant ou pas ! Dans mon intérêt, bien sûr ! Comme toujours.

— Où vas-tu ?

— Si on te le demande, tu diras que tu n'en sais rien.

Elle jeta son sac à dos dans la jeep et claqua la portière. Brian serra les dents de toutes ses forces. Il n'était pas question d'exploser. Ni de l'arrêter. Elle interpréterait toute tentative de la retenir comme une agression et la situation deviendrait alors vraiment incontrôlable.

— Ne t'approche plus de moi ! cria-t-elle avant de s'installer au volant. Plus jamais !

Elle démarra et sortit de l'allée sur les chapeaux de roues.

Vu l'obsession de Charlie pour Haley, sa destination impliquait très probablement Seth et avait toutes les chances de lui créer des ennuis supplémentaires. Il n'avait jamais rencontré une femme plus sujette à se trouver dans des situations dangereuses. Elle attirait les problèmes comme un aimant. Ou peut-être les cherchait-elle.

Il rentra en courant chez lui, enfila une chemise, ses bottes et prit son arme. S'il avait un peu de jugeote, il laisserait tomber Charlie et les ennuis qu'elle provoquait partout où elle passait.

Mais il ne le pouvait pas. Parce qu'il était tombé amoureux d'elle. Et trop profondément pour faire marche arrière. Rester les bras croisés et la regarder se jeter dans la gueule du loup n'était pas une option. Personne n'aurait pu l'empêcher de la poursuivre.

Le videur qui filtrait les entrées du club de *strip—tease* – il s'appelait Hammer, si sa mémoire était bonne – inspecta rapidement son sac à main. Charlie s'y attendait et avait laissé son arme dans la voiture. Il la regarda de haut en bas, puis lui fit signe d'avancer vers la caisse.

— Entrée gratuite pour les dames, annonça la caissière. Bonne soirée.

Elle pénétra dans la salle faiblement éclairée. L'endroit était tel qu'elle l'avait imaginé. Un bar bien achalandé, des hommes assis à des tables autour de la scène sur laquelle deux filles presque nues dansaient lascivement accrochées à des barres verticales. Les serveuses circulaient entre les clients dans des tenues qui laissaient peu de place à l'imagination.

Les lieux empestaient le désespoir sordide.

Se sentant comme un poisson hors de l'eau, Charlie s'efforça de le cacher. Elle se rendit au bar, commanda un rhum-coca qu'elle paya en liquide en laissant un généreux pourboire. Elle n'avait pas l'intention de boire son verre en entier. Elle y tremperait les lèvres de temps en temps pour se donner une contenance, si quelqu'un la surveillait. Ce soir, elle avait besoin d'être sur ses gardes. Il n'était pas question de laisser l'alcool émousser sa vigilance.

Elle balaya le club du regard. Les petites lumières rouges des caméras de surveillance clignotaient dans les coins sombres. Derrière le bar se trouvait un long miroir. Il lui permettait de tout voir sans se faire remarquer.

Il était encore tôt mais plus la soirée avancerait, plus il y aurait de monde et plus il lui serait difficile de retrouver Seth et de comprendre ce qui se tramait dans cette boîte.

Pendant un moment, elle observa les danseuses se trémousser sur scène et prendre des poses lascives, chaussées de talons aiguilles vertigineux.

Elle-même arrivait à peine à marcher sur les siens. Elle se demandait comment ces femmes étaient capables de telles acrobaties sur leurs échasses.

Un regain de colère la souleva. Au départ, elle avait glissé ces talons aiguilles et cette robe sexy dans son sac de voyage pour une seule raison. Parce qu'elle s'installait chez Brian. Leur soirée au gala de charité l'avait marquée, et elle avait imaginé avoir un soir l'opportunité de recréer l'ambiance d'alors. Autour d'un petit dîner aux chandelles, par exemple. Au lieu de porter sa tenue habituelle qui n'était en rien aguicheuse - un T-shirt, des leggings et des baskets –, elle se serait habillée d'une petite robe sexy et de hauts talons.

Elle poussa un soupir. Pourquoi se raconter des histoires ? Son plan avait été de le séduire. Elle ne mesurait pas alors à quel point l'entreprise se révélerait difficile. Elle ne comprenait même pas sa façon de fonctionner qui n'avait aucun sens à ses yeux. Pourquoi avait-il refusé de coucher avec elle, quand il en avait eu l'occasion ?

Peut-être avait-il voulu la manipuler. En tentant de l'apaiser, elle, tout en protégeant Seth. Elle avala une gorgée de son rhum-coca et décida de sortir Brian Bradshaw, son beau visage et son torse musclé, de son esprit.

Elle examina la salle à travers le miroir derrière le bar.

Où était Seth ? En tout cas, il était là. Elle avait repéré son *pick-up* sur le parking.

Aubrey apparut, sortant de l'arrière-salle, court vêtue et chaussée de talons aiguilles. Elle traversa la salle à grands pas et se faufila entre les tables jusqu'à une banquette dans un coin.

De là où elle se trouvait, Charlie ne pouvait pas voir grand-chose. Aussi saisit-elle son verre pour se rendre de l'autre côté de la salle. En passant, elle regarda les filles danser. Elle espérait se fondre dans la masse, se comporter comme le ferait une femme seule dans un club. Lorsqu'une strip-teaseuse tomba sur scène sur un grand écart impressionnant, elle leva son verre dans sa direction pour lui témoigner son admiration. La fille lui adressa un signe de la main en retour.

Charlie se hissa sur un tabouret et reporta son attention sur le miroir.

Seth était assis dans un coin avec deux hommes. Elle avait déjà vu l'un d'eux au gymnase, celui avec des lunettes. L'autre lui était inconnu. Elle se serait souvenue de ses longs cheveux noirs et surtout de la grande cicatrice sur sa joue. Elle allait de son oreille à sa bouche.

Son attitude contrastait fortement avec celle du gars à lunettes. Le balafré montrait une certaine aisance dans sa posture et une absence d'émotion dans le regard. Elle devait se méfier de lui, devina-t-elle. Les trois hommes ne s'intéressaient à aucune des filles. Sauf à Aubrey.

Comme cette dernière essayait de se rapprocher du balafré, Seth la chassa d'un geste de la main.

Charlie sortit son *smartphone* de son sac à main et ouvrit l'application « Photos ». Tout en levant son appareil en hauteur, elle sourit, faisant semblant de prendre un selfie alors qu'elle photographiait en réalité la table de Seth.

Avec le mauvais éclairage et l'absence de flash, elle n'était pas sûre du résultat.

Un videur s'approcha.

— Aucun cliché n'est autorisé dans la salle. Photographier une strip-teaseuse constitue un délit, quel que soit son stade de déshabillage.

— Je suis désolée, dit-elle en modifiant sa voix. Je n'y avais pas pensé, pardonnez-moi. Que je suis bête !

Elle remit le téléphone dans son sac et sirota son verre.

Aubrey se dirigea vers le bar.

— Juan, donne-moi mon cocktail habituel. Tu le mettras sur l'ardoise de Seth.

— D'accord, ça marche.

Le barman versa une bonne rasade de vodka dans un verre rempli de glace, y ajouta de l'eau gazeuse et un rond de citron.

— Voilà, dit-il en lui tendant la boisson.

Aubrey, qui observait Charlie sans en avoir l'air, finit par lui lancer :

— Qu'est-ce qui vous amène ce soir ?

— Vous.

— Vraiment ? répondit la strip-teaseuse en regardant autour d'elle. Êtes-vous accompagnée de votre mari ? D'un petit ami peut-être ?

Charlie secoua la tête.

— Non, je suis toute seule. Vous voulez me tenir compagnie ?

Aubrey se rapprocha, un sourire aux lèvres.

— Nous ne recevons pas beaucoup de femmes seules ici.

La rouquine la scrutait avec attention.

C'était peut-être vrai. De toute façon, Charlie était prête à raconter une histoire pour justifier sa présence, à faire croire qu'elle était attirée par les femmes, par exemple. Ou qu'elle était strip-teaseuse dans un club de Cheyenne et cherchait un nouvel endroit où travailler.

Mais puisque celle à qui elle avait besoin de parler se tenait en face d'elle, il n'était pas nécessaire de jouer une comédie.

— L'autre jour, lorsque nous avons discuté près de la benne à ordures, vous m'avez menti en prétendant avoir refusé d'espionner Seth. Je veux savoir pourquoi.

Aubrey recula, les traits crispés de panique.

— Vous êtes donc Charlie ? Vous n'avez rien à faire ici.

— Pourquoi m'avez-vous menti ? insista-t-elle. Je sais que vous espionniez Seth pour le compte de Haley.

— Vous ignorez de quoi vous parlez, dit Aubrey en baissant la voix. Sortez d'ici.

— Pas encore. Pas avant que vous me disiez qui est assis à la table avec Seth et de quoi ils discutent.

— Ce sont eux que vous avez photographiés, n'est-ce pas ? C'est bien la première fois que je vois une femme seule ici prendre un selfie.

Aubrey but une gorgée de son verre et ajouta :

— Avez-vous envie de mourir ? Seth est un tueur. Face à une menace, il frappe le premier et, là, il sent un danger. Quelque chose le rend déjà paranoïaque.

— Que fait-il à cette table ? demanda Charlie.

— Des affaires. Comme d'habitude.

— Quel genre d'affaires ?

— Du genre illégales. Maintenant, partez, répéta Aubrey.

— Pourquoi m'avez-vous menti ?

Haley était son amie. Rien ne l'avait obligé à lui parler mais la strip-teaseuse s'était portée volontaire. Pour cracher des demi-vérités, finalement.

La rousse poussa un soupir.

— Parce que contrairement à vous, je n'ai pas envie de mourir. J'espère qu'il n'est rien arrivé à Haley et si ce salaud l'a tuée, j'espère qu'il paiera pour son crime. Mais je dois aussi me protéger.

Elle vida son verre et le fit claquer sur le bar.

— Vous devez partir d'ici.

Comme Aubrey s'éloignait, Charlie se mit devant elle pour lui barrer la route.

— Quel genre d'affaires ? demanda-t-elle. Donnez-moi quelque chose.

— Je ne peux pas.

— Si vous ne me le dites pas, je reviendrai. Je deviendrai votre pire cauchemar jusqu'à ce que vous crachiez le morceau.

— Trafic de drogue, prostitution, blanchiment d'argent, grommela Aubrey à mi-voix. Faites votre choix.

— Haley était au courant ?

— Bien sûr.

Aubrey regarda par-dessus l'épaule de Charlie et écarquilla les yeux.

— Il est grand temps pour vous de foutre le camp. Prenez la sortie de secours. Et ne revenez plus.

La rousse s'enfuit et disparut derrière une porte marquée « Réservée aux employés ».

Charlie jeta un coup d'œil à la table dans le coin.

Elle était vide.

Elle se dirigea vers les portes du club.

Seth se tenait près de l'entrée et discutait avec l'un des videurs. Il désigna Charlie d'un mouvement de menton. L'homme hochait la tête pendant qu'ils parlaient.

Tournant sur ses talons, elle se précipita vers la sortie de secours, à l'arrière. Son cœur battait à tout rompre. Elle poussa la porte et trébucha dans la ruelle. À droite, un peu plus loin dans la rue, se trouvait l'entrée du parking où était garée la jeep de Dustin.

Elle se hâta dans cette direction en regrettant ses baskets.

Mais soudain elle sentit les poils de sa nuque se hérisser. Elle s'arrêta, tendit l'oreille.

Rien. Pas un bruit.

Elle longea le bâtiment.

Une silhouette sombre surgit soudain de la nuit. Maigre et nerveux, l'homme portait de longs cheveux noirs. Comme il entrait dans la lumière d'un réverbère, elle vit la grande balafre qui ornait sa joue.

Et merde.

10

Quand elle croisa le regard froid du balafré, Charlie sentit un frisson glacé lui parcourir l'échine. Elle ne l'avait encore jamais vu mais elle savait reconnaître un prédateur lorsqu'elle en croisait un.

Après un instant de stupeur, elle recula en serrant son sac contre elle. Elle regrettait de ne pas avoir gardé son arme avec elle.

Son instinct comme ses neurones lui ordonnaient de fuir et elle s'élança. Son cœur battait à tout rompre dans sa poitrine mais elle avait l'impression que ses pieds étaient embourbés dans des sables mouvants. Sur ses talons aiguilles, elle ne parvenait pas à courir. Et derrière elle, l'homme se rapprochait. Terrifiée, elle entendait sa respiration hachée.

Une décharge d'adrénaline brûla soudain ses veines et par réflexe, elle bondit sur le côté et réussit de justesse à échapper à la main qui s'apprêtait à l'attraper.

Mais son poursuivant était rapide. Beaucoup plus rapide qu'elle d'autant que ses échasses la ralentissaient. Une sourde terreur l'envahit. Mais elle refusait de renoncer. Si elle parvenait à gagner la porte arrière de la boîte de *strip-tease*, peut-être pourrait-elle...

Il la saisit par les cheveux – par ses longues tresses fixées par des épingles – et la tira vers l'arrière. La vive douleur de son cuir chevelu malmené lui arracha un cri. Quand il lui arracha la perruque de la tête, elle perdit l'équilibre et trébucha.

Il en profita pour la projeter contre le mur. Elle heurta la brique avec violence, éraflant au passage la peau de son épaule et de sa jambe nues.

Sans lui laisser la possibilité de reprendre son souffle, il fondit sur elle, lui agrippa brutalement le bras pour l'entraîner.

— Viens avec moi, ordonna-t-il.

Se laisser embarquer par un agresseur n'était jamais de bon augure, elle le savait. Si elle obéissait, il la conduirait dans un coin discret pour la tuer.

Il fouilla la poche de sa veste.

Elle n'attendit pas de voir ce qu'il y cherchait, une arme, sans doute. Sans perdre un instant, elle lui écrasa le pied de la pointe de son talon avant de lui envoyer son genou dans l'entrejambe. Lorsqu'il se plia en deux avec un gémissement de douleur, elle le repoussa de côté.

S'il dégainait son pistolet, partir en courant ne la sauverait pas. Elle n'y gagnerait qu'une balle dans le dos ou en pleine tête.

Avant d'en arriver là, elle frappa à nouveau. Professeur d'arts martiaux, elle était bien placée pour savoir que la taille d'un individu n'avait pas beaucoup d'importance dans un combat. En tant que femme, elle n'avait aucune chance de se faire attaquer par quelqu'un de plus petit ou de moins musclé qu'elle. Pour l'emporter, il lui fallait donc sortir des sentiers battus, déstabiliser son adversaire et réagir plus vite que lui.

Le balafré chancela. Mais il savait se défendre et plongea de nouveau la main sous sa veste.

Sans hésiter, elle lui tordit le poignet pour l'empêcher de s'emparer de son arme. Il résista. Il était fort. Et elle pressa de nouveau son talon sur son pied. Pour se libérer de son emprise, elle lui lança un coup de poing.

Elle visait le cœur. Mais il sauta sur le côté et elle manqua son plexus solaire. Si le coup avait frappé là où elle l'avait espéré, il l'aurait immobilisé quelques instants, lui donnant le temps de s'enfuir.

Il la repoussa et lui envoya avec violence son poing dans le ventre. Un cri monta dans sa gorge mais le souffle coupé, elle ne parvenait plus à respirer et encore moins à hurler.

Il sortit enfin son arme. Elle était munie d'un silencieux.

— Viens avec moi, répéta-t-il. Allons faire un tour en voiture.

Et cette fois, elle remarqua son léger accent.

— Nous allons avoir une petite conversation tous les deux, ajouta-t-il.

La porte arrière de la boîte de *strip-tease* s'ouvrit soudain avec fracas en frappant le mur. Un grand blond en jean et en chemise à moitié déboutonnée apparut.

— Où sont les toilettes ? demanda-t-il en titubant dans la ruelle.

Un ivrogne.

— Retournez à l'intérieur, lui ordonna le balafré en agitant son arme vers lui. Les lavabos ne sont pas ici.

Submergée par une vague de terreur, Charlie sentit sa gorge se serrer. Elle voulut profiter de la présence d'un tiers pour s'éloigner. Mais son agresseur lui bloqua le chemin en pointant le canon de son arme vers elle.

Si le blond en état d'ivresse repartait à l'intérieur de la boîte, le balafré l'emmènerait quelque part, l'interrogerait puis la tuerait. Elle le sentait viscéralement.

— Quoi ? Vraiment ? balbutia l'ivrogne. Mais je ne peux pas me retenir, moi.

Il vacilla jusqu'au mur de brique, ouvrit la braguette de son pantalon. Il se tortilla, s'apprêtant visiblement à soulager sa vessie.

Mais, soudain, il se retourna et brandit une arme. Une arme minuscule.

— Police ! Les mains en l'air !

Hébétée, elle regarda le blond. Les pieds écartés, il leva son pistolet vers le balafré.

Au lieu d'obtempérer, ce dernier fit feu. Les balles percutèrent la façade en brique près de la tête du blond. Puis sans demander son reste, il s'enfuit vers l'angle de la rue.

Charlie chancelait sur ses talons aiguilles.

L’arme au poing, le blond se tourna vers elle :

— Je suis Logan Powell, l’inspecteur en chef du bureau des enquêtes criminelles de la procureure du Wyoming. Donnez-moi vos clés de voiture.

Un peu perdue, elle fronça les sourcils. Powell. Il portait le même nom de famille que le chef adjoint.

— Quoi ?

— Vous vous appelez Charlie Sharp, poursuivit-il. Je suis policier et je viens de vous sauver la vie. Donnez-moi vos clés. Je dois vous mettre en sécurité.

Sans ergoter davantage, elle ramassa son sac à main sur le sol, y chercha ses clés et les lui lança.

Il lui jeta à son tour un trousseau.

— Allez dans cette direction, dit-il en pointant du doigt le côté opposé de la ruelle. Il y a un bar à l’autre bout. Mon véhicule est garé devant. Prenez le volant et retrouvez-moi sur le parking du supermarché de Grand Avenue. Je vous expliquerai tout là-bas.

Et sur ces mots, il s’élança à la poursuite du balafré.

Charlie courut dans la ruelle. Ses talons aiguilles la gênaient mais il n’était pas question de marcher pieds nus.

Comme il le lui avait indiqué, elle parvint devant le bar A.J.’s Roadhouse. Un endroit bruyant où se réunissaient de nombreux motards. Des bagarres y éclataient souvent.

Rien de plus normal dans ce quartier mal famé.

Ce Powell ne lui avait pas précisé quelle voiture il conduisait. Elle balaya le parking des yeux et appuya sur le porte-clés.

Des phares clignotèrent un peu plus loin. Elle se dirigea vers une Subaru Forester. Était-ce celle qui l’avait suivie tout à l’heure ?

Elle s’installa au volant, démarra et fila à toute vitesse.

Lorsqu’elle pénétra sur le parking du supermarché de Grand Avenue, elle tremblait encore.

La zone était bien éclairée et bruissait d’activité, constata-t-elle, un peu rassurée. Les clients poussaient leurs caddies chargés de provisions jusqu'à leurs voitures.

Elle mit de l'ordre dans ses cheveux tout en s'efforçant de reprendre ses esprits. Des milliers de pensées tourbillonnaient dans sa tête. Elle revit la scène dans la ruelle et frissonna.

Enfin, la jeep de Dustin se gara à côté d'elle. Le blond en bondit et monta dans la Subaru.

— Avant que vous ne prononciez un mot, dit-elle, j'ai besoin de voir votre badge.

Il sortit son portefeuille et l'ouvrit.

Charlie regarda la photo, lut le nom et l'intitulé du poste qu'il occupait : Logan Powell. Bureau de la procureure de l'État du Wyoming, Division des enquêtes criminelles. Inspecteur en chef.

— Ça vous va ? demanda-t-il

— Powell. Êtes-vous lié au chef adjoint ? Holden. Et au capitaine des pompiers ?

Elle ne se souvenait pas du prénom de ce dernier.

En l'observant de plus près, elle eut la réponse. Sa ressemblance avec Holden sautait aux yeux. Mêmes cheveux blond doré et même air vif et sérieux.

— Sawyer. Oui. Ce sont mes frères.

Pendant un instant, il se contenta de l'observer.

— Vous me suiviez ? demanda-t-elle.

— J'avais pris en filature le gars que vous suiviez. Seth Olsen. J'ai été envoyé à Laramie pour enquêter sur lui. Et hier soir, je l'ai surpris en train de vous suivre.

— Je m'étais pourtant assurée de l'avoir semé.

— Il s'était assuré que vous pensiez l'avoir semé. Olsen est un inspecteur de police chevronné. Filer les gens sans qu'ils s'en aperçoivent est son quotidien.

Brian l'avait prévenue. Elle aurait dû l'écouter. Il avait seulement tenté de la protéger. Peut-être aurait-elle dû au moins le laisser s'expliquer.

Une ombre se dirigea vers la portière du côté passager. Le nouveau venu frappa la vitre, se pencha et regarda dans la voiture.

— Puis-je me joindre à vous ? demanda Brian.

Assis à l'arrière de la Subaru, Brian serrait les mâchoires en écoutant Charlie le mettre au courant de l'attaque dans la ruelle et de l'intervention de Powell. Il aurait voulu être à la place de ce dernier mais l'important était qu'elle s'en soit sortie saine et sauve.

S'il était entré dans le club de *strip-tease*, comme il en avait eu initialement l'intention, il aurait contrarié un peu plus Charlie et, par sa seule présence, il n'aurait fait que saboter ses efforts.

À l'instant où il avait vu le balafré courir vers l'arrière du club et repéré Seth près de l'entrée, il avait deviné que quelque chose se tramait. Il avait espéré que Charlie aurait le temps de filer.

Mais il ne s'était pas du tout attendu à voir un inconnu monter dans la jeep que conduisait Charlie depuis quelques jours.

— J'aimerais voir votre badge, dit Brian.

Avec un soupir, le type le lui tendit. Brian l'examina. Il était authentique.

Il le lui rendit.

— Combien de frères Powell êtes-vous ?

Il était allé au lycée avec au moins deux d'entre eux. Mais ils n'avaient jamais été dans les mêmes classes.

— Cinq.

Cela faisait beaucoup de Powell.

— Qui vous a envoyé enquêter ?

— La cheffe de la police de Laramie, Wilhelmina Nelson, a sollicité officiellement l'intervention de mes services auprès du bureau de la procureure générale de l'État, répondit Logan.

— Pour enquêter sur la disparition de Haley Olsen ? s'enquit Charlie.

— Non. J'ai bien peur que non.

— Alors pourquoi êtes-vous ici ? demanda Brian.

— Pour enquêter sur un policier soupçonné de corruption.

— Peut-être ne devriez-vous plus répondre à ses questions, Logan, intervint Charlie, les bras croisés. Me duper est une chose, Brian, mais ton amitié avec Seth Olsen provoque un conflit d'intérêts et risque de compromettre toute l'...

— Arrête. Je te le répète pour la dernière fois. Seth et moi ne sommes pas amis, nous ne l'avons jamais été.

— J'ai des photos qui attestent le contraire, répliqua-t-elle.

— J'essayais d'utiliser cette partie de football pour lui tirer des vers du nez. Parfois, ce sont des détails en apparence insignifiants qui mettent un inspecteur sur une piste. Par exemple, la façon dont il évoque Haley est révélatrice. Il ne parle jamais d'elle au passé. Manifestement, il ne pense pas qu'elle est morte. Ou alors ce n'est pas lui qui l'a tuée.

— Alors, tu le défends ? demanda-t-elle en le regardant dans le rétroviseur.

— Non, pas du tout, protesta Brian. Je te le jure. Je raisonne comme un inspecteur qui enquête. Je ne pense pas qu'il ait fait exploser son propre chalet. En revanche, je suis persuadé que Colvin et lui mentent à propos de leur alibi. Entre autres choses.

Son regard tomba sur son épaule.

— Tu saignes.

Elle jeta un coup d'œil à l'éraflure.

— Ce n'est qu'une égratignure, je survivrai.

— Puis-je en placer une ou préférez-vous poursuivre cet échange en tête à tête ? lança Logan, très pince-sans-rire.

Brian serra les mâchoires.

— Je vous en prie, nous vous écoutons.

— Nous enquêtons sur l'inspecteur Olsen depuis un certain temps, reprit Logan. Je peux vous assurer que l'inspecteur Bradshaw n'a jamais été proche de lui ou de ses complices. D'après ce que nous avons observé, ils ne sont même pas amis. Et Bradshaw ne fait pas partie des policiers à faire l'objet d'une enquête ni même à être soupçonnés. En fait, il est l'un des rares dont nous savons avec certitude qu'il est *clean*. J'espère que cela résoudra votre désaccord afin de nous permettre de nous concentrer sur l'essentiel.

Se mordillant les lèvres, elle croisa à nouveau le regard de Brian. Ses traits étaient plus doux, sa posture moins défensive.

Logan Powell n'était peut-être pas si mal après tout.

— Vous avez dit que vous enquêtiez sur Seth. Mais qui êtes-vous exactement ? demanda-t-il à Logan.

— Un groupe de travail. C'est tout ce que je suis autorisé à vous dire.

C'était énorme. Bien plus important que ce que Brian avait imaginé.

— Lorsque Haley a disparu, poursuivit Logan, J'avais prévu de venir vous parler, Charlie, mais les choses ont évolué rapidement, et je n'en ai pas eu l'occasion. Quand l'inspecteur Olsen vous a suivie, cette opportunité s'est présentée.

Brian se raidit. Sa peur à propos de Charlie, qui le poursuivait depuis que quelqu'un lui avait tiré dessus, s'intensifiait maintenant.

— Quoi ! Seth lui filait le train ? Depuis combien de temps ?

— Hier soir, il l'a surprise en train de l'espionner, répondit Logan. Je l'ai pris en filature en train de la suivre. Depuis lors, je gardais un œil sur elle, au cas où il tenterait quelque chose.

Brian lui lança un regard furieux.

Charlie baissa la tête.

— S'il te plaît, évite les « Je te l'avais bien dit ».

Il avait envie de lui dire bien plus que cela.

— Avez-vous besoin d'un moment seuls ? répéta Logan.

— Oui, dit Brian.

— Non, répliqua Charlie en secouant la tête. Pourquoi vouliez-vous me parler ?

— J'espérais que vous pourriez nous aider à retrouver Haley Olsen.

— Interrogez son mari, répondit Charlie. Il l'a fait disparaître, j'en suis persuadée. Peut-être devriez-vous sonder le lac derrière leur chalet.

— Nous l'avons fait.

Encore un *scoop* pour Brian.

Charlie regarda Logan, puis Brian.

Il secoua la tête.

— Je l'ignorais.

— Personne ne le sait au poste de police de Laramie, intervint Logan. Nous enquêtons en veillant à ce que l'inspecteur Olsen ne se doute de rien, évidemment.

Il regarda Brian.

— Pas un mot à quiconque, à aucun collègue, d'accord ? Je compte sur votre discrétion absolue.

— Bien sûr.

— Si vous pensez que Haley est vivante, dit Charlie, pourquoi essayez-vous de la retrouver ?

Brian commençait à comprendre.

— Vous l'avez approchée, n'est-ce pas ? Vous lui avez demandé de vous aider à faire tomber Seth.

— Vous vouliez qu'elle témoigne contre lui ? demanda Charlie d'une voix alarmée.

— De toute façon, elle n'aurait pas pu témoigner contre son mari, intervint Brian.

Charlie secoua la tête.

— Alors je ne comprends pas comment elle aurait pu vous aider à le coincer.

— Haley était au courant des activités illégales de Seth, répondit Logan. Nous avions besoin de placer un micro sur elle. Elle l'aurait alors fait parler de l'opération pour nous permettre de l'enregistrer.

Sans chercher à cacher son indignation, Charlie le fusilla du regard.

— Et vous auriez mis sa vie en danger par la même occasion.

Logan fronça les sourcils.

— Sa vie était déjà en danger.

C'était la triste réalité

— Haley n'est pas idiote et aurait mesuré le risque, déclara Charlie. Il est énorme. Elle n'allait certainement pas accepter.

— Elle avait en effet commencé par refuser. Nous avons dû faire pression sur elle.

— Peut-être trop, intervint Brian. Peut-être lui avez-vous fait peur. Quand l'avez-vous approchée pour la première fois ?

— En mai dernier.

Avec un soupir, Charlie s'affala sur le siège comme si elle se dégonflait.

— C'est à ce moment-là qu'elle a poussé la porte de l'Underground Self-Defense School. Vous et votre groupe de travail êtes la raison pour laquelle elle est venue me trouver pour l'aider à disparaître.

Logan hocha la tête.

— Malheureusement, vous êtes sans doute dans le vrai.

— Seth en a eu vent d'une manière ou d'une autre et l'a tuée pour cette raison, ajouta Charlie. Vous devriez enquêter sur lui pour meurtre.

— Nous le faisons, répondit Logan. Mais pas pour le meurtre de Haley.

— Alors de qui ? s'enquit Charlie, incrédule.

— De Teddy Williams ? devina Brian.

Logan hocha de nouveau la tête.

— Quoi ? cria-t-elle. Teddy est mort ?

— J'ai découvert plus tôt dans la journée qu'il avait disparu depuis lundi ou mardi, déclara Brian. L'inspecteur Kramer, mon coéquipier sur ce dossier, a établi un lien entre lui et Haley via l'Underground Self-Defense School.

— Nous n'avons pas la certitude qu'il est mort. Mais il a disparu avant Haley, et nous avons de nombreuses raisons de soupçonner un acte criminel.

— Pourquoi Seth l'aurait-il tué ? demanda Charlie.

— Haley et Teddy entretenaient une liaison, répondit Logan. Quelqu'un de mon groupe de travail avait menacé Haley d'en toucher un mot à son mari si elle refusait de nous aider dans cette affaire. Je n'étais pas d'accord avec la méthode. La coercition fonctionne rarement.

— Mon Dieu ! s'exclama Charlie, horrifiée. Et un flic imprudent et trop zélé de votre équipe l'a répété à Olsen ?

— Je ne le pense pas.

Le manque de conviction dans la voix de Logan inquiéta Brian. Si quelqu'un du groupe de travail de Logan l'avait fait, il ne l'avouerait pas à Charlie. Pas alors que sa mission était de la recruter.

— Puisque vous deviez aider Haley à disparaître, poursuivit Logan, peut-être savez-vous comment la retrouver. Commencez à imaginer qu'elle est vivante. Réfléchissez-y.

Logan lui tendit une carte de visite.

— Si vous trouvez quelque chose, si vous parvenez à la localiser, m'appellerez-vous ?

Charlie ne répondit pas. Elle lui arracha la carte et sauta dehors.

— Si Haley est morte, c'est votre faute et celle de votre groupe de travail, dit-elle avant de claquer la portière.

11

Accablée par les nombreuses révélations de cette journée, Charlie ne parvenait plus à gérer ses émotions. Lorsqu'elle se dirigea avec colère vers la jeep, Brian lui emboîta le pas.

La façon dont Brian et Rocco s'étaient comportés à son égard la rendait folle. De quel droit avaient-ils décidé de lui taire certaines choses, prétendument pour la protéger ? Ils avaient voulu épargner la « pauvre » Charlie si fragile ? Elle ne supportait plus ce genre d'attitude.

En même temps, une douce chaleur l'envahissait en comprenant que Brian ne l'avait pas abandonnée. Qu'il l'avait suivie. Parce qu'il se souciait d'elle.

Elle déverrouilla sa voiture et saisit la poignée.

Mais d'une main posée sur la portière, il l'empêcha de l'ouvrir.

— Vas-tu continuer longtemps à m'ignorer ?

— Que dire de plus ?

— Incroyable ! Tu pourrais déjà commencer par t'excuser de m'avoir lancé de graves accusations à la figure sans me laisser la possibilité de m'expliquer...

Brian n'avait aucune idée du pouvoir qu'il exerçait sur elle. Il la remuait profondément. Il avait su percer ses défenses, la pousser à lui confier ses secrets, à lui raconter son passé. Des pans de sa vie dont elle n'avait jamais parlé à personne. Pas même à Rocco. Ni à Orson. Ni à quiconque. Brian avait réussi à abattre les murs qu'elle avait élevés autour d'elle. Devant lui, elle se sentait à vif, exposée, nue.

C'était à la fois libérateur, terrifiant et magnifique.

— J'avais besoin de prendre mes distances. De temps pour réfléchir.

Elle se reprochait d'avoir douté de Brian et qu'il lui ait donné une raison de le faire. Parce que, à son grand étonnement, elle aimait lui faire confiance.

— Je ne vais pas m'excuser de vouloir un peu d'espace. Ni d'être soulagée de m'être trompée à ton sujet.

— Tu es toujours en colère contre moi. Pourquoi ?

— Ton prétendu « oubli » ressemble beaucoup à un mensonge. Tu m'avais caché sciemment tes liens avec Seth. Rocco et toi aviez décrété que j'étais incapable de gérer.

— Tu as raison. Je suis désolé. J'aurais dû t'en parler.

Il se rapprocha suffisamment pour qu'elle puisse sentir la chaleur de son corps, son souffle sur sa peau.

— Mais ne viens pas me reprocher de t'avoir dissimulé certaines choses. Pas maintenant que j'ai entendu de la bouche de Logan ce que tu as fait ce soir.

Il glissa soudain la main dans ses cheveux pour l'attirer à lui et captura ses lèvres. Chaud et profond, ce baiser l'enflamma. Et incapable d'y résister, elle se pressa contre son corps d'homme avec délice.

Comme les mains de Brian parcouraient ses courbes, une faim ardente la souleva. Elle rêvait soudain de l'entraîner dans la voiture, de lui arracher ses vêtements, de…

— Rentre à la maison avec moi, murmura-t-il contre sa bouche.

Son ton était insistant, presque désespéré, son regard brûlant.

Le cœur battant à tout rompre, elle ne savait plus si elle devait le repousser ou s'enfuir, ses réflexes habituels.

Puis elle se souvint qu'il existait des options plus agréables. Alors, s'abandonnant enfin, elle cessa de lutter et l'embrassa à nouveau. Très vite, leurs langues entamèrent une danse sensuelle. Enivrée, elle ne voulait plus s'arrêter. Ni réfléchir. Ni parler.

Finalement, elle hocha la tête pour donner son accord.

Il lui prit la main et l'entraîna vers son camion.

— Monte avec moi. Nous récupérerons la jeep demain matin.

Comme ils roulaient vers chez lui en silence, il demanda soudain :

— Me caches-tu autre chose ?

Son ton était doux et taquin.

— J'ai pris des photos de Seth et de tous ceux que j'ai vus avec lui. Y compris dans le club de *strip-tease*.

Elle sortit son *smartphone* de son sac à main pour les regarder.

— Il faisait si sombre là-dedans qu'elles ne sont pas très bonnes. On ne voit pas le gars avec la cicatrice, celui qui m'a attaquée dans la ruelle. Mais j'ai réussi à immortaliser le blond à lunettes.

Il secoua la tête.

— Je ne comprends pas. Qu'est-ce qui t'a pris d'aller au Bare Back ? Et pourquoi ce type t'a-t-il attaquée ?

— C'est une longue histoire mais, pour faire court, Aubrey, une strip-teaseuse qui travaille là-bas, m'avait parlé la première de Rafe, le fleuriste, l'ami de Haley. Mais elle m'avait menti en prétendant avoir refusé d'aider Haley qui lui demandait d'espionner Seth. Je suis retournée pour la mettre au pied du mur et découvrir la vérité. Et pour comprendre ce que manigance Seth, à quoi il est mêlé. Il s'avère qu'il est mouillé jusqu'au cou dans des affaires de drogue, de blanchiment d'argent et de prostitution.

— Attends. Cette Aubrey aidait Haley à faire quoi ? À recueillir des preuves contre Seth ?

— Je le crois mais je n'en suis pas tout à fait certaine. Aubrey n'a pas été complètement sincère avec moi. Compte tenu de tout ce que j'ai appris ces derniers jours, il est évident que Haley non plus ne l'a pas été. Elle m'a manipulée pour que je lui fournisse de faux papiers, une fausse identité. Cela dit, je ne comprends pas son attitude. Si elle est toujours en vie et s'est enfuie, pourquoi n'a-t-elle pas attendu ses nouveaux papiers ? Cela lui aurait facilité les choses.

— Peut-être est-ce lié à Teddy. Si Seth l'a tué, cela a peut-être suffi à la pousser à bout. Peut-être a-t-elle du coup commis une imprudence.

— Mais elle ne peut pas s'enfuir loin ni longtemps sans papiers. Ni argent. Ni l'adresse de l'endroit où j'allais l'installer dans l'Idaho.

Elle avait signé un bail avec un propriétaire d'accord pour être payé en liquide.

— Pourquoi avoir choisi l'Idaho et non un État à l'autre bout du pays, la Géorgie ou l'Alabama, par exemple ?

— Sa mère est malade, et Haley ne voulait pas trop s'éloigner. Même si je l'avais prévenue qu'elle ne pourrait pas revenir la voir.

— Tu as beaucoup appris sur cette Aubrey, remarqua Brian en s'engageant dans l'allée qui menait chez lui. Pourquoi n'as-tu pas communiqué ces renseignements à Powell ?

Ils sortirent de la voiture et il porta son sac de voyage à l'intérieur.

— Soit Haley a été tuée, soit elle a été soumise à une telle pression qu'elle a été contrainte de s'enfuir plus tôt que prévu. Je voulais prendre le temps de réfléchir avant d'offrir un autre agneau en sacrifice. C'était une décision lourde de conséquences.

Se mêler de la vie de quelqu'un d'autre était toujours délicat.

Il verrouilla la portière.

— Si Haley a pris la fuite, as-tu une idée de l'endroit où elle aurait pu aller ?

— Non, mais...

Une idée la traversa brusquement.

— Mais je sais peut-être comment la retrouver.

Elle fouilla son sac à dos et en sortit un appareil à clapet.

Brian la regarda.

— S'agit-il d'un téléphone prépayé ?

Elle hocha la tête.

— J'en ai donné un du même genre à Haley, dit-elle.

— Qui appelles-tu ? demanda-t-elle.

— Orson, mon ex.

Il parut surpris. Puis méfiant.

— Pourquoi ?

— Dans le domaine du piratage informatique, Orson est le meilleur. Un vrai génie. Il a réussi à hacker une agence gouvernementale alors qu'il n'avait pas quatorze ans.

Brian fronça les sourcils d'un air dégoûté.

— Un vrai prodige, grommela-t-il avec ironie.

Elle passa l'appel, le téléphone pressé contre son oreille. La ligne sonna et sonna. Cela n'avait rien d'étonnant. Orson n'emportait pas cet appareil avec lui. Il l'avait probablement rangé dans un tiroir.

— Mets-le sur haut-parleur, dit soudain Brian.

Elle se tendit.

— Pourquoi ?

— Parce que je te le demande.

Elle avait exigé la preuve qu'elle pouvait lui faire confiance. Et il la lui avait donnée. Jusqu'à la partie de football, qui s'était avérée être un malentendu sur lequel il s'était expliqué. Elle le regarda dans les yeux et comprit qu'elle devait lui montrer qu'il pouvait, lui aussi, lui faire confiance.

Elle activa le haut-parleur au moment où Orson répondait.

— Salut, ma tigresse.

Sa voix était sensuelle, chaude comme une nuit d'été.

Elle rougit, et Brian fronça les sourcils.

— Je t'ai déjà dit de ne pas m'appeler comme ça, dit-elle.

Orson éclata de rire.

— Désolé. C'est amusant de te faire monter en puissance. Hé, j'aurais pu faire pire, reconnais-le ! Je ne t'ai pas surnommée ma...

— J'ai besoin d'un service, l'interrompit-elle.

— Bien sûr. Tu ne m'appelles que quand tu as besoin de mes services. Que te faut-il, cette fois ? demanda Orson.

— Ma dernière cliente, Haley Olsen, a disparu. Peut-être. J'aimerais que tu m'aides à la retrouver, si elle est encore en vie.

— Je t'écoute.

Elle lui résuma les événements de la soirée au cours de laquelle Haley avait disparu.

— Ça m'a tout l'air horrible, dit-il. C'était mercredi soir ?

— Oui. Alors, cherche quelqu'un qui paie un hôtel en liquide dans le coin, dans un rayon d'une centaine de kilomètres autour de Laramie. Haley se faisait du souci pour sa mère. Elle n'aurait pas essayé d'aller trop loin afin de garder un œil sur ce qui se passe ici.

Brian fit un geste pour lui demander d'élargir le cercle de recherche.

— En y réfléchissant bien, dit-elle, double le rayon à deux cents kilomètres.

— Je peux utiliser mon programme de reconnaissance faciale, proposa Orson.

— Oui ! Ce serait parfait.

— Bien entendu, ce service a un prix.

Elle en fut surprise. Il ne l'avait jamais fait payer auparavant.

— Combien ? demanda-t-elle.

— Je ne veux pas de ton argent, dit-il d'un ton insulté. Viens me rejoindre à Denver. Passe une semaine avec moi. Tu me manques.

Avec une profonde inspiration, Charlie tourna le dos à Brian. Pendant trop longtemps, elle avait permis à Orson ces plaisanteries un peu limites. Elle le regrettait, à présent.

— Je ne te manque pas, répliqua-t-elle. Ce qui te manque, c'est une femme pour partager ton quotidien et ton lit.

Il appréciait aussi qu'elle sache de quoi il était capable. Qu'elle mesure son génie. Et qu'elle reconnaisse son infaillible loyauté. Il n'était peut-être pas fidèle en amour mais elle pouvait compter sur lui, en cas de besoin.

Pourtant, ils ne s'étaient jamais confiés comme elle le faisait avec Brian sur les sujets importants. Orson ne lui avait jamais posé de questions personnelles. Il préférait enquêter sur Internet pour tout découvrir sur les gens. Et il ne lui avait jamais dit qu'il tenait à elle.

Un long silence tomba qui devint perturbant.

— Orson ?

Il soupira.

— Tu as raison. Tu sais, je regrette la façon dont tout s'est terminé entre nous. Tu ne méritais pas ça.

Trouver une autre femme dans le lit qu'ils avaient partagé l'avait blessée. Non, en effet, elle n'avait pas mérité d'être traitée ainsi.

— N'en parlons plus. L'eau a coulé sous les ponts depuis cette histoire.

Elle ne l'avait jamais aimé et lui non plus. Ils n'avaient été que deux âmes perdues qui avaient passé du temps ensemble. Elle lui avait pardonné depuis longtemps son manque de respect. Leur brève liaison appartenait désormais au passé.

— Ta magnanimité me réconforte étrangement, dit-il, et elle pouvait entendre le sourire dans sa voix. Je te rappellerai quand j'aurai quelque chose. Garde ce téléphone à portée de main.

Il mit fin à la communication.

Avec un soupir de soulagement, elle fourra l'appareil dans son sac et fit face à Brian.

Il lui prit les mains.

— Merci de m'avoir fait confiance, dit-il.

— La confiance marche dans les deux sens. D'accord ?

Un sourire glissa sur ses lèvres. Seigneur, il était beau comme le péché.

— Allons nettoyer ces plaies.

Il la conduisit à travers la maison jusqu'à sa chambre. Elle ne l'avait pas bien vue auparavant.

Grande, décorée avec simplicité mais avec goût, la pièce était accueillante avec ses murs couleur marine, son lit *king size* et son petit bureau en acajou. La couette avait l'air confortable.

Le portrait encadré d'un couple, sans doute ses parents, trônait sur la commode.

Il la fit asseoir sur le lit.

— Donne-moi un instant.

Il se dirigea vers la salle de bains et revint avec une petite mallette blanche ornée d'une croix blanche.

Elle sourit.

— Je vois que tu tenais à étaler sous mes yeux éblouis tout ton matériel médical !

En riant, il ouvrit le kit, et elle fut vraiment impressionnée. Elle n'avait jamais vu de trousse de premiers secours aussi complète. Il avait même de quoi poser des points de sutures.

Quel frimeur !

Lorsqu'il commença à nettoyer son genou, son extrême douceur la surprit. Il s'occupa ensuite de son épaule et de son bras.

Entre ses mains habiles, sous son regard attentif, elle devinait non seulement qu'il la désirait mais aussi qu'il la respectait et la considérait comme infiniment précieuse. Elle se sentait soudain estimée. Aimée.

Elle se remémora ses peurs. Les barrières qu'elle avait dressées pour se protéger de tout attachement excessif. Pour ne pas risquer de souffrir.

Tous ses efforts lui semblaient à présent dérisoires. Face à Brian, ses vieux réflexes étaient inutiles.

En quelques jours, ils avaient créé un petit jardin où ils pouvaient s'aimer et jouer en liberté. Elle glissa la main dans ses cheveux et colla la bouche à la sienne. Le baiser fut doux et chaleureux.

— Je voudrais te montrer quelque chose, dit-il d'un ton hésitant.

— Vas-y.

Il ouvrit un coffret en bois sur la table de chevet et y prit quelque chose. Il tendit la main et l'ouvrit.

Avec curiosité, Charlie se pencha et découvrit au creux de sa paume une perle.

— La nuit du gala de charité pour le refuge pour femmes de Cheyenne, tu as perdu une boucle d'oreille, dit-il.

Elle n'avait jamais eu les oreilles percées et portait des clips.

— Le fermoir s'était cassé. C'est ma boucle d'oreille ? Tu l'avais trouvée ?

— Lorsque tu m'as abandonné sur la piste de danse, je suis tombé dessus. J'avais l'intention de te la rendre. Tu pourras donc la faire réparer.

Comme elle s'apprêtait à s'en saisir, il referma ses doigts.

— Je viens de te mentir, dit-il en riant. Pour la première et la dernière fois de ma vie. Je n'ai jamais eu l'intention de te la rendre.

— Tu as un faible pour les perles ? demanda-t-elle d'un ton taquin.

— Plutôt pour les diamants bruts. Forgés sous la pression, dit-il. Je sors cette perle tous les soirs. Je la regarde, je la roule entre mes doigts. Je pense à toi...

Comme il reportait son attention sur elle, une douce chaleur la parcourut. Le plus touchant était sa gêne manifeste. Cet aveu lui coûtait.

— C'est un peu bizarre, dit-elle.

— Tu es gentille. C'est totalement bizarre.

Qui était-elle pour le juger ?

Il remit la perle dans le coffre, le referma et se releva en tenant la trousse de premiers secours.

Elle se mit debout à son tour et posa une main sur son torse.

— C'est surtout très romantique.

D'une manière étrange qu'elle adorait.

La soirée de gala avait été magique pour elle.

Grâce à lui.

Elle y était venue seule et l'avait croisé alors qu'elle se sentait un peu perdue, mal à l'aise, au milieu de tous ces gens bien habillés. Ils avaient passé la soirée à discuter, à dîner et à danser. Et à la fin ils s'étaient embrassés.

Entre eux, tout avait coulé de source comme une évidence.

Comme si Cupidon avait été présent et lui avait planté sa flèche en plein cœur.

— Je pensais chaque mot de ce que j'ai dit hier soir, dit-il, son regard caressant son visage avec la douceur de ses mains.

— Je sais.

Elle se hissa sur la pointe de ses pieds et captura ses lèvres.

Pendue à son cou, elle plongea les doigts dans ses cheveux. Leurs corps se collèrent l'un à l'autre. Sa bouche était chaude, possessive, son baiser dévorant, presque sauvage, et elle se mit à trembler. D'une simple étreinte, il la faisait s'envoler vers le ciel.

Et la guerrière en elle, qui s'était battue si longtemps, si durement pour assurer sa survie, se brisa en mille morceaux. Les vieilles douleurs, la culpabilité, la colère avec lesquelles elle vivait depuis ce jour d'été maudit disparurent. Comme des cendres sous la pluie.

Elle adorait le contact de ses cheveux épais et soyeux sous ses doigts. La façon dont il l'embrassait. Ses mains rugueuses sur sa peau.

Soulevée par un désir impérieux, elle se plaqua contre lui, désireuse de se rapprocher le plus possible.

Elle finit par le faire tomber sur le lit, le chevaucha et l'embrassa à pleine bouche. Les mains de Brian glissèrent vers ses seins, les prirent en coupe avant de se poser sur ses hanches. Il ajusta leurs corps pour la nicher sur le renflement de son jean. Elle désirait cet homme depuis trop longtemps. Chaque parcelle de son corps rêvait de passer les prochaines heures avec lui, nue contre lui.

Elle avait si faim de lui qu'elle se tordait d'impatience.

— J'ai envie de toi, balbutia-t-elle, le souffle court.

— Mais je te préviens, je ne me contenterai pas d'une simple relation physique, répondit-il.

Jusqu'alors, lorsqu'elle décidait de coucher avec un homme, le sexe se jouait toujours selon ses règles à elle. Rapide, il satisfaisait un besoin fondamental et rien d'autre. Même avec Orson.

Voilà peut-être pourquoi ce dernier avait eu besoin de variété.

Mais avec Brian, désir, sentiments et émotions étaient mêlés. Il ne cherchait pas à passer du bon temps.

Il voulait aller plus loin, il avait faim de davantage. Pour lui, l'amour ne se résumait pas à une partie de jambes en l'air.

Encore une première pour elle.

— Je sais, murmura-t-elle, lui mordillant la bouche.

Elle ignorait qu'être vulnérable pouvait la rendre heureuse. Mais elle le découvrait.

— Je comprends.

Lui faire l'amour serait faire un acte de foi… Elle devait croire qu'il ne lui briserait pas le cœur.

Mais elle ne se lançait pas aveuglément. Ses yeux étaient grands ouverts. Et elle voyait Brian tel qu'il était. Un homme loyal et fort. Avec un bon cœur. Il n'était pas parfait mais faillible.

— Que réponds-tu ? demanda-t-il avec gravité en prenant son visage dans ses mains.

— Oui ! Je dis oui.

Elle lui donnait une chance.

12

Tandis qu'ils roulaient vers la ville, Brian consulta à plusieurs reprises ses rétroviseurs. Personne ne les suivait. Vu le peu de voitures sur ce tronçon de route, il en était certain.

Il prit la main de Charlie dans la sienne.

— Tu es belle, dit-il en mêlant leurs doigts. Encore plus jolie sans maquillage.

Un sourire aux lèvres, elle posa leurs mains enlacées sur sa cuisse.

— Flatteur.

— Non, je suis sérieux, assura-t-il.

Détendue, elle appuya la tête contre le dossier de son siège et regarda défiler le paysage par la vitre d'un air songeur.

Au bout d'un moment, il dit :

— Un sou pour tes pensées.

Elle haussa les épaules.

— Je suis simplement heureuse. J'ai l'impression qu'un gros poids m'a été enlevé, je me sens allégée.

Son sourire s'élargit, et elle ajouta en lui caressant la jambe :

— Et je ne cesse de repenser à notre folle nuit d'amour, aux délicieuses tortures que tu m'as fait subir. Tu connais bien le corps d'une femme, tu sais lui donner du plaisir.

Il se mit à rire. Leur nuit avait en effet été magique, d'une intensité et d'une passion incroyables, inégalées. Charlie avait baissé la garde, lâché prise et s'était envolée pour toucher le ciel avec lui.

Ce matin, ils avaient de nouveau fait l'amour, de façon plus tendre. Mais tout aussi intense. Ensuite, il l'avait prise dans ses bras pour revenir sur terre en douceur. Lorsqu'elle s'était blottie contre lui, il avait adoré la sensation de sa cuisse glissée entre les siennes, de ses seins pressés contre son torse, sans parler des petits baisers brûlants dont elle avait picoré sa peau.

Ils étaient si bien, emboîtés l'un à l'autre, qu'ils avaient eu du mal à sortir du lit. Du coup, ils s'étaient levés tard et n'avaient pas eu le temps de prendre un petit déjeuner. Ils avaient avalé un café sur le pouce, s'étaient douchés en vitesse avant de filer.

Mais ils ne regrettaient rien.

Il s'arrêta à côté de la jeep de Dustin sur le parking du supermarché.

— Vas-tu un jour récupérer ta Porsche ? demanda-t-il.

— Dès que Dustin sera prêt à me la rendre.

Il se pencha vers elle et l'embrassa.

— Tu veux toujours que je te dise tout ce que je sais ? demanda-t-il.

— Bien sûr.

— Je suis amoureux de toi, dit-il.

À ces mots, elle se tut, et son sourire s'envola. Il eut l'impression qu'elle blêmissait.

Le cœur serré, il se reprocha son impulsivité. Pourquoi avait-il laissé échapper cet aveu ? Elle n'était pas prête à l'entendre, tout allait trop vite pour elle. Elle avait besoin d'avancer vers lui à petits pas, il le savait pourtant.

— Tu n'es pas obligée de répondre quoi que ce soit, dit-il. Je comprends qu'une telle déclaration puisse te faire peur. Tu es, disons, réservée en matière de relations amoureuses. Et je ne te mets aucune pression. D'ailleurs, pour moi aussi, cet amour m'est tombé dessus à un moment où je ne l'attendais pas. D'accord ?

— Comment peux-tu être sûr qu'il s'agit d'amour ? Nous ne sommes ensemble que depuis quelques jours.

Quand l'amour est là, tu le sais.

— Cela fait presque un an, en réalité. Je suis tombé amoureux de toi au premier regard quand je t'ai vue t'entraîner à l'Underground Self-Defense School. Et quand nous nous sommes retrouvés au gala de charité, il s'est passé quelque chose. Depuis cette soirée, mes sentiments pour toi n'ont pas cessé de s'intensifier. Je n'avais jamais éprouvé une telle attirance envers une autre. Je voulais que tu le saches.

Il espérait surtout qu'elle n'allait pas s'enfuir en courant.

Elle s'humecta les lèvres.

— Je viens de prendre conscience de la nécessité d'une nouvelle règle de vie. Aucune discussion sérieuse avant le petit déjeuner.

Qu'elle instaure des règles était bon signe. Et cela ne le dérangeait pas.

— Et si tu allais acheter des viennoiseries ? suggéra-t-elle. Nous les partagerons à l'Underground Self-Defense School.

— Excellente idée, répondit-il en souriant.

Il l'embrassa.

Elle lui prit son chapeau de cow-boy et l'enfonça sur sa propre tête.

— Je le garde.

— Il te va bien.

— Merci, dit-elle avec un léger sourire.

Brian la regarda monter dans la jeep et partir.

Il la suivit. Ils allaient dans la même direction. La boulangerie se trouvait à deux pas de l'Underground Self-Defense School.

Quand il l'y rejoignit, elle était déjà connectée à son ordinateur.

— J'ai remarqué la note sur la porte avertissant que tu fermerais plus tôt les jours à venir.

— Jusqu'à ce que je découvre ce qui est arrivé à Haley. Ou que Seth soit arrêté.

— Cela pourrait demander un certain temps. As-tu déjà envisagé de prendre régulièrement une journée de congé complète ?

— Pourquoi ? As-tu quelque chose à me proposer ?

— J'ai en effet bon nombre d'idées coquines pour occuper ce temps libre, dit-il. Mais tu pourrais aussi en profiter pour te ressourcer, te détendre. J'adorerais passer une journée entière avec toi.

Tentée, elle lui sourit avec chaleur.

— Ça a l'air sympa. Laisse-moi y réfléchir.

La porte d'entrée s'ouvrit, et Dustin entra. Elle le salua d'un geste de la main.

— Je dois lui parler de Teddy, dit-elle en se levant. Je m'en veux d'avoir été à deux doigts de renvoyer ce dernier pour ne pas s'être présenté à ses cours.

Brian la regarda s'approcher de son professeur et poser une main sur son épaule.

Une sonnerie de téléphone résonna.

Il sortit son appareil de sa poche mais ce n'était pas le sien qui sonnait. En regardant autour de lui, il repéra celui de Charlie sur le bureau. Ce n'était pas lui non plus.

La sonnerie venait de l'intérieur de son sac de sport accroché à sa chaise. Il l'ouvrit et sortit un téléphone prépayé.

— Charlie !

Il agita l'appareil et elle hocha la tête.

Elle dit autre chose à Dustin, qui semblait sous le choc, puis se précipita dans le bureau pour prendre l'appel.

— Salut, Orson. As-tu trouvé une piste ?

Les yeux dans ceux de Brian, elle écouta, hocha la tête et saisit un stylo pour écrire sur un calepin ce qu'il lui dictait.

— Tu es le meilleur, conclut-elle.

Elle sourit comme si Orson avait ajouté quelque chose de coquin.

— Arrête. Je dois partir. Merci de ton aide.

Elle mit fin à l'échange, ferma le téléphone et le remit dans son sac.

— Haley est vivante. Et Orson l'a trouvée.

Son ex était en effet un génie, un phénomène.

— Gare-toi par-là, dit Charlie à Brian, en lui montrant le restaurant situé à côté d'une station-service.

— Pourquoi ? demanda-t-il. Le motel se trouve de l'autre côté de la rue.

— S'il te plaît, fais ce que je te dis.

Il serra les mâchoires mais obtempéra.

— Vas-tu m'expliquer pourquoi nous nous mettons si loin ?

— Si Haley voit un flic avant que j'aie eu l'occasion de lui parler et de la convaincre qu'elle peut te faire confiance, elle va paniquer, c'est certain. Et se refermera comme une huître.

Or Charlie avait beaucoup de questions à lui poser et espérait bien obtenir des réponses.

— Donne-moi vingt minutes seule avec elle. Ensuite, je t'appellerai pour que tu nous rejoignes. D'accord ?

— Non, pas d'accord, riposta-t-il. Je me gare sur le parking du motel.

Et sans attendre sa bénédiction, il actionna la marche arrière et s'éloigna du restaurant.

— Je vais m'arranger pour stationner sur un endroit d'où elle ne pourra pas me voir. Quel est le numéro de sa chambre ? ajouta-t-il.

Elle baissa les yeux sur le morceau de papier sur lequel elle avait griffonné l'adresse du motel à Kimball, Nebraska, à deux heures de Laramie. Elle était infiniment soulagée qu'Orson ait retrouvé Haley.

Le motel était situé à la sortie de l'autoroute.

— Chambre 125.

Il se gara à l'autre bout du bâtiment, près de la réception.

— Pourquoi ne pas t'être arrêté de l'autre côté de la rue comme je te le demandais ? insista-t-elle.

Il détacha sa ceinture et se tourna vers elle.

— Parce que je suis la proie d'un mauvais pressentiment, sans parler de ta tendance naturelle à attirer des ennuis. Puisque tu y tiens, j'accepte que tu y ailles seule mais je reste à proximité. Et inutile de protester, ce n'est pas négociable.

Elle gémit, déchirée entre l'envie de lui reprocher sa façon de lui imposer son point de vue et celle de l'embrasser.

— Donne-moi vingt minutes.

— Dix. Ensuite, nous la conduirons à Logan Powell, l'inspecteur du bureau de la procureure. Il prendra le relais.

En soupirant, elle sortit du camion.

— Fais attention à toi, ajouta-t-il. Lorsque tu frapperas, ne reste pas devant la porte. Tu ne sais pas ce qu'il y a de l'autre côté. Haley pourrait être armée, nerveuse. Et tirer.

Charlie hocha la tête, claqua la portière et se précipita vers le motel. Vieux et délabré, l'établissement était à moitié vide, à en juger au parking presque désert.

Comme elle se rapprochait de l'extrémité du bâtiment, elle vit le véhicule qui stationnait devant la dernière porte. Elle reconnut le camion de Teddy. Était-il vivant et se cachait-il avec Haley ?

Tout en se hâtant vers la chambre 125, elle remarqua que les voilages étaient tirés mais pas les lourds rideaux occultant les fenêtres. Une télévision était allumée à l'intérieur.

Elle cogna le battant et se mit sur le côté.

— Haley !

Pas de réponse.

— Haley ! répéta-t-elle en frappant plus fort. C'est moi, Charlie. Ouvre-moi.

Elle tendit l'oreille mais n'entendit aucun mouvement de l'autre côté de la porte.

— Haley ? Es-tu là ?

Enfin, des bruissements à l'intérieur de la pièce lui confirmèrent la présence de quelqu'un.

— Ouvre-moi !

Elle perçut un cliquetis de chaîne puis la porte s'ouvrit et Haley apparut, son revolver pointé sur elle.

— Que fais-tu ici ?

— Je pourrais te retourner la question. Maintenant, sauf si tu as l'intention de me descendre, baisse cette arme et laisse-moi entrer.

— Es-tu venue seule ?

Charlie ne voulait pas mentir mais elle n'avait pas non plus envie d'effrayer Haley en lui expliquant qu'elle était accompagnée d'un inspecteur de police, collègue de son mari de surcroît.

— Vois-tu quelqu'un avec moi ?

Haley passa la tête par l'entrebâillement et jeta un regard furtif autour d'elle.

— Satisfaite ? demanda Charlie en pénétrant dans la chambre.

Haley claqua la porte, la verrouilla et remit la chaîne.

— Comment m'as-tu trouvée ?

— Cela n'a pas d'importance pour le moment. Je suis là, c'est la seule chose qui compte.

Haley, qui ne tenait visiblement pas sur ses jambes, se laissa tomber sur le lit. Elle n'avait pas lâché son arme. La peau pâle, les traits tirés, les yeux cernés, elle ne semblait pas en forme. Vêtue d'un jean et d'un T-shirt, elle était pieds nus.

La chambre du motel sentait la crasse et le moisi. Des restes de *fast-food* et des canettes de Coca light vides jonchaient la table de chevet.

Charlie croisa les bras.

— Dis-moi ce que tu as fait. Et pourquoi tu l'as fait.

Sans répondre, Haley baissa la tête.

— Je t'écoute, insista Charlie. Qu'as-tu fait après m'avoir appelée, mercredi soir ?

— Tu l'as sûrement compris, maintenant. J'ai mis en scène le chalet pour faire croire que Seth m'avait assassinée.

— Tu t'es servie de moi et tu m'as piégée.

Une inconnue au regard implacable répliqua :

— Je me suis servie de toi, c'est vrai. Mais je voulais piéger Seth. Pas toi.

— Pourquoi ?

— Parce qu'il le mérite ! cria Haley en sautant sur ses pieds. C'est un animal. Il a tué Teddy !

C'était donc vrai ?

— Comment peux-tu en être sûre ?

Charlie refusait de le croire et préférait s'accrocher à l'espoir qu'il était encore en vie.

— Seth s'en est vanté, répondit Haley. Il m'a narguée en disant qu'il l'avait buté. J'ai compris alors que changer de nom, de look et de lieu de vie ne servirait à rien. Quoi que je fasse, Seth me retrouverait toujours.

— Mais nous avions un plan qui t'aurait protégé.

— Tu parles !

En filant à l'anglaise, Haley avait balayé tous les efforts, tout le temps et l'argent que Charlie avait consacrés au processus. Elle l'avait manipulée pour obtenir son aide. Dans quel but ?

— Pourquoi être venue me voir, à l'origine ? Et comment savais-tu que je pouvais t'aider, d'ailleurs ?

— Par mon ami Rafe. Tu avais aidé sa cousine à disparaître. Eva Johnson.

Le nom de jeune fille d'Eva était Martinez, un nom de famille courant. Charlie n'avait pas fait le rapprochement.

— Eh bien, tu savais donc que tout avait bien marché pour Eva. Alors pourquoi n'y croyais-tu pas ?

— Au départ, je pensais que ça pourrait fonctionner pour moi aussi. Puis Seth a tué Teddy. J'ai alors mesuré son pouvoir. Il avait les moyens de tout me prendre. Y compris ma vie. Et en toute impunité.

Les larmes jaillirent de ses yeux et roulèrent sur ses joues.

— J'avais envie, besoin, qu'il paie pour ses crimes. Qu'il paie enfin. Je ne sais même pas ce qu'il a fait du corps de Teddy. S'il existe des preuves de cet assassinat.

— Et à propos de preuves, en as-tu à propos de Seth qui permettraient de l'envoyer en prison ?

Avec un soupir, Haley se mordilla les lèvres.

— Oui mais… si je les remets aux autorités, d'autres personnes que je connais et qui travaillent pour lui se retrouveront en prison, elles aussi. Cela me pose un problème.

— Des gens comme Aubrey ?

Haley hocha la tête.

— Voilà pourquoi je me suis arrangée pour qu'il soit reconnu coupable d'autre chose. Qu'il soit condamné pour m'avoir tuée. Il mérite de croupir en prison pour tous ses crimes.

Charlie faisait les cent pas dans la pièce en fulminant contre tant de mensonges et de tromperies.

— Il y avait énormément de sang dans le chalet. Le tien, à en croire la police scientifique. D'où venait-il ? Comment as-tu réussi ce tour de force ?

— Comme tu le sais, je fais du bénévolat à l'hôpital. J'ai sympathisé avec un infirmier. Je l'ai payé pour qu'il me prélève le plus de sang possible. Deux litres. Mais ce n'était pas suffisant. J'ai donc acheté quelques litres supplémentaires du sang de quelqu'un d'autre. Voilà pourquoi j'avais besoin que la maison explose. Pour être sûre que la police ne puisse pas tout analyser. Seulement le mien, que j'ai surtout répandu sous le porche et dans l'herbe. Un peu dans la cuisine aussi.

Chaque mot qui sortait de la bouche de Haley rendait Charlie un peu plus furieuse.

— Pourquoi m'avoir impliquée là-dedans ? Seth te maltraitait-il vraiment, d'ailleurs ?

— Oui, répondit-elle, en larmes. Non seulement il me battait mais il m'humiliait et me rabaissait en permanence.

— Pourquoi avoir fait appel à moi ? insista Charlie en passant les mains sur ses tempes. Tu as de la famille. Tu aurais pu contacter tes parents, ta sœur.

Haley secoua la tête.

— Seth leur interdisait de nous rendre visite. Ils ne seraient jamais venus. Mais je savais que, toi, tu le ferais. Et que tu n'appellerais pas les flics.

Une pensée glaçante s'imposa soudain dans l'esprit de Charlie alors que les morceaux du puzzle se mettaient en place.

— C'est toi qui m'as tiré dessus, ce soir-là, chez moi ?

Haley sanglotait maintenant.

— Je suis désolée. J'ai tellement honte.

— Mais pourquoi ?

Une balle perdue aurait pu l'atteindre. Ou Brian. Comment Haley avait-elle pu prendre un risque pareil ?

Haley tamponna ses larmes et se moucha.

— Ça t'a mise en colère, n'est-ce pas ? Tu étais du coup très motivée, totalement déterminée à avoir la peau de Seth ? C'est ce que je voulais.

Haley était une grande manipulatrice, comprit Charlie.

À quoi bon lui poser d'autres questions ? Elle lui servirait d'autres mensonges, d'autres demi-vérités, tout comme Aubrey.

— Tu m'as bien eue, Haley. Chapeau bas.

Charlie était dégoûtée d'avoir été si stupide. Si naïve.

— L'inspecteur chargé des enquêtes criminelles de la procureure, Logan Powell, te cherche.

— Quoi ? s'exclama Haley d'une voix horrifiée.

— Il ne pense pas que tu sois morte. C'est lui qui m'a convaincue que tu étais en vie et poussée à te retrouver.

— Attends, dit Haley, ses larmes séchant plus vite qu'un mirage dans le désert. Si ce Powell était certain que tu pouvais me retrouver, qui d'autre pourrait le croire ? As-tu conduit quelqu'un ici ? Seth ? L'un de ses hommes ? Mon Dieu ! Le cartel ! L'argent !

— Quel argent ?

Brian consulta une nouvelle fois ses rétroviseurs. Il n'y vit rien d'anormal. Mais le mauvais pressentiment qui l'habitait était toujours là.

Il sortit de son camion pour se dégourdir les jambes.

En passant devant la réception de l'hôtel, il repéra la machine à café. Il regarda sa montre. Il laissait encore deux minutes à Charlie pour s'expliquer avec Haley, puis il frapperait à la porte.

Il avait donc le temps de prendre un café. Il entra et se dirigea vers le distributeur. Tandis que le gobelet en carton se remplissait, il regarda de l'autre côté de la rue.

Le SUV noir garé devant la station-service était-il celui qui s'était arrêté à peu près au même moment que lui devant le restaurant ?

Il n'en était pas sûr. Des Chevrolet aux vitres teintées, il y en avait beaucoup dans le coin. Il n'avait pas relevé la plaque d'immatriculation.

Ils n'avaient pas été suivis depuis chez lui. Il en était certain. Mais quelqu'un les avait peut-être attendus près de l'Underground Self-Defense School. Il était de notoriété publique que Charlie s'y rendait tous les jours. C'était le meilleur endroit pour la trouver si quelqu'un la cherchait.

Sur l'autoroute, il n'avait pas remarqué de filature.

Tout en sirotant son café, il vit le SUV quitter la station-service. Le soulagement l'envahit.

Jusqu'à ce que le véhicule traverse la route 71 et s'engage sur le parking du motel. Le conducteur mit les gaz, faisant crisser ses pneus sur l'asphalte.

Brian s'élança vers la porte et bondit vers le parking.

Glacé de peur, il vit la vitre à l'arrière, côté conducteur, de la Chevrolet s'abaisser et le canon d'une arme automatique apparaître.

Une pluie de balles s'abattit sur la chambre 125, criblant la porte et la fenêtre.

Non ! Charlie !

Il sortit son Glock et riposta, brisant le pare-brise arrière du SUV.

Le conducteur démarra et sortit sur les chapeaux de roues du parking. Alors qu'il tournait à l'angle de la rue, Brian aperçut un homme à l'arrière. Avec une cicatrice sur le visage.

Brian traversa le parking en courant. Il enfonça ce qui restait de la porte de la chambre 125. Son regard parcourut la pièce.

Des impacts de balles partout. Des lampes brisées. La télévision explosée.

— Charlie ! cria-t-il en courant autour du lit.

Charlie et Haley gisaient dans une mare de sang.

13

Dans la salle d'attente des urgences de Kimball, Brian prit Charlie dans ses bras et l'étreignit avec force, intensément soulagé qu'elle n'ait pas été blessée.

— Je n'ai rien, tout va bien, lui répéta-t-elle pour la vingtième fois depuis qu'il l'avait trouvée dans la chambre du motel.

Il n'y avait cru que lorsqu'un ambulancier le lui avait confirmé après l'avoir examinée.

Mis à part une entaille sans gravité sur le front, sur laquelle les médecins avaient posé quelques points de suture, elle n'avait pas été touchée. Le sang dans lequel elle gisait avait été celui de Haley.

Il lui caressa la joue.

Elle avait l'air calme mais il devinait qu'elle était à fleur de peau.

— Si Haley ne m'avait pas jetée sur le sol avant de s'allonger sur moi pour me protéger de son propre corps, c'est moi qui serais au bloc à l'heure qu'il est…

La tristesse qui assombrissait ses beaux yeux le ravagea.

— Je les ai conduits jusqu'à elle, ajouta-t-elle, accablée.

— Nous les avons conduits jusqu'à elle, corrigea-t-il.

Powell, l'inspecteur chargé des enquêtes criminelles de la procureure, accouru sur les lieux dès l'appel de Brian, se tourna vers lui.

— Ce drame aurait été évité si vous m'aviez indiqué l'endroit où elle se cachait dès que vous l'aviez localisée. Nous l'aurions arrêtée tranquillement. En toute sécurité.

C'était sans doute vrai. Mais Charlie nourrissait des inquiétudes légitimes quant à la façon dont le groupe de travail de Logan Powell avait géré Haley. Elle avait préféré tenter de convaincre Haley d'aller d'elle-même trouver la police des polices et Brian avait accepté de l'y aider.

Haley avait perdu beaucoup de sang dans la chambre du motel. Et peut-être ne survivrait-elle pas à l'opération.

Brian ne parvenait toujours pas à digérer l'histoire que Charlie lui avait répétée à son propos. Que cette dernière ait profité du besoin viscéral de Charlie d'aider les victimes de violence conjugale pour la manipuler le choquait profondément.

Les portes battantes des urgences s'ouvrirent, et Kent entra à grands pas.

— Dès que j'ai su, je suis venu aussi vite que possible.

— Vous avez appelé l'inspecteur Kramer ? demanda Powell en se tournant vers Brian.

— Oui. Il est mon coéquipier dans l'enquête sur Haley Olsen. Vous ne le soupçonnez pas d'être corrompu, n'est-ce pas ?

Visiblement contrarié, Logan Powell serra les mâchoires.

— Il ne fait l'objet d'aucune enquête ni de soupçons.

— Alors j'espère que sa présence ne pose pas de problème.

— Détrompez-vous. Sa présence comme votre comportement posent plusieurs problèmes. La légèreté avec laquelle vous avez violé le protocole en emmenant votre petite amie discuter avec Haley, mon indic, au lieu de me contacter en priorité, en est le principal.

— C'est ma faute, lança Charlie à Powell. Pas celle de Brian. Je ne vous faisais pas confiance pour protéger Haley.

Brian estimait qu'elle n'avait rien à se reprocher.

Il planta les yeux dans ceux de Powell tout en s'ordonnant de garder son sang-froid.

— C'est elle qui l'a retrouvée. Vous en étiez incapable. Et surtout, Haley s'est enfuie parce que vous – ou quelqu'un de votre groupe de travail – avez commis une grave erreur à son égard.

Prévenir son mari qu'elle avait noué une liaison extraconjugale constitue une violation du protocole, si je ne m'abuse. Et cette bourde a tué Teddy Williams, excusez-moi de vous le rappeler. Bref, si vous tenez à faire le décompte des manquements des uns et des autres, je suis prêt à parier que la liste des vôtres et de votre groupe de travail est la plus longue.

— Pour mémoire, l'agent qui avait divulgué cette information a été suspendu jusqu'à la conclusion d'une enquête interne à son sujet.

Comme Brian l'avait subodoré.

— C'est le minimum. Par ailleurs, vous avez menti.

— J'ai fait ce que j'estimais devoir faire pour obtenir la coopération de votre petite amie, répliqua Powell avant de s'éloigner.

— Charlie va bien ? demanda Kent en s'avançant vers lui.

Brian hocha la tête et reporta son attention sur elle. Elle avait failli mourir. Il ne s'en remettait pas. Il ne s'était jamais senti aussi impuissant qu'au moment où il était entré dans cette chambre d'hôtel. Un profond désespoir l'avait submergé à l'idée de la perdre. Le cœur serré, il lui caressa la joue.

Mais Kent était furieux.

— Je n'arrive pas à croire que Charlie et toi ayez localisé Haley Olsen et que vous soyez allés lui parler sans moi !

Peut-être aurait-il dû l'emmener avec eux, oui. Une autre paire d'yeux pour surveiller les alentours aurait peut-être empêché le drame.

Un chirurgien portant une blouse tachée de sang s'approcha d'eux.

— Vous attendez des informations sur Haley Olsen ?

Ils hochèrent tous la tête. Charlie se leva et vint à côté de Brian.

— Une balle a touché une artère à la hauteur de la clavicule, expliqua le médecin. Haley a perdu énormément de sang. Juguler l'hémorragie a été difficile. Mais nous y sommes parvenus, et l'opération s'est bien passée. Nous l'avons transfusée. Elle devrait récupérer complètement.

Soulagée, Charlie s'appuya contre Brian.

— Quand puis-je lui parler ? intervint Powell. J'ai des questions urgentes à lui poser.

— Elle est actuellement en salle de réveil. Elle a repris conscience mais sera un peu groggy pendant un moment.

— Parfait. J'obtiendrai d'elle des réponses plus sincères si elle est à moitié dans les vapes, répliqua Powell. Et quand pourra-t-elle quitter l'hôpital ?

— Pas avant quelques jours.

— Nous préférerions l'installer au plus vite dans un lieu sécurisé mais en attendant, nous allons prendre des dispositions pour qu'elle soit transportée par avion le plus rapidement possible vers un autre hôpital. Pour assurer sa sécurité. Sa vie est menacée.

— Je n'avais pas mesuré l'ampleur du problème, répondit le médecin. Il est possible de la faire transporter ailleurs mais elle aura besoin de soins. La présence d'une infirmière à son chevet est indispensable.

Powell hocha la tête.

— Compris. Je vais lui trouver une professionnelle.

— Venez avec moi. Je vous emmène la voir.

— Attendez, dit Charlie en s'approchant de Powell. Haley m'a dit qu'elle avait des preuves concernant les activités criminelles de Seth. Mais elle craignait d'impliquer du même coup des personnes qui lui sont chères.

— Mes hommes passent sa chambre de motel au peigne fin. Si elle y a caché des preuves, nous les trouverons. Et si elles sont ailleurs, je la persuaderai qu'il est dans son intérêt de coopérer et de nous les remettre.

— De plus, les derniers mots qu'elle m'a dits avant d'être prise pour cible concernaient le cartel et l'argent.

— Savez-vous ce qu'elle voulait dire ? demanda Powell.

— Elle n'a pas eu l'occasion de s'expliquer parce que les coups de feu ont alors éclaté et transformé la pièce en passoire.

— Je suis content que vous alliez bien toutes les deux. Merci de l'avoir retrouvée.

Il partit avec le médecin.

Brian enlaça Charlie.

— S'il te plaît, dis-moi que tu as l'intention de souffler. Nous retournons chez moi. Pour décompresser.

Elle secoua la tête.

— Impossible. Nous avons des cours à donner cet après-midi jusqu'en début de soirée, et Dustin doit partir à 16 heures. La décompression attendra.

— Laisse-moi au moins t'emmener prendre une douche et te changer, dit-il en montrant ses vêtements tachés de sang.

— Oui, cela semble indispensable.

— Pour une fois d'accord avec Powell, je suis heureux que vous alliez bien toutes les deux, moi aussi.

Kent leur jeta un coup d'œil.

— J'ignorais que tu avais quelqu'un dans ta vie, dit-il à Brian. Mais j'en suis ravi pour toi.

Ne sachant pas quoi dire, Brian se contenta de hocher la tête sans répondre.

— Je ne t'ai pas encore montré toutes les photos de Seth que j'ai prises, reprit Charlie. Ni celles des types avec qui il est associé. J'aimerais surtout que tu voies ceux qui étaient avec lui à ces adresses suspectes.

— Nous y jetterons un œil une fois à la maison, dit Brian.

Il se tourna vers Kent.

— S'il y a quelque chose d'intéressant, je t'appellerai.

— Parfait. En attendant, il y a des rapports à rédiger, dit Kent. Je vais commencer à m'y atteler.

— Veille seulement à ce que ces informations ne se répandent pas au poste de police. Personne ne doit savoir que le bureau de la procureure enquête sur Seth Olsen.

— Bien sûr. Je ne transmettrai pas mon rapport via les canaux habituels. Seuls le lieutenant et le chef de la police le verront.

— Ça marche, déclara Brian.

Après avoir frôlé la mort, Charlie se sentit soudain submergée de fatigue. Un froid s'emparait d'elle et la transperçait jusqu'à la moelle. Pour ne pas se laisser abattre, elle pensa à Brian, à sa chaleur, à sa lumière.

Et le souvenir de son sourire l'aida à rester debout.

Elle comprit que depuis le meurtre de sa mère, elle ne s'était jamais accordé le droit de pleurer, de lâcher prise.

Comme elle jetait un coup d'œil à l'emploi du temps de l'Underground Self-Defense School sur son ordinateur, elle constata avec soulagement que personne n'était inscrit aux derniers cours de la journée. Tant mieux. Elle se sentait trop épuisée pour travailler. En principe, un soir par semaine, Rocco prenait le relais. Il assurait les entraînements et fermait l'école pour elle. Jusqu'alors, elle n'avait pas mesuré à quel point ces heures de repos du soir lui étaient indispensables.

Dans un avenir proche, il lui faudrait modifier son planning pour garder du temps pour elle, du temps pour vivre. Le centre de formation aux techniques d'autodéfense n'avait pas besoin d'être ouvert sept jours sur sept. Peut-être fermerait-elle ses portes le lundi… Et embaucherait-elle un professeur dédié aux cours du soir qui se chargerait de la fermeture ?

Elle avait besoin de ralentir le rythme, de se détendre, de passer du temps avec Brian, de s'installer sous son porche, de se blottir dans ses bras…

Qui aurait cru qu'elle ressentirait un jour cette envie envers quelqu'un et surtout, envers un policier ?

Charlie réfléchit aux photos qu'elle avait montrées à Brian. Il avait reconnu deux autres inspecteurs, qui étaient peut-être corrompus, eux aussi. Lorsqu'il avait désigné Colvin, le blond aux cheveux courts, elle avait surpris un éclair de colère dans ses yeux.

Il lui avait expliqué que Colvin était l'alibi de Seth. Le type bedonnant était également inspecteur. Il s'appelait Eklund.

Mais Brian n'avait jamais vu le chauve à lunettes.

Haley les aiderait à l'identifier et à faire tomber ces ripoux.

Charlie ouvrit la première des deux salles et commença à ranger les équipements.

— Hello ! cria une voix féminine de l'entrée du centre. Il y a quelqu'un ?

Charlie sortit de la salle, éteignit la lumière et fut surprise de découvrir Aubrey sur le seuil de la porte.

— Avez-vous un instant à m'accorder ?

C'était la première fois que Charlie voyait la jeune strip-teaseuse dans des vêtements ordinaires. Mais le plus surprenant était sa présence.

— Bien sûr, dit-elle.

— Je suis désolée de vous avoir menti à propos de Haley et de vous avoir fait croire que j'avais refusé d'espionner Seth. Mais comprenez-moi. Vous étiez venue poser des questions dangereuses sur mon lieu de travail. N'oubliez pas que la dernière personne à qui j'ai livré des informations a disparu…

Elle n'avait pas tort. Avec le recul, Charlie aurait géré la situation différemment.

— Je comprends. J'ai eu tort de revenir au club comme je l'ai fait.

— Oui, vous n'auriez pas dû, dit Aubrey en fronçant les sourcils. Mais je ne vous en veux pas. Nous sommes toutes les deux inquiètes pour Haley. Elle a de la chance d'avoir une amie comme vous. Avez-vous découvert autre chose ? Savez-vous au moins si elle est morte ou toujours en vie ?

Un frisson parcourut Charlie. Elle se tendit, hésita à répondre.

— Elle est vivante, lâcha-t-elle enfin. Mais je ne peux rien dire de plus. Pour la protéger.

Aubrey poussa un gros soupir de soulagement.

— Dieu merci, elle va bien. Si quelque chose lui était arrivé, je ne sais pas ce que je ferais.

— Ne vous inquiétez pas. Tout ira bien pour elle.

Charlie se demandait si Aubrey allait insister pour obtenir des informations ou laisser tomber.

Mais la jeune strip-teaseuse la surprit en lançant :

— Pensez-vous que je pourrais suivre des cours ici ? J'aimerais apprendre à me défendre.

— Bien sûr, dit Charlie, se sentant plus détendue face au changement de conversation. Les deux premiers cours sont gratuits.

Aubrey sourit.

— Je reviendrai bientôt alors. Ça vous dérange si j'utilise les toilettes avant de partir ?

— Allez-y. Elles sont au bout du couloir.

Les talons d'Aubrey claquèrent sur le linoléum, et Charlie se dirigea vers la deuxième salle d'entraînement pour la ranger rapidement.

— Merci et bonne soirée, cria Aubrey de la porte, quelques instants plus tard.

— Bonne soirée !

Alors que Charlie fourrait des serviettes sales dans un gros sac, elle crut entendre de nouveau la porte grincer.

— Aubrey ?

Elle n'obtint aucune réponse et par les baies vitrées, elle vit qu'il n'y avait personne sur le trottoir. Rien ne bougeait à l'intérieur. Pourtant, quelque chose la dérangeait.

La sonnerie de son *smartphone* la fit sursauter. Elle se précipita vers son bureau et sourit à la vue du nom de Brian sur l'écran.

— J'arrive, dit-elle en prenant l'appel. Je ferme et je rentre.

— Parfait. Que dirais-tu d'une pizza faite maison pour le dîner ? demanda Brian.

— Formidable. Je meurs de faim.

— Excellent, dit-il. Je viens de finir de préparer la pâte. As-tu des préférences en matière de garniture ?

— J'aime tout sauf l'ananas.

— Reviens vite, murmura-t-il d'une voix de velours qui la fit frissonner. Tu me manques.

Son sourire s'approfondit.

— Charlie, ajouta-t-il avec douceur, nous devrons parler après le dîner. À propos de nous deux... sur la terrasse ou sur l'oreiller, comme tu préfères.

Elle préférait la deuxième option.

— D'accord, parfait. À très vite, dit-elle avant de raccrocher.

Elle attrapa son sac, quitta le bureau et ferma les portes de l'entrée principale. Après avoir éteint les lumières intérieures, elle scruta l'obscurité devant le centre, aux aguets. Rien ne semblait anormal.

Poussée par la curiosité – ou pour se rassurer –, elle ouvrit l'application GPS sur son *smartphone*. Le *pick-up* de Seth était au ranch. Sur la propriété de son frère, pour être exacte.

C'était la première fois qu'elle le voyait là depuis qu'elle surveillait ses allées et venues. Que Seth soit loin aurait dû la rassurer. Pourtant, d'instinct, elle sentait que quelque chose n'allait pas. Elle ouvrit la fermeture Eclair de son sac, y laissa tomber son téléphone et en sortit son calibre.

Prête à partir, elle se dirigea vers l'arrière, passa devant les lavabos. Comme elle parvenait devant la porte de service, elle se figea.

Le verrou était déjà tiré. Elle tourna alors les yeux vers le clavier d'alarme accroché au mur. Il ne clignotait plus. Le système de sécurité avait été désactivé.

Elle sentit les poils de sa nuque se hérisser.

Tenant maintenant son arme à deux mains, elle recula vers la porte. Elle se demandait qui l'attendait derrière pour lui tendre une embuscade sur le parking sombre.

Lorsque deux types, leurs visages dissimulés sous des cagoules de ski, apparurent, elle les mit en joue mais un craquement derrière elle la glaça. Elle se retourna.

Un troisième homme sortit des lavabos et se jeta sur elle.

L'arme lui échappa des mains. Ils la plaquèrent avec violence au sol.

Charlie donna des coups de pied, des coups de poing, s'efforçant de se libérer. Elle tentait d'échapper à leur emprise, mais ils étaient trois contre une. Les lâches.

Du ruban adhésif fut collé sur sa bouche, une cagoule noire enfilée sur sa tête. Trois paires de mains la jetèrent sur le ventre, un genou enfoncé dans son dos l'aplatit à terre. Elle ne pouvait pas respirer. Ni crier.

Des attaches zippées se resserrèrent autour de ses poignets et de ses chevilles.

Elle ne parvenait plus à bouger.

Pourtant, elle refusait de céder et continuait à se débattre avec l'énergie du désespoir.

L'un des types lui frappa alors l'arrière de la tête à l'aide d'une matraque. Un voile noir tomba sur ses yeux, et elle perdit connaissance.

Mais que fabrique-t—elle ?

Pour la dixième fois, Brian rappela Charlie mais elle ne répondait toujours pas au téléphone.

Il s'était passé quelque chose, comprit-il.

Il sortit la pizza, éteignit le four, grimpa dans son camion et descendit Third Street pour se diriger vers le parking derrière l'Underground Self-Defense School. Il s'arrêta à côté de la jeep de Dustin.

La porte arrière était grande ouverte.

S'emparant de son arme, Brian bondit à terre.

— Charlie ! cria-t-il en courant à l'intérieur. Où es-tu ?

Seul le silence lui répondit.

— Charlie !

Il balaya le couloir du regard, chercha l'interrupteur, le pressa.

À la vue de la scène, il sentit son sang se glacer.

Le sac de sport de Charlie gisait par terre, son calibre traînait dans un coin. Il remarqua des traces noires sur le lino. Un impact de balle dans la cloison…

La peur au ventre, il examina le contenu de son sac.

À l'intérieur se trouvaient des vêtements, son portefeuille et son *smartphone*.

Elle ne serait allée nulle part de son plein gré sans ces derniers. Et elle n'abandonnerait certainement pas une arme chargée sur le sol.

Mon Dieu. Charlie.

Seth avait dû l'enlever.

La gorge serrée, Brian chercha le moyen de la retrouver.

Elle n'avait pas son *smartphone*. Et Seth l'avait certainement embarquée loin de la ville, loin des caméras de surveillance. Ce qui limitait sa capacité à la suivre.

Il grogna de frustration.

Réfléchis, réfléchis.

Une idée le traversa soudain. Elle avait peu de chance d'aboutir. Mais il devait la tenter.

Il s'agenouilla près de son sac, le fouilla jusqu'à ce qu'il trouve son téléphone prépayé et appela la seule personne qui pourrait peut-être l'aider à sauver la femme qu'il aimait.

— Salut, beauté, dit Orson. Tout s'est bien passé avec ta copine ?

— Je m'appelle Brian Bradshaw. Vous ne me connaissez pas, mais...

— Alors nous ne devrions pas nous parler, le coupa Orson. Surtout pas via ce numéro.

— Orson, ne raccrochez pas, je vous en prie. Charlie est en danger. Elle a besoin de votre aide. C'est une question de vie ou de mort.

Silence.

Au moins n'avait-il pas raccroché.

Brian sortit son propre *smartphone* et envoya un texto à Kent.

— Qu'attendez-vous de moi ? demanda finalement Orson.

— Que vous fassiez ce que vous savez faire de mieux. Piratez le téléphone portable de Charlie. Son ordinateur portable. Quelque chose.

— Ce que vous demandez est illégal. Êtes-vous policier ?

Brian jura.

— Oui mais je n'essaie pas de vous piéger, je le jure.

— Vous ne seriez pas le premier flic à tenter de me coincer pour me prendre en flagrant délit. Un grand classique.

— Vous avez raison. Mais de tels procédés sont illégaux. Par conséquent, vous disposeriez d'une défense solide contre toute accusation potentielle par la suite. Encore une fois, je ne veux pas vous piéger mais sauver Charlie. Si vous ne m'aidez pas, elle va mourir. Et je suis prêt à risquer la prison pour empêcher cette tragédie.

Silence.

Mais Orson ne raccrocha pas.

— Je vous en prie, dit Brian. Aidez-moi. Je vous en supplie.

— Que cherchez-vous sur son téléphone et son ordinateur portable ? demanda Orson.

— Quelqu'un l'a kidnappée. Il va lui faire du mal. Ou la tuer. Je dois la retrouver avant. Et le seul élément auquel je pense pour la localiser est sa montre connectée. L'application qui y est liée se trouve sur son téléphone et sur son ordinateur portable. J'ai besoin que vous y accédiez. Cela vous donnera sa position GPS. Le pouvez-vous ?

— Oui, je pense que oui.

Penser ne suffisait pas.

— Il le faut absolument. Et tout de suite, répliqua Brian. Chaque minute compte. Vous comprenez ?

— Le problème est que vous devez la retrouver vite et que pirater son *smartphone* prendra trop de temps.

Si Seth tenait Charlie, sa montre connectée était sans doute leur seule chance de la récupérer. Il était peut-être déjà trop tard mais Brian refusait d'abandonner. Il avait envie de crier, de frapper le mur, de tuer Seth et d'en finir avec tout ça, mais il prit une profonde inspiration.

— J'ai besoin que vous la retrouviez. Il doit y avoir un moyen. Charlie m'a dit que vous étiez une sorte de génie.

Même après leur rupture, elle avait continué à travailler avec lui et croyait en ses compétences.

— Il existe peut-être un moyen, oui, déclara Orson. Plus rapide aussi. Nous n'avons pas besoin de hacker son portable ou son ordinateur. Quel genre de montre connectée porte-t-elle ?

Brian lui précisa la marque.

Le cliquetis d'un clavier retentit dans l'appareil.

— D'accord, dit Orson. Je suis sur leur site Web, là. Elle n'a pas changé d'adresse e-mail, une chance. Elle utilise la même pour se connecter à l'application. Je n'ai plus qu'à découvrir son mot de passe. Et bingo ! Je la localiserai.

— Alors faites-le. Dépêchez-vous. S'il vous plaît.

— J'aimerais quand même vous poser une question : que représente Charlie pour vous ?

Tout. Son cœur se serra en en prenant conscience.

— Elle est mon avenir.

— Eh bien, cela explique la conversation qu'elle a eue avec moi. Avez-vous l'intention de lui passer la bague au doigt ?

Un jour, il adorerait faire de Charlie sa femme.

— Oui.

Mais ils devaient d'abord la retrouver à temps.

14

Charlie reprit lentement conscience. Désorientée, la tête dans un étau, elle avait du mal à déglutir. Sa langue était lourde, sa gorge sèche comme du coton. Plus troublant encore, elle se trouvait dans le noir.

Que s'était-il passé ?

Tout lui revint brusquement en mémoire.

Des hommes aux visages dissimulés sous des cagoules de ski avaient fait irruption alors qu'elle fermait l'Underground Self-Defense School et l'avaient attaquée.

Elle voulut se redresser mais se rendit compte alors qu'elle était sur le ventre, les jambes ligotées et les bras attachés dans le dos. Du ruban adhésif couvrait sa bouche. Elle était allongée à l'arrière d'un véhicule, une camionnette sans doute. Qui roulait, à en juger au bruit de moteur.

Comme le conducteur opérait un virage un peu sec, elle glissa sur le côté.

— Je ne comprends pas pourquoi tu m'as forcée à venir, lança une voix de femme.

Aubrey.

— J'ai fait tout ce que tu m'avais demandé de faire, poursuivait-elle. Tu n'as plus besoin de moi, maintenant. Alors laisse-moi partir. Je t'en prie !

Aubrey avait aidé ces types à entrer dans l'Underground Self-Defense School. L'échange que la jeune strip-teaseuse avait entamé avec elle, son prétendu désir de suivre des cours pour apprendre à se défendre, n'avaient été qu'une ruse. Elle lui avait demandé l'autorisation d'utiliser les toilettes pour avoir la possibilité de débrancher le système d'alarme et d'ouvrir le verrou de la porte arrière.

Et Charlie était tombée dans le panneau. Comment avait-elle pu être aussi bête !

— J'ai besoin que tu fasses autre chose pour moi, d'abord, répondit un homme.

Charlie reconnut sa voix, et son cœur se serra.

Seth Olsen.

Son *pick-up* se trouvait peut-être sur le ranch de son frère. Mais pas lui. Caché derrière l'Underground Self-Defense School, il l'avait attendue pour lui tendre une embuscade. Avait-il découvert le traceur dissimulé sous son véhicule ?

— Que veux-tu d'autre ? demanda Aubrey d'un ton paniqué. Dis-le-moi et je le ferai pour sortir au plus vite d'ici.

— Tu le sauras bien assez tôt, répondit Seth. Nous y sommes presque. En attendant, sois gentille et ferme-la.

De nouveau, Charlie glissa sur le côté. Au changement de bruit des pneus, elle comprit qu'ils avaient quitté la route pour s'engager sur un chemin de terre un peu cahoteux. Ils y roulèrent pendant un moment.

Lorsqu'ils s'arrêtèrent enfin, Seth ordonna :

— Faites-la sortir.

Quelqu'un sectionna les zips en plastique qui liaient ses chevilles mais ses poignets restèrent attachés.

Lorsque la cagoule lui fut retirée, Charlie s'efforça de se repérer. Comme elle l'avait subodoré, elle était allongée sur le plancher d'une camionnette.

Un type ouvrit la porte latérale et lui saisit le bras pour la tirer hors du véhicule.

— Debout.

L'air frais de la nuit lui fit du bien. Grâce au clair de lune, elle distinguait mieux les alentours. Ils étaient dans les bois.

Elle voyait surtout les hommes qui l'avaient enlevée. Aucun d'eux n'avait le visage masqué.

Seth ouvrait la voie sur le sentier. L'inspecteur Colvin poussait Aubrey devant lui, la faisant trébucher sur ses talons aiguilles tandis que l'inspecteur Eklund, qui tenait fermement Charlie par le bras, fermait la marche.

Qu'ils ne prennent plus la peine de dissimuler leurs traits était inquiétant. Cela signifiait qu'ils comptaient la tuer, comprit-elle, la gorge serrée.

Elle n'était pas prête à mourir. Pas comme ça.

Brian. L'idée de ne plus jamais le revoir lui était insupportable.

Ils passèrent devant le *pick-up* de Seth et deux autres véhicules. Une odeur très désagréable flottait dans l'air, une puanteur qui ne fit qu'empirer au fur et à mesure qu'ils se rapprochaient d'un immense bâtiment. À la cacophonie de cris, de couinements et de grognements, elle comprit qu'il s'agissait d'une porcherie. Celle du frère de Seth, sans doute. Les flammes d'un grand brasero en pierre en éclairaient doucement les murs.

Charlie tira sur ses poignets dans l'espoir de desserrer l'attache en plastique qui les menottait. Si elle y mettait suffisamment de force, peut-être parviendrait-elle à la briser. Ou à libérer une main. Pour tenter de ralentir leur marche, elle enfonça les talons dans la terre et se pencha en arrière.

Mais d'un coup sec, Eklund la propulsa en avant avec tant de brutalité qu'elle trébucha et faillit s'étaler sur le sol.

Devant eux, Colvin lança à Seth :

— Ton frère ne risque-t-il pas de venir ?

— Non, répondit Seth. J'ai toujours veillé à laisser Abel en dehors de mes affaires. Il n'est au courant de rien. Il reste à l'intérieur de la maison quand je travaille ici.

Colvin lâcha Aubrey et la jeune femme s'approcha du brasero.

— Et maintenant, que faisons-nous ? demanda-t-elle.

— Nous attendons encore quelqu'un, dit Seth en consultant sa montre. Il ne devrait plus tarder. Il est toujours ponctuel.

Charlie jeta un coup d'œil autour d'elle. Les sens en alerte, elle s'ordonna de se concentrer. Elle devait à tout prix trouver un moyen pour s'en sortir.

Le frère de Seth vivait à une centaine de mètres derrière la porcherie. Si elle réussissait à se libérer et à courir jusqu'à la maison, elle pourrait téléphoner, appeler quelqu'un à l'aide. Mais serait-elle capable d'échapper à trois hommes armés à sa poursuite ?

Au bout du chemin, des phares crevèrent la nuit et se rapprochèrent. Un SUV s'arrêta près de la camionnette, le moteur fut coupé. Une portière s'ouvrit, claqua.

Un homme vêtu d'une chemise blanche et d'un pantalon noir s'avança vers eux et entra dans la lumière du feu. De taille moyenne, légèrement dégingandé, il était chauve.

Charlie l'avait déjà vu et photographié. Il était le complice non identifié

— Que se passe-t-il ? demanda-t-il. Et que font-elles ici ? ajouta-t-il en désignant Aubrey et Charlie d'un mouvement de menton.

— Nous avons des affaires à régler avec elles, déclara Seth.

— Cela ne me concerne en rien, répliqua le nouvel arrivant en reculant. Je suis venu pour recevoir ma part du butin. Ensuite, je m'en irai.

— Cela vous concerne, rétorqua Seth. Elle a pris des photos ! ajouta-t-il en pointant Charlie du doigt. De nous tous, y compris vous.

Le regard paniqué, le chauve se tourna vers Charlie avant de reporter son attention sur Seth.

— Il n'est pas question que je sois mêlé de près ou de loin à cette histoire. Je serais radié du barreau. Je risque la prison. Vous devez vous en occuper, arranger le coup.

Il était leur avocat, comprit-elle. Une expertise juridique leur avait été indispensable pour contourner les procédures administratives et pour dissimuler leurs identités au sein des sociétés-écrans *off-shore*.

— C'est ce que je fais, dit Seth. J'arrange tout.

Adossé à la barrière, il fit signe à Aubrey.

— Approche, lui ordonna-t-il.

Elle se tordit les mains.

— Je t'en prie, Seth, laisse-moi partir. Je t'ai dit un million de fois que j'étais désolée.

— Ne m'oblige pas à me répéter.

En tremblant, la malheureuse s'avança lentement vers lui. Elle serrait son sac contre elle, tel un bouclier dérisoire.

— Bonne fille, dit Seth, comme s'il s'adressait à une chienne obéissante. Donne-moi ton revolver, maintenant.

Aubrey ne parvenait plus à retenir ses larmes.

— Rappelle-toi que c'est moi qui t'ai dit de faire attention à elle. Qui t'ai prévenu qu'elle te suivait. Et qu'elle prenait des photos de toi, de vous tous, ajouta-t-elle en désignant Colvin et Eklund.

— Tu ne m'as mis au courant que lorsqu'elle est venue faire son numéro au club, répliqua Seth. Quand tu n'avais plus le choix, que les circonstances t'y avaient forcée.

— Je n'aurais jamais dû lui parler, c'est vrai, balbutia Aubrey en fusillant Charlie d'un regard noir. Mais cela n'arrivera plus, je te le jure. J'ai retenu la leçon, ajouta-t-elle en sanglotant.

— J'attends, dit-il en tendant la main.

Les doigts tremblant, elle ouvrit son sac et lui donna son arme.

— Tu dois me croire, Seth. Cela n'arrivera plus jamais, répéta-t-elle.

Il sourit en lui caressant la joue.

À la lueur du feu, ses yeux sombres étaient vides comme ceux d'un serpent.

— Cela n'arrivera plus jamais, non, répéta-t-il. Parce que je vais m'en assurer, ajouta-t-il en visant le cœur de la malheureuse.

— Que faites-vous ? s'écria l'avocat, horrifié. Vous êtes fou ou quoi ?

— Mais pourquoi, Seth ? gémit Aubrey en se recroquevillant sur elle-même. Je ne lui ai rien dit d'utile.

— Pour qu'il n'y ait pas de témoins, pour effacer les traces, répondit-il en tirant deux fois.

Charlie recula d'horreur mais Eklund resserra son emprise, lui interdisant de faire plus de deux pas. Au bord de la nausée, elle considéra le corps d'Aubrey gisant dans une mare de sang. Et sentit une indicible rage s'emparer d'elle.

Écœuré, l'avocat s'éloigna du foyer en titubant.

— Avez-vous perdu la raison ? cria-t-il. Vous l'avez assassinée. Vous êtes complètement fou !

— Fermez-la, Alcock, rétorqua Seth en pointant l'arme sur lui. J'arrange le coup, comme vous le demandiez. Je fais le ménage, je m'efforce de limiter les dégâts.

— Je n'ai jamais donné mon accord pour tuer qui que ce soit ! protesta Alcock. Vous m'avez utilisé ! Pour faire de moi votre complice !

— Et maintenant, vous êtes aussi mouillé que nous, renchérit Eklund en ricanant. Vous avez du sang sur les mains.

— Vous m'avez fait venir ici pour me piéger, c'est ça ?

— Taisez-vous, leur ordonna Seth. Tout ira bien. Le cimetière du comté se trouve derrière la porcherie. C'est bien pratique pour faire disparaître des cadavres. J'ai la clé d'une porte latérale que tout le monde a oubliée depuis longtemps. J'y transporte les corps, je les glisse dans les cercueils en attente d'inhumation ou de crémation. Ou directement au fond des caveaux abandonnés. Ni vu ni connu. Ils disparaissent à jamais. Teddy, par exemple, a été enterré avec une grand-mère. J'ai profité de la nuit pour ouvrir son cercueil et le mettre avec elle.

Seigneur, songea Charlie. Teddy était vraiment mort, Seth l'avait tué.

Haley avait dit la vérité.

Alcock se tenait le ventre comme s'il craignait d'être malade.

Mais sans se soucier de lui, Seth saisit Charlie par le menton.

— Et maintenant, c'est ton tour, Charlotte.

L'entendre la désigner par son prénom complet, que personne n'utilisait jamais, déclencha une nouvelle vague de peur.

— Tu vas mourir, reprit Seth. Mais la façon dont tu vas finir dépend de toi. Je peux te couper les tendons d'Achille, te lier les mains dans le dos et te jeter dans l'un des caveaux avant d'y replacer la pierre tombale. Personne n'entendra tes cris. Tu mourras lentement de faim et de soif. Une mort affreuse que je ne souhaite à personne.

À cette perspective, un frisson glacé la parcourut.

— Ou, poursuivit-il avec un mauvais sourire, ta fin peut être rapide et indolore. Une balle dans la nuque, tu ne sentiras rien.

Il sortit un paquet de cigarettes de la poche de son pantalon cargo, en prit une et l'alluma au brasero.

— À toi de choisir, reprit-il d'un ton moqueur en revenant vers elle.

Les yeux dans les siens, il tira une profonde bouffée de sa cigarette et l'expira, soufflant un nuage de fumée sur son visage.

— Pour mourir en douceur, il te suffit de me dire où se trouve Haley, poursuivit-il sur le ton d'un vendeur de voitures essayant de conclure une affaire.

Il lui arracha le ruban adhésif de ses lèvres et se pencha vers elle. Son haleine, chargée d'alcool et de tabac lui souleva le cœur.

— Alors, que dis-tu ?

Quoi qu'elle réponde, il la tuerait de toute façon.

— Crève !

— Mauvaise pioche, dit-il en lui envoyant un coup de poing dans le ventre.

La douleur la plia en deux et lui coupa le souffle. Des larmes brouillèrent sa vision. Elle tomba à genoux mais il la saisit par les cheveux pour la remettre sur pied.

— Essayons encore. Chaque fois que tu refuseras de me dire ce que j'ai besoin de savoir, je frapperai plus fort. Crois-moi, tu finiras par parler.

La peur nouait le ventre de Brian alors qu'ils filaient à toute vitesse sur la Highway 230. Que n'aurait-il pas donné pour être au volant de la Porsche de Charlie plutôt que de son camion poussif ? La conscience du temps qui s'écoulait, inexorablement, aggravait le mauvais pressentiment dont il était la proie.

— Nous arriverons à temps, lui assura Kent depuis le siège passager comme s'il lisait dans ses pensées.

Ils avaient intérêt. Sinon il étranglerait Seth de ses propres mains.

Brian croyait à la justice et à la primauté du droit. Mais si Seth tuait Charlie, rien sur terre ne l'empêcherait de se venger.

Il avait été attiré par la jeune femme au premier regard. Dès leur première rencontre, il était tombé sous son charme. Au départ, elle lui avait opposé une indifférence glaciale en l'ignorant quand elle ne l'agressait pas verbalement. Ce comportement, qui en aurait découragé plus d'un, l'avait rendu accro. Il n'avait jamais réussi à la sortir de sa tête ni de son cœur. Cette femme était une guerrière qui n'avait besoin de personne et surtout pas d'un homme. Elle revendiquait haut et fort son indépendance. Mais quand elle avait baissé la garde et lui avait montré à quel point son âme était belle, brûlante et fragile, il avait su… qu'elle était celle qu'il attendait.

Maintenant qu'elle lui faisait enfin confiance, qu'elle acceptait enfin l'amour qu'il rêvait de lui donner depuis des mois, il n'était pas question de la perdre.

Kent avait bien fait d'arriver à l'Underground Self-Defense School, quelques instants après avoir reçu le texto de Brian lui résumant la situation. Il consulta l'application de la montre connectée qu'ils avaient téléchargée sur l'un des téléphones.

— Nous ne sommes plus qu'à 15 km, déclara-t-il.

Brian n'avait pas besoin de l'application pour se rendre au ranch mais ils la regardaient quand même, au cas où Seth déplacerait Charlie.

Il écrasa l'accélérateur. Il serrait si fort le volant que ses jointures en blanchissaient. Il jeta un coup d'œil dans le rétroviseur sans trop savoir ce qu'il s'attendait à y voir. Il avait contacté Logan Powell qui lui avait assuré que des renforts étaient en route.

Seth Olsen n'opérait pas seul. Mais ils n'avaient aucune idée du nombre de policiers corrompus qui travaillaient avec lui. Ils représentaient peut-être la moitié de l'effectif du poste de police de Laramie. Brian ne savait pas non plus jusqu'où s'étendait la corruption. Il se demandait en particulier si elle avait gangrené le bureau du shérif.

Il y a quelques années, un scandale impliquant le précédent shérif avait entaché la ville. Brian était prêt à faire confiance à Powell, mais ni lui ni Kent n'avaient l'intention d'attendre les renforts. La vie de Charlie était en jeu. Il n'y avait pas un instant à perdre.

— Regarde le bon côté de la situation, reprit Kent d'un ton encourageant. S'il avait simplement voulu la tuer, il l'aurait abattue d'une balle à l'Underground Self-Defense School et aurait tout mis en scène pour faire croire à un cambriolage ayant mal tourné. Cela aurait été la manière la plus simple de se débarrasser d'elle. Qu'il l'ait conduite ici est une bonne chose. Et montre qu'il est désespéré. Et le désespoir pousse souvent un homme à commettre des erreurs. Comme conduire Charlie au ranch de son frère, par exemple.

— Il a pu vouloir l'emmener ici pour bon nombre de raisons, répliqua Brian. Pour l'interroger, la torturer, effacer les traces de ses crimes, se débarrasser du cadavre.

Des sueurs froides perlaient sur son front.

— La porcherie de son frère se trouve près du cimetière, non ? J'ai lu quelque part que, en Sicile, la mafia se débarrassait des cadavres encombrants en les enterrant dans les cimetières.

Brian lui lança un regard noir.

— Oui, je le sais.

Un silence lourd de tensions tomba dans l'habitacle tandis que Kent consultait de nouveau l'application.

Brian espérait que Seth voulait soutirer des informations à Charlie et lui laisserait la vie sauve dans l'espoir de les obtenir. Il accéléra encore. Il n'avait jamais conduit aussi vite. Heureusement, la circulation était fluide. Encore un élément, outre l'aide d'Orson, qui jouait en leur faveur.

— J'ai envoyé par mail à la police des polices les photos prises par Charlie, ainsi que l'emplacement des laboratoires clandestins et tout ce que j'ai pu trouver sur les sociétés *off-shore*, poursuivit Kent.

— Parfait.

Il était en effet temps de divulguer aux autorités compétentes tout ce que son coéquipier et lui avaient appris.

Ces photos étaient le fruit des surveillances et des filatures de Charlie. Même si enquêter sur des policiers corrompus était toujours dangereux et que Brian l'avait mise en garde, elle n'avait pas reculé.

Têtue comme une bourrique, à la fois forte et vulnérable, toute de feu et de glace, elle le rendait fou. Mais il l'aimait aussi pour ce tempérament.

Quoi qu'il arrive ce soir, la vérité éclaterait. Tous les policiers impliqués seraient arrêtés.

— Je me suis assuré que Powell recevrait également ces informations, ajouta Kent.

Cela dit, l'inspecteur chargé des enquêtes criminelles de la procureure possédait probablement déjà un dossier complet contenant ses propres photos de surveillance.

Sans Charlie et Haley, Seth et ses complices s'en seraient sans doute tirés et n'auraient jamais été inquiétés. Et ils auraient poursuivi leur vie durant leurs activités criminelles qui allaient de la prostitution à la drogue en passant par les meurtres.

Qu'il y ait autant de policiers corrompus à Laramie rendait Brian malade. Et il avait honte de ne pas avoir considéré sérieusement cette hypothèse lorsque Charlie l'avait suggérée. Il avait eu tort de prendre ses soupçons pour de la paranoïa.

Mais Kent continuait :

— Sais-tu à présent qui est le chauve sur la photo, le gars que nous n'avons pas identifié ? demanda-t-il.

— Non, pas avec certitude.

— Nous y sommes presque.

Brian quitta l'autoroute et prit le chemin de terre qui menait au ranch. Les mâchoires serrées, il fonça jusqu'à la bifurcation où la route se séparait entre les deux ranchs. Il tourna à gauche et coupa les phares. Très vite, il entra dans le bois pour dissimuler son camion sous les arbres.

— Nous avons intérêt à continuer à pied, dit-il. Pour ne pas nous faire repérer. L'application nous permettra de localiser l'endroit exact où se trouve Charlie sur la propriété.

— Es-tu sûr de ne pas vouloir attendre les renforts ? demanda Kent.

Brian serra les mâchoires.

— Pour Charlie, chaque minute compte. Mais si tu préfères attendre l'arrivée des adjoints du shérif, je comprendrai.

— Nous faisons équipe dans cette affaire, non ? dit Kent en dégainant son arme. Allons-y.

— Merci.

Brian fouilla l'arrière du camion, saisit le seul gilet pare-balles qu'il possédait et le tendit à Kent.

— Prends-le.

— Non, merci.

— Face à ces ripoux, nous sommes probablement en sous-effectif et en sous-armement. Je n'ai pas besoin que tu rallonges la liste des problèmes en prenant une balle.

— Tu veux savoir pourquoi je bois tous les soirs ? Pour oublier que je vais devoir rentrer chez moi dans une maison vide. Nous n'avons jamais eu d'enfants. Certaines nuits, j'aimerais vraiment en avoir eu. Si, au moins, j'avais un chat.

Son chagrin était trop vif pour que Brian lui fasse remarquer qu'il n'était pas trop tard pour retrouver l'amour. Si personne ne remplacerait jamais sa femme bien-aimée, il pouvait toujours partager sa vie avec quelqu'un.

Kent eut un petit rire sec.

— Mets le gilet, Bradshaw. J'ai vu la façon dont tu regardais Charlie. Rencontrer l'amour est un miracle. L'avoir connu pendant vingt-cinq ans a fait de moi un homme heureux. Je n'ai rien à perdre. Tu ne peux pas en dire autant.

Sans discuter davantage, Brian enfila le gilet, prit des chargeurs supplémentaires, les répartit entre eux deux et fourra son arme de secours, un minuscule Beretta, dans son *holster* à la cheville.

— Quand tout sera fini, je t'offrirai un chat.

Sans répondre, Kent lui décocha un sourire triste.

Ils sautèrent du camion et fermèrent leurs portières sans bruit. Puis tous deux empruntèrent les bois pour se diriger vers le point rouge qui clignotait sur l'application.

Vers Charlie.

Mon Dieu, je vous en prie, faites qu'elle soit en vie. Je vous en supplie, faites qu'elle soit vivante.

Charlie frissonna sous le regard haineux de Seth. Il l'avait frappée à plusieurs reprises mais elle n'avait pas desserré les dents.

— Tôt ou tard, tu craqueras, lui lança-t-il. Après des jours et des jours sans eau et sans nourriture au fond d'un caveau, tu parleras. Alors crache le morceau maintenant. J'ai besoin de savoir où se cache ma femme. Elle m'a pris quelque chose auquel je tiens.

Charlie n'avait aucune idée de l'emplacement de la maison sécurisée où Haley avait été cachée par le FBI. Et si elle l'avait su, elle aurait gardé ce secret pour elle.

Certes, Haley avait commis des erreurs et l'avait manipulée en beauté mais Charlie n'avait pas l'intention de la laisser tomber pour s'épargner une mort cauchemardesque.

— Personne ne m'a donné l'adresse pour me permettre de rester en contact avec elle, dit-elle.

— Mais qui s'est chargé d'elle ? Le FBI ? Le marshal ? Dis-le-moi. Je découvrirai le reste.

Elle préférait ne pas imaginer comment. Allait-il corrompre des agents ? En torturer d'autres ? Seth ne reculait jamais devant rien pour parvenir à ses fins, il le lui avait prouvé. Mais par son silence, elle mettait un terme au cercle vicieux de la violence.

— Que vous a-t-elle pris ? Votre orgueil ? Votre tranquillité d'esprit ?

Bientôt, ce serait sa liberté.

Seth secoua la tête en ricanant.

— Elle m'a volé de l'argent. Beaucoup d'argent. L'argent du cartel. Quand ils viendront le chercher, j'ai intérêt à le leur remettre.

Une série de jurons jaillit des lèvres d'Alcock.

— Vous ne m'aviez pas dit que Haley avait mis la main sur l'argent du cartel. Nous sommes tous morts.

— La liste de vos problèmes s'allonge d'heure en heure, on dirait, lança Charlie à Seth. Je vous propose un marché. Nous allons nous battre, tous les deux. Seulement vous et moi, à la loyale. Vos complices n'interviendront pas.

Il se tourna vers ses hommes en riant.

— Vous croyez qu'elle veut une fessée ?

— À en juger à votre réaction, vous avez peur.

Lorsqu'il serra les mâchoires, elle comprit qu'elle l'avait eu. Son ego était si fragile, si facile à appâter. Son orgueil démesuré était sa faille, elle l'avait deviné depuis longtemps. Elle allait s'en servir pour le faire tomber. Seth était tellement habitué à utiliser les menaces et la violence pour parvenir à ses fins qu'il avait fini par se croire au-dessus des lois. Et invincible.

— Vous craignez qu'une femme vous donne la raclée que vous méritez, non ? insista-t-elle. Vous êtes pathétique.

Malgré la pénombre, elle vit le visage de Seth rougir de colère.

— Elle ne te dira rien, intervint Eklund. Arrête de jouer avec elle, tu perds ton temps. Jette-la dans la fosse commune et finissons-en.

— Il faut absolument qu'elle parle, nous avons besoin de récupérer cet argent ! rétorqua Colvin en s'avançant vers Seth. Sinon, c'est nous qui finirons au cimetière plus vite que prévu.

— Demande à Jameson de nous aider, dit Eklund. Il a les moyens de découvrir qui tient Haley. Peut-être même l'endroit où ils la gardent.

Seth secoua la tête.

— Jameson s'est retiré de l'affaire dès qu'il a appris que le la police des polices allait s'impliquer.

— La police des polices ? cria Alcock, visiblement de plus en plus paniqué.

— Le lieutenant ne veut plus rien avoir à faire avec nous, poursuivit Seth. Nous dire que Haley avait été conduite dans une maison sécurisée était le dernier renseignement qu'il était prêt à nous livrer.

Il lança un regard noir à Charlie.

— Les noms de ceux qui la cachent et la protègent ne sont pas mentionnés dans le rapport. Mais, toi, tu as cette information et je vais te forcer à me la donner.

— Propose à Jameson une somme énorme qu'il ne pourra pas refuser, insista Eklund d'un ton désespéré. Le double de ce qu'il gagne habituellement. Si cela ne fonctionne pas, menace-le de le désigner comme complice. Il faut qu'il nous donne cette info. Sinon, nous sommes morts !

Colvin passa une main sur ses cheveux coupés ras.

— Jameson préférerait nous mettre une balle entre les yeux et nous enterrer lui-même plutôt que de céder à une menace. Il sera le premier à négocier un accord avec le juge pour témoigner contre nous, en échange de son immunité. Nous avons besoin de retrouver Haley. Et surtout l'argent.

Charlie croisa le regard de Seth.

— Je ne parlerai que si vous menez et emportez un combat contre moi.

Consciente qu'elle vivait peut-être les dernières minutes de sa vie, elle voulait les passer à lutter.

— Libérez-la, ordonna Seth d'une voix furieuse.

— Tu plaisantes ? lança Eklund. Tu vas te battre avec elle ?

— Pourquoi pas ? répliqua Seth en haussant les épaules. Je n'ai aucun scrupule à frapper une femme. Surtout si cela me permet d'obtenir ce dont nous avons besoin.

— C'est du sadisme, déclara l'avocat.

— Fermez-la, dit Seth en s'avançant vers lui. Ortega ne va plus tarder. Nous devons lui remettre son argent. Sinon, il nous tuera.

— Quoi ! Le représentant du cartel arrive ? Je m'en vais, cria Alcock en s'élançant en direction de son véhicule.

— Veux-tu que je le poursuive ? demanda Colvin.

Seth secoua la tête.

— Qu'il parte. Il ne parlera pas. Il a trop à perdre. Son métier, d'abord. Sa réputation ensuite. Et sa famille parfaite. Tout ce luxe qu'il apprécie.

Eklund sortit un poignard de sa poche et coupa les liens qui emprisonnaient les poignets de Charlie avant de la pousser en avant.

Le sol était froid et humide sous ses pieds nus. Elle secoua les bras, puis sautilla sur place pour s'échauffer. Elle avait appris à se battre. Et s'entraîner avec Rocco lui avait permis de s'améliorer.

S'en sortir vivante n'était pas son objectif. Non seulement ses chances étaient minces mais elle devinait qu'ils la tueraient, de toute façon. Mais elle voulait donner de l'espoir à Seth. Il croyait qu'elle céderait sous la pression de la violence. Mais rien de ce qu'il lui infligerait ne fonctionnerait, elle le savait.

Il ne pouvait pas briser ce qui était déjà cassé. Son père s'en était chargé depuis longtemps.

Son seul regret était de ne pas avoir dit à Brian qu'elle l'aimait. Parce qu'elle l'aimait.

Elle avait trouvé imprudent de le dire.

Elle avait eu peur.

Mais maintenant sa plus grande crainte était de mourir sans lui avoir déclaré sa flamme. Qu'il ne sache jamais à quel point elle l'aimait.

Ils entendirent Alcock démarrer et quitter la ferme sur les chapeaux de roues avant de foncer vers la route.

— J'aime les femmes qui me résistent, dit Seth. Haley aussi est une battante.

Charlie leva les poings alors que tous deux se tournaient autour comme des fauves. Eklund et Colvin sortirent leurs armes mais les gardèrent baissées. Même si elle gagnait, ils s'assureraient qu'elle ne quitterait pas cette ferme vivante.

Avec un sourire sauvage, Seth lui envoya son poing en pleine figure. Mais elle para le coup de son avant-bras.

De son coude plié, elle le frappa au menton.

Sur la défensive, elle attendit sa riposte. Quand le coup arriva, elle l'esquiva.

Fou de rage, il lui attrapa le poignet. La lame d'un cran d'arrêt jaillit, et il lui entailla le bras, puis son abdomen.

— Je n'ai jamais dit que ce serait un combat loyal, sale petite garce.

15

En voyant une voiture quitter le ranch et foncer sur la route comme une chauve-souris sortant de l'enfer, Brian et Kent se cachèrent derrière un bosquet d'arbres pour ne pas se faire repérer. Alors que le bolide s'engageait sur les chapeaux de roues sur la route principale, un SUV arriva et se dirigea vers la ferme. L'homme au volant de la Chevrolet noire roulait à une allure modérée comme s'il avait tout le temps du monde.

Le ventre noué, Brian consulta une nouvelle fois l'application GPS.

Le point rouge clignotant était bien devant eux et non dans le véhicule qui venait de s'en aller.

— Elle est toujours sur la propriété, dit-il à Kent. Allons-y, il faut nous dépêcher.

Alors qu'ils passaient devant une fourgonnette et trois *pick-up*, une odeur nauséabonde les prit à la gorge. Ils approchaient de la porcherie.

Par gestes, Brian demanda à Kent de contourner le bâtiment. Ils devaient en effet se séparer non seulement pour avoir deux angles d'attaque différents mais aussi pour maximiser l'effet de surprise.

Conscients de l'enjeu, ils se déplaçaient à pas furtifs, vifs et mesurés.

Seth était un policier chevronné, ce qui le rendait encore plus dangereux. Si lui ou ses collègues corrompus les entendaient ou les apercevaient, ils n'hésiteraient pas à tuer Charlie.

Brian priait pour que tout se passe bien. Le besoin de mettre Charlie en sécurité et de la serrer dans ses bras devenait écrasant.

Son cœur battait si fort que le sang rugissait dans ses oreilles mais, bientôt, d'autres bruits s'élevèrent dans l'air.

Des cris perçants, des grognements, des claquements de corps-à-corps. Brian sentit un poids tomber sur sa poitrine et une décharge d'adrénaline brûler ses veines. Dos au mur, il se dirigea vers l'angle de la porcherie, dégaina son Glock. Tendu, il promena les yeux autour de lui. Chaque muscle de son corps était prêt à bondir.

Et soudain, il la vit.

Charlie.

Elle était vivante, constata-t-il, soulagé. Elle combattait Seth à mains nues. Mais, horrifié, il remarqua alors son ventre lacéré, ses bras en sang. Les poings levés, elle était en position défensive. Face à elle, Seth brandissait un couteau dont la lame brillait à la lueur des flammes du brasero.

Brian mourait d'envie de planter une balle en plein cœur de ce fumier mais il ne pouvait pas prendre le risque d'atteindre Charlie.

Colvin et Eklund observaient la scène. Tous deux avaient leurs armes à la main.

Brian voulait passer à l'action sans attendre mais il devait d'abord donner à Kent la possibilité de se positionner de l'autre côté de la porcherie.

Un homme dont le visage était zébré d'une longue cicatrice se tourna vers Seth.

— Cesse ces enfantillages et laisse-moi faire. Je saurai la faire parler, crois-moi. Je suis plutôt bon dans ce domaine. Je lui briserai les doigts, un à un. Puis les orteils. Je te garantis qu'elle craquera vite et me confiera tous ses secrets en me suppliant d'arrêter.

Brian sentit son ventre se nouer et son cœur palpiter comme

une blessure ouverte. Il lui fallait à tout prix empêcher ce type de la toucher et, surtout, la tirer de là.

Comme si elle se moquait complètement de ces intimidations, Charlie envoya son poing sur Seth et le frappa à la mâchoire.

Il recula en titubant mais lança :

— Tu parleras, sale petite garce, même si je dois te massacrer.

Pour donner plus de poids à ses paroles, il lui asséna un violent coup de pied dans le ventre, la projetant en arrière. Elle tomba sur le sol.

Attendre plus longtemps n'était pas une option, comprit Brian. Il visa le balafré, le plus proche de lui et manifestement, le plus dangereux de la bande. Il prit une profonde inspiration et élimina la menace d'une balle en pleine tête.

L'homme s'écroula.

Mais aussitôt tous les autres se retournèrent, l'arme au poing, en alerte.

Sans leur laisser le temps de réagir, Brian fit feu sur Colvin. Deux balles l'atteignirent. L'une au bras, l'autre à l'épaule.

Alors que Colvin s'apprêtait à riposter, Brian aperçut Charlie. Du pied, elle envoya valser le couteau que Seth tenait à la main avant de frapper son entrejambe du genou.

Comme Brian se mettait à couvert, des balles fusèrent, frôlant sa tête.

De l'autre côté de la porcherie, des déflagrations éclatèrent.

Kent.

Plié en deux, Brian s'élança. Il prit Colvin dans sa ligne de mire, tira. Touché à la poitrine, l'inspecteur s'effondra au sol.

Acculé, Seth sortit son arme et saisit Charlie par les cheveux pour la plaquer contre lui. Se servant d'elle comme d'un bouclier humain, il la tira jusqu'à la porte de la porcherie, l'ouvrit et la traîna à l'intérieur.

Eklund s'était accroupi derrière le brasero de pierre pour cibler Kent.

Ce dernier s'était mis à l'abri derrière un tracteur.

— Couvre-moi ! lui cria Brian, se félicitant d'avoir apporté des chargeurs supplémentaires.

Son coéquipier tirait sans relâche, interdisant à Eklund de répliquer.

Brian en profita pour courir vers la porcherie. Il se glissa à l'intérieur et... s'arrêta net.

Tenant Charlie à la gorge, Seth pressait son arme contre sa tête.

— Laisse tomber ton flingue, cria-t-il à Brian. Ou elle est morte.

— Non, Brian, ne fais pas ça, intervint Charlie.

— Ferme-la ! grogna Seth en resserrant son emprise.

À l'extérieur, de nouveaux coups de feu étaient échangés. Brian espérait que Kent parviendrait à neutraliser Eklund.

Seth déplaça le canon de son Glock sur la tête de Charlie, pour le plaquer contre sa tempe.

— À moins que tu n'aies envie de voir sa cervelle éclabousser le mur, laisse tomber ton flingue, répéta-t-il.

Brian sentit une fureur folle le soulever et déferler en lui. Au lieu de la réprimer, il la laissa le remplir, le nourrir.

Il n'entendait plus rien dehors. Soit Eklund, soit Kent était mort.

Dans le premier cas, Kent se repositionnerait à l'arrière de la porcherie et empêcherait Seth de s'échapper. En revanche, si son coéquipier et ami était mort, Eklund logerait une balle dans la tête de Brian et ce serait fini.

Mais il ne jeta pas un coup d'œil par-dessus son épaule, ne tenta pas d'évaluer la situation. Au lieu de quoi, il se concentra sur Charlie. Son visage était meurtri, elle était couverte de boue, du sang coulait sur son bras nu et sur son ventre. Mais il y avait quelque chose de dur et de froid dans son expression.

Brian leva les mains en l'air. Son doigt n'était plus sur la gâchette, mais il tenait toujours le pistolet.

— Laisse-la partir et emmène-moi. Je prends sa place.

— Non, Brian.

L'intensité du regard de Charlie le remua au plus profond. Ses yeux émeraude le perçaient comme un laser.

— Tue-le, dit-elle avec force.

— Ferme-la, répéta Seth. Ou je te bute.

L'envie de massacrer ce type jusqu'à ce qu'il soit réduit en bouillie sanglante envahit Brian mais il ne bougea pas. La vie de Charlie était en jeu.

Elle s'efforçait d'écarter le bras qui serrait sa gorge.

— J'aurais dû te le dire plus tôt, Brian. Je t'aime, cria-t-elle. Maintenant, je t'en prie, flingue cette vermine.

Elle lui donnait la permission de tirer. D'effectuer son travail.

Mais comment aurait-il pu la mettre en danger ?

— Non, Charlie. Je ne peux pas. Pas maintenant. Jamais.

— Tu dois le faire, répliqua-t-elle d'une voix tranchante.

— Voilà comment tout va se passer, à présent, intervint Seth. Je vais sortir d'ici avec elle. Et toi, tu restes là. Je t'interdis de nous suivre.

— S'il m'emmène, lança Charlie, je mourrai de toute façon.

Brian le savait et ne laisserait pas Seth s'en aller avec elle, où que ce soit. Mais Charlie ignorait qu'il avait un plan.

— Jette ton arme par terre ! ordonna Seth.

Brian obéit. Son Glock atterrit sur le sol avec un bruit sourd.

— Envoie-la valser. Tout de suite.

Brian frappa l'arme du pied pour la faire glisser jusqu'à un coin sombre.

Sans lâcher Charlie, Seth s'élança vers la porte arrière dont il actionna la poignée. En comprenant qu'elle était verrouillée, il écarta son Glock de la tête de Charlie pour viser la serrure. Il la fit sauter de deux balles.

Mais quand il l'ouvrit, Kent, Logan Powell, l'inspecteur en chef du bureau de la procureure, Holden Powell, son frère, chef adjoint du shérif, et un autre adjoint apparurent. Brian profita de la stupeur de Seth pour arracher le Beretta de son *holster* à la cheville.

Seth recula dans un coin, se servant toujours de Charlie comme d'un bouclier. Avant qu'il n'ait pu repositionner son Glock sur sa tête, elle mordit le bras qui serrait sa gorge. Il hurla de douleur et la frappa de la crosse de son arme.

En la voyant s'effondrer, molle comme une poupée de chiffon, le sang de Brian ne fit qu'un tour.

Comme elle tombait sur le sol, en forçant Seth à la lâcher, ce dernier pointa son arme sur elle. Mais Brian fut plus rapide. Il lui tira deux balles en pleine poitrine.

Puis il se précipita vers Charlie. Il prit sa tête entre ses mains avec douceur.

— Ouvre les yeux, mon amour.

Elle ne réagit pas. Sa peau froide et moite, son visage pâle, le rendirent fou d'angoisse.

Les adjoints du shérif envahirent la porcherie. L'un d'eux chercha le pouls de Seth pour s'assurer qu'il était mort.

Kent tomba à genoux à côté de Brian.

— Est-elle...

— Non, dit Brian. Elle vit. Mais nous avons besoin d'une ambulance.

Lorsqu'elle battit enfin des paupières, il poussa un gros soupir de soulagement et parvint à respirer de nouveau.

Trois jours plus tard

La nuit tombait. Assise sur les genoux de Brian dans le salon, Charlie parcourait l'article de presse qu'il lui avait indiqué et qui résumait toute l'affaire.

Wilhelmina Nelson, la cheffe de la police, avait finalement publié un communiqué dans la *Laramie Gazette*. Six mois plus tôt, un groupe de travail opérant sous la houlette de Powell, l'inspecteur en chef du bureau de la procureure, avait été formé. Il avait été chargé d'enquêter sur les liens présumés entre le cartel de la drogue de Rios, basé au Mexique, et plusieurs policiers occupant des postes-clés à Laramie. Certains de ces derniers étaient haut placés, le lieutenant Malcolm Jameson, par exemple. Au départ, l'enquête visait des inspecteurs des stups mais elle avait rapidement été élargie pour inclure un large éventail d'autres policiers ainsi que des civils travaillant dans l'organisation.

L'avocat Timothy Alcock avait joué un rôle central. Son expertise juridique avait permis au cartel et à ses agents de créer des sociétés-écrans *off-shore*. Elles rachetaient sous le manteau des maisons saisies par la justice pour y installer des laboratoires clandestins.

Tous étaient accusés de fabrication et de trafic de drogue, de prostitution, de blanchiment d'argent et de racket. Grâce à l'ADN récupéré au Olsen Ranch A, l'inspecteur Seth Olsen avait également été reconnu coupable de plusieurs meurtres, dont ceux de Theodore Williams et de Jane Aubrey Dunn. En revanche, son frère Abel, le propriétaire de la porcherie, n'avait pas été jugé complice. Un informateur anonyme avait permis de résoudre l'affaire et remis à la justice un demi-million de dollars, l'argent du cartel. La cheffe Nelson s'engageait à faire le ménage au sein de la police de Laramie.

L'indic était évidemment Haley, qui se trouvait toujours à l'abri dans un endroit tenu secret.

— Je ne pensais pas que l'affaire était si étendue et si grave, dit Charlie. Comment vis-tu ces révélations ?

— Bien.

Mais Brian était un idéaliste. Il les encaissait forcément mal.

— Tu peux me le dire, tu sais.

Il poussa un gros soupir.

— Ces policiers ont abusé de leurs positions pour s'adonner à des activités criminelles et s'enrichir. Ils ont trahi la confiance de la population. Ils ont sali l'image de la police et cette tache ne disparaîtra pas de sitôt.

La droiture de Brian la toucha et elle lui prit la main pour en embrasser la paume.

— Justice sera rendue, n'en doute pas. Ils paieront pour leurs crimes. Pour ma part, je suis soulagée que ce cauchemar soit terminé.

— Moi aussi. Mais la cheffe Nelson aura beaucoup à faire pour rétablir de bonnes pratiques au sein de la police de Laramie.

Elle glissa tendrement les doigts dans ses cheveux.

— Tu sais, je suis surprise que tu aies appelé Orson pour obtenir de l'aide et réussir à me localiser.

Un sourire passa sur ses lèvres.

— Je ferais n'importe quoi pour toi, mon amour.

Elle le crut et se félicita d'avoir eu Brian auprès d'elle. Sans lui, elle ne serait pas sortie vivante de cette aventure.

— J'aimerais que tu me rendes un service demain, ajouta-t-il.

— Bien sûr. De quoi s'agit-il ?

— Il faudrait choisir un chaton. Pour Kent. Je lui ai promis de lui offrir un chat.

Souriante, elle l'embrassa à nouveau. Cette fois sur les lèvres.

— Avec plaisir.

Il l'aida à se remettre sur pied et se leva à son tour.

— En attendant, va te doucher et retrouve-moi dehors. J'ai une surprise pour toi.

— Une surprise ? Laquelle ?

Il lui tapota doucement le nez du bout du doigt.

— Si je te le disais, ce ne serait plus une surprise.

— Je pensais que nous allions dîner.

— Le dîner fait partie de la surprise.

— Combien de temps me donnes-tu ? demanda-t-elle.

— Aussi longtemps que tu en auras besoin. Disons, dix minutes ? Cela te va ?

— Très bien, dit-elle. Je me dépêche.

Elle se précipita sous la douche, serrant les dents chaque fois que le jet d'eau tiède touchait une plaie ou un bleu.

Maintenant, elle partageait la vie de Brian.

Ils étaient en couple.

Les mots lui semblaient encore bizarres quand elle y songeait. Ils l'étaient davantage encore lorsqu'elle les disait à voix haute.

Rocco allait être fou de joie quand il l'apprendrait.

Après s'être habillée, elle remonta le couloir à grands pas.

La porte arrière était ouverte, la lumière du porche éteinte. Mais des dizaines de petites bougies posées à terre formaient un chemin de lumière.

Le sourire aux lèvres, elle le suivit jusqu'à la pelouse. Là, elle découvrit Brian assis sur une couverture près d'un panier de pique-nique, de flûtes et d'une bouteille de champagne.

Elle s'avança vers lui.

— Que fête-t-on ?

— En plus d'être vivants et amoureux ?

Elle hocha la tête en riant.

Comme Brian se levait et posait un genou en terre, elle sentit son cœur accélérer dans sa poitrine.

Il fouilla sa poche arrière mais au lieu d'en tirer un écrin comme elle l'avait cru, il y prit une enveloppe qu'il lui tendit.

— Ouvre-la.

Elle déchira le rabat et en sortit deux billets d'entrée. Pour le prochain gala de charité destiné à soutenir le refuge pour femmes de Cheyenne. L'année précédente, ils s'étaient rencontrés pour la première fois lors de ce gala, et tous deux en gardaient des souvenirs magiques.

— J'avais oublié qu'il se tenait à cette époque de l'année.

— Une chance que, moi, je m'en sois souvenu. Charlie Sharp, veux-tu m'y accompagner ?

Elle voulait l'accompagner partout, ne plus jamais le quitter.

Frôler la mort lui avait ouvert les yeux. Elle mesurait pleinement à présent ce qui manquait à son existence.

Submergée par une vague d'émotion, elle fut incapable de retenir ses larmes, des larmes de joie.

— Bien sûr.

Il se leva et la prit dans ses bras.

— Je t'aime.

Chaque fois qu'il prononçait ces trois petits mots, son cœur se dilatait de bonheur.

Alors, elle s'autorisa à les dire à son tour et à se réjouir de partager un amour sincère avec cet homme merveilleux.

— Je t'aime aussi, Brian.

Vous avez aimé ce roman ?
Retrouvez en numérique les intrigues passionnantes
de Juno Rushdan :

1. *Je te protégerai toujours*
2. *Un protecteur pour Grace*
3. *Otage de la montagne*
4. *La disparue des montagnes*

Et découvrez son prochain roman dès le mois d'octobre
dans votre collection Black Rose !

JANIE CROUCH

Un bébé dans la tourmente

Traduction française de
PASCALE DOMÉJEAN

BLACK ROSE

HARLEQUIN

Titre original :
TEXAS BODYGUARD: BRAX

Prologue

Brax sourit au couple assis en face de lui dans un bureau des services de protection de l'enfance de San Antonio. Ils étaient en train d'étudier avec l'assistante sociale la possibilité qu'il aille vivre chez eux.

Ils semblaient plutôt sympathiques. Très âgés certes - au moins quarante ans - mais le type, Clinton, tenait sa femme par la main comme pour la soutenir, et il lui parlait calmement, tout comme à l'assistante sociale (dont Brax avait oublié le nom).

Bien entendu, il avait parfaitement conscience que Clinton était peut-être en train de jouer un rôle, et que sous cette apparence calme et protectrice pouvait se cacher un tyran prêt à cogner. Mais il avait douze ans maintenant. Il courrait plus vite que tous ces vieux si cela devenait nécessaire, et il pourrait toujours retourner vivre dans la rue.

C'était ce qu'il avait fait l'année dernière, après s'être échappé d'un foyer où les travailleurs sociaux faisaient subir un enfer aux enfants dont ils avaient la charge. Mais la rue s'était révélée beaucoup plus dure que Brax ne le pensait : il fallait éviter les adultes, trouver des endroits sûrs pour dormir, de la nourriture... C'était une lutte de chaque instant.

Brax avait survécu mais avait éprouvé un certain soulagement lorsque les policiers l'avaient attrapé et emmené dans ce même bureau. C'était une autre assistante sociale à l'époque, mais comme celle d'aujourd'hui, il ne se souvenait plus de son nom.

Ils ne l'avaient pas renvoyé dans le foyer d'où il s'était enfui, et c'était une bonne chose. Et maintenant le couple assis en face de lui évoquait la possibilité de l'accueillir chez eux.

Clinton répondit à une question de l'assistante, et Sheila se tourna vers Brax avec un sourire.

— Tu aimerais venir vivre chez nous ? lui demanda-t-elle.

Clinton et l'assistante sociale interrompirent leur conversation, et le dévisagèrent eux aussi.

Le jeune garçon décida de ne pas s'emballer.

— Vous avez des enfants ? demanda-t-il.

Clinton secoua la tête.

— Nous n'avons pas pu avoir d'enfants biologiques. De plus, nous avons toujours eu envie d'adopter.

— Et pourquoi moi ? Pourquoi pas un bébé ? demanda Brax, se forçant à garder son sourire.

Tous les enfants qui avaient été placés en foyer avaient acquis des mécanismes de défense. Pour la plupart d'entre eux, il s'agissait de prendre un air buté et d'être prêts à rendre les coups. Mais Brax avait découvert qu'il était beaucoup plus efficace de savoir plaisanter et être enjôleur pour se sortir de situations difficiles. Un grand sourire avait pour effet de faire baisser la garde à un assaillant, ce qui vous laissait le temps de fuir.

Sourire et courir : c'étaient les deux armes qui avaient permis à Brax de survivre depuis que sa mère était décédée alors qu'il avait neuf ans, et c'était ainsi qu'il survivrait lorsque Clinton et Sheila se lasseraient de lui.

— Nous ne sommes pas particulièrement doués avec les bébés, répondit Sheila. Mais nous avons déjà un fils adoptif. Il a ton âge.

Clinton hocha la tête.

— Il s'appelle Weston. Nous pensons que tu t'entendrais bien avec lui.

Brax hocha la tête mais ne s'appesantit pas sur cette nouvelle. Il réglerait ce problème plus tard si besoin. Pour le moment, il voulait avoir la réponse à la question qui le taraudait depuis qu'il avait vu le couple entrer.

— Vous voulez m'adopter parce que physiquement, je pourrais tout à fait passer pour votre enfant biologique ?

Clinton était noir, et Sheila d'origine latino. Leurs enfants auraient pu ressembler à Brax dont la mère était noire et le père blanc. Il n'aurait pas été particulièrement embêté qu'on l'ait choisi pour cette raison, mais il voulait savoir où il mettait les pieds.

— Voyons, Brax, pourquoi poses-tu cette question ? bafouilla l'assistante sociale.

Clinton leva la main en signe d'apaisement.

— Non, c'est bon.

Il se tourna vers Brax.

— Tu es perspicace, et cela aurait pu être le cas, mais non, nous n'avons pas envie de t'adopter parce que tu es métis. Weston est noir. Et nous aimerions aussi accueillir Luke, un autre garçon de ton âge, qui est blanc. L'origine ethnique nous importe peu.

— Alors, qu'est-ce qui vous importe ?

L'assistante sociale recommença à s'agiter, mais Clinton et Sheila l'ignorèrent.

— Nous avons beaucoup de chance, répondit Sheila. Nous avons une grande maison où tu pourrais avoir ta chambre à toi. Et nous avons les moyens financiers d'avoir une grande famille. Et surtout, beaucoup d'amour à donner.

Clinton attrapa à nouveau la main de Sheila, mais il continua à fixer Brax du regard.

— Et si tu es intéressé, nous aimerions que tu viennes passer un moment chez nous pour voir si ça te convient. Et si ce n'est pas le cas, tu pourras toujours retourner dans le foyer ou dans une autre famille.

Brax les considéra pendant un long moment avant de leur sourire à nouveau et de hocher la tête. Qu'avait-il à perdre ? S'il avait besoin de fuir, il pourrait toujours le faire. Mais pour le moment, il allait tenter de vivre quelque temps chez Clinton et Sheila, et voir ce que pouvait donner leur petite famille arc-en-ciel.

Ça ne durerait certainement pas longtemps. Les bonnes choses se terminaient toujours très vite, ainsi que Brax avait eu le loisir de le découvrir.

Mais même si ça se passait mal, il survivrait.

1

Lorsqu'il avait onze ans, Brax Patterson avait vécu dans la rue pendant sept semaines, en priant chaque jour pour que l'avenir lui réserve mieux... s'il parvenait à survivre.

Mais quoi qu'il ait imaginé pendant ces longues nuits passées à lutter contre la faim, le froid et le danger, jamais il n'aurait pu espérer en être là aujourd'hui.

Il avait fondé une entreprise de sécurité avec ses trois frères, dont aucun n'avait la même couleur de peau que lui, mais dont chacun savait qu'il pouvait entièrement compter sur les autres.

L'expérience qu'ils avaient acquise tous les quatre dans l'armée ou la police – ou même au cours des années passées à errer de famille d'accueil en famille d'accueil - leur permettait maintenant d'assurer la sécurité d'autrui, et San Antonio Security était en passe de devenir une des entreprises les plus réputées dans son domaine. S'ils participaient parfois à des enquêtes, les quatre frères étaient spécialisés dans la protection des personnes, qu'il s'agisse d'offrir des services de garde du corps, ou de mettre en place des systèmes de sécurité.

Le siège de leur agence était généralement très animé, mais cela n'avait rien pour déplaire à Brax : contrairement à ses frères, il aimait avoir du monde autour de lui.

De manière générale, lorsqu'ils se trouvaient ensemble dans les locaux de l'entreprise, Brax avait un sourire aux lèvres : ils étaient ensemble, ils travaillaient, et tout allait bien.

Enfin, d'habitude...

— Si tu ne touchais pas à mes affaires, nous ne serions pas en train d'avoir cette conversation !

Brax, qui se dirigeait vers la salle de repos pour prendre une boisson fraîche dans le réfrigérateur, s'arrêta en passant devant le bureau de son frère. Il vit Chance se tenir les mains derrière le cou en un geste qu'il connaissait bien : c'était ce que faisait son frère lorsqu'il cherchait à contenir sa colère.

Maci Ford, leur secrétaire se dressait de toute sa hauteur, les bras croisés, devant le bureau de Chance.

— J'ai soigneusement noté tout ce qui était griffonné sur ce tableau, et j'ai pris des photos.

— Mais pourquoi as-tu fait ça ? s'exclama Chance avec de grands gestes en direction du tableau blanc immaculé qui, la veille, était couvert d'un entrelacs de mots, de flèches et de cercles dénués de signification pour tout autre que lui.

— Imagine que quelqu'un entre ici et voie ce que tu as écrit... en admettant qu'il arrive à déchiffrer tes gribouillis, je veux dire ! On ne sait jamais ce qui pourrait se passer. Et si quelqu'un pénétrait dans les bureaux la nuit ?

— Hautement improbable ! ricana Chance.

— Oui, mais pas impossible. Tu veux vraiment que quelqu'un voie les plans du nouveau système de sécurité sur lequel tu es en train de travailler ? Cela pourrait très bien arriver, et c'est mon rôle de m'assurer que tout se passe bien ici.

— En envoyant nos factures et en encaissant les règlements, répliqua sèchement Chance. Pas en interférant dans mon travail.

— Bonjour ! lança Brax avec un large sourire, décidant qu'il était temps d'intervenir avant que ces deux-là n'en viennent aux mains. Si vous n'arrêtez pas, je vais finir par avoir un torticolis. J'ai l'impression de regarder un match de tennis !

Maci sursauta comme si elle était surprise. Elle était trop occupée à foudroyer son frère du regard pour s'apercevoir de la présence de Brax.

— Je suis désolée. Je retourne dans mon bureau.

Mais pas sans avoir auparavant jeté un regard furibond à Chance, qui leva les yeux au ciel et enfonça les poings dans ses poches.

Brax attendit que Maci se soit éloignée pour donner un coup de tête dans sa direction.

— Tu ferais mieux d'être sympathique avec elle. Tu sais que Luke pense que nous n'y arriverions jamais sans elle.

Chance leva à nouveau les yeux au ciel.

— Luke dit cela parce qu'il ne veut surtout pas s'occuper de la paperasserie !

Chance sourit enfin et poursuivit :

— Et nous savons tous qu'il a d'autres choses en tête en ce moment...

— Je suppose que c'est ce qui arrive lorsqu'on se fiance !

C'était étrange d'imaginer que l'un d'entre eux allait se marier. Ils étaient tous des célibataires endurcis jusqu'à ce que l'amie d'enfance de Luke entre dans l'agence quelque mois plus tôt, et lui demande de l'aide.

Claire méritait amplement tous les efforts qu'ils avaient dû faire pour la protéger, et pas seulement parce que Luke l'aimait : c'était une femme merveilleuse, forte et intelligente, et qui faisait du bien à leur frère.

Luke était en train de travailler dans son bureau. Même lorsqu'il était occupé, il avait le sourire aux lèvres. Brax fut tenté de plaisanter, mais il préféra s'abstenir. Il avait trop à faire pour perdre du temps. La croissance exponentielle de San Antonio Security n'allait pas sans quelques désagréments.

Weston passa dans le couloir vers midi et frappa à sa porte ouverte.

— Où en est le compte rendu que tu dois faire sur les activités du cartel ?

— Je n'ai pas encore fini de le rédiger, reconnut Brax, désignant la pile de documents qui se trouvait devant lui. Je me suis dit que, puisque le procès n'aurait lieu qu'à la fin du mois, je ferais mieux de terminer l'affaire qui m'occupe en ce moment.

Il avait été contacté par une femme aisée qui suspectait son mari d'être infidèle… entre autres choses. Elle ne s'était malheureusement pas trompée et avait eu raison de penser qu'elle avait besoin d'être protégée : son mari avait engagé un tueur à gages pour l'éliminer et pouvoir toucher son assurance-vie afin de rembourser ses dettes.

Brax avait résolu l'affaire, mais les choses ne s'étaient pas arrêtées là : sa cliente lui avait ensuite fait des avances, et il avait dû l'éconduire. Les Patterson étaient des professionnels, et ils n'étaient certainement pas assez stupides pour sortir avec des clientes mariées tentant de se venger de leurs maris.

Après avoir fait quelque peu baisser le tas de documents à traiter qui encombrait sa table de travail, Brax se rendit dans sa salle de gym pour se dépenser après cette journée passée assis à son bureau. Les quatre frères faisaient très attention à leur forme physique. C'était une des raisons pour lesquelles leur métier leur correspondait si bien : il nécessitait un engagement mental et physique complet, et ils étaient prêts à le fournir.

Lorsqu'il eut terminé sa séance, il avala un sandwich et s'arrêta à l'agence pour essayer de faire un peu plus de paperasserie. Mais le soir tombait, et il était temps de rentrer chez lui. S'il aimait travailler avec ses frères, cela ne le dérangeait pas non plus d'être seul dans sa maison. Il pouvait y profiter du calme et du silence en fin de journée… et d'un peu d'intimité, chose qu'il n'avait jamais connue dans les familles d'accueil où il vivait lorsqu'il était enfant.

C'était une des raisons pour lesquelles il avait choisi de vivre dans une maison au milieu de nulle part. Les seuls bruits qui venaient troubler la sérénité du soir étaient des ululements occasionnels, ou la stridulation des criquets. Il prêta l'oreille à cette symphonie nocturne alors qu'il gravissait les marches de l'escalier menant à sa chambre à coucher.

Il s'immobilisa et se raidit en entendant tinter la sonnette. Il n'avait pas souvent des visiteurs, surtout à cette heure de la nuit. Et il avait déjà déposé son arme dans le coffre-fort.

Un autre coup de sonnette. Il descendit subrepticement l'escalier, tout en surveillant la porte d'entrée du coin de l'œil, et alla s'emparer d'une seconde arme qu'il gardait cachée dans un placard de la cuisine.

Cela dit, s'il s'était agi d'une personne avec de mauvaises intentions, elle n'aurait sans doute pas sonné.

Mais il valait mieux se méfier.

Et cette idée s'imposa plus encore lorsqu'il reconnut la voix de l'autre côté de la porte.

— Brax ? Laisse-moi entrer. J'ai besoin d'aide.

Brax marmonna un juron. Il aurait dû se douter que la seule personne capable de sonner chez lui à cette heure de la nuit était son demi-frère, Robert. Il remit son SIG Sauer dans sa cachette.

Il songea un instant à ne pas répondre, chose qu'il n'aurait jamais envisagée avec Luke, Chance ou Weston. Ils étaient ses véritables frères, bien plus que Robert qui pourtant avait le même père biologique que lui.

Brax ouvrit la porte avant que Robert ne se mette à hurler.

— Que fais-tu là ?

— Bonjour à toi aussi ! lui lança Robert avec son sourire faux.

Sous la lumière du porche, Brax remarqua son front moite, ses yeux cernés, sa peau blafarde, et ses cheveux gras.

Robert lança un coup d'œil inquiet par-dessus son épaule, puis se retourna vers son demi-frère.

— Tu me laisses entrer ?

— J'ai le choix ? demanda ce dernier en s'écartant.

Il remarqua que son frère était agité de tics nerveux : il ne cessait de se frotter les mains, et un nerf tressautait sur sa mâchoire. Était-il sous l'emprise de la drogue ? Cela n'aurait pas été une surprise.

Robert n'avait pas une vie d'enfant de chœur.

Brax et lui ne se ressemblaient pas du tout. Robert n'avait pas manqué de le lui faire remarquer à de nombreuses reprises au cours des cinq années qui s'étaient écoulées depuis qu'ils avaient appris l'existence l'un de l'autre, et il avait clairement fait comprendre à Brax tout le mépris qu'il avait pour ses origines afro-américaines.

C'était curieux de voir qu'il oubliait tout cela dès qu'il avait besoin de quelque chose, généralement d'argent.

— Que veux-tu ?

— Il y a une urgence.

Encore une fois, ce n'était pas une surprise. Robert avait toujours des ennuis.

— Une urgence de quelle nature ?

Robert haussa ses minces épaules. Tout en détournant le regard, il répondit :

— C'est une longue histoire. J'ai un ami qui me doit de l'argent. Il faut qu'il me rembourse immédiatement.

— Certes... mais je ne vois pas pourquoi il fallait que tu viennes m'en parler. Tu as besoin de protection ? Ou d'autre chose ?

— Oui, d'autre chose.

Robert se dirigea vers la porte et lui demanda, tout en posant la main sur la poignée :

— Tu vas m'aider, frérot ?

Frérot ? Brax grinça des dents.

La seule raison pour laquelle il hocha la tête fut qu'il savait que Robert ne le laisserait pas tranquille. D'ailleurs, il était un peu curieux de connaître la raison de sa visite.

Mais quoi qu'il puisse imaginer, ce n'était certainement pas ce que Robert portait d'une main lorsqu'il revint de sa voiture.

— Tu plaisantes !

Robert jeta un coup d'œil sur le bébé installé dans le siège-auto.

— Je te présente ton neveu.

— Mon neveu ? Depuis quand as-tu un enfant ?

Puis une autre pensée lui traversa l'esprit.

— Personne ne t'accompagne ?

— Non.

— Et tu as laissé le bébé seul dans la voiture ? Tu es complètement fou !

Robert ricana :

— Il n'allait pas s'enfuir, tu sais.

Il déposa un sac à langer à ses pieds.

Brax cligna les yeux. Était-il en train de faire un mauvais rêve ?

— Il va falloir que tu m'expliques deux ou trois choses : depuis quand es-tu papa ? Où est la mère ? Et pourquoi as-tu amené ce bébé ici ?

— Waouh ! Par où commencer ?

Robert déposa le siège sur la table basse. Le bébé remua, mais ne se réveilla pas.

— Il s'appelle Walker. Il a... environ quatre mois et demi... quelque chose comme ça.

Robert, papa ? Dans d'autres circonstances, Brax aurait éclaté de rire.

— D'accord. Pourquoi est-il ici ?

— J'ai besoin que tu t'occupes de lui pendant quelques jours. J'ai des choses à faire.

Il parlait avec un tel détachement ! Comme si ce qu'il lui demandait n'était rien...

Si la requête était venue d'un autre de ses frères, Brax aurait dû faire un effort considérable pour l'accepter, étant donné ses compétences en matière de bébés. Mais de Robert ?

— Tu es fou ! Je ne connais rien aux enfants. Tu penses que tu peux débarquer ici en plein milieu de la nuit sans avoir donné signe de vie depuis... au moins un an, et laisser ton fils sur le pas de la porte ? Et sa mère ?

— Elle est morte.

Cela apaisa quelque peu la colère de Brax.

— Oh... Je suis désolé.

— Ne t'en fais pas, répondit Robert avec un haussement d'épaules. Elle n'a jamais vraiment compté pour moi.

Brax se passa la main sur le visage. Que pouvait-il bien répondre à cela ?

Robert désigna le sac à langer posé par terre.

— Tout ce dont tu auras besoin pour quelques jours se trouve ici. Des couches, du lait en poudre, et tout le bazar. C'est un bon bébé. Tous ceux qui le connaissent s'accordent à le dire. Il ne pleure pas tant que ça. Seulement lorsqu'il a faim et qu'il a besoin qu'on le change. Sinon, la plupart du temps, il se contente de rester là.

Par peur de réveiller le bébé, Brax se mordit la langue pour retenir la réplique cinglante qui lui venait. *Peut-être bien qu'il « reste là » parce que tu es un père indigne, qui ne s'occupe pas de lui. Sinon, pourquoi me laisserais-tu ton fils ?*

— Je dois partir. Je ne veux pas perdre mon temps à t'entendre répéter que tu ne peux pas le faire. Je suis pressé.

Robert essuya à nouveau son front sur lequel d'autres gouttes de sueur avaient perlé. Il ne faisait pas semblant : il était visiblement terrifié.

Et très vraisemblablement, sa panique et son besoin urgent d'argent étaient liés.

Le bébé remua à nouveau. Cette fois, il poussa un petit soupir dans son sommeil. Ce fut ce bruit qui ébranla la résolution de Brax.

— C'est d'accord.

Brax leva immédiatement la main pour faire taire Robert.

— Un instant ! Faisons un compromis : reste ici quelques jours, et je t'aiderai du mieux que je pourrai. Je dispose de moyens considérables grâce à mon agence, et tu ne seras pas en danger ici. Personne ne pensera à venir t'y chercher.

Robert, remarqua-t-il, ne songea même pas à rétorquer que personne n'était à ses trousses. Il se passa la main dans les cheveux, tout en détournant le regard.

Sa réponse surprit Brax.

— Bon, d'accord. Nous restons ici tous les deux. Merci.

Brax s'était attendu à une discussion serrée, mais il décida de ne pas chercher plus loin.

— Je vais t'installer dans la chambre d'amis. J'ai l'impression que tu as besoin de dormir.

Robert s'empara du bébé et du sac et monta à l'étage supérieur. Il s'écroula pratiquement sur le lit, confirmant les soupçons de Brax. Il était épuisé… Il devait être en fuite depuis un certain temps.

Le bébé semblait à son aise dans le siège-auto posé à côté du lit, lorsque Brax sortit et referma la porte derrière lui. Il retourna dans sa chambre.

Il mit du temps à s'endormir, tournant et retournant la situation dans son esprit, se demandant comment les choses s'étaient réellement passées avant que Robert ne surgisse sur le seuil de sa maison…

Les cris de Walker le réveillèrent le lendemain matin. Tout d'abord, il crut que c'était un rêve. Puis les événements de la veille lui revinrent à l'esprit, et il mit la tête sous son oreiller dans l'espoir d'assourdir le bruit.

— Robert, s'écria-t-il, le bébé hurle ! Fais-le taire !

Il n'eut aucune réponse. Pas même un claquement de porte. Les cris continuèrent, et s'amplifièrent. Et un sombre pressentiment s'empara de lui. Il sortit du lit et avança dans le couloir, presque certain de ce qu'il allait trouver lorsqu'il ouvrirait la porte de la chambre.

Il vit le bébé, toujours dans son siège-auto. Une odeur nauséabonde s'élevait du liquide qui avait fui de sa couche-culotte et qui tachait le petit pyjama qu'il portait.

Mais pas de Robert.

Un petit mot était posé sur l'oreiller.

Je serai de retour avant que le stock de couches soit épuisé. Je te le promets.

Brax froissa le papier dans sa main. Cela faisait longtemps qu'il avait cessé de croire les mensonges de Robert.

2

Comment réussissait-on à survivre lorsque l'on devait s'occuper d'un bébé ?

Trois jours. Cela faisait trois jours que Brax n'avait pas dormi plus de quelques minutes d'affilée. Trois jours que pas une seule heure ne s'était écoulée sans qu'il entende les pleurs du nourrisson.

Non. Pas les pleurs. Les hurlements. Ce gamin hurlait jusqu'à en faire siffler les oreilles de Brax.

Il rongeait son frein en attendant le retour de Robert. C'était ce qui était le plus difficile pour lui : espérer qu'une personne qui ne s'était jamais montrée fiable tienne parole. Et le tas de couches ne cessait de diminuer.

Des couches que Brax avait dû apprendre à changer à l'aide de tutoriels vidéo. Triste, mais vrai.

Ses frères auraient été tordus de rire s'ils l'avaient su. Il aurait pu le leur dire, mais il était plus sage de se taire. Très vraisemblablement, ce dans quoi Robert se trouvait impliqué n'était pas très légal. Il était papa maintenant, et Dieu seul savait ce qui arriverait à Walker s'il était envoyé en prison.

Mais trois jours étaient le maximum. Brax était à court d'excuses, et ses frères n'allaient pas tarder à venir chez lui pour voir ce qui l'empêchait de se rendre à l'agence… et il aurait alors bien des explications à leur fournir.

Il valait mieux les mettre au courant tout de suite.

C'est la raison pour laquelle il fixa le siège-auto dans son véhicule - une fois encore grâce à l'aide d'une vidéo – et se rendit dans les locaux de San Antonio Security.

— Non mais je rêve ! s'exclama Chance lorsque Brax entra, tenant le siège-auto d'une main et le sac à langer de l'autre.

Brax lui fit signe de ne pas faire de bruit, mais cela ne servit à rien. Le trajet en voiture avait calmé Walker, mais le répit fut de courte durée. Le bébé se remit à crier, et Maci surgit de son bureau, bientôt suivie de Weston.

— D'où vient-il ? s'exclama-t-il en désignant le bébé que Maci avait pris dans ses bras dans l'espoir de le calmer.

— Je vous présente Walker, le fils de Robert, déclara Brax en s'affaissant sur une des chaises de la salle d'attente, et en laissant aller sa tête contre le mur. Il aime beaucoup pleurer, poursuivit-il.

— Robert ? Ton demi-frère Robert ?

Weston avait l'air de ne pas bien comprendre.

— Où est-il ?

— Je ne sais pas.

Chance suivait Maci du regard alors qu'elle allait et venait, le bébé dans les bras, et lui tapotait doucement le dos pour le calmer.

— Ainsi, Robert a débarqué et a laissé son fils chez toi ? demanda-t-il.

— Plus ou moins, même si j'ai du mal à me souvenir précisément de ce qui s'est passé. Je n'ai pratiquement pas dormi depuis trois jours.

— Je peux aller dans ton bureau pour essayer de le calmer, proposa Maci.

Brax la remercia de tout cœur. Au moins, la porte fermée étouffait un peu le bruit des pleurs.

La confusion de Weston se lisait dans son regard.

— Robert t'a expliqué pourquoi il faisait cela ?

— Pendant combien de temps dois-tu garder le bébé ? demanda Chance, toujours très rationnel. Robert t'a donné ce dont tu as besoin ? Tu dois commencer à manquer de lait ou de couches, non ?

Brax leva les mains pour les supplier de faire silence.

— Une question à la fois ! Robert a dit qu'il allait récupérer l'argent qu'un de ses amis lui devait. C'est tout ce que je sais, et ça fait trois jours que je n'ai plus aucune nouvelle. Il a passé la nuit chez moi, mais lorsque je me suis réveillé le lendemain matin, il n'y avait plus que Walker et un mot disant qu'il serait de retour avant que je manque de couches. Il m'a laissé du lait et des vêtements, aussi.

— Et la mère ? demanda Weston.

Brax se passa la main sur les yeux.

— Elle est morte.

Weston et Chance marmonnèrent un juron. Étant donné leur histoire, l'idée qu'un enfant puisse grandir sans sa maman leur était pénible, même s'ils étaient tous les deux bien placés pour savoir qu'une mère biologique n'était pas nécessairement armée pour pouvoir s'occuper de sa progéniture.

— Bon, essayons de trouver des informations sur Robert, déclara Chance en retournant à son ordinateur.

Brax se força à se lever de sa chaise et suivit Weston. On entendait encore les cris de Walker, même s'ils semblaient avoir diminué d'intensité.

— Comment as-tu réussi à t'occuper de lui au cours de ces derniers jours ? demanda Weston pendant que Chance poursuivait ses recherches sur Robert.

— Grâce à Internet, répondit Brax en tâchant de sourire.

— Tu sais que tu aurais pu nous demander de l'aide.

— Et que savez-vous sur les bébés ?

Weston haussa les épaules.

— Rien, mais tu n'avais pas à faire ça seul.

— Et voilà ! s'exclama Chance en se rapprochant de l'écran de son ordinateur. Surprise ! La dernière fois que Robert a utilisé sa carte de crédit, c'était à Eagle Pass.

— Bien connu pour ses établissements de jeu, marmonna Weston.

— La plupart des transactions effectuées au cours des derniers mois ont eu lieu soit là, soit à Las Vegas, confirma Chance. Il semblait faire la navette entre les deux villes.

— Bon sang…

Brax se frotta les tempes, sentant un mal de tête arriver.

— J'imagine que c'est plutôt lui qui doit de l'argent. Il est probablement en train de courir dans tous les sens pour essayer de rassembler ce qu'il peut.

— Oui. Et il tente d'éviter celui à qui il le doit.

Weston secoua la tête et conclut :

— C'est typique.

— Il y a quelque chose d'intéressant, déclara Chance en leur montrant quelques lignes, que Brax lut par-dessus son épaule.

— Nous ne sommes pas les seuls à vouloir le localiser, marmonna Brax.

Quelqu'un d'autre avait lancé une recherche sur les transactions récemment effectuées par Robert. Il était impossible de savoir qui sans entamer des investigations beaucoup plus poussées, mais ce n'était pas nécessaire pour le moment.

— Que vas-tu faire de Walker ? demanda Weston. Je pense que tu devrais l'emmener chez papa et maman. Tu sais bien que maman serait ravie de s'occuper d'un bébé !

Ce n'était pas une mauvaise idée, loin de là. Pourtant…

— Je préférerais que Walker soit avec moi lorsque Robert reviendra. Je ne veux pas lui donner l'occasion de repartir sans lui !

Le silence de Weston et le froncement de sourcils de Chance furent éloquents, mais ils eurent assez de tact pour ne rien dire. Il était si fatigué qu'il aurait pu mal réagir, et le regretter par la suite.

Les cris redoublèrent lorsque Maci quitta le bureau de Brax. Il se retourna et vit que d'une main elle cherchait quelque chose dans le sac à langer, tout en tenant Walker de l'autre.

— Je voudrais sa tétine. Sa couche est propre. Quand a-t-il été nourri pour la dernière fois ?

— Juste avant que je parte de chez moi. Et il a fait son rot, ajouta-t-il au cas où elle se pose la question. J'ai dû changer de chemise parce qu'il avait craché dessus.

— Son père n'avait pas mis des bavoirs dans le sac ? demanda Maci. Il aurait dû.

Brax n'osa pas lui demander ce dont elle parlait, d'autant plus qu'ils devaient tous deux crier pour se faire entendre par-dessus les hurlements du bébé.

Maci lui mit Walker dans les bras et plongea presque sa tête dans le sac, toujours à la recherche d'une tétine.

— C'est quoi ? demanda-t-elle en découvrant une étiquette attachée à la doublure, cachée sous quelques couches.

Un numéro de téléphone était écrit dessus.

— Ce n'est pas celui de Robert, remarqua Brax.

Maci le regarda.

— Et de qui pourrait-il s'agir ?

— Je l'ignore, mais je vais essayer d'appeler.

Il tendit Walker à Maci. Puis il sortit son téléphone pour appeler, pendant qu'elle retournait dans son bureau et en refermait la porte.

— Allô ?

C'était une voix de femme. Elle semblait troublée, presque inquiète. Mais il était vrai qu'il appelait d'un numéro masqué. Et qu'allait-il bien pouvoir lui dire ?

— Euh... bonjour. Ici Brax Patterson. Vous allez peut-être trouver mon appel étrange mais... connaissez-vous un bébé prénommé Walker ?

Elle resta silencieuse assez longtemps pour que Brax sente la nervosité monter en lui.

— Pourquoi m'appelez-vous ? finit-elle par demander.

Il décela de la méfiance dans sa voix, et il s'apprêtait à reprendre la parole pour la rassurer lorsque Walker poussa un cri retentissant, qui résonna même à travers la porte.

— Pourquoi pleure-t-il ? s'exclama-t-elle.

Elle semblait aussi affolée que l'était Brax.

— Je l'ignore. C'est pour cela que je vous appelle. J'ai trouvé votre numéro dans son sac à langer, et je me suis dit que je ne perdrais rien à essayer de vous joindre. Je suis son oncle. Son père est mon demi-frère. Il l'a laissé chez moi pour quelques jours, mais il pleure sans arrêt. Je n'arrive pas à le calmer.

— Vous avez essayé de le langer ?

— C'est-à-dire ?

Elle poussa un soupir :

— Je suppose que non. Langer un bébé, c'est l'envelopper dans une couverture. Vous en avez une ?

— Oui. Il y en a une dans le sac.

— Bien. Alors écoutez-moi...

Elle le guida, s'assurant que Brax laisse la couverture assez lâche pour que Walker puisse bouger ses jambes.

— Il aime être au chaud comme ça.

Et cela marcha. Dès que Walker fut langé, il se calma.

— Vous faites des miracles ! reprit Brax en soupirant.

Il devait avoir l'air complètement dépassé, mais cela lui importait peu.

— Je ne pourrai jamais assez vous remercier ! ajouta-t-il.

— Walker a toujours aimé être langé. Lorsqu'on le fait, il s'arrête presque instantanément de pleurer. C'est une honte que son père ne sache pas cela !

Même si Robert était au courant, il n'était pas resté assez longtemps pour le lui expliquer.

— Comment savez-vous ce qui plaît à Walker ? Comment vous appelez-vous ?

Elle demeura encore un instant silencieuse, ce qui éveilla ses soupçons. Pourquoi était-elle si hésitante ?

— Je me suis occupée de lui pendant quelques semaines. Je m'appelle Tessa.

Elle était certainement *baby-sitter*... C'était logique.

— Merci. Vous venez de sauver ma santé mentale... sans parler des poumons de Walker !

— Je suis heureuse d'avoir pu vous aider.

Avant de raccrocher, il demanda à tout hasard :

— Vous avez des nouvelles de Robert ?

Un autre silence.

— Non, pas récemment. Il a des ennuis ?

Brax décida de ne pas en dire plus. Il ne savait pas qui était cette Tessa, ni avec qui elle était en relation. Et si la sécurité de Robert importait peu à Brax, protéger le père de Walker était essentiel.

— Non. J'attends qu'il me contacte. Vous pourriez me rendre service en notant mon numéro et en m'appelant si vous avez de ses nouvelles ?

Tessa accepta.

— Je peux aussi avoir votre adresse, à tout hasard ? demanda-t-elle.

Il ne voyait pas le moindre problème à cela et, toujours plein de reconnaissance pour celle qui avait réussi à faire cesser les pleurs de Walker, il lui dicta l'adresse de l'agence.

Enfin, il n'était plus le seul à se soucier de Walker.

— Merci, Tessa. Vous avez été d'une grande aide !

— Je vous en prie, prenez bien soin de lui ! répondit-elle d'une voix presque désespérée.

— Oui. Je vous le promets.

Elle raccrocha avant qu'il ne puisse ajouter quoi que ce soit.

— Tu peux poser le bébé dans le siège-auto, dit-il à Maci. Je vais le garder à côté de mon bureau. Peut-être que j'arriverai à travailler un peu, maintenant qu'il est calme.

Vœu pieu. Si Walker resta tranquille, ce fut la fatigue qui eut raison de Brax. Au bout d'un quart d'heure, il commença à piquer du nez. Maci eut la gentillesse de lui apporter une tasse de café, mais son effet fut de courte de durée.

Il se réveilla en sursaut lorsque la sonnette de la porte d'entrée résonna. Son regard se posa immédiatement sur le bébé, mais il semblait dormir profondément.

— Brax Patterson est ici ?

Brax se leva précipitamment. Robert était-il enfin revenu ? Avait-il tenu parole pour la première fois de sa vie ?

Non. Il s'agissait d'un coursier qui avait à la main une épaisse enveloppe de papier kraft.

— J'ai besoin que vous signiez ici, monsieur Patterson.

Brax échangea un regard interrogateur avec Maci avant de se saisir de la tablette que lui tendait l'homme et de griffonner sa signature avec le stylet. Cela lui valut de pouvoir prendre possession de l'enveloppe et de son contenu.

— Tu attendais quelque chose ? lui demanda Maci.

Pressé de connaître le contenu de la pochette, il l'ouvrit et en sortit une liasse de formulaires, qu'il étala sur le bureau de Maci.

Cela devait être une erreur. Il cligna les paupières à plusieurs reprises, mais ce qu'il voyait devant lui demeurait inchangé.

— Robert m'a confié la garde du bébé. Je suis le tuteur légal de Walker.

3

Tessa Mahoney parvenait à peine à respirer lorsqu'elle mit fin à l'appel de Brax Patterson. Les mains tremblantes, elle plia la serviette en papier sur laquelle elle avait noté son adresse et la glissa dans la poche arrière de son pantalon.

Elle ne pouvait pas se permettre de perdre cet emploi à la cafétéria, et elle voyait bien que son patron avait été contrarié qu'elle prenne cet appel, même si cela en avait valu la peine.

— Bon travail ! lança-t-elle à l'équipe du soir avant de sortir.

Le soleil brillait encore en cette fin d'après-midi, mais ce ne fut ni son éclat, ni l'air frais qui retinrent son attention. C'était la sensation d'être observée.

Une fois encore.

Depuis trois ou quatre jours, elle avait la certitude que l'on épiait le moindre de ses mouvements. C'était particulièrement dérangeant, d'autant plus qu'elle ne pouvait rien y faire.

Ses yeux bruns balayaient la rue alors qu'elle se pressait pour aller prendre le bus qui la conduirait vers son appartement. Là, au moins, elle serait à l'abri des regards de celui qui était en train de l'épier.

Elle ne voulait surtout pas montrer qu'elle avait conscience d'être observée. Elle ignorait pourquoi elle réagissait ainsi, mais elle avait l'intime conviction qu'il le fallait.

Malgré sa fatigue, elle se mit à courir vers l'arrêt de bus en agitant les bras, criant que quelqu'un demande au chauffeur de l'attendre.

Il ne fallait pas qu'il parte sans elle. Elle ne pourrait pas supporter d'être assise sur un banc dans la rue en sentant peser ce regard sur elle. Elle en deviendrait folle.

Si elle ne l'était pas déjà.

— Merci, haleta-t-elle en entrant précipitamment dans le bus, et en faisant un signe de remerciement à la personne qui avait prévenu le chauffeur.

Elle se laissa tomber sur un siège et s'enveloppa dans ses bras, dans l'espoir de calmer ses tremblements.

Tout cela était la faute de Robert. Tout ! Elle savait que ceux qui l'épiaient n'avaient qu'un seul but : mettre la main sur lui.

C'en était presque comique : comme si Robert avait pu se tourner vers elle... et qu'elle l'ait laissé faire !

D'ailleurs, elle était la dernière personne de la planète à laquelle il aurait pu faire part de ses projets.

Mais cela ne l'empêchait pas de lui gâcher la vie. Il n'avait pas beaucoup de talents, mais il s'était révélé particulièrement doué pour cela.

Elle sursauta en poussant un cri lorsque quelqu'un à côté d'elle fit tomber ses clés. Elle était à bout de nerfs... prête à craquer.

Respire. Par moments, au cours de ces trois derniers mois de cauchemar, elle avait presque oublié de le faire. *Inspire. Expire. Encore une fois...*

Elle survivrait. Elle avait déjà survécu à ce qu'elle avait pensé ne pas pouvoir supporter. Si elle avait appris une chose, c'était à quel point elle était forte, et combien elle pouvait endurer sans craquer. Elle allait se sortir de cela aussi.

Au bout d'un moment, ceux qui la surveillaient finiraient par comprendre qu'elle n'avait pas la moindre idée de l'endroit où se trouvait Robert, ni de ce qu'il faisait.

Au moins, le type qui l'avait appelée - le demi-frère de Robert, Brax Patterson – lui avait fait bonne impression. Il ne portait pas le même nom de famille que Robert, et Robert ne lui avait jamais parlé de lui, mais cela n'était pas une surprise : il était toujours resté très secret.

Brax avait semblé être réellement préoccupé par le bien-être de Walker. Il l'avait langé et avait réussi à arrêter ses pleurs. C'était plutôt positif, non ? Mais pourquoi Brax ne savait-il pas comment contacter Robert alors qu'il gardait Walker ? Tant de questions se pressaient dans son esprit qu'elle en avait mal à la tête.

Descendre à son arrêt de bus ne lui apporta aucun réconfort. Si c'était comme les jours précédents, quelqu'un serait là à l'attendre, à l'épier...

Ou s'imaginait-elle des choses ? Était-elle en train de devenir folle ?

Tessa cessa instantanément de se poser toutes ces questions dès qu'elle vit que la porte de son appartement était entrebâillée... une porte qu'elle était certaine d'avoir fermée à clé lorsqu'elle était partie travailler. Elle eut l'impression que son corps tout entier se couvrait soudain d'une sueur froide qui la glaça jusqu'aux os. Son estomac se serra, et elle fut prise de nausées.

Devait-elle entrer ? Et s'il y avait encore quelqu'un à l'intérieur ? Non, il aurait certainement fermé la porte pour qu'elle ne se doute de rien et entre sans se méfier.

Elle ouvrit le battant du pied, puis recula. Son cœur tambourinait dans sa poitrine comme si elle s'attendait à ce que quelqu'un saute sur elle et l'attire dans son appartement.

Mais la réalité était tout aussi terrible. L'endroit était dévasté.

Sa vaisselle était cassée, ses plantes tombées à terre, le canapé et les coussins éventrés, les tiroirs et les placards vidés de leur contenu, ses vêtements réduits en lambeaux, son matelas jeté sur le sol...

Son appartement n'avait rien d'extraordinaire, mais c'était l'endroit où elle pouvait enfin se reposer, se sentir protégée du monde extérieur. Du moins ça l'avait été. Mais le sentiment de sécurité qui avait parfois pu être le sien avait été anéanti en un instant pour faire place à l'impression que son intimité avait été violée de toutes parts. Qui pouvait faire cela ? Et pourquoi ?

— Oh non !

Elle se précipita avec terreur vers le tiroir de sa table de nuit, là où elle gardait son argent.

Le moindre dollar économisé était parti. Ils avaient tout pris. Elle tomba à genoux, et les larmes se mirent à ruisseler sur ses joues.

La sonnerie du téléphone la fit sursauter. Elle ne reconnut pas le numéro mais décrocha tout de même

— Allô ?

— Vous aimez le travail de décoration que nous avons effectué pour vous ? lui demanda une voix froide et narquoise.

Son cœur se mit à battre sauvagement dans sa poitrine. Celui qui avait fait cela savourait la douleur et la panique qu'il était conscient d'avoir occasionnées.

— Pourquoi ?

Elle détesta entendre sa voix trembler, tout comme elle détesta la certitude qu'elle était impuissante contre eux.

— Tu sais pourquoi. Et la seule chose que tu as à faire est de nous dire où est Robert.

Cette fois, elle ne murmura pas. Elle hurla :

— Je ne le sais pas !

— Eh bien, considère cela comme une manière de te rafraîchir la mémoire. Et tu sais quoi ? Je pense que si quelqu'un vient te voir en personne, tu t'en souviendras encore mieux.

Quoi que Robert ait fait, elle était en train de le payer. Et cela ne cesserait pas tant qu'elle vivrait ici.

Cette prise de conscience la poussa à se lever, à prendre un sac qui avait été jeté à terre et à fourrer dedans les quelques vêtements encore mettables qu'elle put trouver.

Ses genoux chancelaient mais elle réussit à se lever, à traverser la pièce, et à sortir.

Une silhouette apparut au bout du couloir. Celle d'un homme grand, trapu, avec un cou aussi épais que sa tête.

Son sang ne fit qu'un tour. Immédiatement, elle retourna dans son appartement, referma la porte et plaça une chaise sous la poignée. Cela ne servirait pas à grand-chose, tout au plus à lui faire gagner quelques secondes, mais c'était toujours ça. Elle se dirigea vers l'escalier de secours, priant pour que personne ne l'attende en bas du bâtiment. L'homme dans le couloir ne l'avait pas vue et ne se pressait pas, donc elle avait peut-être une chance.

Elle descendit aussi vite que ses jambes tremblantes le lui permettaient, manquant de tomber sur les marches raides et rouillées. Lorsqu'elle atteignit l'échelle, elle leva la tête. Sa fenêtre était toujours fermée.

Mais certainement pas pour longtemps.

Elle arriva au bas du bâtiment et s'engagea dans la petite allée qui en longeait l'arrière. Où devait-elle aller ? Il ne faudrait pas longtemps au type pour se rendre compte qu'elle s'était échappée et appeler ses amis. Il fallait qu'elle trouve un moyen de se cacher jusqu'à ce qu'ils arrêtent de la chercher.

Réfléchis, Tessa, réfléchis !

Des gens. Il fallait qu'il y ait des gens autour d'elle. La pharmacie qui se trouvait à côté suffirait-elle ? Il le fallait, car elle n'avait pas d'autre option. Elle se mit à courir, sans même perdre de précieuses secondes à regarder par-dessus son épaule. Si le type l'avait suivie, elle l'aurait entendu descendre l'escalier en fer, mais elle ne percevait que les bruits de la circulation au bout de l'allée.

Elle s'arrêta avant de s'engager dans la rue et passa la tête au coin du bâtiment pour vérifier le trottoir. C'était bon. Elle se mit à courir jusqu'à la pharmacie et s'engouffra à l'intérieur.

La tête baissée, Tessa se dirigea vers l'arrière du magasin, attrapa un magazine sur un présentoir et se plaça près d'un miroir de surveillance. Sans jamais le quitter des yeux, elle se demanda ce qu'elle allait bien pouvoir faire.

Tout l'argent dont elle disposait était dans sa poche : il s'agissait des pourboires qu'elle avait reçus dans la journée. Les quelques vêtements qui avaient survécu au saccage de son appartement se trouvaient sur elle ou dans le sac qu'elle portait à l'épaule.

Elle ne pouvait pas espérer aller bien loin.

Elle sursauta lorsque son téléphone sonna dans sa poche. C'était le même numéro que précédemment. L'appareil glissait dans ses mains moites. Elle l'éteignit.

Il fallait qu'elle trouve un plan. Elle devait bien pouvoir faire quelque chose… aller quelque part !

L'inspiration vint soudainement, comme si l'ange gardien qui l'avait oubliée s'était inopinément souvenu d'elle. Elle avait toujours dans sa poche la serviette en papier sur laquelle elle avait noté une adresse située à San Antonio, à quelques heures d'ici.

L'homme l'avait appelée pour lui demander conseil pour langer un bébé… Il ne pouvait pas être dangereux. Et peut-être pourrait-il trouver Robert, et la sauver de cet enfer.

Enfin, pas complètement. Tessa frotta ses yeux fatigués. Même si Robert réapparaissait, elle aurait encore bien des problèmes à régler. Mais elle se soucierait de cela plus tard.

Elle se dirigea vers la gare routière, avec en poche juste assez d'argent pour se rendre à San Antonio, espérant qu'elle n'était pas en train de commettre la plus grave erreur de sa vie.

4

Brax bénissait le ciel d'avoir appris ce que signifiait langer un bébé.

Le sommeil entrecoupé de la nuit dernière n'avait rien de commun avec celui qui était le sien d'habitude, mais c'était infiniment mieux que les courts instants de repos qu'il avait réussi à grappiller depuis que Walker était entré dans sa vie.

Brax n'était pas préparé à cela. Pour commencer, il n'avait jamais prévu d'avoir un enfant. Et même si cela avait été le cas, on avait généralement le temps de se faire à cette idée et de s'organiser.

Il arrivait rarement que l'on vous colle un bébé dans les bras sans avertissement, et sans possibilité pour vous de refuser.

— Pourquoi n'appellerais-tu pas une agence de *baby-sitters* ? proposa Maci.

Elle allait et venait tout en berçant Walker. Même si Chance considérait Maci comme une empêcheuse de tourner en rond et était ravi que son attention soit accaparée par le bébé, pour Brax, elle était une sainte.

— Ce n'est pas une mauvaise idée, reconnut Weston.

Brax poussa un long soupir.

— Je ne sais absolument pas comment faire pour recruter une *baby-sitter*. Je n'ai aucune expérience en la matière !

— C'est l'intérêt d'une agence. Ils sélectionnent les candidatures pour toi. Tout ce que tu as à faire, c'est dire oui ou non lorsque tu vois la personne, expliqua Maci. Enfin, c'est une simple proposition.

— Et elle est très judicieuse, renchérit Weston.

Et quand Weston décidait quelque chose, c'était réglé.

— D'accord. Allons-y.

Brax se laissa aller en arrière dans son siège et ferma les yeux.

— Si cela signifie que je peux dormir de temps en temps, et que je peux venir travailler sans traîner le bébé et tout son matériel, je suis d'accord. Ça ne peut pas durer comme ça.

Weston s'assit sur le coin du bureau de Brax, tenant les documents envoyés par Robert.

— J'ai étudié tout cela.

— Et ?

— Ce n'est pas très surprenant, mais c'est n'importe quoi.

Il désigna la signature à côté du nom dactylographié de Brax.

— C'est manifestement un faux.

— Oui. Robert a fait preuve de créativité, n'est-ce pas ?

— Et ce Raymond Volver, le juge qui a signé ces papiers sans jamais te voir ? Très louche.

— C'est le cousin de Robert, par la branche maternelle. Et je peux affirmer que c'est grâce à lui que mon demi-frère n'est pas en prison ! Il passe son temps à tenter de réparer les écarts de conduite de Robert.

— Je suis presque certain qu'un juge impartial invaliderait ce document.

Brax hocha lentement la tête, tout en fixant le mur du regard.

— Oui. Mais nous savons tous très bien ce qui arrive lorsque la garde est révoquée. Walker va être confié à une famille d'accueil.

Weston posa la main sur l'épaule de Brax, pour lui signifier qu'il le comprenait : aucun d'entre eux ne voulait voir cela arriver.

— Nous allons retrouver Robert et déterminer quelle est la meilleure solution… pour Walker et pour toi.

Brax posa la main sur celle de Weston. Maci arpentait la pièce adjacente avec Walker dans les bras, et le bébé faisait des petits bruits de succion dans son demi-sommeil.

L'atmosphère était douce et paisible. Et malgré sa fatigue et son irritation envers Robert, Brax sourit.

Robert mis à part, Walker était la seule personne avec laquelle il partageait des liens de sang. Non qu'il se sente seul. Cela ne lui était plus jamais arrivé depuis qu'il avait été recueilli par les Patterson, qui lui avaient appris ce que signifiait le mot famille.

Mais Walker était de son sang. Et Brax ne pouvait pas le laisser partir dans une famille d'accueil... pas avec son histoire.

À la fin de la matinée, il fut clair que tout le monde avait besoin de faire une pause. Luke, qui passait le plus clair de son temps avec sa fiancée, n'était toujours pas arrivé. Chance était parti acheter des couches et du lait, Weston était sorti pour les besoins d'une enquête, et Maci s'était portée volontaire pour aller chercher à manger.

Brax était seul avec Walker.

Au moins, le bébé dormait, bien langé, dans le siège-auto. Il était tellement plus mignon lorsqu'il était ainsi ! Était-ce mal de penser cela ?

Une voix féminine, douce, s'éleva dans l'entrée.

— Il y a quelqu'un ?

Il se leva d'un bond, ne serait-ce que pour empêcher la nouvelle venue de réveiller Walker.

— Bonjour ! Que puis-je pour vous ? demanda-t-il en refermant la porte derrière lui.

Elle était très belle. Ce fut ce qui le frappa tout d'abord. Petite et mince, avec des traits délicats. Des cheveux châtains tirés en une queue-de-cheval. Une bouche aux lèvres pleines, et des yeux bruns qui soutinrent son regard.

Elle avait l'air confuse. Fatiguée. Troublée.

Immédiatement, quelque chose se serra dans sa poitrine. Il voulait l'aider. Il avait besoin de l'aider.

Elle ouvrit la bouche puis la referma. Elle fronça les sourcils et répondit :

— Hum...

Il attendait en la regardant. Elle portait un sac bon marché en imitation cuir sur une épaule, et une de ses mains serrait nerveusement la bandoulière. Elle se mordait la lèvre inférieure.

Elle était visiblement anxieuse. Il la considéra avec attention, observant le moindre de ses mouvements, la moindre de ses expressions. Elle le faisait penser à un oiseau blessé.

S'il était trop brusque ou trop pressant, l'oiseau s'envolerait.

— Vous voulez vous asseoir ? Boire quelque chose ?

— Avec plaisir. Un verre d'eau ?

Était-ce une question ? Pourquoi était-elle si hésitante ?

Il allait le lui demander lorsqu'un bruit maintenant familier résonna dans le bureau à côté.

— C'est Walker ? demanda-t-elle, alors que son regard se détachait du visage de Brax pour la première fois depuis qu'ils s'étaient rencontrés.

Brax se raidit.

— Qui êtes-vous ? Et comment connaissez-vous le prénom du bébé ?

Malgré le ton incisif sur lequel il avait posé la question, elle répondit de bonne grâce :

— Je m'appelle Tessa. Nous nous sommes parlé au téléphone hier. Je vous ai expliqué qu'il fallait langer le bébé. Vous vous souvenez ?

Il se détendit. Maci avait dû appeler l'agence dont elle leur avait parlé, et ils s'étaient probablement adressés à Tessa puisqu'elle avait déjà pris soin de Walker.

— Bien sûr ! Je suis désolé d'avoir eu l'air si soupçonneux. Les jours passés ont été durs !

— Je comprends.

Elle désigna son bureau, levant les sourcils en une question silencieuse, et il hocha la tête.

Elle se précipita vers le bébé.

— Hé, Walker !

Elle parlait d'une voix douce, tout en défaisant les lanières qui maintenaient le nourrisson.

— Comment va mon bébé ? Mais tu pleures ?

Ce fut magique. Dès que Walker fut dans ses bras, il se calma.

— Voilà, murmura-t-elle en caressant sa joue duveteuse d'un doigt et en lui souriant. Tu m'as manqué, petit.

— Vous êtes incroyable avec lui, murmura Brax. Il vous apprécie.

Elle devait avoir à peine plus de vingt ans, et pourtant elle s'occupait du bébé comme si c'était tout à fait naturel pour elle. Il supposait que certaines personnes avaient ça dans le sang.

Lorsque ses frères revinrent et que Maci arriva avec le repas, Tessa avait nourri et changé Walker, et le berçait pour l'endormir.

— Attendez ! s'exclama Luke en s'immobilisant devant la porte du bureau de Brax. J'avais entendu dire qu'il y avait un bébé, mais je pensais que c'était une blague.

— Waouh, l'agence a fait vite ! murmura Weston à Brax pendant que Luke et Chance se présentaient à Tessa.

— Je sais. Mais il était temps ! répondit Brax en roulant la tête et en se frottant le cou.

Pourquoi avait-il si mal ? C'était incroyable tous les dégâts que pouvait faire un bébé !

— Nous pouvons vous installer dans la salle de conférences, proposa Weston... si cela ne vous dérange pas de travailler dans ces locaux, je veux dire.

— Pas du tout.

Tessa regarda Brax avec un sourire.

— Walker est bien entouré !

— Oui. Mes frères sont toujours prêts à accourir et à aider. Mais nous avons beaucoup de travail, et Robert a laissé Walker chez moi sans me prévenir.

Tessa détourna le regard, mais pas assez vite pour cacher la grimace qu'elle fit à l'évocation du nom de Robert.

Brax la comprenait. Étant donné la manière dont son visage s'était éclairé lorsqu'elle avait vu le bébé, il était évident qu'elle était attachée à Walker, et qu'elle ne parvenait pas à croire que Robert ait pu faire une chose aussi stupide qu'abandonner son fils.

Il ne pouvait qu'être d'accord avec elle.

Il la laissa dans la salle de conférences, alors qu'elle chantonnait doucement pour aider le bébé à s'endormir. Il y avait quelque chose de si doux et si parfait à voir Tessa et Walker ensemble qu'il ne put s'empêcher de les regarder par-dessus son épaule. Puis, bien à contrecœur, il se força à retourner dans son bureau.

5

Tessa tenait enfin son fils dans ses bras.

Elle dut fournir un effort surhumain pour ne pas éclater en sanglots, mais devant les frères Patterson, ce n'était pas possible. Ils lui poseraient trop de questions.

Des questions auxquelles elle n'aurait pas de réponse.

Tessa enfonça le nez dans la joue chaude et duveteuse de son bébé et s'enivra de son odeur.

Il était tellement plus grand qu'elle ne l'avait imaginé… et elle l'avait imaginé tant de fois ! Tous les jours, tout le temps… à chaque fois qu'elle croisait un bébé dans la rue, dans la cafétéria où elle travaillait, dans les maisons où elle faisait le ménage… Où qu'elle soit, voir un nouveau-né, l'entendre, ou simplement remarquer des traces de sa présence faisait venir des larmes à ses yeux.

Il était si beau ! Il avait ses yeux, noirs et profonds. Elle n'avait pas le moindre doute qu'il connaissait tous les secrets de l'univers et possédait toute la sagesse du monde…

Il avait perdu les cheveux fins et clairsemés qu'il avait à la naissance. Ceux qui poussaient maintenant étaient châtain foncé, comme les siens, avec des reflets auburn qui la faisaient penser à sa mère.

Elle déposa un baiser sur son front et ferma les yeux tout en remerciant le ciel. Elle avait à nouveau son fils dans ses bras.

— Tu m'as manqué, murmura-t-elle à son oreille. Je t'aime tant. Tu le savais ? Je t'aime. Je t'aime. Ta maman t'aime.

C'était un cadeau inimaginable, qui valait bien le voyage en car depuis Eagle Pass, et la nuit passée à dormir à la gare routière. Enfin, elle pouvait être avec son fils qu'elle n'avait pas vu depuis trois mois !

Les trois mois les plus longs de sa vie.

Deux des frères Patterson étaient en train de discuter non loin de la salle de conférences. Elle leva les yeux vers eux, intriguée. Qui étaient-ils vraiment ? Quelle était l'histoire de Brax ?

Il lui avait expliqué que Robert était son frère, mais il lui avait dit la même chose des autres Patterson. Étaient-ils tous apparentés à Robert ? Non seulement Robert ne lui avait jamais parlé d'eux, mais les Patterson avaient tous des origines ethniques différentes. Qui avait des liens de sang avec qui ?

Lequel d'entre eux pouvait potentiellement obtenir la garde de Walker, lui prendre son fils, s'il prouvait à un juge qu'il était de la même famille que l'enfant ?

En qui pouvait-elle avoir confiance ?

Si, ainsi que Brax l'avait dit, Robert était son demi-frère, il y avait plus de différences que de similarités entre eux. Et pas seulement physiques, même si cela était clairement apparu à Tessa à la seconde où elle avait posé les yeux sur l'oncle de son bébé. Brax avait une stature impressionnante. Il était grand, mince, les épaules larges. Il semblait prendre soin de son corps et veiller à rester en bonne forme physique. Il avait un regard pénétrant dont elle se disait qu'il pouvait tout aussi bien inspirer la confiance que la peur, en fonction de ses intentions.

Elle avait l'impression qu'il ignorait qu'elle était la mère de Walker, et qu'il pensait qu'elle avait été envoyée ici par quelqu'un. Elle l'avait entendu faire mention d'une agence dans un échange avec l'un de ses frères. Elle n'allait pas le détromper pour l'instant, puisqu'elle ignorait si Robert avait parlé d'elle.

Et ce qu'il avait bien pu dire…

Non, il n'y avait aucun doute à avoir à ce sujet : s'il l'avait évoquée, il avait dû expliquer à Brax la même chose qu'au juge : qu'elle était une droguée incapable d'assumer la charge d'un enfant.

Et une fois de plus, il oublierait de mentionner que c'était lui qui l'avait droguée à son insu et qui avait ensuite soudoyé des témoins pour qu'ils viennent déposer contre elle.

Elle serra un peu plus Walker contre elle. Elle avait si souvent craint de ne plus jamais pouvoir le faire !

Pourquoi Robert s'était-il donné tant de mal pour obtenir la garde du bébé, si c'était pour ensuite s'enfuir en le laissant à Brax ?

Walker commença à s'agiter, comme s'il sentait la direction qu'avaient prise ses pensées. Elle bouillait de colère à chaque fois qu'elle pensait à ces moments affreux. Son impuissance, la sensation d'être le jouet de Robert... tout cela la rendait malade.

Walker gémit.

— C'est bon, mon chéri, murmura-t-elle.

Le simple fait de le regarder lui faisait oublier tout ce qui l'avait blessée, l'avait mise en rage.

Maintenant, elle devait trouver une façon de le garder. Elle ne voulait plus le laisser partir à nouveau. Elle en était incapable.

Maci vint la voir peu de temps après que Walker se fut endormi. Elle lui avait fait bonne impression... C'était comme si elle avait une alliée dans ce nouvel environnement.

— Comment va-t-il ? murmura Maci avec un sourire.

— Bien. Il est calme maintenant.

Tessa s'interrompit avant de remercier Maci d'avoir pris soin de Walker. Elle se serait trahie. Que Maci soit son alliée ou non, Tessa ne savait pas ce qu'elle pouvait lui révéler.

— Il est vraiment mignon ! s'exclama Maci. S'il pleure, je pense que c'est parce qu'il est malheureux. Mais cela va beaucoup mieux depuis que vous êtes arrivée !

— J'en suis très heureuse.

Tessa poursuivit en regardant par-dessus l'épaule de Maci :

— Qui sont les Patterson ? Ils ont l'air de prendre le bien-être du bébé très à cœur.

Maci s'assit à la table de conférence avec un sourire bienveillant.

— Robert, le frère de Brax, lui a donné la garde du bébé.

Tessa dut ravaler sa colère : pourquoi Robert lui avait-il enlevé Walker, pour ensuite le laisser à son frère ?

— Ce sont des types bien, poursuivit Maci. Ils ont fondé cette agence. Je pense qu'ils sont tous nés avec un instinct de protection particulièrement développé. C'est naturel pour eux.

Cela pouvait en partie expliquer pourquoi ils se préoccupaient du bien-être de Walker. Mais étaient-ils dignes de confiance ?

— Ils sont frères ? demanda-t-elle.

— Oui. Ils ont tous été adoptés.

Maci se pencha et parla plus doucement :

— Ils allaient tous de famille d'accueil en famille d'accueil jusqu'à ce que les Patterson leur offrent un foyer.

Cela expliquait bien des choses et rassurait Tessa. Était-ce la raison pour laquelle ils voulaient s'occuper de son bébé ? Pour que Walker ne connaisse pas le même sort qu'eux ?

Maci se leva précipitamment en entendant le téléphone sonner dans son bureau, et Tessa fut heureuse de se retrouver seule pour pouvoir réfléchir.

Les frères Patterson tenaient une agence spécialisée dans la sécurité et la protection des personnes. Cela signifiait que si elle s'enfuyait avec Walker, ils allaient probablement la rattraper en un rien de temps... d'autant plus qu'elle n'avait pas d'argent, et pas d'amis à San Antonio.

Ni nulle part ailleurs.

— Hé...

Elle se retourna. C'était Brax. Elle rougit et sentit un sentiment de culpabilité l'envahir, ce qui était totalement irrationnel : Walker était son fils. N'était-il pas normal qu'elle ait envie de le garder ?

— Hé !

Elle se força à sourire.

— J'ai préféré le garder dans mes bras. Je craignais qu'il se réveille si je le couchais.

Il sourit.

— Oui, je comprends. Je suis encore tout endolori à force de le porter ! déclara-t-il en s'étirant.

Je doute fort que des bras aussi puissants se fatiguent si vite !

— Vous avez l'air bien rêveuse !

Cette réflexion la tira des pensées incongrues qui lui étaient venues à l'esprit en regardant Brax.

— Non... Je...

Il entra dans la pièce et s'assit en face d'elle. Il semblait à l'aise, amical. Une des compétences qu'elle avait acquises dans son travail de serveuse était de savoir lire le langage corporel... et de rester à l'écart des clients qui allaient certainement devenir trop entreprenants à son goût.

Brax ne se méfiait pas d'elle, ce qui était à la fois touchant, et naïf de sa part. Il ne savait rien d'elle. Il s'était contenté de faire des suppositions, et elle profitait de la situation.

— Vous allez bien ? demanda-t-il en fronçant les sourcils.

Il la dévisageait de son regard brillant, pénétrant, et elle avait l'impression qu'il voyait en elle. Pourquoi ressentait-elle ces picotements dans tout le corps ? Était-ce la culpabilité ?

Elle posa Walker contre son épaule.

— Bien sûr.

— C'est simplement que lorsque vous êtes entrée un peu plus tôt je pensais que vous étiez une cliente, et j'ai eu le sentiment que vous aviez des ennuis. C'est peut-être une déformation professionnelle, mais j'ai l'habitude de faire attention à ce genre de choses.

Elle hocha la tête, alors que ses pensées allaient à toute allure. Elle essayait de déterminer s'il était sincère, ou s'il la testait comme le faisait Robert, la torturant comme un chat jouant avec une souris.

Brax ne la croirait jamais si elle lui racontait ce que son frère lui avait fait. Après tout, elle n'était personne. Une étrangère.

Et s'il apprenait qu'elle n'était pas envoyée par l'agence de *baby-sitters*, il lui enlèverait Walker. Elle ne pouvait pas laisser cela arriver ! Elle devait faire tout ce qui était en son pouvoir pour garder Walker dans ses bras.

Alors, elle mentit.

— Je pensais à mes parents, je suppose. Cela m'arrive souvent en ce moment, et je me sentais triste. Ils me manquent.

— Je pense que tenir Walker dans vos bras ne fait qu'exacerber ce sentiment.

Était-il en train de jouer avec elle ? Elle ne le pensait pas... ou peut-être n'avait-elle pas envie de le croire. C'était trop compliqué, et elle était si fatiguée !

— Oui, je suppose.

Elle aurait aimé serrer le bébé un peu plus fort contre elle, mais elle savait que cela l'aurait trahie.

— En tout cas, jusque-là, je trouve que le courant passe très bien entre Walker et vous. Vous êtes un don du ciel !

— Merci.

Voilà, c'était le moment où il allait ajouter le « mais ». *Vous vous occupez très bien de lui, mais je n'ai pas besoin de vous. Vous êtes un don du ciel, mais je préférerais ne plus vous voir ici.*

— Vous êtes libre demain ?

Elle écarquilla les yeux avant d'avoir la présence d'esprit de masquer sa surprise.

— Oui.

— Et le reste de la semaine ? demanda-t-il avec un sourire un peu penaud... et charmant. Vous voyez à quel point nous sommes occupés ici. Cela fait plusieurs jours que j'essaie de m'occuper de Walker tout en travaillant, et je n'y arrive pas.

— Oui, je suis libre.

Elle aurait accepté n'importe quoi pour pouvoir être avec son fils.

— Aussi longtemps que vous voudrez, ajouta-t-elle.

C'était presque un rêve. Les Patterson lui avaient même donné à manger tout à l'heure.

Jamais elle ne s'était sentie aussi en sécurité et heureuse depuis que Robert lui avait enlevé son fils.

Mais les bonnes choses avaient une fin. À 18 heures, les Patterson se préparèrent à partir. Elle devait s'en aller elle aussi, même si elle ne savait pas où elle allait dormir. Elle ne pouvait tout de même pas se cacher dans les toilettes en attendant qu'ils ferment l'agence, ni camper sous la table de la salle de conférences !

— Bonne soirée. Et merci pour tout, lui dit Brax avec un dernier signe de la main avant de se diriger vers une voiture garée près du bâtiment.

Tessa s'éloigna lentement et, jetant un coup d'œil par-dessus son épaule pour vérifier qu'il ne le regardait pas, se faufila dans une petite allée entre deux bâtiments.

De là, elle l'observa un instant pour savoir comment il se comportait avec Walker. Mais il n'y avait aucun sujet d'inquiétude à avoir : Brax était doux avec le bébé, et il fixa le siège-auto dans la voiture tout en lui parlant calmement. Elle ne percevait pas exactement ce qu'il disait, mais les mots importaient peu.

Elle poussa un soupir de soulagement avant de s'enfoncer dans l'allée, afin qu'il ne la remarque pas lorsqu'il passerait devant.

Où pouvait-elle bien aller maintenant ? Elle savait sans même avoir à compter qu'il ne lui restait plus assez d'argent pour se payer une nuit d'hôtel, ce qui était la raison pour laquelle elle avait dormi à la gare routière.

Mais elle ne pouvait pas y retourner. La police risquait de l'embarquer cette fois-ci.

Cela lui laissait l'allée. Elle était assez calme, plutôt propre, et il n'y avait pas de rats, ni de relents d'urine.

Cela irait pour le moment.

Elle posa son sac contre le mur et s'assit, s'adossant contre lui pour protéger le peu qu'il contenait des voleurs potentiels. Elle était encore comme enivrée par la joie d'avoir revu son fils, de l'avoir à nouveau tenu dans ses bras et repassait dans son esprit tous les souvenirs du jour.

Elle s'endormit avec un sourire, assise dans une allée étroite.

6

Tessa avait passé une semaine de rêve. Une semaine à savourer la joie d'être à nouveau avec son fils, de pouvoir jouer avec lui, de le câliner, de lui chanter des chansons qui le faisaient sourire, de le regarder dormir…

Elle profitait pleinement de chaque instant.

Elle avait également passé la semaine à dormir dans l'allée, et à faire sa toilette dans les sanitaires d'une station-service. Se laver les cheveux dans le lavabo avait été… une expérience intéressante. Mais tout cela en valait la peine parce qu'elle était avec son bébé.

Maci était toujours la première à arriver au bureau, souvent avec un paquet de donuts ou de bagels. Tessa la suivait immédiatement et répondait aux questions qu'elle lui posait sur sa soirée en inventant des histoires, avant de vite intervertir les rôles.

Maci était attentionnée et bienveillante… et rigoureuse, à en juger par la façon dont elle parvenait à discipliner les quatre frères, qui avaient pourtant l'air particulièrement déterminés.

Tessa avait surpris une conversation entre Chance et Brax. Ils plaisantaient en parlant de leur mère, disant qu'elle serait certainement furieuse si elle apprenait que Brax avait la garde d'un bébé, et que personne ne l'en avait informée. Cette femme avait certainement une forte personnalité : il ne fallait pas avoir froid aux yeux pour adopter quatre adolescents !

Tessa avait établi ses quartiers dans la salle de repos. La pièce était plus confortable que la salle de conférences, que ce soit pour elle ou pour Walker.

Le réfrigérateur se trouvait là, tout comme le micro-ondes dont elle se servait pour réchauffer les biberons. Tessa aurait de loin préféré pouvoir le faire avec une simple casserole d'eau chaude, mais il fallait savoir s'adapter.

Et par exemple se laver à l'éponge à la station-service.

Le fait d'être installée dans la salle de repos lui avait permis de faire connaissance avec chacun des frères, tous s'y rendaient régulièrement. Ils semblaient s'intéresser réellement à Walker.

Weston avait confirmé ce que Maci lui avait dit.

— Nous tenons tous à ce que Walker ait une famille stable, avait-il expliqué tout en buvant une tasse de café. Nous avons eu de la chance, mais ce n'est pas le cas de tout le monde. Peu d'enfants sont adoptés par des personnes bienveillantes et qui ont assez de patience pour rattraper des années difficiles.

Elle avait le cœur lourd en songeant à tout ce qu'ils avaient dû subir.

Mais ils s'en étaient merveilleusement bien sortis. Ils auraient pu en vouloir au monde entier après ce qu'ils avaient enduré. Mais au lieu de cultiver un désir de vengeance, ils avaient voulu aider les gens, les protéger. Ils en avaient fait leur mission.

Et c'était cela qui les avait rendus particulièrement attentifs à ce qui pourrait se passer si Brax ne conservait pas la garde du bébé.

Brax. À chaque fois qu'elle pensait à lui, elle combattait l'envie de sourire. Qu'y avait-il en lui qui lui donnait envie de réagir de la sorte ? Était-ce sa voix ? Elle la reconnaissait déjà entre toutes, même si cela ne faisait que quelques jours qu'elle l'entendait. Ou était-ce son eau de toilette ? Son cœur se serrait à chaque fois qu'elle en sentait le parfum.

Tous ses sens étaient centrés sur lui. Elle passait son temps à attendre qu'il passe la tête dans l'embrasure de la porte, elle espérait le croiser lorsqu'elle était dans le couloir...

Il était facile à vivre et prenait visiblement soin de Walker. C'était certainement la raison pour laquelle elle s'intéressait tant à lui.

Mais qu'il soit facile à vivre ou non, Brax la renverrait immédiatement s'il apprenait qui elle était vraiment.

Il était clair qu'il n'appréciait pas Robert. À chaque fois que quelqu'un mentionnait le père de Walker, Brax avait une moue désapprobatrice. Avait-il conscience de cette réaction ? Probablement pas. Il n'avait jamais vraiment parlé de son frère, mais l'expression de son visage était éloquente.

Cela ne signifiait pas pour autant que Brax la croirait si elle tentait de lui expliquer tout le mal que Robert lui avait fait. Il ferait primer l'intérêt de Walker, et pour lui, cela voudrait dire éloigner une mère prétendument droguée.

Tessa se rapprocha de Walker et se baissa pour lui caresser le dos. Il détestait être à plat ventre, mais tous les articles de puériculture qu'elle avait lus s'accordaient à dire que c'était essentiel pour le développement de ses muscles. Elle se raidit malgré elle lorsque le parfum de Brax annonça son arrivée.

— Allons, petit, dit-elle à Walker, pousse sur tes bras !

Brax s'appuya contre l'encadrement de la porte et rit en voyant son neveu lutter pour se soulever.

— C'est bien, petit, travaille un peu tes biceps !

Elle sentit son cœur se serrer lorsqu'il mima le geste de ses bras musclés.

Le pire était qu'il faisait tout cela naturellement, sans chercher à capter son attention. Il ne se mettait pas en avant et ne flirtait pas. Il avait simplement bien plus de charme qu'il n'était permis.

Et un corps impressionnant.

Robert était enjôleur au début, lorsqu'il cherchait à la mettre dans son lit. Il avait même réussi à lui faire croire qu'il l'aimait… jusqu'à ce qu'il lui prouve qu'elle s'était bien trompée !

À ce souvenir, elle eut l'impression que l'on déversait un seau d'eau glacée sur sa tête. Il fallait qu'elle soit plus prudente cette fois.

L'expression du visage de Brax devint sérieuse. Avait-il lu dans ses pensées ? Bien sûr que non.

Mais cela ne l'empêchait pas de se sentir particulièrement mal à l'aise lorsqu'il la regardait de cette manière, et de se dire qu'elle devait s'enfuir vite avant que Brax ne devine qui elle était.

— Il faut que je voie comment vous payer.

Oh ! c'était ça ? Elle en rit presque de soulagement mais s'arrêta à temps. Cela n'aurait pas été une réaction appropriée.

— Je suis tellement heureuse de m'occuper de ce petit bout que cela m'était presque sorti de l'esprit !

Il fronça un peu plus les sourcils.

— Mais il faut que je vous paie.

— Bien entendu.

— Je n'ai reçu aucun papier de l'agence. Personne ne m'a contacté, et je ne sais pas comment faire.

Effectivement. L'agence fantôme.

— J'ai emménagé à San Antonio il y a peu de temps, répondit-elle avec un haussement d'épaules.

Arriverait-elle à mentir de façon convaincante ? Il le fallait, car il était perspicace.

— Peut-être que la banque n'a pas encore communiqué les coordonnées de mon nouveau compte. Le plus simple serait que vous me payiez directement, et l'agence me facturera la part qui lui revient.

Il n'accepterait jamais.

— Bien sûr. Vous voulez du liquide, puisque votre compte en banque n'est pas complètement opérationnel ?

Waouh ! Soit il était distrait, soit il était moins clairvoyant qu'elle ne le pensait.

— Pas de problème.

Elle pourrait enfin s'acheter à manger, et quelques vêtements.

— Bien. Demain, je vous donnerai le salaire de la semaine. Cela vous va ?

— Tout à fait.

C'était parfait ! Était-il possible que les choses soient si faciles ?

Il se détourna, puis pivota pour lui faire face.

— Je ne sais même pas comment vous contacter en cas de besoin.

Elle dut se retenir pour ne pas se prendre le visage à deux mains. Elle ne pouvait tout de même pas lui donner l'adresse de l'allée !

Vous me trouverez facilement : il suffit de tourner à droite en sortant, puis encore à droite dans la petite allée. À côté de la troisième poubelle à gauche.

Il avait son numéro de téléphone, même si elle avait laissé son portable éteint depuis son départ d'Eagle Pass. Mais que donner comme adresse ?

Elle écrivit la première qui lui vint à l'esprit : Pine Street... Il devait bien y avoir une rue portant ce nom à San Antonio ! Elle devait prendre ce risque.

— Merci.

Il glissa le bout de papier dans sa poche avant de se passer la main dans les cheveux.

— Désolé, je dois penser à tellement de choses en ce moment ! Nous venons d'apprendre qu'un petit trafiquant de drogue que nous avions aidé à mettre sous les verrous et qui avait été libéré sous caution n'a pas respecté les obligations de son contrôle judiciaire. Nous essayons de le retrouver pour éviter que sa situation ne s'envenime.

— Effectivement, vous devez être occupés !

Il hocha la tête.

— Oui. Nous préférerions que la police n'intervienne pas, puisque cet homme n'est pas vraiment dangereux. Il vaudrait mieux pour lui que nous le trouvions les premiers, et que nous le convainquions de se rendre.

— Je vois...

Non seulement elle comprenait mieux qui étaient les frères Patterson, mais le fait de savoir que toute leur attention était focalisée sur une affaire importante lui permettait de souffler un peu. Il n'était pas étonnant que Brax soit prêt à accepter la première excuse qui lui était venue à l'esprit pour expliquer que l'agence ne l'ait pas contacté.

L'heure de partir arriva, et Tessa se prépara pour une autre nuit dans l'allée. Lorsque Brax sortit en portant le siège-auto, elle glissa deux bouteilles d'eau dans son sac et le suivit. Maintenant qu'elle savait qu'elle allait être payée, l'idée d'avoir à dépenser le peu d'argent qui lui restait lui était moins difficile. Peut-être que ce soir, elle s'achèterait un peu de pain et du beurre de cacahouètes.

— Bonne nuit, petit.

Elle s'arrêta avant de poursuivre : *je t'aime. Ta maman t'aime tant…* ces mots qu'elle lui murmurait lorsqu'ils étaient seuls.

— Vous voulez que je vous dépose quelque part ?

Brax était, comme à l'accoutumée, tout sourires. Elle le trouva tellement charmant qu'elle aurait aimé pouvoir accepter sa proposition.

— Non, merci.

Instantanément, la paume de ses mains devint moite. Elle humecta ses lèvres sèches et espéra qu'il faisait moins attention qu'elle au langage corporel. Parce que si c'était le cas, il avait sans aucun doute remarqué qu'il y avait un problème.

— Non, merci, répéta-t-elle. J'aime marcher.

— Vous n'habitez donc pas trop loin ?

— Non.

Avait-elle eu l'air aussi détaché qu'elle l'espérait ? Elle sentit son sang se glacer lorsqu'il fronça les sourcils, comme s'il commençait à assembler mentalement les pièces d'un puzzle.

— Cela vous dérangerait si je vous appelais tôt demain matin ? finit-il par demander. Je ne sais pas exactement à quelle heure. Avec cette affaire, nous sommes constamment sur le qui-vive : nous ne savons ni où ni quand nous allons mettre la main sur ce type.

Le soulagement l'envahit.

— Bien entendu. Pas de problème.

— Donc, vous êtes d'accord ? Je paierai les heures supplémentaires le double.

Elle allait passer plus de temps avec Walker et gagner plus d'argent ? Comment aurait-elle pu refuser cela !

— Pas de problème. Je surveillerai mon téléphone.

Mais lorsqu'il appellerait, elle devrait veiller à ne pas rester longtemps en ligne, pour éviter que ceux qui traquaient Robert ne la retrouvent.

— Merci.

Il la gratifia d'un large sourire avant de faire un signe de la main et de retourner vers sa voiture. Son propre sourire s'attarda sur son visage longtemps après qu'il fut parti...

Il était particulièrement malaisé de faire une nuit de sommeil complète dans une allée, même si l'endroit était tout compte fait propre et calme. Il faisait toujours nuit, et le soleil ne s'était pas levé lorsque la sonnerie du téléphone de Tessa retentit. Elle se redressa immédiatement, le cœur battant.

Lorsqu'elle trouva enfin son portable, elle apprit deux choses : il était 2 heures du matin, et c'était Brax qui l'avait tirée d'un sommeil très léger.

— Allô ?

— Tessa, je suis vraiment désolé de vous réveiller de la sorte, mais nous avons du nouveau sur notre affaire, et nous pensons savoir où trouver le type. Il faut que nous y allions tous les quatre. Je peux venir vous chercher chez vous ? Je vous déposerai à l'agence avec Walker.

— Non, non, ça ira. Je vous retrouverai à l'agence dans un quart d'heure.

Elle posa la main sur son téléphone lorsqu'une voiture passa dans la rue.

— J'y serai dans cinq minutes, répondit-il avant de raccrocher.

Elle ignora les messages laissés par le propriétaire de la

cafétéria, qui voulait certainement savoir pourquoi elle ne s'était pas présentée à son travail, et jeta précipitamment ses affaires dans son sac : ce qui lui restait du pain et du beurre de cacahouètes, et une demi-bouteille d'eau. Il ne fallait surtout pas que Brax la voie ici !

Dans sa précipitation, elle lâcha son portable, qui heurta le sol assez violemment pour qu'il cesse de fonctionner.

— Non !

Des larmes brûlantes lui vinrent aux yeux. Elle ne pouvait pas se permettre de ne pas avoir de téléphone. Sinon, comment Brax pourrait-il la contacter lorsqu'il aurait besoin d'elle ?

Elle avait à peine atteint la porte de l'agence qu'il s'arrêtait devant le bâtiment.

Il sortit de son véhicule et alla ouvrir la portière arrière pour détacher le siège-auto.

— Merci, merci, merci ! Vous ne pouvez pas savoir quel service vous me rendez ! s'exclama-t-il.

Son bras la frôla alors qu'il entrait à la hâte le code qui déverrouillait la porte.

S'il trouva étrange qu'elle soit arrivée aussi vite à l'agence, il n'en dit rien.

— Je reviendrai dès que possible, je vous le promets. Merci encore.

— Avec plaisir.

Elle prit le siège-auto dans lequel Walker était en train de dormir, et entra dans l'agence.

Avant de ressortir, Brax déposa un léger baiser sur son front. Puis, sans rien dire, il partit.

Sa tête se mit à tourner sous l'effet de la surprise… et du plaisir. Elle qui se sentait glacée quelques minutes plus tôt avait maintenant l'impression que tout son corps était envahi par la chaleur.

Elle regarda Brax s'éloigner et resta longtemps les yeux dans le vague après que les feux arrière de son véhicule eurent disparu. Sans réfléchir, elle éteignit la lumière, encore tout étourdie par ce baiser. Il était innocent et pur. Alors, pourquoi lui avait-il fait l'effet d'une bombe ? Pourquoi avait-elle toujours la sensation de ses lèvres sur sa peau ?

Cela faisait si longtemps qu'elle n'avait plus été touchée avec tendresse... même si simplement et si légèrement. Robert n'avait jamais vraiment été ni attentionné ni affectueux. Dès qu'il avait réussi à la mettre dans son lit, il n'avait plus fait le moindre effort.

Il lui avait pris son fils, et elle était restée seule pendant des mois. Sans famille, sans ami... Personne.

Des pas résonnèrent un instant avant qu'un visage n'apparaisse à la fenêtre. Tessa étouffa un cri et s'enfonça dans l'ombre, priant pour que Walker ne choisisse pas ce moment pour se réveiller. Voir ces yeux durs et froids scruter l'intérieur de l'agence lui donnait la chair de poule.

Un autre homme poussa le premier de côté et essaya d'ouvrir la porte. Il la secoua violemment, mais elle ne bougea pas : Brax avait pris soin de bien la refermer. Dieu merci, elle avait éteint les lumières, et Walker dormait paisiblement !

Elle se plaqua contre le mur, s'enfonçant un peu plus dans l'ombre, et retenant son souffle comme si les hommes à l'extérieur pouvaient l'entendre. Qui étaient-ils ? Certainement pas des amis des Patterson !

— C'est l'endroit où le signal a été repéré, grommela un des deux hommes. Tu es certain qu'il s'est arrêté ?

— Oui.

Celui qui était à la fenêtre hocha la tête, puis considéra le bâtiment avec colère.

— C'est peut-être une erreur. Pourquoi serait-elle ici au beau milieu de la nuit ?

Tessa sentit son cœur se serrer. Ils avaient probablement réussi à localiser son téléphone pendant le court laps de temps où elle l'avait utilisé, et ils étaient là pour elle.

Elle retint son souffle lorsque Walker bougea dans son sommeil.

Tout en continuant à surveiller les hommes au-dehors, elle posa le siège à terre, défit les sangles, et souleva son bébé.

— Chut, bébé, murmura-t-elle en le serrant contre elle.

Retenant son souffle, Walker dans les bras, elle observait les deux individus. Elle craignait de bouger ou même de respirer. L'un d'eux essaya à nouveau d'ouvrir la porte et examina la serrure, avant de tirer très fort sur la poignée.

Finalement, tout en proférant une bordée de jurons, ils se dirigèrent vers une voiture. Et comme elle l'avait fait précédemment avec Brax, elle regarda les feux arrière disparaître dans la nuit. Ensuite seulement, elle put respirer tranquille.

— Merci, murmura-t-elle, rompant le silence qui régnait dans la pièce.

Ses genoux chancelaient alors qu'elle se dirigeait vers la salle de repos. Il n'y avait pas de fenêtre ici. Ils seraient en sécurité. Personne ne pourrait venir lui prendre son fils.

7

Que lui avait-il pris d'embrasser Tessa de la sorte ?

Il aurait dû avoir bien d'autres préoccupations à l'esprit alors qu'il se rendait vers le camping où la compagne de Nick Lomax vivait avec leur fils de trois ans, dans un mobil-home.

Il aurait dû réfléchir à la méthode qu'il allait employer pour encercler le logement et convaincre Nick de se rendre avant que les choses ne dégénèrent.

Surtout lorsqu'une femme était impliquée... sans parler d'un enfant en bas âge.

Et pourtant, alors qu'il sortait de la ville pour se diriger vers le lieu où ses frères et lui s'étaient donné rendez-vous, il ne pensait qu'au baiser qu'il avait donné à Tessa. Il tentait de se persuader qu'il avait été distrait, pressé d'aller travailler. Pour le succès de l'opération, il était essentiel que Nick ne se sente pas menacé, et des quatre frères, Brax était le plus à même de mener à bien les négociations.

Mais les lèvres qui étaient censées convaincre Nick de se rendre étaient encore toutes frémissantes du baiser innocent qu'il avait déposé sur le front de Tessa... Un baiser qui aurait pu être celui d'un époux dévoué disant au revoir à sa femme et son enfant.

Il se passa la main dans les cheveux. Comment pourrait-il réfléchir à la façon dont il pourrait aider Nick à mettre un terme à sa cavale s'il ne cessait de penser à Tessa ?

Et si elle démissionnait à cause de cela ? Il avait eu un

comportement inapproprié, tenant pour acquise une intimité qu'ils ne partageaient pas.

Il ne pourrait pas lui en vouloir si elle décidait d'arrêter de travailler pour lui. D'ailleurs, le simple fait qu'il l'appelle à 2 heures du matin et la sorte du lit était déjà un motif suffisant pour cela.

Il parvint sur le lieu de rendez-vous qui était situé à environ cinq cents mètres du camping.

— Il était temps que tu arrives !

Weston ne lui laissa même pas le temps de se justifier avant de désigner la tablette que tenait Chance.

— Nous étions en train de voir comment nous positionner autour du mobil-home.

— Il faut que je sois devant, décida Brax. Si c'est moi qui dois négocier, c'est l'endroit où je dois me trouver.

— Je serai sur ta droite, et Luke sur ta gauche, annonça Weston. Quant à toi, Chance, tu surveilleras l'arrière, au cas où Nick tente de s'échapper par une fenêtre. Ne quittez pas le mobil-home des yeux : il arrive qu'il y ait des issues par le plancher. Nick pourrait tenter de s'enfuir par là pendant que nous regardons ailleurs.

— Tout va bien ? demanda Luke lorsqu'il croisa le regard de Brax, avant de braquer le faisceau de sa lampe torche sur lui.

— Ça allait très bien jusqu'à ce que tu m'éblouisses, répliqua Brax en se protégeant les yeux de la main. J'ai dû m'occuper de Walker avant.

— Oui, c'est vrai, concéda Weston sur un ton d'excuse.

Il était presque 2 h 45 lorsqu'ils garèrent leurs véhicules le long de la clôture du camping. Brax veilla à diriger le faisceau de sa lampe torche en direction du sol alors qu'ils s'approchaient de leur cible.

— Nous ignorons si sa compagne et son fils sont à l'intérieur, leur rappela Chance dans leurs oreillettes, alors qu'il prenait position à l'arrière du mobil-home.

Brax aurait parié que oui. Il voyait des jouets et une petite piscine gonflable devant le mobil-home. Et une voiture était garée à proximité. Toute la famille était vraisemblablement là.

Il garda cela à l'esprit tout en s'approchant de la porte. Après s'être assuré que tous ses frères étaient en place, il frappa.

— Nick Lomax ? Sortez.

Il était important qu'il parle d'une voix ferme mais pas trop menaçante pour ne pas effrayer Nick et éviter que les voisins n'interviennent et ne compliquent les choses.

Une lumière s'alluma à l'arrière. Des murmures apeurés lui parvinrent aux oreilles.

— Nick, nous ne sommes pas venus pour vous faire du mal, ni à votre famille. Mais vous ne pouvez pas rester en cavale indéfiniment. Vous savez que vous allez finir par être rattrapé, et que la situation sera bien pire ensuite. Ne mettez pas votre famille en danger !

On entendit du mouvement à l'intérieur. Des meubles que l'on poussait, des portes que l'on ouvrait puis refermait. L'homme n'allait manifestement pas faire une sortie discrète.

— Nick ! reprit Brax en frappant à nouveau à la porte. Il n'est pas nécessaire que les choses se terminent mal. Venez avec nous, et nous réglerons ça avant que la police n'intervienne.

Weston fit un signe vers une fenêtre derrière laquelle se découpait la silhouette de Nick. Sa voix résonna dans la nuit.

— Je ne me rendrai pas ! N'approchez pas, ou je tire !

Brax sentit sa gorge se serrer, et il fit un effort pour contrôler la tension qu'il sentait monter en lui.

— Il n'est pas nécessaire que cela se passe ainsi ! Vous voyez que nous sommes venus seuls. Nous ne voulons pas mettre Darlene ou votre fils en danger.

— Ils n'ont rien fait de mal !

— Nous le savons bien. Et c'est la raison pour laquelle nous sommes simplement venus vous chercher. Vous n'avez pas respecté les obligations de votre contrôle judiciaire, et un mandat d'arrestation va être émis contre vous. Vous le savez bien. Nous avons encerclé le mobil-home. Il est préférable pour tout le monde que vous sortiez sans opposer de résistance.

On entendit les pleurs d'un enfant. Ce n'était plus un bébé, mais il était assez jeune pour que Brax songe immédiatement à Walker. Que ferait-il s'il se trouvait dans un mobil-home avec Walker, et qu'il savait qu'il y avait des hommes armés à l'extérieur ? La réponse était évidente : il ne songerait qu'à la sécurité de l'enfant.

— Nick, vous devez penser à eux. Vous avez raison : ils sont innocents dans cette affaire. Mais ils vont s'y trouver mêlés. Vous ne comprenez pas ?

Les pleurs de Darlene s'ajoutèrent à ceux du bébé et fendirent le cœur de Brax.

— Vous devez penser à eux, Nick. Et c'est pour cela que vous devez vous rendre sans opposer de résistance. Vous ne pouvez pas leur faire courir le risque d'être blessés par une balle perdue. Si vous purgez votre peine, vous serez avec eux dans quelques années. Mais si vous prenez la fuite, vous serez fatalement rattrapé, et la sentence sera beaucoup plus sévère.

— La fenêtre de la salle de bains est en train de s'ouvrir.

C'était la voix de Chance dans son oreillette.

— J'ai l'impression qu'il va tenter de s'enfuir, poursuivit-il.

Brax marmonna un juron. Les choses ne devaient pas se passer ainsi.

— Nick, rendez-vous ! Faites-le pour votre fils !

— Je vous en prie, ne tirez pas !

C'était Darlene, près de la porte d'entrée. On entendait des sanglots dans sa voix.

— Je n'ai pas l'intention de me servir de mon arme, je vous le promets. Mais il faut que Nick sorte les mains en l'air. S'il fait feu, nous nous défendrons.

— Elle va réussir à le convaincre, déclara Luke, qui s'était approché de lui.

Brax n'en était pas si sûr. Nick ne voulait pas aller en prison. Et on pouvait le comprendre.

— Faites-le pour votre fils !

Il le suppliait presque.

— Si vous l'aimez, c'est le moment de prendre une décision difficile pour son bien. Mais un jour, vous pourrez mettre tout cela derrière vous et le voir grandir, Nick.

Il était prêt à tirer, au cas où il doive se défendre.

On entendit un déclic.

— Je sors. Je ne suis pas armé. Ne faites pas de mal à ma famille.

Brax se sentit presque défaillir de soulagement.

— Nous ne ferons de mal à personne, répondit-il.

Puis il ajouta doucement, à l'attention de ses frères :

— Il va sortir...

Chance et Weston le rejoignirent à temps pour voir la porte s'ouvrir.

— Hé, Nick, déclara Brax, je suis heureux que vous ayez pris la bonne décision.

Lorsqu'ils eurent confié Nick aux forces de l'ordre et réglé les détails de sa prochaine comparution, le soleil allait bientôt se lever. Tessa serait-elle inquiète ? Il espérait qu'elle avait réussi à dormir un peu sur le canapé de la réception, qui était plutôt confortable.

Quand il arriva à l'agence, il tapa le code pour déverrouiller la porte et désactiver l'alarme, mais il ne la vit pas là où il le pensait. Où était-elle ?

Pendant un très court instant, il s'imagina qu'elle s'était enfuie avec Walker... qu'elle avait disparu dans la nuit alors qu'il tentait de convaincre Nick de ne pas faire de bêtises.

Mais non. Si elle était sortie, l'alarme se serait déclenchée, et il aurait été prévenu. Il se sentit soulagé de savoir qu'elle devait être dans les parages et alla de pièce en pièce à sa recherche.

Il finit par la trouver dans la salle de repos, assoupie sur des couvertures étendues sur le sol. Tessa tenait Walker contre elle comme si elle le protégeait.

Brax s'accroupit près d'elle, et les observa. Walker dormait paisiblement, et ses lèvres esquissaient un sourire. À quoi rêvaient les bébés ? En tout cas, cela devait être agréable, à en juger par l'expression de son neveu.

Tessa semblait plus troublée. Son visage aux traits fins était soucieux, et ses sourcils froncés comme si elle avait mal. Elle poussait des gémissements qui le firent penser à un chiot blessé, et il était clair qu'elle était en train de faire un cauchemar.

Il aurait été cruel de la laisser souffrir plus longtemps. Il valait mieux la réveiller.

— Tessa ?

Il hésita à la toucher après le stupide baiser de tout à l'heure, mais elle ne bougeait pas. Il posa doucement la main sur son épaule et prononça à nouveau son nom.

Elle ouvrit les yeux en sursautant.

— Quoi ?

— C'est moi, Brax. Tout va bien.

Il dut se retenir pour ne pas la prendre dans ses bras, malgré l'envie qu'il en avait. Il aurait voulu la serrer contre lui, et lui dire que tout allait bien.

Elle cligna les paupières, et porta la main à son front.

— Brax ? Oh ! je suis désolée !

— Non, c'est moi qui suis désolé de vous avoir fait peur.

— Je dois être un peu tendue, répondit-elle avec un rire gêné. Seule ici, au milieu de la nuit.

— Je comprends. Je n'avais pas pensé à cela lorsque je vous ai demandé de venir ici.

Il veilla à parler doucement, et pas seulement pour ne pas réveiller le bébé. Il voyait bien que Tessa était encore angoissée.

— J'ai eu un peu peur au début, reconnut-elle avec un soupir tremblant. Mais je m'y suis habituée. Et Walker a été très sage tout le temps.

— Je suis heureux de l'entendre... Mais je regrette que vous ayez dormi par terre. Ça n'a pas dû être très confortable !

Elle haussa les épaules.

— Ça allait. Et ça n'a duré que quelques heures. Ce n'était pas si long.

Avant qu'il ne puisse la contredire, elle demanda :

— Tout s'est bien passé ?

Il lui fallut une seconde pour comprendre ce dont elle parlait.

— Oh ! oui. Aussi bien que possible. Nous avons réussi à mettre la main sur le type avant que les choses ne tournent mal. La date de sa comparution a été reprogrammée, et puisqu'il s'est rendu de lui-même, le juge ne devrait pas lui tenir rigueur de son escapade.

— C'est un soulagement.

Elle se passa la main sur le visage en bâillant.

— Cela aura été une nuit mouvementée pour nous deux, je suppose, remarqua-t-elle.

Mais il n'aurait rien pu faire sans elle.

— Je ne pourrai jamais assez vous remercier. J'aimerais pouvoir vous dire que cela ne se reproduira pas, mais je n'en suis pas certain.

— Je comprends. Il y a beaucoup d'imprévus dans votre métier. Mais j'aime passer du temps avec ce petit bout, dit-elle en caressant le dos de Walker avec un sourire.

La question fusa avant même qu'il ait eu le temps d'y réfléchir :

— Vous seriez d'accord pour garder Walker à plein temps ?

Elle répondit d'un ton hésitant :

— À plein temps ?

Maintenant qu'il avait commencé, il ne pouvait plus s'arrêter. C'était comme si un barrage avait lâché.

— Vous pourriez venir habiter chez moi. Il y a trois chambres dans ma maison, dont deux un peu à l'écart. Mais c'est une simple proposition, et vous êtes libre de dire non.

Elle l'interrompit en posant la main sur son genou avec un sourire timide.

— Oui. Oui, j'aimerais beaucoup. Merci.

Le contentement qui l'envahit soudain le persuada qu'il avait fait le bon choix.

Mais il allait devoir apprendre à vivre sous le même toit qu'une femme et un enfant sans les rendre fous.

8

— Joyeux anniversaire, Walker !

Tessa se pencha pour embrasser le front de son fils.

— Joyeux anniversaire !

Elle le serra un peu plus fort contre elle en riant de se voir chanter seule pour lui.

— Tu as cinq mois aujourd'hui, murmura-t-elle avec un autre baiser, avant de l'installer dans sa chaise haute.

Elle était toute neuve, et c'était un des nombreux accessoires dont Brax avait fait l'acquisition au cours des deux dernières semaines.

— Tu deviens un grand garçon !

Walker secoua les poings avec un large sourire. Même s'il ne pouvait pas comprendre ce qu'elle disait, il aimait manifestement le son de sa voix.

Elle ne cessait de lui parler. Et lorsqu'elle ne lui parlait pas, elle chantait... toutes les chansons qu'elle connaissait, l'une après l'autre.

Elle aimait chanter, et cela faisait longtemps que la vie ne lui avait plus donné de raisons de le faire. Mais tout avait changé depuis qu'elle avait retrouvé Walker.

Et depuis qu'elle se sentait en sécurité dans une belle maison entourée d'un immense terrain, bien loin des regards des voisins, avec des arbres et du soleil à profusion.

C'était exactement le genre d'endroit où elle avait toujours voulu vivre. Elle avait l'impression d'être dans un rêve : elle s'occupait de son fils et pouvait l'aimer sans avoir à se cacher.

Et Brax...

Elle ne l'aimait pas, loin de là. Mais être en sa compagnie était merveilleux. C'était tellement agréable de pouvoir se réjouir de revoir quelqu'un à la fin de la journée, de lui dire bonne nuit avant d'aller se coucher, et de partager avec lui les exploits extraordinaires de Walker.

Parce qu'ils étaient d'accord tous les deux : Walker était l'enfant le plus intelligent et le plus talentueux qui ait jamais existé sur la face de la terre.

Cette pensée la fit sourire alors qu'elle préparait son petit déjeuner. Brax était parti plus tôt qu'à l'accoutumée. D'habitude, elle aimait prendre au moins une tasse de café avec lui tout en discutant du programme de la journée. Il lui disait vers quelle heure il pensait être de retour, et ils voyaient ensemble s'il devait faire quelques courses avant de rentrer.

Ces conversations étaient très simples, et pourtant, elles revêtaient une importance cruciale pour elle.

— J'ai été seule pendant longtemps, mon chéri.

Elle regarda Walker, qui était occupé à mettre son poing en bouche.

— Je ne savais pas à quel point j'étais seule... C'est maintenant seulement que je m'en rends compte.

Elle comprenait aussi pourquoi il avait été si facile pour Robert de la séduire. Il avait certainement senti dès le début qu'il pourrait en faire ce qu'il voudrait. C'était gagné d'avance.

C'était comme ça depuis l'accident. Perdre un de ses parents aurait déjà été très dur. Mais les deux en même temps ? Alors qu'elle n'avait que vingt ans ? Sa vie avait basculé en une nuit.

Plus de maison chaleureuse. Plus de repas en famille. Plus de sécurité. Plus d'amour.

Walker tapa du poing sur la tablette de sa chaise haute, très fier de lui-même. Ce spectacle la tira de ses pensées noires.

— Tu aimes bien faire du bruit en ce moment, n'est-ce pas ?

Il frappa encore sur la tablette comme s'il lui répondait.

Le téléphone sonna en début d'après-midi. Brax l'appelait au moins une fois par jour pour voir si tout allait bien. Il le faisait sur la ligne fixe, puisqu'elle avait cassé son portable. Depuis qu'ils vivaient ensemble, ils s'étaient rapprochés et avaient décidé de se tutoyer.

Elle se rendit compte en décrochant qu'elle attendait maintenant ces appels quotidiens avec plaisir.

— Allô !

Elle ne pouvait s'empêcher de sourire béatement. C'était une bonne chose qu'il ne puisse pas la voir.

— Allô !

Sa voix grave, sonore, avait des accents rieurs. Il était presque toujours de bonne humeur. Charmeur, amusant… quasiment l'opposé de Robert en toutes choses.

— Comment ça se passe ici ?

— Comme d'habitude. Tout est calme depuis que Super Walker fait sa sieste. Mais il sera un excellent batteur plus tard, je pense. Il a le sens du rythme lorsqu'il frappe sur sa tablette.

— Rappelle-moi de ne jamais lui acheter un tambour !

— Des casseroles et des cuillères en bois lui suffisent amplement !

Ils se mirent à rire.

— Au fait, je voulais te dire quelque chose : j'ai emporté ton téléphone chez un réparateur qui est installé tout près de l'agence. Il a dit que ça devrait être bon dans quelques jours.

— Waouh ! Merci beaucoup de t'être donné tout ce mal.

— Pas de problème. Et quand il sera réparé, tu pourras prendre un peu temps pour toi et sortir, puisque je pourrai t'appeler en cas de problème.

Le fait qu'elle n'ait pas de portable était le prétexte qu'elle avait trouvé pour ne pas quitter la maison et rester constamment près de Walker. L'autre excuse étant qu'elle n'avait pas de voiture, mais Brax lui avait proposé de lui prêter la sienne.

Il était adorable et se préoccupait constamment de son bien-être, comme si cela était réellement important à ses yeux. Et il voulait qu'elle prenne du temps pour elle, car il ignorait qu'elle n'avait nulle part où aller, ni personne à voir.

— Merci, répéta-t-elle, feignant un enthousiasme qu'elle ne ressentait pas.

Mais, même si elle n'aimait pas quitter Walker, le geste de Brax n'en était pas moins généreux et attentionné. Alors elle s'efforça de prendre un ton léger.

— Je vais devoir te préparer un dîner spécial ce soir pour te remercier !

— Rien ne me ferait plus plaisir, mais je ne vois pas comment tu trouves assez d'énergie pour t'occuper d'un bébé et d'une maison !

Elle avait l'habitude d'être debout toute la journée, entre son travail de serveuse, les ménages, et tous les petits boulots qui lui permettaient de joindre les deux bouts. Walker était encore à l'âge où il dormait beaucoup, et cela lui laissait le temps d'effectuer les tâches du quotidien sans problème.

— Alors, qu'y aura-t-il à manger ce soir ? demanda-t-il.

— C'est une surprise, le taquina-t-elle. Ne sois pas en retard.

— J'aime les surprises. Je serai là à 18 h 15 précises, promit-il avant de raccrocher.

Elle serra le combiné contre sa poitrine avec un sourire, tout en se souvenant de la surprise de Brax le premier soir où, après avoir farfouillé dans les placards de la cuisine, elle lui avait préparé un repas. Il avait l'habitude de manger des plats surgelés ou à emporter, si l'on en jugeait par le nombre de produits emballés qui se trouvaient dans le congélateur ou dans le réfrigérateur, et le fumet d'un dîner préparé à la maison lui avait visiblement mis l'eau à la bouche.

C'était un immense plaisir pour elle de voir qu'il aimait ce qu'elle lui préparait. Elle avait passé beaucoup de temps dans la cuisine avec sa mère, et elle savait qu'elle était assez douée. Elle était heureuse de pouvoir à son tour faire quelque chose pour lui.

Malgré tout, elle ne pouvait jamais complètement se départir de l'idée que ce bonheur domestique n'était qu'une illusion. Brax pouvait découvrir la vérité sur elle à tout moment. C'était la raison pour laquelle son cœur faisait un bond à chaque fois que le téléphone fixé au mur de la cuisine se mettait à sonner.

Il allait peut-être appeler pour lui dire bonjour, ou pour lui signifier de faire ses bagages et de partir d'ici.

Elle avait bien remarqué qu'il avait réagi avec méfiance lorsqu'elle lui avait suggéré de lui donner son salaire en liquide chaque semaine.

— Je n'aime pas payer des frais à la banque, avait-elle déclaré en haussant les épaules. Chaque centime compte.

Il n'avait pas posé de question, mais l'expression de son visage lui avait clairement montré qu'il trouvait cela étrange. Jusqu'où pourrait-elle aller sans qu'il se doute de quelque chose ? Bientôt, il lui demanderait pourquoi l'agence n'était toujours pas entrée en contact avec lui.

C'était la raison pour laquelle elle économisait chaque centime. Elle espérait avoir un jour assez d'argent pour embaucher quelqu'un pour laver son nom et, ironie du sort, San Antonio Security était exactement le genre d'entreprise qui aurait été parfaite pour cette mission.

Mais c'était impossible. Elle ne pouvait même pas expliquer aux Patterson qu'elle avait besoin d'aide. Ils lui prendraient Walker. Elle ne voulait pas le perdre à nouveau.

Mais elle ne pouvait mentir indéfiniment à Brax. Plus vite elle aurait économisé assez d'argent, mieux ce serait. Et si Robert décidait subitement de revenir ? Tout s'écroulerait en un instant.

Et cela pouvait arriver à n'importe quel moment. Elle avait constamment la sensation qu'une épée était suspendue au-dessus de sa tête, prête à tomber.

Les petits cris de Walker résonnèrent soudain dans le *baby phone*. Elle avait parfois l'impression qu'il pouvait suivre le cours de ses pensées : il trouvait toujours le moyen de se rappeler à elle avant que ses idées noires n'aient raison d'elle.

Après l'avoir changé, elle descendit avec lui au rez-de-chaussée.

— Allons dehors pour prendre l'air et le soleil.

Elle avait besoin de cela pour retrouver un peu d'énergie.

C'était leur rituel de fin d'après-midi. Walker se réveillait de sa sieste, et ils allaient s'étendre sur une couverture au soleil pendant un moment. C'était la vie dont elle rêvait. Des moments de *farniente* avec son fils pour profiter du grand air, avant d'aller préparer le dîner.

Et de revoir l'homme de la maison lorsqu'il rentrait de sa journée de travail.

Tessa ressentit soudain des picotements sur sa nuque. Elle se frotta l'arrière du cou pour chasser cette sensation.

Walker continua à gazouiller en regardant les nuages alors qu'elle se redressait et regardait partout autour d'elle. Il n'y avait personne alentour. Pas de voisins assez proches pour épier leur maison. Pas de voitures qui passaient.

Alors pourquoi avait-elle soudain l'impression que quelqu'un la regardait ?

Elle n'avait plus ressenti cela depuis Eagle Pass. Son instinct ne lui avait pas menti à l'époque, et elle avait exactement la même sensation.

— Je suis en train d'imaginer des choses, murmura-t-elle à Walker, tout en continuant à balayer les environs du regard. Retournons à l'intérieur.

Même si ce n'était qu'un mauvais tour de son imagination débridée - et c'était cela - elle rentra précipitamment dans la maison avec Walker et ferma la porte à double tour derrière eux.

9

— Il ne s'est rien passé de la journée. J'ai parfois cru voir des ombres et du mouvement, mais rien de très net. Personne n'est entré ni sorti.

Brax reprit, en frottant sa nuque endolorie :

— Je n'aurais jamais cru que rester assis et surveiller un appartement puisse être aussi douloureux !

— Tu ne vas pas te dégourdir les jambes assez souvent. Je t'avais prévenu.

Weston avait plus d'expérience : il avait souvent effectué des missions de surveillance lorsqu'il faisait partie de la police.

— Je me dis toujours que si je quitte notre cible des yeux, je vais louper quelque chose d'important.

— Je comprends.

Weston s'assit sur le siège où Brax avait passé la journée, dans l'appartement qu'ils avaient loué en face de celui d'un homme suspecté d'être à l'origine d'une série de cambriolages. Malgré ses efforts, la police de San Antonio n'avait toujours pas la moindre piste, et une des victimes avait engagé les frères Patterson pour qu'ils mènent l'enquête.

En moins de deux semaines, ils avaient réussi à identifier un suspect et depuis, ils surveillaient son appartement, et gardaient la trace de tous ses mouvements ainsi que la liste de ses visiteurs.

— Je suppose que tu vas rentrer chez toi maintenant.

Weston avait un petit sourire aux lèvres alors qu'il dévisageait Brax.

— Et tu seras accueilli par une belle jeune femme qui t'aura préparé un délicieux repas. Le rêve !

Brax fit un geste de la main.

— Je t'en prie ! Tessa a du temps, et elle aime cuisiner. Ne va pas te faire des idées !

— Et pourquoi pas ?

— Parce qu'elle travaille pour moi.

Il s'éclaircit la voix avant de changer de sujet.

— Du nouveau sur Robert ?

— Rien que nous ne sachions déjà. Mais nous n'avons pas eu beaucoup de temps pour nous en occuper.

— C'est vrai ! Et il devient moins urgent de le retrouver, puisque tout se passe bien avec Tessa… et avec Walker, ajouta rapidement Brax.

Mais c'était trop tard. L'étincelle qui luisait dans les yeux de Weston était éloquente.

— Tout se passe bien avec la *baby-sitter*… Je me demande ce que maman penserait de tout cela !

— C'est bon ! s'exclama Brax en levant les mains, affectant de se rendre. Tessa n'a que vingt-deux ans. Neuf années de différence, c'est beaucoup.

— Certes. Mais ne me dis pas que tu n'es pas heureux de rentrer chez toi et de la revoir. Tu souris presque autant que Luke en ce moment. Honnêtement, je ne reconnais aucun de vous deux !

— Et tu ne t'es pas dit que je souriais peut-être à cause de Walker ?

Lui si. Maintenant que les débuts cauchemardesques étaient derrière lui, Brax avait pu se détendre et apprendre à connaître son neveu. Il était adorable, et Tessa s'en occupait particulièrement bien.

Cela l'émouvait profondément de voir le bébé fixer leurs visages du regard lorsqu'ils parlaient ensemble. Il était si sérieux, fronçant les sourcils et suivant avec concentration le mouvement de leurs lèvres. C'était un enfant intelligent, cela ne faisait aucun doute.

— Dis-moi, tu as déjà eu l'idée de la surveiller grâce aux caméras que tu as chez toi ?

Brax se sentit quelque peu embarrassé.

— Comment l'as-tu deviné ?

— Je connais ton système de sécurité, et j'aurais trouvé étonnant que tu ne le fasses pas.

— Et elle est toujours extraordinaire avec lui. Je me sentais gêné alors j'ai à peine regardé. Je voulais seulement m'assurer qu'elle s'occupait aussi bien de Walker lorsque je n'étais pas en sa présence.

— Bien entendu.

Il ne parla pas à Weston des chansons que Tessa chantait au bébé, de leurs jeux, de la façon dont elle lui parlait sans fin. Il n'y avait pratiquement pas de son sur ses vidéos, mais l'expression de son visage se suffisait à elle-même.

Elle avait à cœur le bien-être de Walker, et cela se voyait.

Si c'était possible, cela ne faisait que renforcer l'estime qu'il avait pour elle.

Ils avaient en commun d'aimer Walker, de travailler ensemble à l'élever, de rire ensemble le soir à ses mimiques et à ses explosions de joie soudaines.

Ces moments avec Tessa étaient devenus le moment phare de la journée.

Ce qui signifiait qu'il devait partir rapidement s'il voulait vivre une autre de ces soirées.

— Je ferais mieux d'y aller. Elle va se faire du souci si je suis en retard.

— Vous en êtes déjà là ?

— Fais attention, l'avertit Brax.

Il ne plaisantait plus. Il y avait des limites aux moqueries qu'il pouvait accepter.

— Je peux te donner un conseil fraternel avant que tu partes ? demanda Weston. Et je suis sérieux.

Lorsque Brax hocha la tête, Weston poursuivit :

— Tu vas avoir des décisions importantes à prendre. Il va falloir t'accorder le temps d'y réfléchir.

— Je le sais. Et lorsque j'aurais témoigné contre le cartel, j'aurai l'esprit assez libre pour penser au reste. Mais je voudrais d'abord que cela soit terminé.

— Crois-tu que Tessa aura une place dans ces décisions ?

Il se contenta de hausser les épaules avec un large sourire avant de dire au revoir. Car sa réponse tenait en un seul mot.

Oui

À chaque jour qui passait, la place qu'elle prenait dans son cœur grandissait.

Il était en train de revoir toutes ses priorités, et s'il goûtait maintenant à la joie d'être père, il avait envie de connaître celle d'avoir une compagne dont le visage s'éclairerait lorsqu'il rentrerait le soir chez lui.

Comme le faisait le visage de Tessa.

— Non, se dit-il.

Il s'était promis qu'il n'aurait plus d'attitude ambiguë envers elle. Elle était son employée et leurs relations devaient rester professionnelles.

Mais par moments il n'avait qu'une envie : la prendre dans ses bras et lui demander ce qui n'allait pas, ce qu'elle lui cachait... pourquoi elle détournait le regard lorsqu'ils abordaient le sujet de Robert, ou de sa vie avant leur rencontre.

Et à chaque fois que cela arrivait, il se souvenait de l'impression fugitive qu'il avait eue lorsque Tessa était entrée dans son bureau : celle d'un oiseau blessé venu chercher aide, protection, sécurité...

La sonnerie de son téléphone portable s'éleva, et il pensa un instant qu'il s'agissait de Tessa qui l'appelait pour lui demander de faire quelques courses sur le chemin du retour.

Mais le numéro qui s'affichait était différent.

— Procureure Morgan. J'étais justement en train de parler du cartel avec mon frère il y a quelques minutes.

Contrairement à son habitude, Janice Morgan ne prit pas la peine de converser légèrement avec Brax, et il comprit immédiatement qu'il y avait un problème.

— Vous vous souvenez de ce commerçant, le témoin principal du procès ?

— Bien entendu... Un homme d'un certain âge, c'est ça ?

— Oui. M. Henderson a fait une crise cardiaque. Je viens d'avoir un coup de fil de l'hôpital.

Brax marmonna un juron. Cela changeait bien des choses !

— Ils vous ont donné des indications sur son état de santé ?

— Non, soupira-t-elle. Mais il devait témoigner dans dix jours, et il est en soins intensifs en ce moment. Jamais il ne se rétablira assez vite pour le procès. Et nous savons qu'il est impossible de faire face à Prince Riviera et son cartel sans être en possession de tous ses moyens.

Prince Riviera. Rien qu'en entendant ce nom Brax leva les yeux au ciel, même s'il savait de quels méfaits l'homme et l'organisation qu'il dirigeait étaient capables. Le cartel Riviera contrôlait pratiquement toute la frontière entre l'ouest du Texas et le Mexique, et ce depuis bien plus d'une trentaine d'années.

— Je me pose une question, songea Brax à voix haute. Pensez-vous que le cartel soit pour quelque chose dans cette crise cardiaque ?

— Vous me demandez si je crois qu'ils auraient pu provoquer une crise cardiaque chez cet homme pour l'empêcher de témoigner ?

Le procureur Morgan poussa un soupir lourd, celui d'une femme écrasée par le poids du travail.

— Disons seulement que je pense tout à fait possible qu'ils lui aient injecté une substance l'ayant entraînée. Mais nous pouvons aussi leur accorder le bénéfice du doute.

— Effectivement...

Tout cela sonnait creux. Mais que dire d'autre ?

— Vous êtes toujours prêt à témoigner ?

— Tout à fait.

— Même s'il est évident que vous pensez que le cartel n'est pas étranger à l'état de santé de M. Henderson ?

— Écoutez-moi : je ne pourrai jamais oublier les atrocités que j'ai vues. Leur place est en prison.

Des femmes entassées dans un camion comme du bétail : sales, couvertes de bleus, affamées...

Sans parler des caisses qui se trouvaient dans ce même camion... L'une d'entre elles avait été ouverte sous ses yeux, et contenait des briques de poudre blanche enrobées dans du film plastique.

Brax avait été témoin de cette scène alors que, pour les besoins d'une enquête sur un accident de voiture, il était en train d'inspecter les bords du fleuve à la recherche de traces de dérapage. Il était resté tapi dans l'ombre devant l'entrepôt, et personne n'avait remarqué sa présence à proximité du quai de chargement.

— Ils ignorent qui je suis, rappela-t-il à la procureure, mais je sais qui ils sont. Je connais Prince Riviera et j'ai vu ce dont il est capable. Il est hors de question que je laisse ce type s'en sortir. Nous savons tous deux qu'il est la tête pensante de cette organisation. S'il est emprisonné, le cartel ne tardera pas à disparaître.

— Vous ne pouvez pas savoir à quel point je suis soulagée d'entendre cela. Je craignais que vous ne vouliez plus témoigner après l'annonce de cette nouvelle.

— On ne m'effraie pas si facilement, madame.

La procureure se mit à rire cette fois, même si ce fut bref.

— Quoi qu'il en soit, je vous recommande de faire attention. Ces sales types en savent peut-être plus que nous ne le pensons. Ne les sous-estimons pas.

Brax quitta la route principale pour s'engager sur le chemin de terre menant à sa maison. Elle était là. Il voyait la lumière briller à l'intérieur et savait que deux personnes l'y attendaient pour l'accueillir après une longue journée.

Ce n'était pas le moment de sous-estimer quiconque.

10

Il avait fallu trois jours au réparateur pour remettre le téléphone de Tessa en état de marche. Lorsque Brax était arrivé mercredi soir, il le lui avait remis comme s'il s'agissait d'un trésor.

— Tu ne voulais pas quitter Walker tant que tu n'étais pas joignable. Voici ta clé pour la liberté !

Elle n'avait pu s'empêcher de sourire de le voir si heureux, même si cela lui ôtait un prétexte pour ne pas s'éloigner de son bébé.

Elle ne l'en avait pas moins remercié avec effusion.

— Je t'ai toujours dit que tu pouvais utiliser ma voiture, avait-il ajouté, et en fait…

Son sourire charmeur s'était élargi, ce qui l'avait rendu quasiment irrésistible.

— J'ai pris ma journée de demain pour que tu puisses sortir. Va où tu veux.

Elle avait eu l'impression que son sang se glaçait.

— Je ne peux pas. C'est…

— Il est normal que tu te reposes un peu, avait-il insisté avec douceur, mais fermement. Cela fait deux semaines que tu travailles sans prendre un jour de congé.

— Ce n'est rien.

Il avait froncé les sourcils.

— Tessa, tu as peut-être plus d'expérience que moi, mais nous savons tous les deux que s'occuper de Walker est fatigant. Maintenant que tu as ton téléphone, tu vas pouvoir respirer un peu. Je sais que tu ne voulais pas quitter la maison sans être joignable. Sors. Prends soin de toi pour une journée. Tu le mérites.

Et c'était la raison pour laquelle elle se trouvait maintenant dans un centre commercial de San Antonio. Elle avait mis du temps à se préparer ce matin, et il avait fallu que Brax la traite de mère poule pour qu'elle se décide à partir.

Mère. L'idée que Brax puisse se douter de quelque chose l'avait fait fuir de la maison. Il ne semblait pas être en train de jouer avec elle, mais on ne pouvait jurer de rien. Après tout, il était le demi-frère de Robert, le roi des manipulateurs.

Elle dut cependant reconnaître qu'il était agréable de se promener dans le centre commercial. Depuis combien de temps n'avait-elle plus fait de lèche-vitrine ? Elle ne s'en souvenait même plus.

Il y avait quelques groupes de jeunes qui étaient venus là après leurs cours, mais les seuls autres badauds étaient des personnes âgées, qui semblaient être ici plus pour se promener que pour effectuer des achats.

Elle s'arrêta devant un magasin pour bébés et sourit devant les accessoires de puériculture, puis étudia un siège sauteur en se demandant s'il conviendrait à Walker. Elle pourrait peut-être en parler à Brax pour voir s'il trouvait cet achat judicieux pour son neveu.

Il ne refusait rien à Walker et si elle le laissait faire, son fils allait devenir un enfant beaucoup trop gâté.

Cette pensée n'effaça pas le sourire de son visage. Elle surprit son reflet dans la vitrine. Elle avait l'air si heureuse !

Et tout compte fait, elle n'avait aucune raison de ne pas l'être.

Mais alors, pourquoi avait-elle emporté tout son argent au cas où elle ait à s'enfuir soudainement ?

Et pourquoi songeait-elle encore parfois à partir avec son bébé ? Le soir, lorsqu'elle était dans son lit, l'idée s'insinuait parfois dans son esprit.

Elle s'arrêta devant un magasin de vêtements pour admirer les mannequins dans leurs robes du soir à sequins et s'imagina un instant une vie où elle aurait besoin d'une telle tenue... de se faire belle pour sortir...

Au bras de Brax ?

C'était également une autre pensée dangereuse qui lui venait la nuit.

Elle se détourna et jeta un coup d'œil à son téléphone pour la millionième fois depuis qu'elle avait quitté la maison. Pas d'appel de son employeur. Walker n'avait pas besoin d'elle.

Elle ne voulait plus être séparée de lui. Même cette excursion au centre commercial lui semblait trop longue... surtout après ce que Robert avait fait.

Brax ne s'attendait pas à ce qu'elle revienne avant une heure ou deux, mais cela n'avait pas d'importance. Elle ne supportait plus d'être éloignée de son bébé.

Elle se dirigea vers le parking et se maudit intérieurement de ne pas s'être garée sous un réverbère. Elle éprouva un certain soulagement lorsqu'elle finit par mettre la clé dans la serrure, mais quelque chose la poussa violemment contre la portière.

Ce n'était pas quelque chose, mais quelqu'un.

L'individu la plaqua contre le véhicule et pressa une arme contre son dos.

— Ne crie pas ! gronda une voix d'homme à son oreille, sinon je tire. Tu nous as déjà causé assez d'ennuis comme ça.

Elle eut la nausée. Le parking était vide. Personne ne pouvait venir à son aide.

— Où est Robert ?

— Je ne sais pas.

Elle pouvait à peine s'entendre elle-même. Alors, elle répéta :

— Je ne sais pas où il est. Je vous le jure !

— Et où étais-tu passée pendant près de trois semaines maintenant ? Il est avec toi ?

— Je vous l'ai dit : je n'ai pas la moindre idée de l'endroit où il se trouve. Vous perdez votre temps.

Cela lui valut un coup, et l'homme pressa son arme plus fortement contre son dos.

— Et où est l'enfant ? Tu le caches, lui aussi ?

Elle serra les dents, s'efforçant de contrôler la panique qui montait en elle. Comment osait-il parler ainsi de son fils ?

— Je ne sais pas de quoi vous parlez. Je ne connais pas d'enfant.

Elle tourna imperceptiblement la tête, juste assez pour apercevoir un visage d'homme à la peau grêlée.

— Je vous l'assure, Robert et moi ne sommes pas en bons termes. Je lui tordrais volontiers le cou si je le revoyais.

Cela au moins était vrai.

— Alors, tu vis où ? Tu n'as pas de famille. Nous le savons.

Oui, mais ils ignoraient qu'elle était la mère de l'enfant de Robert, et où se trouvait Walker. Ils n'étaient pas aussi malins qu'ils le pensaient.

Et ils ne connaissaient pas l'existence de Brax non plus. Sinon, ce voyou aurait mentionné son nom, ou l'aurait au moins décrit.

— Ce n'est pas votre affaire. J'ai commis une erreur en sortant avec Robert. Je ne pensais pas qu'elle me poursuivrait aussi longtemps !

Cela non plus n'était pas un mensonge.

— Écoute-moi...

Il la poussa un peu plus fort contre la portière.

— Tu ferais mieux de découvrir rapidement où se trouve Robert. Nous ne serons pas si aimables la prochaine fois.

Il lui prit son sac avant qu'elle ne puisse réagir, et la poussa contre la voiture une dernière fois. Elle ressentit une vive douleur dans les côtes et eut le souffle coupé, avant que tout ne tourne autour d'elle.

Le sang battait si fort à ses oreilles qu'elle perçut à peine le crissement des pneus d'un véhicule qui s'éloignait.

Son sac. Son téléphone. Tout l'argent qu'elle avait économisé. Tout ce qu'elle possédait. Envolé. À nouveau.

Mais elle était en vie. Et elle avait les clés de la voiture dans sa main. Lorsqu'elle fut certaine que l'homme avait quitté le parking, elle ouvrit la portière et se glissa derrière le volant aussi précautionneusement que possible. Elle aurait mal pendant un ou deux jours, mais ce n'était rien en comparaison de ce qui aurait pu arriver.

— Respire, murmura-t-elle, faisant son possible pour conduire normalement.

Elle ne voulait pas attirer l'attention, de peur d'être arrêtée par la police et qu'on lui demande de montrer son permis que l'homme venait d'emporter.

Elle ne sut pas comment, mais elle finit par arriver chez Brax. Il y avait si peu de circulation qu'elle avait la certitude de ne pas avoir été suivie. Elle aurait bien remarqué l'éclat des phares dans la nuit, et il était impossible d'emprunter le chemin menant à la maison sans les allumer.

Lorsqu'elle entra dans la maison, ses jambes tremblaient tant qu'elle faillit trébucher. Brax accourut à son côté.

— Quelque chose ne va pas ? Que s'est-il passé ?

La retenait-il ? Oui. Elle était dans ses bras. Il la serrait contre lui, et elle était bien. C'était ce dont elle avait besoin.

— Mon… mon sac a été volé par des jeunes sur le parking du centre commercial.

Elle mentait avec tant de facilité en ce moment !

— Tu vas bien ? Ils t'ont fait du mal ?

— Pas vraiment. L'un d'entre eux m'a poussée contre la voiture et j'ai eu un instant d'étourdissement, mais c'est tout.

— Ils étaient combien ? Ils avaient quel âge ? C'étaient des garçons ? Des filles ?

— Brax, je t'en prie, souffla-t-elle en posant le front contre son torse. Laisse-moi respirer.

— Bien sûr. Je suis désolé.

Il lui enveloppa la nuque d'une main et la serra contre lui.

— Je suis vraiment désolé que cela te soit arrivé. Tu es en sécurité maintenant.

En sécurité ! Elle retint un rire amer. Elle n'était plus en sécurité nulle part. Peut-être même ne l'avait-elle jamais été.

Comment pourrait-il la protéger si elle ne lui disait pas la vérité ? Et ce n'était pas possible.

— Je vais appeler quelques-uns de mes contacts à la police de San Antonio.

— Non, s'écria-t-elle en relevant brusquement la tête. Ne fais pas ça !

— Et pourquoi pas ? Ils ont volé ton sac !

— Ce sont des enfants... Et soyons réalistes : je doute que nous puissions récupérer quoi que ce soit. J'aurais dû me garer plus près du centre commercial, et je n'aurais pas dû rester là-bas si longtemps, alors que l'endroit se vidait.

— Ce n'est pas ta faute. Tu ne dois pas dire ça !

Il lui toucha légèrement la joue et laissa ses doigts glisser sur sa peau. La tendresse de ce geste la réconforta et réveilla des émotions profondément enfouies.

— Tu es certaine que tu n'as pas été blessée ?

— Oui. Et c'est une raison de plus pour en rester là. Je n'ai pas envie de perdre du temps à signaler un vol à la police, alors que je ne reverrai jamais mon sac.

— Tu trembles encore !

Il la guida vers le canapé.

— Assieds-toi et repose-toi. Cela fait beaucoup d'émotions.

Il n'avait qu'une petite idée de la réalité !

Que se passerait-il s'ils la trouvaient ? S'ils la surveillaient ? S'ils la voyaient avec Walker ?

Et Brax ? Lui feraient-ils du mal s'il tentait de l'aider ?

— La soirée a été particulièrement stressante, dit-elle en ôtant l'élastique qui retenait sa queue-de-cheval et en libérant ses cheveux.

Qu'allait-elle faire maintenant ? Toutes ses économies étaient perdues.

— Les deux dernières semaines ont été particulièrement stressantes, répartit Brax.

Il s'assit à côté d'elle, assez près pour que leurs jambes se touchent. En temps normal, elle se serait éloignée par réflexe, mais pas ce soir. Pas quand elle avait besoin du réconfort que sa présence lui apportait.

— Effectivement. Mais j'aime beaucoup garder Walker, insista-t-elle, alors que l'angoisse montait en elle.

Qu'allait-il lui annoncer ?

— Il est adorable, et je suis heureuse ici.

— Oui. Mais tu as besoin de te détendre un peu. Je me suis trop reposé sur toi. Tu es seule ici toute la journée. Ça serait difficile pour tout le monde.

Il faisait preuve de bienveillance et de générosité, mais passait complètement à côté du problème.

Elle ne pouvait pas le détromper.

— Demain, c'est vendredi, poursuivit-il. Pourquoi ne prendrais-tu pas le week-end ? Je n'ai rien de pressé à faire. Je pourrais confier Walker à mes parents, et tu aurais tout ce temps pour toi. Penses-y comme à des vacances. Fais-toi plaisir. Va voir tes amis.

Elle faillit éclater de rire. *Quels amis ?*

— J'emprunterai la voiture d'un de mes frères pour ces quelques jours, et tu pourras prendre la mienne. Si jamais la police t'arrête et te demande de montrer ton permis, je m'en occuperai.

Il se leva, souriant comme si l'affaire était réglée.

— Je vais finir de préparer le repas. Je ne suis pas un cuisinier aussi inspiré que toi, mais j'ai eu envie de faire quelque chose pour ce soir.

Comment aurait-elle pu refuser ce week-end de liberté ? Elle ne pouvait décliner sa proposition, à moins de lui avouer la vérité. Et cela était impossible.

— C'est d'accord, répondit-elle, la mort dans l'âme. Merci beaucoup.

11

— Vous êtes sûre que vous ne voulez rien manger ?

Tessa se sentait désolée pour la serveuse. La pauvre femme essayait seulement de gagner un pourboire décent, ou au moins de l'inciter à partir dans l'espoir que le prochain client qui s'assiérait ici commanderait un repas et lui laisserait quelques dollars.

Elle lui fit un sourire d'excuse.

— Je veux seulement du café. Merci.

La serveuse fit la moue et repartit.

Tessa eut un instant l'envie de s'épancher, de lui avouer à quel point l'odeur des frites et des burgers la faisait saliver, d'autant plus qu'elle avait le ventre vide.

Elle aurait voulu lui dire qu'elle avait dépensé la totalité de sa fortune dans ce café, dont elle pouvait se resservir à volonté. Cela l'aidait à tromper la faim, mais pas pour longtemps.

Elle lui aurait aussi expliqué que le fait d'être dans cette cafétéria lui offrait un refuge où elle pouvait passer le temps à l'abri du froid, de la pluie.

Quelle étrange soirée de vendredi elle était en train de vivre !

Mais regarder autour d'elle l'aidait à se souvenir que le monde continuait à tourner. Les gens qu'elle voyait semblaient avoir une vie normale : ils sortaient le vendredi soir et allaient dans un restaurant pour manger des frites ou des crêpes. Ils y retrouvaient leurs amis pour parler de leur semaine avant d'évoquer leurs projets pour ce week-end.

Ils n'avaient pas la moindre idée du désespoir qu'elle ressentait. Mais elle n'était pas la première personne à n'avoir ni toit ni argent, et elle en avait parfaitement conscience.

C'était probablement ce qui la faisait tenir bon : le fait de savoir que d'autres avaient à faire face aux mêmes difficultés.

Elle rit en voyant son sac à côté d'elle dans l'alcôve. Brax était si heureux ce matin, lorsqu'il avait reçu un appel provenant du téléphone qu'on lui avait volé : quelqu'un l'avait rapporté à la police après l'avoir retrouvé sur le parking.

Même son téléphone et son portefeuille se trouvaient toujours à l'intérieur. Ainsi que son permis de conduire. Tout.

Sauf l'argent.

C'était une autre ironie du sort : devoir faire semblant d'être heureuse que son sac ait été retrouvé. Brax ignorait qu'elle y conservait toutes ses économies, et elle ne pouvait pas le lui dire sans être obligée de lui révéler beaucoup plus.

Alors, même si elle avait été terrifiée à l'idée de ne pas voir Walker pendant tout le week-end et totalement désemparée à l'idée de ne pas avoir d'argent, elle s'était émerveillée avec Brax de l'ingéniosité de ce policier qui avait eu l'idée d'appeler son dernier correspondant pour essayer de savoir où il pourrait la trouver. Et elle avait déclaré qu'elle avait bien de la chance d'avoir retrouvé son portefeuille et son téléphone.

C'était ça : elle avait de la chance.

Cela lui aurait été facile de sombrer dans le désespoir, surtout avec la perspective de passer la nuit sur la banquette arrière de la voiture de Brax. Bien que, tout compte fait, cela soit préférable à dormir dans une allée.

L'éclat d'un objet métallique réfléchissant la lumière la fit regarder par la fenêtre. C'était par pur réflexe, rien de plus.

Mais elle fut assez rapide pour apercevoir un visage à la peau grêlée derrière le pare-brise d'une voiture qui passait lentement devant la cafétéria.

Elle connaissait ce visage. Elle ne pourrait jamais oublier cet homme. Tout comme elle ne pourrait jamais oublier le son de sa voix alors qu'il l'avait menacée du pire si elle ne retrouvait pas Robert.

Que pouvait-elle faire ? Elle était prise au piège. Son cœur battait la chamade. La voiture tourna dans une rue adjacente, mais elle allait revenir. Elle le savait.

Ses doigts tremblaient alors qu'elle fourrageait dans son sac pour y trouver quelques pièces. Même en ces circonstances, elle ne voulait pas partir sans payer.

En voyant son téléphone, elle resta pétrifiée.

C'était grâce à lui que l'homme avait su qu'elle se trouvait dans le centre commercial...

Et maintenant dans la cafétéria.

Et elle qui pensait naïvement qu'on ne pouvait la localiser que lorsqu'elle était en communication !

Elle déposa quelques pièces sur la table avant de traverser la salle, la tête baissée, pour aller se réfugier dans les toilettes. Elle combattit l'envie de courir, luttant pour rester calme, pour agir comme si tout était normal.

Lorsqu'elle fut à l'intérieur, la porte fermée à clé, elle balaya l'endroit du regard. Non. Les fenêtres étaient trop étroites. Impossible de sortir par là.

Avec un soupir et une prière silencieuse, elle effaça tous les contacts de son téléphone - elle ne voulait pas compromettre Brax - avant de le laisser à côté du lavabo et de sortir de la pièce.

Il lui était bien difficile de couper son dernier lien avec le reste du monde, et elle aurait du mal à expliquer à Brax comment elle avait à nouveau perdu son portable. Mais elle ferait le nécessaire pour qu'il la croie.

Elle sortit des toilettes la tête baissée et s'éclipsa par la sortie la plus proche au lieu d'emprunter l'entrée principale. Il était presque 23 heures, la nuit était tombée, et sur le parking se trouvaient encore plein de véhicules entre lesquels elle pouvait se cacher.

La voiture qu'elle avait remarquée s'arrêta près de la porte par laquelle elle venait de sortir.

Au bout de quelques minutes pendant lesquelles elle sentit son angoisse monter encore d'un cran, le passager se dirigea vers la cafétéria. Elle était tapie dans l'ombre, derrière le capot d'un SUV, et voyait à peine ce qui se passait, mais elle aperçut l'homme au visage grêlé derrière le volant, qui semblait observer les alentours.

Elle osait à peine respirer, encore moins bouger. Pouvait-il la voir ? Savait-il qu'elle était dans les parages ?

Quelques minutes plus tard, le passager sortit de la cafétéria et grommela quelque chose au conducteur, avant de remonter dans la voiture et de claquer la portière. Il était en colère. Ils l'étaient d'ailleurs tous les deux. Leurs voix lui parvenaient, étouffées mais nettes, et elle entendit bon nombre de jurons.

La voiture de Brax n'était pas loin de celle derrière laquelle elle s'était cachée. Dès que les deux hommes seraient partis, il faudrait qu'elle s'éloigne d'ici au plus vite.

Elle se déplaça lentement, tout en continuant à surveiller ses poursuivants. Apparemment, ils étaient en train de se disputer à propos de la conduite à tenir et étaient bien trop absorbés par leur conversation pour remarquer quoi que ce soit... Par exemple la voiture de Brax garée juste devant eux. C'était le même véhicule que celui qu'elle avait utilisé lorsqu'elle s'était rendue dans le centre commercial, et elle craignit un instant qu'ils ne montent la garde devant jusqu'à ce qu'elle apparaisse. Mais cela ne semblait pas leur être venu à l'esprit, tant ils étaient occupés à se demander pourquoi ils n'avaient pas mis la main sur elle.

Le conducteur s'éloigna lentement, en regardant les alentours, comme s'il s'attendait à la voir sortir de l'ombre à tout moment. Il n'était pas parfaitement stupide. Mais il ne pouvait pas rester indéfiniment ici et empêcher les voitures d'entrer et de sortir.

Elle arriva devant la portière de la voiture de Brax et l'ouvrit juste assez pour se glisser furtivement à l'intérieur.

Ses poursuivants étaient partis, mais elle n'était pas hors de danger pour autant... Elle en était parfaitement consciente.

Elle agrafa sa ceinture et, agrippant le volant, sortit du parking et se mit en route.

Mais où pouvait-elle aller ? Elle ne pouvait certainement pas rouler toute la nuit : il n'y avait pas assez d'essence dans le réservoir, et elle n'avait pas d'argent pour le remplir à nouveau.

Un bâillement mit fin à ses interrogations. Elle s'était levée à 5 heures ce matin pour nourrir Walker, et il était maintenant 23 h 30. Même un litre de café n'avait pu avoir raison de sa fatigue.

Elle considéra le parking d'un supermarché. Serait-ce un endroit adéquat pour s'y arrêter et dormir ?

Avant qu'elle ne puisse prendre une décision, l'éclat de phares dans le rétroviseur l'aveugla Elle détourna le regard en clignant les paupières. Certaines personnes étaient vraiment des imbéciles ! Il n'y avait aucune raison pour la suivre de si...

Elle agrippa soudainement le volant plus fort alors qu'elle ressentait ce picotement maintenant caractéristique sur la nuque.

Elle prit un virage à droite et se dirigea vers le centre-ville. La voiture derrière elle également.

C'était celle de ses poursuivants.

Elle se sentait sur le point de pleurer. Mais tout n'était pas encore perdu.

La circulation et les badauds d'un vendredi soir en centre-ville étaient peut-être exactement ce dont elle avait besoin. Elle ne s'attendait certes pas à pouvoir se fondre dans la foule, mais il leur serait malaisé de la suivre : des groupes traversaient les rues hors des passages piétons, des voitures étaient garées en double file pour déposer ou prendre des passagers, et les feux ralentissaient la progression des véhicules.

Tessa passa devant une de ces voitures garées en double file et fut heureuse de la voir redémarrer avant que ses poursuivants ne puissent passer. L'homme au visage grêlé appuya sur le klaxon et hurla des paroles qui se perdirent dans la cacophonie de la rue.

Elle profita de cette occasion pour tourner à gauche à la prochaine intersection, manquant de renverser un couple qui s'était engagé sur la chaussée sans la voir. Elle grimaça et leur fit un signe de la main pour s'excuser, avant d'appuyer sur l'accélérateur et de tourner à nouveau à gauche au croisement suivant.

À droite. À gauche. Elle continua à zigzaguer, jetant constamment des coups d'œil dans le rétroviseur. Il lui sembla parfois apercevoir le véhicule de ses poursuivants, mais jamais pour longtemps. Il y avait trop de monde qui passait, trop de voitures qui repartaient après s'être arrêtées un instant, et qui bloquaient la vue.

Après une heure à avoir joué au chat et à la souris avec les amis de Robert, Tessa était pratiquement certaine de les avoir semés. Elle commençait à voir trouble et une immense fatigue s'était emparée d'elle, maintenant que l'excitation de la fuite commençait à retomber.

Elle s'arrêta derrière un centre commercial, dans une allée. Cela menaçait de devenir une habitude ! Mais au moins, personne ne viendrait la chercher ici.

Et si par hasard ils la trouvaient, se dit-elle en s'allongeant sur la banquette arrière, elle était trop épuisée pour tenter de fuir à nouveau.

— Que fais-tu debout ?

Brax s'immobilisa au beau milieu de l'escalier en entendant la voix de sa mère. Elle n'était pas seule dans la cuisine.

Il était 4 heures du matin, et ses deux parents étaient en train de lire le journal tout en buvant du café.

— Alors ? lui demanda Sheila en le regardant par-dessus les feuilles qu'elle avait en main.

— Je n'arrivais pas à dormir.

Il les désigna du doigt l'un et l'autre.

— Et vous deux ? Vous vous levez toujours à cette heure-ci ?

— Nous sommes tous les deux des lève-tôt tu le sais bien,

répondit Clinton en reposant la section qu'il lisait et en prenant une autre.

— Oui, mais 4 heures du matin ?

Ses parents échangèrent un regard.

— Nous voulions être debout avant que le bébé ne se réveille. Tu as dit que c'était souvent avant l'aube.

— J'aurais dû m'en douter ! s'exclama Brax en riant.

Il s'assit à table et poursuivit :

— Vous êtes incorrigibles !

Mais il était profondément touché de voir ses parents s'attacher à son neveu. Ils n'avaient pas sourcillé en apprenant la nouvelle : ils avaient une piètre opinion de Robert, et le fait qu'il disparaisse en laissant la garde de son fils à Brax ne les avait pas surpris outre mesure.

Brax pensait qu'il était temps que ses parents rencontrent Walker. Après tout, c'était eux qui lui avaient appris ce que signifiait faire partie d'une famille.

— Pourquoi tu ne dormais pas ? demanda Sheila en se penchant en avant, l'air préoccupé. Je n'aime pas ces cernes sous tes yeux.

Il se laissa aller contre le dossier de sa chaise en haussant les épaules, alors que des souvenirs du passé lui revenaient à la mémoire. À l'époque, il ne savait pas encore ce que le mot « parents » voulait dire, et il était agacé par les questions de Sheila.

Il n'était plus ce jeune adolescent.

Et c'est la raison pour laquelle il se redressa.

— Je me faisais du souci pour la jeune femme qui s'occupe de Walker pendant que je suis au travail.

— Tessa, c'est bien ça ? demanda Clinton en baissant les feuilles qu'il lisait. Tu nous as parlé d'elle.

— Oui. Elle est jeune, et j'ai l'impression qu'elle a des problèmes... mais je serais bien incapable de vous dire lesquels ! Elle semble souvent troublée. Parfois nerveuse. Jamais elle ne parle d'elle, et je sais seulement qu'elle a déjà surveillé Walker lorsqu'elle était à Eagle Pass. Je lui ai donné un week-end de repos pour qu'elle s'occupe un peu d'elle-même, puisque cela fait deux semaines qu'elle s'occupe de Walker vingt-quatre heures sur vingt-quatre. Elle le méritait.

— Tu as bien dit qu'elle habitait chez toi ? demanda son père.

— Oui.

— Alors elle y est en ce moment ? Tu pourrais peut-être l'appeler ?

— Tout d'abord, il ne fait pas encore jour. Elle est probablement en train de dormir. Et ensuite, elle n'est pas chez moi. J'ignore où elle est allée. Elle ne m'a pas fait part de ses projets.

Sheila pencha la tête sur le côté. Brax connaissait ce geste. Cela voulait dire qu'il allait avoir des ennuis.

— Quand lui as-tu donné ce congé ?

— Jeudi soir. Je lui ai dit que j'avais pris le week-end et qu'elle devait faire la même chose.

— Et tu l'as forcée à quitter ta maison ? Deux semaines après l'avoir obligée à venir ?

— Je ne l'ai forcée à rien faire, maman.

Clinton s'éclaircit la voix.

— Ce que ta mère essaie de te dire, c'est que cette jeune femme ne savait probablement pas où aller, et peut-être qu'elle n'avait pas assez d'argent pour aller à l'hôtel. D'ailleurs, on ne peut pas toujours réserver une chambre à la dernière minute... Je comprends que tu te fasses du souci pour elle. C'est certainement parce que tu n'as pas très bonne conscience !

— Tu dis qu'elle est secrète et nerveuse, ajouta Sheila. Et si elle ne se sentait en sécurité que chez toi ? Elle ne devait pas avoir une vie très stable si elle a pu emménager dans ta maison du jour au lendemain. Sans le savoir, tu lui as peut-être offert ce dont elle avait besoin.

— Oh non ! s'exclama Brax en se prenant la tête entre les mains.

Comment n'y avait-il pas pensé plus tôt ?

— J'aurais dû le voir ! Il est clair qu'elle cache quelque chose. Elle avait l'air si fragile et si seule quand je l'ai rencontrée !

— Appelle-la, suggéra Clinton. Si tu es inquiet au point de ne pas dormir, fais-le.

— Il est trop tôt.

— Appelle-la tout de même. Tu seras tranquillisé, et elle saura que tu t'es soucié de son bien-être. Il n'y a rien à perdre.

C'était étrange : c'était comme s'il attendait leur permission. Dès qu'il sut que ses parents pensaient que c'était la conduite à tenir, il se leva de table et alla dans le salon pour pouvoir être tranquille.

Tessa le pardonnerait de l'avoir réveillée, non ?

— Où es-tu, sale garce ?

Brax sursauta comme si on l'avait giflé en entendant cette voix rageuse.

— Tu nous appelles pour savoir si nous avons trouvé ton téléphone ? Eh bien oui, espèce de...

— Qui êtes-vous ? s'écria Brax, interrompant l'homme avant qu'il ne puisse insulter Tessa à nouveau.

Le silence se fit. Puis :

— Qui êtes-vous ?

— Je viens de vous poser exactement la même question.

Du coin de l'œil, il aperçut ses parents qui entraient dans la pièce. Sa mère avait la main devant la bouche.

Personne ne lui répondit. Puis il y eut un bip indiquant que son correspondant avait raccroché.

— Que s'est-il passé ? demanda Clinton.

— Je n'en ai pas la moindre idée. Mais un sale type a le téléphone de Tessa.

Il composa à nouveau le numéro mais, cette fois, personne ne décrocha.

Le souvenir de jeudi soir lui revint à la mémoire.

Tessa était si bouleversée... peut-être même trop pour qu'on lui ait seulement dérobé son sac.

Ce qui venait de se passer avait-il un lien avec ce vol ?

Il courut vers sa chambre sans plus d'explications, et alla droit à l'ordinateur portable qu'il avait laissé sur sa table de nuit. Tessa conduisait sa voiture, et il avait emprunté la jeep de Chance pour le week-end. Chacun de leur véhicule était équipé d'un GPS afin qu'ils puissent évaluer les kilomètres parcourus pour les déclarer aux impôts.

— Ce n'est pas vrai !

Rien qu'en voyant les tours et détours qu'avait faits Tessa quelques heures auparavant, il en avait l'estomac retourné. Pourquoi avait-elle ainsi erré dans le centre-ville pendant une heure ?

Et pourquoi sa voiture était-elle maintenant garée derrière un centre commercial ?

Qui avait-elle rencontré ?

Ou pire : qui avait volé la voiture ? Et qu'était-il arrivé à Tessa ?

Une chose était claire : il y avait un problème.

Il enfila ses vêtements et descendit à nouveau au rez-de-chaussée où ses parents l'attendaient.

— Vous pouvez garder Walker pendant un moment ? Il faut que je la retrouve. Elle a des ennuis.

— Bien sûr. Va l'aider ! l'exhorta Sheila.

C'était exactement ce qu'il avait l'intention de faire.

12

Brax se maudit pendant tout le trajet le menant à l'endroit où se trouvait sa voiture.

Comment avait-il pu ne pas voir qu'il mettait Tessa dans une situation difficile ?

Maintenant que sa mère lui avait ouvert les yeux, il n'arrivait plus à croire qu'il ait voulu faire preuve de générosité en forçant quasiment la jeune femme à quitter la maison pour le week-end.

Il ne savait absolument rien d'elle. Rien d'important, si ce n'était qu'elle aimait Walker. Au moins, ils étaient d'accord là-dessus.

Sinon ? Il s'était imaginé qu'elle irait dans un hôtel, et se ferait faire une manucure ou un massage, ou qu'elle irait chez le coiffeur… Il n'était pas expert en la matière, mais il imaginait que c'étaient les activités qu'affectionnaient les jeunes femmes lorsqu'elles voulaient se détendre et prendre soin d'elles.

Maintenant, il tentait d'envisager la situation du point de vue d'une personne qui n'avait nulle part où aller.

Mais si c'était le cas, pourquoi ? Il se posait une foule de questions au sujet de Tessa.

Sa voiture était derrière un grand centre commercial. Il contourna le bâtiment et la vit immédiatement, garée devant une rangée d'arbres, à proximité du quai de chargement… tout comme un autre véhicule qui provenait de l'autre côté du centre commercial. Que faisait-il ici à l'aube ?

Cela devint clair lorsque ce véhicule s'arrêta et que deux

hommes en sortirent pour se diriger droit vers sa voiture, les poings serrés.

Brax agit avant même de réfléchir. Il appuya sur l'accélérateur, et ses pneus crissèrent alors qu'il fonçait vers eux.

— Que faites-vous ? leur demanda-t-il en sortant de sa jeep. Partez.

L'un d'entre eux répliqua :

— Va te faire voir, *boy-scout* !

— Je ne sais pas si c'est à moi que vous parlez, mais j'ai passé depuis longtemps l'âge de me faire traiter de *boy-scout.*

Lorsque son compagnon se remit à marcher vers la voiture et tenta même d'ouvrir une des portières, il cria :

— Arrêtez ça immédiatement !

— Bon sang, t'es qui ?

— Je suis le propriétaire de cette voiture et je vous conseille de lâcher immédiatement cette poignée.

Brax ne leva même pas la voix.

Soudain, si brusquement qu'ils sursautèrent tous les trois, la portière s'ouvrit, et Tessa surgit de la voiture.

Brax n'eut pas le temps de réfléchir aux différentes implications de ce qu'il voyait - avait-elle dormi dedans, et pourquoi ? – avant de remarquer ce qu'elle avait à la main.

La batte de *base-ball* qu'il avait laissée sur la banquette arrière.

— Va dans la jeep ! cria-t-il en s'avançant pour se placer entre Tessa et les deux hommes qui s'approchaient d'elle.

L'un d'eux le poussa, tentant de l'écarter, et fut visiblement surpris lorsqu'il ne bougea pas d'un pouce… et plus encore lorsque le poing de Brax s'écrasa sur sa mâchoire et le fit tomber en arrière.

Brax entendit Tessa pousser un cri étouffé. Il se tourna vers elle, prêt à tuer quiconque oserait porter la main sur elle, mais découvrit que ce grondement avait accompagné le coup qu'elle venait de décocher à l'autre homme avec la batte de *base-ball.*

— Il allait t'attaquer par-derrière, souffla-t-elle en considérant le type qui était à terre et se tenait les reins.

Brax ne perdit pas de temps à attendre que les deux hommes récupèrent. Il la prit par la main et courut vers la jeep. Elle sauta à l'intérieur, et ils partirent en trombe.

— Ils vont nous suivre.

Elle semblait sûre de ce qu'elle avançait. Et factuelle.

— Effectivement...

Ces deux hommes appartenaient au cartel Riviera. Il le savait.

Et elle avait failli mourir par sa faute.

Elle se retourna et regarda derrière elle.

— Oui, je vois une voiture sortir du parking. Tourne dès que tu le pourras. Ils ne nous voient peut-être pas, d'autant plus qu'ils sont un peu sonnés.

— Ils doivent surtout être furieux, grommela-t-il, sachant jusqu'où ces hommes étaient prêts à aller pour faire payer ceux qui s'en étaient pris à eux.

Il tourna dans une rue perpendiculaire, faisant crisser ses pneus et remerciant le ciel qu'il n'y ait pas beaucoup de circulation à cette heure.

Elle regarda à nouveau devant elle.

— Tu peux peut-être prendre cette petite rue, suggéra-t-elle en pointant le doigt.

Comment se faisait-il qu'elle soit si calme ? Était-elle en état de choc ?

Elle aurait dû crier, réclamer des explications. S'il n'était pas arrivé à temps...

Il s'engagea dans la rue qu'elle avait désignée et ralentit un peu. Ils se trouvaient maintenant dans une banlieue résidentielle, et renverser un joggeur innocent était bien la dernière chose qu'il voulait.

Tessa regarda à nouveau derrière eux.

— Je pense que nous les avons semés. Je ne les vois plus.

— D'accord.

Il tourna à gauche une première fois, puis une deuxième, avant de prendre à droite, ce qui les ramena vers le centre commercial.

Il y avait là une route qu'il connaissait et qui les conduirait hors de la ville.

— Comment m'as-tu trouvée ? demanda-t-elle en continuant à regarder derrière elle.

— Je n'étais pas certain que tu serais là. Je cherchais ma voiture.

— Pourquoi ?

Il se sentit soudain coupable. Elle allait vraisemblablement être très en colère. Tout en s'y préparant, il expliqua :

— J'étais inquiet, alors j'ai regardé la trace GPS laissée par ma voiture. J'avais essayé de t'appeler avant, mais un homme avait décroché et s'était mis à m'insulter. Tu as perdu ton portable ?

— Je l'ai laissé dans une cafétéria.

Il attendit plus d'explications. Elle ne lui en fournit pas.

— Bon... lâcha-t-il.

Où voulait-elle en venir ? Pourquoi aurait-elle délibérément laissé son téléphone derrière elle ? Et elle ne semblait pas choquée qu'il ait tenté de la localiser. C'était comme si elle n'y accordait pas d'importance.

Pourquoi ?

— Attends... dit-elle soudain d'un ton pressant. Où est Walker ?

— Il va bien. Il est chez mes parents.

Elle poussa un soupir qu'il interpréta comme du soulagement, avant de le lâcher. Était-ce la seule chose qui lui importait ? Pas le fait que deux hommes l'aient presque attaquée ?

— Je suis désolé...

Il s'interrompit pour jeter un coup d'œil dans le rétroviseur et vérifier qu'il n'y avait personne derrière eux.

— Tout est ma faute, poursuivit-il. Je t'ai mise en danger. Je suis impardonnable.

Elle ne répondit pas. Elle devait encore être sous le choc. Ce n'était pas étonnant ! Elle venait de vivre des événements traumatisants.

Par sa faute...

Après une heure passée à errer, tournant de droite et de gauche,

Brax était maintenant certain de ne pas être suivi. Tessa était assise, raide, sur son siège, incapable ou refusant de se détendre.

— Je pense qu'ils nous ont perdus. Allons chez mes parents. Là-bas, nous pourrons décider de la suite.

— D'accord.

Il lui jeta un coup d'œil et la surprit en train de vérifier une fois de plus dans le rétroviseur que tout allait bien.

Ce fut ce geste ce qui le décida. Il n'avait pas le droit de lui faire subir les conséquences de ses actes, et de la mettre ainsi en danger.

— Tessa, il faut que je te dise : tu ne peux plus travailler pour moi.

C'était une des décisions les plus dures qu'il ait jamais eu à prendre.

En fait, maintenant qu'il avait prononcé ces mots, il était certain de vouloir le contraire : qu'elle reste, qu'elle fasse partie de sa vie. Mais elle ne méritait pas d'être ainsi menacée par le cartel Riviera. Et sa sécurité importait plus que les sentiments qu'il avait pour elle.

Elle laissa échapper un gémissement qui le fit penser à un animal blessé.

— Non, je t'en prie... Je ne peux pas... Je ne peux.

— Je suis désolé. Tu ne peux pas savoir à quel point cette décision me coûte.

— Mais... Non... Je t'en prie... J'ai besoin...

Il se passa la main sur le visage. Elle craignait de perdre son gagne-pain.

— Ne t'inquiète pas, je te payerai deux semaines de salaire pour que tu aies le temps de trouver un autre travail. Tu as un endroit où rester ? Je t'aiderai pour cela aussi.

Il lui jeta un coup d'œil. Elle tremblait de tout son corps, et s'était enveloppée dans ses bras.

— Qu'ai-je fait de mal ? Pourquoi tu me renvoies ?

Elle était en train de faire une crise de panique.

— Tessa, tu dois respirer. N'aie pas peur. Calme-toi.

— Calme-toi ?

Elle eut un rire amer, puis s'écria :

— Je ne peux pas vous quitter, Walker et toi ! Je t'en prie, ne m'oblige pas à partir ! Je ferai tout ce que tu voudras, je te le promets. Ne me force pas à partir !

— C'est pour ta sécurité.

Elle serra ses bras un peu plus fort autour d'elle tout en se balançant d'avant en arrière.

— Je t'en prie laisse-moi rester. Je t'en prie !

Lorsqu'il s'arrêta devant la maison de ses parents, elle était presque hystérique et tremblait encore plus si c'était possible. C'était peut-être le contrecoup des émotions de ce matin, mais il ne voulait pas ajouter à son désarroi.

— Hé, lui dit-il en lui touchant doucement l'épaule. Hé, ça va aller. Si tu veux vraiment rester, tu peux.

Elle hocha frénétiquement la tête.

— Oui, je veux rester. Merci. Merci.

Elle le remerciait alors qu'il la mettait en danger ? Il allait tout faire pour la protéger et ne pas avoir à le regretter.

Elle lui fit un sourire forcé au début, puis qui devint sincère. Son soulagement était presque palpable, et il dut bien reconnaître qu'il éprouvait le même sentiment. Jamais il n'avait voulu que Tessa parte, même si c'était pour son bien.

Et maintenant, il lui restait à déterminer comment aller de l'avant...

13

Tessa ouvrit les yeux lentement. Pourquoi ses paupières étaient-elles si lourdes ? Elle ferait mieux de se rendormir. Elle était si bien !

Tout lui revint à la mémoire avant qu'elle ne sombre à nouveau dans le sommeil.

La bagarre sur le parking où Brax l'avait rejointe. Leur fuite en voiture. La course-poursuite qu'elle avait dû mener seule la veille, sans pouvoir appeler quiconque à l'aide.

Elle ouvrit les yeux et regarda autour d'elle. Où était-elle ?

Le souvenir vague de Brax la faisant entrer dans cette maison lui revint. Elle avait d'abord exigé de voir Walker avant que Brax la conduise vers une chambre. Ensuite, elle ne se souvenait plus de rien.

Elle avait craqué. Ce souvenir lui revint lui aussi et la fit grimacer d'embarras. Brax devait penser qu'elle avait perdu la tête ! Mais elle avait été incapable de se maîtriser lorsqu'il lui avait annoncé qu'elle devait partir. L'idée d'être une fois de plus séparée de Walker avait été impossible à supporter.

Cela, ajouté à sa peur et à sa fatigue, avait eu raison d'elle. Toutes ses forces l'avaient abandonnée.

Et maintenant, elle devait trouver le moyen de pouvoir le regarder dans les yeux. Elle se sentait si humiliée !

Il allait lui poser des questions... même si, pour une raison qui lui échappait, il semblait se rendre responsable de l'attaque qu'elle avait failli subir sur le parking. Pourquoi donc ? Maintenant qu'elle avait les idées plus claires, elle voyait bien qu'il lui avait dit qu'elle ne pouvait plus travailler pour lui afin de la protéger. N'avait-il pas dit que c'était pour sa sécurité ?

À moins que ce ne soit une excuse pour se débarrasser d'elle…

À en juger par les reflets dorés de la lumière qui filtrait à travers les rideaux, elle avait dormi presque toute la journée. Bien. Maintenant, toute la famille allait penser qu'elle était complètement cinglée, ou droguée comme le prétendait Robert.

Que cela soit humiliant ou non, il fallait maintenant qu'elle se lève pour faire face aux conséquences de ses actes.

Après s'être rafraîchie dans la salle de bains, elle descendit au rez-de-chaussée. Des bruits de voix lui parvenaient de la cuisine, et elle reconnut celle de Brax. Allait-il la détester ? Ou - pire encore – avoir pitié d'elle ?

— Hé, regardez qui vient de se lever !

Brax l'accueillit avec un sourire. Il était assis à la longue table, et tira une chaise à côté de lui.

— Comment te sens-tu ?

— Mieux, maintenant que j'ai dormi. Merci.

Ce qui lui importait plus que tout, ce qu'elle ne cessait de regarder malgré elle, c'était son fils. Il était dans les bras d'une femme très belle avec un sourire bienveillant. Et même lorsque Walker saisit ses cheveux noirs à pleines mains et les tira, elle se contenta de rire.

— Tessa ? Je suis Clinton Patterson.

Le père de Brax.

Il lui serra la main avec chaleur.

— Et voici mon épouse, Sheila.

— Je suis heureuse de vous rencontrer. Merci de m'avoir laissée dormir un peu. J'étais…

— Ce n'est rien.

Il n'y avait que de la gentillesse dans la voix et dans l'expression de Sheila.

— Je suis heureuse de voir que vous allez mieux. Nous étions inquiets pour vous quand vous êtes arrivée. Vous aviez l'air épuisée.

C'était peu dire !

Walker se mit soudain à s'exprimer avec force, ce qui les fit tous éclater de rire.

— Il va avoir beaucoup de choses à raconter lorsqu'il saura parler ! s'exclama Clinton en lui faisant des grimaces.

Walker se mit à rire avant de prendre un de ses doigts dans sa petite main.

— Quelle poigne ! s'exclama Clinton, affectant la surprise, ce qui fit encore rire Walker.

Sheila et lui étaient des gens charmants, mais elle le savait déjà. Ils avaient su accueillir et aimer des enfants malmenés par la vie. C'était beau de voir comment ils se comportaient avec Walker.

Mais elle n'en mourait pas moins d'envie de le prendre dans ses bras.

Clinton se tourna vers Brax.

— Tant que tu es ici, tu pourrais m'aider à déplacer des cartons dans le garage ?

— Bien sûr.

Brax regarda Tessa comme s'il hésitait à la laisser seule avec sa mère. Elle fit de son mieux pour ne pas avoir l'air nerveuse.

Cela l'aidait de voir que Walker semblait si heureux. Sheila le fit sauter sur sa hanche avec un large sourire.

— Il est adorable ! déclara-t-elle.

— Oui, confirma Tessa.

Elle croisa les bras sur sa poitrine pour ne pas les tendre vers son bébé. C'était une torture de ne pas pouvoir le serrer contre elle après tout ce qu'elle venait d'endurer pendant les dernières vingt-quatre heures.

— Je vais préparer le dîner, déclara Sheila qui semblait étudier Tessa. Vous pouvez le tenir pendant que je cuisine ?

— Bien sûr.

Elle tendit les bras et accueillit son bébé avec gratitude, le serrant contre elle et déposant un baiser sur son front.

— Hé, petit, tu m'as manqué.

— C'est agréable de voir un bébé ici, déclara Sheila en se mettant à couper des légumes en morceaux. Alors, parlez-moi de vous ! Brax dit que vous avez été un don du ciel. J'imagine que vous avez compris qu'il n'était pas du tout préparé à s'occuper d'un bébé !

La grand-mère adoptive de Walker était visiblement en train d'essayer d'en savoir plus sur elle mais, au moins, elle le faisait avec délicatesse.

— Il n'y a pas grand-chose à dire, reconnut Tessa. Mes parents sont morts dans un accident de voiture il y a deux ans. Je vis seule depuis.

— Oh ! je suis désolée !

Elle sentait que Sheila était sincère.

— Cela a bouleversé tous mes projets, expliqua-t-elle. Au lieu de faire des études, j'ai dû gagner ma vie.

— Bien sûr.

Sheila leva les yeux vers elle et poursuivit :

— Donc, vous êtes *baby-sitter*, maintenant ?

— Oui. J'aime ça. J'aime être avec des enfants.

Un en particulier, dont elle embrassa à nouveau la tête.

— Je comprends, répondit Sheila. C'est une des raisons pour lesquelles mon mari et moi avons décidé d'en adopter… Cela, et le fait que nous ayons tous les deux envie de leur offrir ce qui leur manquait. Prenez Brax, par exemple…

Tessa ne put s'empêcher d'écouter avec plus d'attention.

— C'est un charmeur, mon fils, déclara Sheila en riant. Toujours prêt à sourire et plaisanter. Il est aussi très malin. Il m'est souvent arrivé de regretter qu'il ne le soit pas un peu moins !

Tessa sourit.

— J'imagine !

— Mais les choses auraient pu se passer tout autrement.

Sheila ne plaisantait plus. Ses sourcils étaient froncés.

— Il a passé presque toute son enfance seul. Négligé. Il vivait dans la pauvreté. J'ai l'impression qu'il a gardé des souvenirs de cette époque, et que c'est ce qui l'a poussé à aider les autres. Il est très protecteur envers les personnes qui sont seules et qui doivent se battre.

— Je vois...

— Je détesterais que l'on profite de sa bonté.

Elles échangèrent un regard qui en disait long.

— Je vous comprends, murmura Tessa.

— J'en avais bien l'impression.

Sheila s'essuya les mains sur son tablier avant de se diriger vers le réfrigérateur.

— Il a été dur à apprivoiser, même si cela paraît difficile à imaginer aujourd'hui. Il m'a fallu du temps pour cela. Il était très renfermé. Il gardait pour lui beaucoup de secrets qu'il pensait ne pas pouvoir partager, et il en portait tout seul le fardeau.

Sheila cherchait quelque chose dans le réfrigérateur, et Tessa ne pouvait pas voir son visage. Que savait Sheila ? Pourquoi parlait-elle de secrets ?

Que lui avait dit Brax ?

Cela ne devait pas être très négatif, car Sheila avait un large sourire lorsqu'elle se retourna vers Tessa et Walker.

— Je crois qu'il est important de faire confiance aux gens qui le méritent. Et Brax le mérite... comme tous mes fils d'ailleurs.

— Hé ! s'écria Brax en les rejoignant.

Il les regarda l'une et l'autre, comme s'il tentait de déterminer si tout s'était bien passé.

— Comment ça va ici ? demanda-t-il.

— Nous sommes en train de bavarder pendant que Walker essaie de comprendre notre conversation, répondit Sheila avec un large sourire à Walker qui brandit ses petits poings.

Brax posa légèrement la main sur l'épaule de Tessa.

— Nous devons y aller.

Sheila soupira :

— Et moi qui étais en train de préparer le dîner pour nous tous !

— Je suis désolé. Je dois aller parler avec les autres de ce qui s'est passé ce matin, et je dois aussi aller chercher ma voiture. Chance aimerait certainement que je lui rende sa jeep.

Ils rassemblèrent les affaires de Walker, et prirent ensuite congé de Clinton et Sheila.

— J'espère vous revoir tous les deux très rapidement ! déclara Sheila.

Elle serra Tessa dans ses bras et embrassa les joues rondes de Walker.

— On a envie de les manger ! s'exclama-t-elle.

Ils éclatèrent de rire, et Tessa suivit Brax jusqu'à la jeep.

Lorsqu'ils furent à l'intérieur, l'ambiance fut totalement différente. Les rires avaient disparu.

À vrai dire, Brax avait l'air prêt à étrangler quelqu'un.

— Il faut que je te dise quelque chose dont j'aurais dû te parler depuis un moment. Je n'aurais jamais imaginé que cela puisse affecter ma vie privée !

— De quoi s'agit-il ?

— Dans quelques jours, je dois témoigner contre le cartel Riviera. Je ne sais pas si tu as déjà entendu parler d'eux.

— Il aurait fallu que je vive dans la jungle pour ne pas savoir qui ils sont !

— Nous devions être deux à témoigner, mais l'autre personne a été victime d'une crise cardiaque. Il est impossible de savoir si elle a été provoquée ou non. Mais quoi qu'il en soit, ils essaient maintenant de s'en prendre à moi. J'étais certain qu'ils ignoraient mon identité, mais quelle autre explication pourrait-il y avoir ?

Le silence se fit, alors que Tessa essayait de comprendre où il voulait en venir.

— Tu... tu penses que ce qui s'est passé ce matin a un lien avec ce cartel ?

— Bien sûr ! C'est la raison pour laquelle je voulais que tu arrêtes de travailler pour moi... pour que cela ne se reproduise plus.

Son cœur se gonflait à l'idée qu'il se souciait tant d'elle, et qu'il voulait la protéger.

Mais en même temps elle avait du mal à supporter le sentiment de culpabilité qui l'avait envahie. Brax pensait que c'était à cause de lui qu'elle était en danger.

Le commentaire de Sheila sur le poids des secrets résonnait encore à ses oreilles. La mère de Brax n'avait pas dit cela au hasard, et Tessa en avait bien conscience.

Elle n'avait d'autre option que de dire la vérité. Elle devait cela à Brax.

Elle le devait aussi à son fils.

Et s'il me prend Walker ? La question la faisait frémir. Mais à vrai dire, Walker courait également le risque d'être kidnappé par un des types qui cherchaient Robert, pour l'obliger à révéler ce qu'elle ignorait.

La sécurité de Walker était plus importante que tout.

Alors, Tessa s'éclaircit la voix.

— Il y a une chose que je dois te dire. J'aurais dû le faire dès le début, mais j'avais trop peur.

— Peur ? De quoi ?

Elle remarqua qu'il n'avait pas l'air surpris. Il s'était toujours comporté avec elle comme s'il s'attendait à ce qu'elle lui fasse des révélations.

Le téléphone sonna avant qu'elle ne puisse poursuivre. Brax toucha un bouton sur le volant pour répondre à l'appel.

— C'est Weston.

Il n'avait pas l'air très enjoué.

— Tessa est avec toi ? demanda-t-il.

— Oui, elle est là, répondit Brax en lui jetant un coup d'œil.

Elle ne pouvait pas respirer.

— Je suis désolé de t'annoncer ça, poursuivit Weston, mais elle n'est pas celle qu'elle prétend. Tu dois faire attention.

14

— Weston ? J'avais mis le haut-parleur.

Brax jeta un coup d'œil à Tessa, attendant une réaction…

Elle restait immobile et regardait droit devant elle. Le seul signe trahissant sa tension était la crispation de ses poings sur ses genoux.

— Tu préfères que je te rappelle plus tard, demanda Weston, quand tu seras seul ?

— Ce n'est pas la peine…

Tessa parlait d'une voix lourde, comme si elle s'avouait vaincue ou était à bout de forces.

Weston poussa un soupir.

— J'ai trouvé le certificat de naissance de Walker. Il indique que le nom de sa mère est Theresa Mahoney.

C'était une bonne chose qu'ils soient presque arrivés chez lui, sinon Brax aurait certainement eu un accident. Il avait l'impression que le ciel lui était tombé sur la tête.

La mère de Walker n'était pas morte. C'était Tessa.

Il immobilisa sa voiture devant sa maison mais n'ouvrit pas la portière. Tessa non plus. À l'arrière, Walker était assoupi, totalement inconscient du drame qui se jouait.

— Tessa a été déchue de ses droits parentaux pour usage de drogue, poursuivit Weston. Et bien entendu elle n'a jamais travaillé pour une agence de *baby-sitters*. Elle nous a menti.

Il la regarda, implorant presque une réaction de sa part : des explications... de la colère. Mais elle restait pressée contre la portière comme si elle voulait se fondre en elle et disparaître, dans une attitude qui était un aveu de culpabilité à elle seule.

— Je suis désolé de te l'annoncer ainsi, mais j'ai pensé que tu devais le savoir.

Il fallut une seconde à Brax pour qu'il puisse répondre à son frère.

— Merci. Je te rappellerai.

Le silence était insupportable... si lourd qu'il en avait du mal à respirer. Pour quelqu'un qui avait toujours eu sa repartie facile et maniait admirablement l'art de la conversation, rester sans voix était une expérience nouvelle.

— Il y a une raison pour que ce soit quelqu'un d'autre que toi qui me l'apprennes ? finit-il par demander.

— Je ne savais pas si tu voudrais m'écouter.

Elle s'essuya les yeux d'un revers de main.

— Pourtant crois-moi, j'ai très envie d'entendre ta version après les semaines que tu as passées à mentir.

— Et j'aurais dû faire quoi ? demanda-t-elle en se tournant soudainement vers lui.

Sa voix n'était qu'un souffle, mais exprimait plus de détresse que les cris les plus perçants.

— Oui, je suis la mère de Walker. Et si je me suis rendue dans ton agence, c'est parce que je ne pouvais aller nulle part ailleurs. Le jour où tu m'as appelée à propos de Walker, je suis rentrée chez moi et j'ai trouvé mon appartement saccagé. Des types avaient volé mon argent et menacé de me tabasser. Tout cela parce qu'ils cherchaient Robert et pensaient que je savais où le trouver.

— C'était le cas ?

— Robert m'a enlevé notre fils parce que c'est un monstre. Pourquoi m'aurait-il fait part de ses projets ? lâcha-t-elle avec mépris. Il m'a laissée tombée dès qu'il a eu ce qu'il voulait.

Jusque-là, il reconnaissait bien Robert.

Elle jeta un coup d'œil à l'arrière de la voiture, et son regard s'adoucit un peu.

— Je n'avais nulle part où aller. Je ne savais même pas que Walker était chez toi jusqu'à ce que tu appelles. Robert me l'avait pris.

— Et tu n'y étais pour rien ?

Elle se retourna brusquement vers lui, et il regretta immédiatement ses paroles.

— Tu connais ton frère. Tu penses que c'est au-dessous de lui de mentir pour m'enlever Walker ?

— Et c'était le cas ?

Elle leva un sourcil.

— J'ai vécu avec toi pendant plus de deux semaines. Ai-je déjà agi comme si je me droguais ?

— Tu aurais pu l'avoir fait dans le passé

Il n'avait jamais vu quelqu'un lever les yeux au ciel avec un tel dédain.

— Effectivement... mais Robert a menti. Il m'a tendu un piège, et il a pris Walker. Pourquoi a-t-il fait cela alors qu'il te l'a confié ensuite, je n'en ai pas la moindre idée. Je n'ai jamais pu comprendre Robert.

Ils étaient deux.

— Et pourquoi es-tu sortie avec lui ?

Elle haussa les épaules en poussant un soupir.

— J'étais serveuse dans un casino d'Eagle Pass. C'était un client régulier. Il était beau. Charmant. J'avais perdu mes parents peu de temps auparavant et j'étais très seule.

Un autre revers de main sous les yeux.

— Peut-être une semaine après la nuit que nous avons passée ensemble, Robert a cessé de m'appeler. En y repensant, je me rends compte que je n'aurais pas dû être surprise. Je n'étais rien pour lui. Mais j'étais blessée, et en colère. Puis j'ai découvert que j'étais enceinte. J'ai réussi à le contacter, et il a déclaré que le bébé ne pouvait pas être le sien. Alors, je n'ai pu compter que sur moi.

— Il faut que je te pose la question...

Bon sang, c'était difficile à dire. Il reprit :

— Tu es sûre que Walker est son...

— Il était le seul, répliqua-t-elle sèchement.

— D'accord.

— Puisqu'il ne voulait pas m'aider, j'ai décidé que je me débrouillerais seule. J'ai travaillé dur. J'ai fait des heures supplémentaires, et des ménages pour gagner un peu plus d'argent.

— Tout en étant enceinte ?

— Il fallait bien que j'arrive à subvenir aux besoins du bébé, non ? Mais ça allait. J'avais l'impression d'avoir un but à nouveau, quelque chose à espérer... Sans mes parents, j'avais perdu mes repères. Je n'avais pas mal tourné, mais j'avais l'impression de dériver. J'avais dû quitter l'université pour travailler, j'avais arrêté de voir mes amis... Avec ce bébé, j'avais une raison de me lever chaque matin.

Elle baissa le regard sur ses mains.

— Robert est venu à l'hôpital quand Walker est né. Il a dit qu'il était désolé, et qu'il voulait faire partie de nos vies. J'ai été assez stupide pour le croire. Il est même resté dans mon appartement pendant les deux premières semaines. Je me disais qu'il ne m'aidait pas beaucoup parce qu'il ne connaissait rien aux bébés, mais il avait un comportement étrange... par exemple, il regardait constamment par la fenêtre tout en restant caché derrière les rideaux.

— Je crois que j'ai deviné ce qui va suivre...

— Il a reçu un appel au bout de deux semaines. Je ne sais pas de qui, mais il a fait ses bagages et m'a dit qu'il nous avait utilisés, Walker et moi, pour se cacher. Il a ajouté qu'il n'était pas prêt à être père, et que je devais m'attendre à ne plus jamais le revoir.

Brax fit la grimace. Il imaginait parfaitement la scène.

— Je n'allais pas si mal, cependant. Il y avait une autre mère célibataire dans mon immeuble. Elle travaillait le jour. Je gardais sa fille et Walker quand elle devait s'absenter, et elle faisait de même pour moi la nuit.

— Tu devais être épuisée.

— Oui, soupira-t-elle. Mais ça allait. J'arrivais à payer le loyer, à subvenir aux besoins de Walker et à me nourrir. C'était difficile, mais j'étais heureuse : il en valait la peine.

Un autre soupir.

— Robert est revenu quand Walker avait presque deux mois, et il m'a dit qu'il voulait à nouveau faire partie de nos vies. Cette fois, je lui ai dit de partir.

— Tu as bien fait.

— Ce n'est pas ce qu'il a pensé, pourtant. Je le sais maintenant. Quelques heures plus tard, je quittais le casino quand un homme m'a bousculée. C'est tout ce dont je me souviens. J'ai réussi à rentrer chez moi péniblement, mais j'étais presque dans un état second. Et lorsque les services de protection de l'enfance sont venus, j'ai été incapable de me ressaisir.

Elle se mit à respirer plus rapidement.

— Ils ont emmené Walker. Ils me l'ont arraché des bras. Il hurlait. Je savais que je devais faire quelque chose, mais je n'arrivais même pas à parler. Ils m'ont dit que quelqu'un les avait prévenus que je me droguais, et que j'étais incapable de m'occuper de mon bébé. C'était un cauchemar. Le genre de chose que l'on ne voit que dans les films ! Ensuite, tout est allé de mal en pis. Robert a prétendu que j'étais constamment sous l'emprise de la drogue. Je sais maintenant que la personne qui m'avait bousculée avait dû m'injecter quelque chose, mais je ne pouvais pas le prouver. Je ne pouvais pas prouver non plus que j'étais une bonne mère. Et Robert a fait en sorte que je sois déchue de mes droits parentaux.

Elle ajouta avec amertume :

— Je n'avais ni l'argent ni les relations qu'il fallait pour prouver mon innocence. J'étais totalement impuissante.

Walker se mit à bouger dans son sommeil. Cela donna à Brax

une excuse pour sortir de la voiture. Il allait devenir fou s'il restait là à se demander s'il pouvait la croire !

Il dégrafa les sangles du siège-auto et prit Walker dans ses bras. Tessa le rejoignit.

— Tu me crois ?

— Je ne sais pas.

Elle secoua la tête, le visage livide.

— Tu crois que je pourrais inventer tout ça ?

Brax lui fit face.

— Est-ce que je pense Robert capable des pires bassesses ? Oui. Mais j'ai du mal à imaginer qu'il veuille s'occuper d'un bébé !

Les yeux de Tessa se remplirent de larmes. Et il se rendit compte à quel point il était stupide de ne pas la croire. Il était normal de ne rien prendre pour argent comptant et d'être prudent, mais Tessa n'avait rien à gagner à lui mentir.

Et elle aimait Walker. Brax n'avait pas le moindre doute là-dessus.

— Je ne pense pas que tu inventerais cette histoire, reconnut-il. Je crois aussi que Robert serait prêt à tout pour obtenir ce qu'il veut. Mais je n'aurais jamais pensé qu'il descende si bas. Je suis désolé de ce qu'il t'a fait subir.

— Merci.

— Je suis tout de même furieux que tu m'aies menti pendant des semaines ! Tu m'as menti à chaque fois que je te posais des questions sur toi... à chaque fois que je m'émerveillais de voir que le courant passait si bien entre Walker et toi. Tu as fait semblant de n'être qu'une *baby-sitter* pour lui. Tu...

— Je ne savais pas comment tu allais réagir.

Les larmes roulèrent sur ses joues. Elle ne les essuya pas cette fois.

— Je me disais que tu allais me prendre Walker comme l'avaient fait les services de protection de l'enfance. Comme Robert. Et je ne pouvais pas le perdre à nouveau.

Elle se tordit les mains tout en regardant son fils, et ses larmes se mirent à ruisseler sur son visage.

— Je... je ne peux pas le perdre. Quand tu m'as dit que je ne pouvais plus travailler pour toi, j'ai eu l'impression de sentir mon cœur se briser. J'avais physiquement mal, je te le jure. Je ne pense pas que je pourrais supporter d'être séparée de lui à nouveau.

Walker se mit à gémir.

— Ta maman t'aime, souffla-t-elle au bébé, sans tendre la main vers lui.

Il avait l'impression d'être un monstre.

— Tiens, prends-le, dit-il en déposant Walker dans ses bras.

— Merci, merci.

Elle ferma les yeux et déposa des baisers sur le front et les joues du bébé.

Il était évident qu'elle adorait son fils. Brax se demanda ce qu'il aurait fait s'il avait été à sa place. À combien de personnes aurait-il menti s'il avait eu le sentiment qu'il ne pouvait rien faire d'autre ?

Elle ouvrit les yeux.

— Les individus qui recherchent Robert sont ceux qui m'ont volé mon sac dans le centre commercial. Ils utilisaient mon téléphone pour me localiser. Ils ignorent que Robert et toi êtes frères et ils ignorent que le bébé est ici. J'ai tout fait pour cela.

Cela lui suffit.

Elle aurait pu parler de lui à ces types pour qu'ils la laissent tranquille, mais elle avait choisi de le protéger.

Il croisa les bras.

— Plus de secrets.

Elle secoua la tête.

— Plus de secrets.

— C'est bon.

Lorsqu'il posa le bras sur ses épaules et la conduisit vers la maison, elle se laissa faire.

— Nous allons voir ensemble comment régler ça.

15

Dire la vérité à Brax n'avait pas été facile. Elle lui avait tout révélé, sans rien lui cacher, en espérant qu'il la croirait et qu'il pourrait la comprendre

Tessa embrassa Walker pour la cinquantième fois depuis que Brax l'avait déposé dans ses bras.

— Allez, petit, murmura-t-elle en approchant le biberon de la bouche de Walker, il est temps de manger et d'aller dormir.

Brax parlait au téléphone, tout en faisant les cent pas dans la cuisine. Elle l'entendait d'où elle était, même si elle ne pouvait pas comprendre ses paroles.

Il avait affirmé qu'il la croyait, et elle savait qu'elle pouvait lui faire confiance : c'était vrai.

Elle murmura à Walker :

— J'imaginais qu'il appellerait la police avant même que j'aie eu le temps de tout lui expliquer... qu'il serait convaincu que je mentais et qu'il ne voudrait plus que je te voie... Mais il m'a surprise.

La voix grave de Brax résonnait en bas.

— Oui, il est bien étonnant, conclut-elle alors que Walker terminait son biberon.

Elle lui fit faire son rot et le changea avant de le coucher. Ses cheveux étaient comme de la soie sous ses doigts lorsqu'elle les caressait.

— Je t'aime tant. Personne ne t'enlèvera à moi à nouveau. Et tu sais pourquoi j'en suis certaine ? Parce que ton oncle Brax m'a promis qu'il y veillerait.

Brax était en train de mettre fin à sa conversation téléphonique lorsqu'elle descendit.

— Nous vérifierons cela dès demain matin. Pour le moment, il faudrait étudier les documents relatifs au droit de garde et les rapports des services de protection de l'enfance.

Il se tourna vers elle lorsqu'elle entra dans la cuisine.

— Mes frères s'occupent de ton cas. Et quand ils sont sur une affaire, tu peux considérer que c'est déjà réglé.

— Je ne pourrai jamais assez te remercier. Pour tout.

Il leva les sourcils.

— Qu'ai-je fait ?

— Tu plaisantes ? Ou alors c'est parce que tu veux que je dresse la liste ?

Elle leva la main et se mit à énumérer en comptant sur ses doigts :

— Tu m'as donné un toit alors que je n'avais nulle part où aller. Tu m'as crue alors que tu aurais très bien pu appeler la police et me tourner le dos. Tu as demandé à tes frères de m'aider... Et je sais déjà que tu ne vas pas t'arrêter là. Tu ne cesses de m'étonner !

Ce fut gratifiant de voir son sourire charmant se teinter d'embarras.

— Ne te tracasse pas pour cela. Je connais Robert, et je suis désolé qu'il t'ait fait tant de mal.

Elle ne sut que répondre, alors elle se contenta de hausser les épaules.

— Je suis affamée. Je vais nous préparer quelque chose pour le dîner.

— Assieds-toi, déclara-t-il en la guidant vers la table. C'est moi qui vais cuisiner.

— Tu n'as pas à faire cela.

— Après tout ce que tu viens de subir, il est normal que l'on prenne soin de toi. C'est la moindre des choses.

Il se pencha et poursuivit en regardant dans le réfrigérateur :

— Même si je ne peux pas garantir que ce sera de la grande cuisine ! Nous sommes à court de provisions. Je ne pensais pas revenir avant demain.

— Je n'ai pas besoin de grande cuisine.

Elle posa le menton dans la paume de sa main et le regarda. Voir un homme s'activer dans une cuisine était un spectacle particulièrement appréciable…

Surtout quand cet homme était aussi beau que Brax.

Il la regarda tout en ouvrant une boîte de sauce tomate.

— Tu as un peu parlé avec maman cet après-midi. Elle t'a fait peur ?

Tessa eut un petit rire.

— Je doute qu'elle puisse faire peur à quiconque.

— C'est certainement parce que tu n'es pas une adolescente qu'elle est en train de gronder.

— J'imagine que ça n'a pas dû être toujours facile de vous élever !

— Effectivement.

Il versa la sauce dans une casserole et remplit une marmite d'eau.

— Mais mes parents y sont arrivés. Et surtout, ils ont vraiment créé une famille. Au début, je considérais mes frères comme des étrangers, alors que maintenant, je suis plus proche de chacun d'entre eux que je ne le serai jamais de Robert.

Elle fronça les sourcils en entendant son nom. C'était devenu presque un réflexe.

— Je n'arrive pas à croire que vous puissiez être frères.

— Déjà, nous ne sommes que demi-frères. Et nous n'avons pas été élevés ensemble. Nous ne nous connaissions pas avant que je ne fasse un de ces tests génétiques il y a quelques années.

— Ah bon ?

— Oui. C'était le genre de décision prise sur un coup de tête.

Il haussa les épaules comme si c'était anodin, mais Tessa remarqua qu'il détournait le regard. Il était manifestement important pour lui de savoir s'il avait une famille biologique.

— Et quel est votre lien exact ?

— Nous avons le même père. Ma mère a eu une relation avec lui alors qu'il était déjà marié à la mère de Robert.

— Je vois...

— Il ne m'a jamais reconnu. J'avais neuf ans quand ma mère est morte. Puisque mon père ne voulait pas de moi et que je n'avais par ailleurs pas de famille, j'ai été placé dans un foyer.

— Je suis vraiment désolée.

Un autre haussement d'épaules.

Il mit du sel dans l'eau des pâtes avant de se diriger vers le garde-manger.

— Je pense que j'étais un gamin difficile quand papa et maman m'ont accueilli chez eux. Cela faisait deux ans que j'étais soit dans la rue, soit dans des foyers ou des familles d'accueil, et la vie ne m'avait pas épargné.

— Mais tu t'en es sorti.

— Oui. Ça n'a été facile pour personne, bien sûr. Mais je dois dire que j'ai eu de la chance.

Il se tourna vers elle avec un soupir, un air préoccupé sur son beau visage.

Elle l'avait trouvé superbe au premier regard, mais elle le trouvait plus attirant encore, maintenant qu'il savait qui elle était vraiment et ne l'avait pas rejetée.

— Pour être honnête, c'est une des raisons pour lesquelles nous voulons tous aider Walker. Robert avait déclaré que sa mère était morte. Je n'ai jamais pensé à vérifier cette information. Et si j'avais refusé la garde du bébé et accusé Robert de m'avoir menti et de m'avoir manipulé, Walker aurait été placé dans une famille d'accueil. Nous ne voulions pas de cela.

Elle frémit à cette pensée.

— Merci encore d'avoir pris soin de mon fils.

— Hé, il est très mignon. Et presque aussi malin que son oncle.

— Si l'on considère qu'il n'a que cinq mois, je ne suis pas certaine que ce soit un compliment pour toi.

C'était bon d'entendre Brax rire, et cela faisait du bien de rire avec lui. Sans l'inquiétude liée à la fuite de Robert, ils auraient pu être un couple ordinaire profitant d'une soirée ensemble.

Waouh ! Venait-elle tout juste de penser à eux comme à un couple ?

— Comme je te l'ai dit, le repas sera très simple ! annonça Brax en déposant un saladier empli de spaghettis sur la table, ainsi qu'une salade qu'il avait déjà préparée.

— Simple ? J'avoue que lorsque je vivais seule, je me nourrissais presque uniquement de céréales et de soupes instantanées. C'est un festin !

Tessa se mit à manger. Ce fut à cet instant seulement qu'elle se rendit compte que ces derniers temps, elle avait perdu l'appétit. Les secrets, les mensonges et la peur avaient pesé sur elle de bien des manières.

— Il faut que je te demande quelque chose, déclara-t-il en posant les coudes sur la table. Qu'est-ce qui t'a attirée chez Robert ? Tu as dit qu'il était charmant.

Oui, il l'avait été pendant un temps, et maintenant que Tessa connaissait le lien de parenté qui existait entre Brax et lui, elle se disait que leur père devait avoir été particulièrement beau et séduisant, et que ses fils avaient hérité de cela.

— Il ne m'en fallait pas beaucoup plus, déclara-t-elle en haussant les épaules. Comme je te l'ai dit, j'étais très seule. Il a dû voir cela en moi. Certaines personnes savent repérer immédiatement ceux dont il leur sera facile de profiter.

— Robert est ce genre d'hommes, je n'en doute pas.

Brax secoua la tête, et se leva pour apporter les assiettes dans l'évier.

— Laisse-moi au moins t'aider à faire la vaisselle, proposa-t-elle. Tu peux essuyer ?

— Ça me convient tout à fait. J'aime assez cuisiner, mais je déteste laver la vaisselle !

Elle se contenta de secouer la tête avec un sourire.

— Je parie que c'était une des tâches ménagères que tu devais faire pour aider ta mère.

— Comment l'as-tu deviné ? demanda-t-il, et elle ne put s'empêcher de pouffer de rire.

— La mienne, c'était de cuisiner. Mais, contrairement à toi, j'ai toujours aimé le faire.

— C'est parce qu'on peut exercer sa créativité en cuisinant, et c'est gratifiant. Alors qu'on ne peut pas dire que laver un plat soit amusant !

— Ça peut l'être, répliqua-t-elle avec un haussement d'épaules, en retenant un sourire.

— Comment ?

Elle l'éclaboussa avec de l'eau savonneuse.

— Comme ça !

— Ce n'est pas du jeu !

Il l'éclaboussa à son tour, puis prit de la mousse dans ses mains et souffla pour l'envoyer vers elle.

Dans un éclat de rire, elle tenta de l'éviter, mais glissa sur le sol mouillé.

— Attention !

Brax s'esclaffait encore lorsqu'il la rattrapa avant qu'elle ne tombe.

— Tu vois ? C'est ce qui arrive quand on veut faire la maligne !

Elle leva les yeux vers lui en riant, tout essoufflée et plus heureuse qu'elle ne l'avait été depuis bien longtemps. Mais ce qu'elle lut dans son regard la réduisit au silence.

Il lui toucha légèrement le menton et lui inclina la tête en arrière. Elle posa le regard sur ses lèvres juste avant qu'elles ne viennent toucher les siennes.

Il était si différent de son demi-frère !

Le fait qu'elle pense à Robert à ce moment lui sembla presque sacrilège, mais cette constatation s'imposa malgré elle à son esprit.

Robert l'embrassait comme s'il prenait possession d'elle, et semblait assouvir son plaisir sans se soucier du reste. Brax était totalement différent, ce qui n'était pas véritablement une surprise, car il l'était en tout.

Il prit son temps, l'embrassa d'abord sur les lèvres doucement, mais fermement. Il la voulait mais lui laissait le choix, la cajolait...

Il plaça la main sur son dos et l'attira à lui. Elle avait posé les mains à plat sur son torse et sentait son cœur tambouriner. Le sien aussi s'était emballé, et elle en avait le tournis.

C'était une sensation délicieuse... le premier baiser dont toutes les femmes pouvaient rêver après avoir lu des romans d'amour ou vu des films romantiques. Le genre de baiser qu'elle n'aurait jamais pensé recevoir.

Lorsqu'il la serra dans ses bras et l'embrassa plus profondément, elle eut la sensation que son corps tout entier se réveillait. C'était bien. C'était parfait. Le parfum de son eau de toilette, son souffle chaud sur son visage, ce sentiment de sécurité dans ses bras forts...

Tout se termina trop vite.

Elle se pencha vers lui, tentant de retenir ce qu'il lui enlevait. Son cœur et son corps en voulaient plus.

— Je suis désolé, murmura Brax en lui caressant la joue une fois de plus, avant de laisser retomber sa main.

— C'est moi ? murmura-t-elle.

Elle ne lui plaisait pas ?

— Oh non ! Non, ce n'est pas ça du tout.

Il enfonça les poings dans ses poches.

— Crois-moi, j'ai envie de toi, Tessa. Plus que je ne saurais le dire.

— Ah bon ?

Il réussit à sourire.

— Trop, peut-être. Mais ça ne serait pas bien. Tu es prise dans une situation qui échappe à ton contrôle. Il faut d'abord régler cela et prouver ton innocence. Ensuite seulement, nous pourrons penser à... nous. Si c'est ce que tu veux.

C'était ce qu'elle voulait. Cela, et bien plus encore.

Avant qu'elle ne puisse prononcer des paroles qu'elle allait certainement regretter, les cris de Walker s'élevèrent du *baby phone* placé dans la cuisine. Ce fut presque un soulagement d'avoir une excuse pour quitter la pièce et se ressaisir un peu. Elle sortit rapidement, les joues en feu, alors que la sensation du baiser de Brax s'attardait sur ses lèvres.

S'il en fallait, elle avait maintenant une raison supplémentaire de vouloir laver son nom.

16

Après avoir passé deux jours à enquêter sur l'histoire que Tessa lui avait racontée, Brax était persuadé d'une chose : Robert avait besoin d'une bonne correction. C'était d'ailleurs le cas depuis bien longtemps.

— Je savais qu'il n'était pas un enfant de chœur, déclara-t-il en tendant des documents à ses frères, mais je n'aurais pas imaginé ça !

— Effectivement, il joue dans la cour des grands ! marmonna Luke.

Chance poussa un sifflement sourd en lisant le rapport concernant l'accident qui avait causé la mort des parents de Tessa.

— C'est dur... Je n'arrive toujours pas à m'habituer à l'idée qu'ils étaient en train d'aller ensemble au restaurant et que, l'instant d'après, tout était terminé.

Brax entendit à peine les réflexions philosophiques de son frère. Lui pensait surtout à Tessa, à ce qu'elle avait dû ressentir en perdant ses parents si soudainement... Combien elle avait dû avoir peur et se sentir seule !

— Eh bien ! s'exclama Weston en se frottant le front avec une grimace. Nous ne sommes pas très gais aujourd'hui !

Brax s'assit lourdement derrière son bureau.

— Ce que je n'arrive pas à comprendre, c'est pourquoi Robert se serait donné tant de mal pour enlever Walker, en piégeant Tessa et en mentant aux services de protection de l'enfance, s'il savait déjà qu'il allait me confier son enfant. Si son témoignage est faux, il encourt jusqu'à deux ans de prison et une lourde amende. Il a pris un très gros risque !

— Il pensait probablement qu'il ne serait pas pris, déclara Luke en haussant les épaules.

— Il est arrogant, soupira Weston. Il pense qu'il est intouchable, et qu'il pourra se sortir de n'importe quelle situation.

— En tout cas, il s'est donné bien du mal, marmonna Luke en feuilletant les rapports falsifiés établis à la demande de Robert. Il me donne l'impression d'avoir longuement réfléchi pour échafauder son plan.

Lorsque Brax regarda la signature au bas du document prononçant la déchéance des droits parentaux de Tessa, il comprit.

— Regardez : c'est Raymond Volver, le cousin de Robert ! Il a dû lui expliquer comment il devait procéder pour convaincre les services de protection de l'enfance.

— Au moins, voilà un point en faveur de Tessa, fit remarquer Weston. Faire éclater la vérité prendra du temps, c'est sûr, mais montrer que le juge est un cousin de Robert est un bon début. C'est totalement anormal dans une procédure judiciaire !

— Tessa sera heureuse de l'apprendre, déclara Brax.

Elle méritait un peu de joie et d'espoir, après tout ce que Robert lui avait fait endurer.

Il regarda ses frères.

— Donc, nous pouvons supposer que Robert n'avait pas prévu qu'il aurait des ennuis et qu'il devrait quitter la ville. J'imagine qu'emmener le bébé aurait ralenti sa fuite.

Luke hocha la tête.

— Je pense que nous pouvons tenir pour acquis que ce n'est pas pour le bien de Walker que Robert t'a confié Walker.

— Disons seulement que j'ai bien du mal à croire que Robert aurait pu penser ne serait-ce qu'un instant à la sécurité de son fils, répondit Brax.

— Je n'arrive pas à comprendre comment Tessa a pu garder

tout cela pour elle, constata Luke en secouant la tête. Quel poids elle a dû porter sur ses épaules !

Brax acquiesça.

— Elle a traversé beaucoup d'épreuves. Je me demande ce que les types qui la menaçaient se sont dit lorsqu'ils ont compris qu'elle n'était pas si facile à effrayer, et qu'elle leur a échappé en fuyant Eagle Pass.

Lui-même pouvait entendre la fierté que trahissait sa voix... Car il était véritablement impressionné par ce qu'elle avait accompli. Elle s'était magistralement débrouillée.

Lorsqu'il fut seul dans son bureau, il ouvrit son ordinateur et étudia un fichier comportant la liste des jours où Tessa avait subi des attaques. Il lui avait demandé de l'établir afin de pouvoir croiser ces éléments avec les images des caméras de surveillance qui se trouvaient dans les endroits où elle avait été accostée ou agressée.

Il allait tenter de retrouver des images de plaques minéralogiques, des hommes impliqués, de tout ce qui pourrait lui permettre d'établir leur identité.

Il reconnut une des dates immédiatement : celle où ses frères et lui étaient allés convaincre Nick de se rendre. Effectivement, Tessa lui avait raconté qu'elle était dans les locaux de l'agence quand deux hommes avaient tenté d'y pénétrer par effraction.

Il se redressa sur son siège, son intérêt éveillé, et se mit à rechercher des images provenant des caméras de surveillance de l'agence. Il y en avait plusieurs, dont une juste au-dessus de la porte d'entrée. Parfait.

— Voilà ! murmura-t-il en regardant les hommes.

Il y en avait un qui regardait à l'intérieur par une fenêtre, l'autre qui tentait d'ouvrir la porte.

Plus il les observait, plus il lui semblait qu'il s'agissait des individus qui se dirigeaient vers sa voiture lorsqu'il l'avait localisée et retrouvée derrière le centre commercial.

L'un d'entre eux avait un visage à la peau grêlé - Tessa lui en avait parlé et avait décrit en détail l'agression dont elle avait été victime lorsqu'on lui avait volé son sac. C'était celui qui avait essayé d'ouvrir la porte.

Savoir qu'elle était à l'intérieur de l'agence et qu'elle pouvait voir ces hommes qui lui voulaient du mal le mettait en rage. Il fallait vraiment être lâche pour terroriser une femme seule et sans défense !

Il revint quelques instants en arrière dans l'espoir d'apercevoir la voiture dans laquelle les hommes étaient arrivés, mais elle était hors du champ de la caméra.

Il passa à l'enregistrement d'un autre dispositif situé au coin du bâtiment, et commença à visionner l'enregistrement avant qu'il n'arrive avec Walker, au cas où les hommes aient déjà été sur les lieux.

Mais ce ne fut pas eux qu'il vit. Ce fut Tessa, qui sortait d'une allée située à côté de l'agence. D'où venait-elle ?

Il ouvrit alors le dossier contenant les enregistrements de la caméra qui était fixée sur l'arrière du bâtiment à l'autre bout de l'allée et regarda l'horodatage en haut de l'écran. Tessa n'apparaissait pas dans le flux vidéo.

Alors, d'où venait-elle ?

Il sentit monter en lui un sombre pressentiment, et revint au moment où ils avaient quitté l'agence ensemble, plus tôt dans la soirée.

Ils étaient là, en train de parler. Il lui avait demandé si elle pouvait venir très tôt, et elle avait accepté. Puis il s'était dirigé vers sa voiture, Walker dans les bras. Tessa les avait regardés pendant un instant avant de se retourner et de se diriger vers l'allée. Mais elle n'était pas ressortie de l'autre côté.

Maintenant, il comprenait pourquoi il lui avait été si facile de venir à l'agence rapidement... et pourquoi elle avait immédiatement accepté, lorsqu'il lui avait proposé de venir habiter chez lui. Ce n'était pas uniquement par amour maternel.

Elle avait dormi dans l'allée toutes ces nuits.

Il serra les poings si fort qu'il en eut mal. Robert allait payer pour ce qu'il lui avait fait.

Brax était encore si furieux lorsque la sonnerie de son téléphone retentit qu'il cria presque en décrochant :

— Allô ?

— Brax, c'est Janice Morgan.

Il s'efforça de poursuivre sur un ton plus affable.

— Bonjour ! Comment allez-vous ?

— Aussi bien que possible lorsque l'on a affaire au cartel Riviera, répondit-elle en soupirant.

Si c'était possible, la procureure semblait encore plus fatiguée que lorsqu'ils s'étaient parlé au téléphone la dernière fois.

— Que s'est-il passé ?

— L'autre témoin est mort hier soir.

Il ferma les yeux, affecté par la nouvelle.

— Je suis vraiment désolé.

— Moi aussi, d'autant plus qu'il se rétablissait bien jusqu'à hier après-midi. J'avais appelé les médecins pour avoir de ses nouvelles, et ils étaient très satisfaits de son état. Ils pensaient qu'il allait pouvoir rentrer chez lui le lendemain.

— Vous plaisantez !

— Il arrive parfois que l'état d'un patient se dégrade subitement, mais les médecins avaient l'air très surpris quand nous nous sommes parlé au téléphone il y a quelques minutes.

— Je vois...

— Je pense que nous pouvons affirmer sans risquer de nous tromper que le cartel Riviera y est pour quelque chose.

Il ne savait pas quoi dire et put seulement la rassurer :

— Vous pouvez compter sur moi. Je n'ai pas l'intention de me laisser intimider.

— Et je vous en remercie ! Mais faites très attention à vous. Prince est en liberté jusqu'au procès, et il est impossible de contrôler tous ses faits et gestes. C'est vraiment le moment de surveiller vos arrières !

Ses paroles s'imprimèrent dans son esprit, et il était encore en train d'y penser lorsqu'il partit à la fin de la journée. Il appela rapidement chez lui, et Tessa lui confirma que tout allait bien, et que Walker et elle l'attendaient.

Ils étaient en train de devenir le centre de son monde, si ce n'était déjà le cas. Ce n'était pas le moment d'avoir à surveiller ses arrières !

D'ordinaire, le trajet jusque chez lui l'aidait à se vider la tête. Il n'y avait jamais beaucoup de circulation, et il s'en félicitait souvent.

Un éclat de phares dans son rétroviseur le prit par surprise et l'aveugla presque. Il leva le bras pour se protéger, clignant les paupières.

— Bon sang ! s'exclama-t-il en klaxonnant.

Sa voiture fit une embardée, poussée par celle qui était derrière lui.

C'était volontaire.

Il appuya sur l'accélérateur. Il y avait une bretelle conduisant à l'autoroute dans un peu plus d'un kilomètre. Il pourrait peut-être semer son poursuivant...

Mais le conducteur de l'autre véhicule avait des projets différents. Il le percuta plus fort encore par l'arrière et faillit le pousser hors de la chaussée. Brax réussit à redresser à temps en braquant à gauche, soulevant des nuages de poussière. Mais son poursuivant réussit alors à le doubler tout en le poussant vers le fossé.

Le torse de Brax heurta le volant lorsque sa voiture plongea en avant, et il ressentit un élancement fulgurant dans son épaule. Il l'ignora et immobilisa sa voiture.

Son cœur battait à tout rompre. Il était encore sous le choc, mais savait que la douleur allait se manifester plus tard.

Tournant la tête, il tenta de repérer le véhicule qui l'avait poussé dans le fossé. Il voyait de la lumière en haut sur la route, ce qui indiquait que son conducteur s'était arrêté, certainement pour évaluer l'ampleur des dégâts qu'il avait causés. Le mieux était de rester dans son véhicule, la portière fermée. Il était armé, mais il ignorait combien de personnes se trouvaient là-haut.

Était-ce l'œuvre de ceux qui cherchaient Robert ? Ou de Prince Riviera ?

Il eut rapidement une réponse à sa question. Une silhouette familière s'avança au bord de la route, et s'immobilisa juste à l'endroit où sa voiture était sortie de la chaussée. Elle se dessinait dans la lueur des phares, et il reconnut le chef du cartel Riviera.

Prince considéra la voiture de Brax. Qu'attendait-il ? De voir si Brax était blessé ?

Plutôt que de descendre jusqu'à l'endroit où se trouvait Brax ou d'y envoyer quelqu'un, Prince cria depuis la route :

— Tu as le choix de ne pas témoigner.

Sur ces mots, il tourna les talons et, quelques secondes plus tard, Brax entendit avec soulagement le claquement d'une portière qui se fermait. La lueur des phares disparut progressivement, et Brax fut seul.

17

La nuit était si tranquille ! Elle était infiniment mieux que dans une allée... ou sur la banquette arrière d'une voiture.

Tessa regarda le plafond. Depuis combien de temps était-elle couchée ? Des heures, probablement.

Des heures passées à se poser des questions.

Que lui cachait Brax ?

Il lui donnait le même sentiment de nervosité maîtrisée que lorsqu'il était à la recherche du type qui ne s'était pas présenté à l'audience. Comme si quelque chose n'allait pas... Et quoi que ce soit, il ne lui disait pas ce dont il s'agissait.

Du coup, elle se sentait vaguement méprisée. N'était-ce pas lui qui lui avait fait promettre qu'ils n'auraient plus de secrets l'un pour l'autre ? Et pourtant, à peine quelques jours plus tard, il agissait de manière fuyante et semblait ériger un mur invisible entre eux.

Pourquoi ?

Naturellement, elle avait immédiatement songé à la réponse la plus probable : il lui en voulait de ce qui s'était passé avec Robert. Maintenant qu'il avait eu le temps de réfléchir à ce qu'elle lui avait appris, il avait décidé qu'elle n'était pas digne de confiance, ou trop stupide et crédule pour qu'il s'intéresse à elle.

Pour quelle autre raison aurait-il été si distant lorsqu'il était revenu à la maison la nuit dernière ? Il semblait préoccupé, ailleurs...

Weston avait appelé pour l'informer que Brax avait eu des problèmes avec sa voiture, et qu'il arriverait tard. Elle avait été heureuse qu'il l'ait prévenue, mais s'était demandé pourquoi Brax ne l'avait pas appelée lui-même. Était-ce parce qu'il ne désirait pas lui parler ?

C'était ce que son attitude avait suggéré lorsqu'il était enfin arrivé. Elle avait eu l'impression d'être invisible. Et dire qu'il prétendait qu'il lui tardait de les revoir, Walker et elle !

Il n'avait été ni désagréable ni impoli. Cela aurait été plus facile pour elle : elle aurait su comment se comporter. Mais être ignorée, surtout par Brax, lui était très pénible.

Il était allé se coucher peu de temps après, sans avoir mangé. Ses mouvements étaient raides, comme si quelque chose n'allait pas physiquement.

Il ne lui avait pas expliqué ce qui s'était passé. Rien. Pas un mot.

Elle avait espéré pouvoir le questionner dans la matinée, mais il était déjà parti lorsqu'elle s'était réveillée. C'était tôt, même pour lui.

Il était encore revenu très tard du travail ce soir. Alors oui, elle avait l'impression qu'il l'évitait. S'il n'avait pas été si différent auparavant - amical, chaleureux, curieux de savoir ce qu'elle avait fait dans la journée – elle n'aurait pas été si surprise par ce changement soudain.

Même en ce moment, alors qu'elle était allongée dans sa chambre plongée dans l'obscurité, le fait de penser que Brax pouvait ne plus l'estimer et considérer qu'elle n'était pas digne de confiance suffisait à lui serrer le cœur et à lui faire monter les larmes aux yeux.

Son estomac se mit à gronder. Elle n'avait pas mangé ce soir. Elle avait attendu Brax jusqu'à ce qu'il devienne clair qu'il n'allait pas rentrer pour le dîner, puis elle avait préféré aller immédiatement se coucher. Le repas qu'elle avait préparé était au réfrigérateur, mais ce n'était pas vraiment ce dont elle avait envie à cette heure de la nuit.

Ou du matin. Elle avait fini par regarder son réveil - d'ordinaire, elle évitait de le faire – et elle avait découvert qu'il était près de 2 h 30.

Maintenant que son estomac se mettait à gronder, elle savait que le sommeil ne viendrait pas. Elle avait besoin de manger. Elle descendit l'escalier sur la pointe des pieds et se dirigea vers la cuisine, veillant à être silencieuse pour ne pas réveiller Walker ou Brax.

Elle s'immobilisa lorsqu'elle aperçut Brax dans la pièce, observant le contenu du réfrigérateur comme s'il venait d'avoir la même idée qu'elle.

Elle eut tout d'abord l'envie de fuir.

Deux jours plus tôt, elle aurait éclaté de rire à cette idée. Mais c'était avant qu'il ne commence à l'ignorer.

Il ne savait pas qu'elle était là. Elle pouvait s'éclipser, retourner doucement dans sa chambre, et éviter un moment d'embarras. Et c'est ce qu'elle aurait fait si elle n'était pas restée clouée sur place.

Elle ne parvenait pas à détacher le regard du spectacle de ses hanches étroites, sur lesquelles son pantalon de survêtement semblait prêt à glisser. Il était torse nu, et elle voyait les contours de sa taille mince, de ses larges épaules et de ses bras musclés se dessiner dans la lumière du réfrigérateur.

Elle pouvait à peine respirer. Sa bouche s'assécha.

Il lança un coup d'œil par-dessus son épaule.

— Oh ! Bonsoir !

Elle dut faire un effort pour répondre.

— Bonsoir...

Brax se tourna vers elle, et elle retint son souffle. Tout son côté gauche était couvert d'ecchymoses. Elles allaient de l'épaule au flanc en passant par le bras, et sa peau était zébrée de griffures. Ses contusions étaient impressionnantes, et devaient être douloureuses.

— Que t'est-il arrivé ? murmura-t-elle, la gorge serrée.

Le simple fait de le voir ainsi lui faisait mal. Si elle avait su !

Il baissa le regard sur lui-même et fit la grimace.

— Hum...

Il fronça les sourcils, s'éclaircit la voix, et évita son regard.

— Ce problème de voiture que j'ai eu il y a deux jours...

— Oui ?

— C'était plutôt un accident.

— Brax !

— Je vais bien.

— Bien ? s'exclama-t-elle en désignant ses blessures. On ne dirait pas ! Ce n'est pas étonnant que tu aies eu l'air d'un zombie lorsque tu es revenu. Que s'est-il passé exactement ?

— Ce n'était rien.

Il évitait toujours son regard.

— Il faisait nuit. Il n'y avait personne sur la route, et je devais aller un peu trop vite.

Elle le dévisagea.

— Je ne suis pas douée pour grand-chose, admit-elle à voix basse, mais je sais quand on me ment. Tu aurais beau jeu de me dire que, dans ce cas, j'aurais dû être plus prudente avec Robert mais...

Elle s'interrompit et haussa les épaules, avant de poursuivre :

— Tu ne me dis pas la vérité. Tu as réussi à échapper à ces types qui nous poursuivaient sans prendre le moindre risque. Tu es un excellent conducteur.

Il fit la grimace.

— Ça arrive...

— Tu refuses de me regarder. C'est aussi pour cela que je sais que tu me caches quelque chose. Pas de secrets. C'est toi qui as édicté la règle. Je suis capable de la suivre. Mais toi ?

— On ne peut rien te cacher...

Il poussa un soupir avant de la regarder dans les yeux.

— Bon, d'accord. Je voulais t'épargner tout cela, mais je vois que c'est une perte de temps. Je ne suis pas sorti seul de la route. J'ai été poussé... par Prince Riviera.

Elle sentit le cœur lui manquer.

— Oh ! non ! Brax...

— Je vais bien, tu vois ?

Il étendit les bras et même en cet instant, elle ne put s'empêcher de remarquer combien il était beau.

Mis à part les bleus hideux que ce monstre lui avait causés.

— Tu devrais t'asseoir, dit-elle en lui prenant la main. Viens, je vais te faire un sandwich. Tu as besoin de manger.

— Et, toi, tu as besoin de dormir.

Elle rit tout en sortant de la nourriture du réfrigérateur.

— Pourquoi crois-tu que je sois venue ici ?

— Je protesterais volontiers, mais je meurs de faim ! reconnut-il.

Il resta silencieux alors qu'elle leur préparait une collation.

— Je suis désolé, finit-il par marmonner.

— De quoi ? demanda-t-elle en coupant en deux le sandwich qu'elle venait de confectionner.

— De ne rien t'avoir dit. Je ne savais pas quoi faire, ni comment gérer la situation, donc j'ai pensé que c'était mieux de ne pas t'en parler.

— Je comprends.

Elle éprouvait un soulagement presque physique, maintenant qu'elle connaissait la raison pour laquelle il l'avait évitée ces derniers jours... d'autant plus que c'était pour la préserver.

Elle entama son sandwich, mais un coup d'œil en direction de Brax l'arrêta.

— Tu vas bien ? lui demanda-t-elle lorsqu'elle le vit faire la grimace en se frottant le cou.

— Je suis un peu raide. Mais ça va.

— Ne joue pas au héros !

Elle s'approcha de lui.

— Mange ton sandwich, et je vais te masser le cou.

— Du moment que tu n'essaies pas de m'étrangler...

— Ne me tente pas !

Elle était déjà en train de le masser avant qu'elle ne se rende véritablement compte de la situation : c'était un geste innocent, c'était certain, mais tout de même ! Il était torse nu et elle était très près de lui...

— Ce sandwich est délicieux ! s'exclama-t-il entre deux bouchées. C'est tout à fait ce dont j'avais besoin !

— J'en suis heureuse.

Il la regarda et posa la main sur la sienne.

— Et j'avais bien besoin de cela aussi.

— Je ne sais pas très bien masser.

— Mais si !

Il l'attira à lui et l'assit sur ses genoux avant même qu'elle ne puisse penser à l'arrêter.

Non qu'elle en ait eu envie, loin de là !

Mais même à cet instant elle ne put s'empêcher de déclarer :

— Tu m'as dit il y a quelques jours que tu ne voulais pas que nous allions plus loin tant que nos problèmes ne seraient pas réglés.

— C'est vrai, murmura-t-il en l'enlaçant et en l'attirant contre lui.

Elle posa doucement la main sur son épaule couverte de bleus.

— Quand je vois tes ecchymoses, je me dis que c'est loin d'être le cas !

— Parfois, je pense que je ferais mieux de me taire, grommela-t-il.

Elle ne put résister. Mais il était vrai qu'elle n'avait même pas envie d'essayer.

Pas quand elle était si près de lui, et qu'il était si chaud, si solide et si fort.

Elle vit l'expression de son visage changer un instant avant qu'il pose les lèvres sur sa bouche et l'attire dans un baiser plein de douceur. Peut-être était-ce le fait qu'elle ait cru pendant deux jours qu'il la détestait qui rendait ce moment si tendre... si spécial.

Ses contusions ne semblaient pas le faire souffrir. Elle sentit ses bras se resserrer autour d'elle alors que leur baiser s'approfondissait. Elle veillait à ne pas lui faire mal, mais ne put résister à l'envie de le toucher, de caresser sa peau douce et chaude, les contours des muscles qu'elle sentait se dessiner...

Elle avait faim… mais d'une faim que lui seul éveillait en elle, et que lui seul pouvait satisfaire.

Son désir était enflammé par la façon dont il l'embrassait, dont il la tenait, dont ses mains laissaient des traces brûlantes sur sa peau… Pourrait-elle jamais se rassasier de lui ? Ou chaque caresse, chaque baiser ne ferait-il qu'intensifier le besoin qu'elle avait de lui ?

Rien au monde n'aurait pu les arrêter…

Rien, si ce n'était quelqu'un qui ne pouvait pas parler, mais qui était pleinement en mesure de se manifester.

Tessa se mit à rire lorsque les cris de Walker s'élevèrent du *baby phone*.

— Il a un sixième sens ! s'exclama-t-elle.

Brax poussa un soupir, puis éclata de rire lui aussi.

— Son *timing* est impeccable.

— Il doit avoir faim. Il est presque 3 heures. Je vais lui faire chauffer un biberon.

Rien ne lui faisait moins envie que quitter les genoux de Brax, mais elle n'avait pas le choix.

Le temps qu'elle mette le biberon à chauffer, Brax était de retour avec Walker dans les bras.

Elle ne put s'empêcher de remarquer qu'il avait enfilé un T-shirt.

— Hé, mon petit, tu as faim ? demanda Tessa en caressant la joue douce de Walker avant de déposer un baiser sur ses cheveux.

— Oui. Il me disait là-haut qu'il avait très envie d'un sandwich, mais je lui ai rappelé qu'il n'avait pas encore de dents.

Le sourire que Brax lança au bébé lui fit fondre le cœur.

Ils sursautèrent tous les trois lorsqu'une des fenêtres du salon vola en éclats.

Brax lui tendit le bébé qui hurlait et se plaça entre elle et le salon. Tessa poussa peut-être un cri, elle aussi, mais elle n'en eut pas vraiment conscience.

Elle suivit Brax, et ils se dirigèrent vers le salon. Son cœur battait à tout rompre, alors qu'elle serrait Walker contre elle, enveloppant sa petite tête de la paume de sa main, et la pressant contre elle.

Brax tendit le bras, l'arrêtant avant qu'ils n'entrent dans la pièce.

L'odeur de l'essence et de la fumée emplit ses narines. Une lueur orangée et dansante se réfléchissait sur les murs.

Le feu.

18

Le feu se propageait dans le salon, et le tapis et les rideaux étaient maintenant la proie des flammes. Brax jeta un coup d'œil à Tessa. Elle semblait terrifiée et serrait contre elle Walker qui hurlait.

L'odeur de l'essence leur assaillait les narines. Ce devait être un cocktail Molotov qui avait été lancé par la fenêtre. La première réaction de Brax aurait normalement été de quitter la maison, mais il avait le sentiment que quelqu'un les attendait à l'extérieur, et que le seul but de cette attaque était de les faire sortir pour leur faire du mal.

Agissant d'instinct, il guida Tessa et le bébé vers la cuisine.

— Restez là, leur dit-il en les poussant dans le garde-manger.

Ils y seraient plus en sécurité : il n'y avait pas de fenêtre, et personne ne pouvait venir les attaquer de l'extérieur.

Mais il n'y avait pas d'issue si l'incendie échappait à son contrôle.

— Le feu ! s'exclama Tessa par-dessus les cris de Walker.

— Je m'en occupe. Restez là.

Il referma la porte et courut vers le salon. Il attrapa un des coussins du canapé et en frappa le tapis et les bouts de rideaux qui étaient tombés à terre.

La pièce était envahie de fumée, mais le feu ne s'était pas propagé. Celui qui avait lancé la bouteille ne l'avait pas fait avec assez de force pour qu'elle se brise en heurtant le sol.

Ils avaient eu de la chance.

Lorsqu'il se fut assuré que le feu était bien éteint, il se dirigea vers son coffre, y prit son arme et s'approcha discrètement d'une fenêtre.

— Où êtes-vous ? marmonna-t-il pour lui-même, alors qu'il scrutait les ténèbres de cette nuit sans lune.

Personne n'aurait pris la peine d'envoyer un tel message sans rester à proximité pour s'assurer que l'avertissement avait été bien reçu.

Par l'une des fenêtres donnant sur l'avant de la maison, il aperçut une voiture garée sur la route, assez près pour que ses occupants puissent les repérer si Tessa et lui tentaient de s'enfuir de la maison en feu.

Toujours en se déplaçant discrètement, il retourna dans la cuisine pour passer un appel de son téléphone fixe.

— Allô, Chance, je ne peux pas parler longtemps ! cria-t-il. Quelqu'un a lancé un cocktail Molotov par la fenêtre du salon. Tout est sous contrôle, mais il faut que tu contactes les pompiers et la police en leur disant de venir immédiatement. Et vous trois aussi. Je crois que ceux qui ont fait ça sont dehors en train de m'attendre.

Chance laissa échapper une série de jurons avant de demander :

— Que vas-tu faire ?

— Je dois faire sortir Tessa et Walker d'ici.

Il toussa alors que la fumée s'épaississait. Il avait dû oublier quelques braises.

— Passe les appels. Il faut que nous sortions d'ici !

— Sois prudent.

Brax retourna dans le salon. Les rideaux s'étaient enflammés à nouveau et le mur derrière eux avait commencé à noircir. Il combattit la peur qu'il sentit monter en lui pour se concentrer sur la seule chose qui comptait en ce moment : Tessa et Walker.

Pourquoi Walker était-il si calme ? Étaient-ils tous les deux en danger ?

Oubliant les flammes qui menaçaient de détruire entièrement sa maison, Brax se précipita dans la cuisine et ouvrit la porte du garde-manger. Tessa était assise en tailleur sur le sol et donnait à Walker le biberon qu'elle avait mis à chauffer avant le chaos. Même dans cette situation dantesque, son premier souci était pour son fils.

Et dire que quelqu'un voulait leur faire du mal ! Il sentit la rage l'envahir.

— Viens, nous devons partir d'ici, murmura-t-il en serrant les dents, pour ne pas effrayer le bébé.

— Qu'allons-nous faire ? demanda Tessa, qui écarquillait les yeux de terreur.

C'était une bonne question.

— Nous allons sortir par l'arrière. Il y a une voiture garée à l'avant, sur la route. Il faut l'éviter.

Il l'aida à se relever et se dirigea vers la porte donnant sur le jardin. Avant de sortir, il marqua un temps d'arrêt pour scruter les environs.

— Suis-moi en faisant le moins de bruit possible. Ne dis rien.

Même si tout semblait tranquille de ce côté-là de la maison, il balayait constamment les lieux du regard et tendait l'oreille, mais il ne remarqua rien. Soit les hommes de Riviera étaient paresseux, soit ils étaient stupides.

Ce n'était pas une surprise. Mais Brax ne s'en plaignait pas !

Il prit Tessa par le bras et la conduisit à distance de la maison tout en continuant à observer attentivement les alentours. Chaque craquement, chaque pas lui semblait déchirer le silence.

Ceux qui avaient lancé le cocktail Molotov allaient certainement envoyer quelqu'un surveiller l'arrière de la maison lorsqu'ils se rendraient compte que personne ne venait de leur côté. Brax en était convaincu, donc il ne fut pas surpris lorsqu'il entendit un pas lourd qui s'approchait de l'endroit où ils se trouvaient. Il poussa Tessa en direction des arbres.

— Vas-y ! murmura-t-il.

Elle s'élança.

Il se retourna et s'accroupit derrière un énorme barbecue qui avait servi de point de rassemblement lors de multiples réunions animées, priant pour que Walker ne choisisse pas ce moment pour se mettre à crier.

Personne ne ferait de mal à sa famille.

Il attendait, osant à peine respirer, l'arme à la main. Un homme de haute taille et de forte corpulence apparut au coin de la maison, la cigarette à la bouche, marchant aussi nonchalamment que s'il se promenait.

Brax attendit que l'homme passe près de lui pour lui assener un coup sur la tête avec la crosse de son arme. Le type s'effondra à ses pieds.

Il était seul. Personne ne le suivait. Les autres devaient toujours être en train d'attendre dans la voiture.

Pendant une fraction de seconde, Brax hésita. Il avait envie de faire payer ce type - tout comme ses comparses – pour avoir menacé sa famille, mais il ressentait également le besoin de courir vers les arbres pour rejoindre Tessa et le bébé. Ils étaient trop vulnérables, même s'ils se cachaient.

Les types, ou Tessa et Walker ?

Tessa et Walker, bien sûr.

— Tessa ? murmura-t-il lorsqu'il fut assez près pour pouvoir prendre le risque de l'appeler.

— Je suis là.

Il percevait seulement le son de sa voix.

— Il dort.

Tessa était blottie entre deux gros troncs d'arbre, si bien cachée dans l'ombre épaisse qu'il faillit trébucher sur elle avant de la voir.

Il s'accroupit à son côté et les enveloppa tous deux de son bras.

— Tu vas bien ?

— Oui.

Le tremblement qu'il sentait sous la paume de sa main contredisait ses paroles. Elle était encore terrifiée.

De la fumée se dégageait de la maison maintenant. Une autre vitre éclata en morceaux alors que les flammes s'élevaient. Il détestait penser à ce qui était en train d'arriver à sa demeure, mais ce qui importait réellement était tout contre lui.

Ils étaient sa famille, tous les deux et, s'il le fallait, il donnerait sa vie pour les protéger.

Il se raidit en voyant l'homme qu'il avait assommé se remettre à bouger.

— Chut, souffla-t-il à l'oreille de Tessa.

Un coup d'œil à Walker lui apprit qu'il dormait profondément, maintenant qu'il avait mangé.

Un second homme apparut de l'autre côté de la maison.

— Hé, ça va ? l'entendirent-ils demander à son camarade.

— ... m'a frappé... ne sais pas où il est allé...

Le type avait l'air confus, mais il s'en sortait bien. Il méritait bien pire, comme son compagnon, d'ailleurs !

— C'est bon, murmura-t-il à Tessa. Nous sommes en sécurité. Ils ne vont pas nous faire de mal.

Elle hocha la tête, puis l'enfonça dans son cou. Il valait mieux qu'elle ferme les yeux et tente de se calmer. Sinon, le bébé pourrait sentir sa nervosité, et ils seraient en grand danger s'il se mettait à pleurer.

Les hurlements de sirènes s'élevant dans le lointain calmèrent les appréhensions de Brax. Les deux hommes s'immobilisèrent pendant une seconde avant de prendre la fuite. C'était la première chose sensée qu'ils faisaient de la soirée.

Lorsqu'ils furent hors de vue, Brax respira un peu mieux, mais il n'était pas question qu'il fasse sortir Tessa et Walker de leur cachette avant qu'il soit certain de ne leur faire courir aucun risque. Ce qui signifiait que pour le moment, il attendait en observant les environs, et en tendant l'oreille.

Ce fut seulement lorsque Weston et Luke apparurent qu'il se redressa et aida Tessa à se relever.

— Nous sommes ici ! cria-t-il.

Le fait de voir son frère chassa ses dernières craintes. Mais cela lui fit également prendre conscience qu'il aurait pu perdre Tessa et Walker. Maintenant qu'ils étaient en sécurité, il pouvait se permettre de penser à ce qui aurait pu leur arriver.

Et s'ils avaient été endormis à l'étage supérieur lorsque le cocktail Molotov avait atterri dans le salon ? Et si Tessa avait été seule dans la cuisine, en train de préparer le biberon de Walker ? Aurait-elle paniqué et serait-elle sortie sur l'avant de la maison ?

Tant de pensées se bousculaient dans son esprit que ce fut un soulagement d'avoir à se concentrer sur les questions que lui posèrent les policiers.

Il leur dit tout ce qu'il savait, décrivit les deux hommes qu'il avait aperçus derrière la maison, et le peu qu'il avait pu entrevoir de la voiture garée sur la petite route.

— Quelle raison pourrait-on avoir pour vous attaquer, vous et votre famille, monsieur Patterson ? demanda un des policiers.

Sa famille. C'était ça. Il ne prit pas la peine de corriger celui qui avait posé la question.

— Je vais témoigner contre Prince Riviera et son cartel, expliqua-t-il. Janice Morgan, la procureure, vous expliquera tout si vous la contactez. Riviera et ses hommes m'ont fait sortir de la route il y a deux jours.

Il souleva son T-shirt pour leur montrer ses ecchymoses.

— Pourquoi ne nous en avez-vous pas informés ? Nous aurions pu empêcher ce qui vient de se passer, déclara le second policier.

Weston prit la parole avant que Brax ne puisse répondre, et ce fut pour le mieux.

— Depuis cet accident, nous avons passé le plus clair de notre temps à voir comment protéger mon frère sans rendre la situation pire pour lui ou pour ses proches.

Lorsqu'il regarda Tessa et Walker, le policier s'adoucit.

— Raison supplémentaire pour faire appel à nous, leur fit-il remarquer.

— C'est ce qu'avait fait l'autre personne qui devait témoigner...

Brax s'interrompit lorsque Weston lui lança un regard.

Non, il valait mieux qu'il se taise.

— Nous allons réussir à pincer Riviera, déclara le second policier. Et nous sommes en mesure de vous protéger.

— J'ai déjà trouvé une planque, déclara Weston. Vous pouvez concentrer vos efforts sur Riviera et ses hommes. Nous nous occuperons des nôtres.

Chance enveloppa Tessa et Walker dans une couverture qu'il était allé chercher dans sa voiture.

Luke avait l'air sombre lorsqu'il s'approcha de Brax.

— Les choses auraient pu beaucoup plus mal tourner.

— Je le sais.

— Il va falloir du temps pour refaire le salon. Tu as bien fait d'éteindre ce que tu pouvais avant de sortir de la maison.

— Je ne pouvais pas laisser le feu s'étendre alors que Tessa et Walker étaient encore à l'intérieur.

Rien qu'en y pensant, Brax sentait ses entrailles se tordre.

Luke posa la main sur l'épaule de son frère.

— Je comprends ce que tu es en train de vivre. Je sais ce que l'on ressent lorsque quelqu'un compte plus que tout et que nous-même. Cela ne t'aide peut-être pas mais... je comprends.

Non, cela ne l'aidait pas... pas de manière concrète en tout cas. Mais cela le soulageait tout de même. Il n'était pas complètement fou d'avoir des envies de meurtre. Et ce n'était pas l'idée qu'on ait pu s'en prendre à lui, ou à sa maison – dont il avait toujours été fier et qu'il considérait comme un havre de paix – qui les provoquait.

C'était parce que ces hommes avaient voulu faire du mal à Tessa et Walker.

Tout d'abord, il devait les mettre en sécurité. Ensuite, il ferait tout pour qu'une telle chose ne se reproduise jamais.

19

Une radio de la police émit un grésillement, et Tessa sursauta. Elle sentit son cœur faire un bond dans sa poitrine. Ses bras tremblaient si fort qu'elle craignit un instant de faire tomber le bébé.

Elle était sur le point de craquer. Il suffirait d'un autre visage menaçant dans l'ombre, d'une autre course éperdue dans la nuit... Elle ne le supporterait plus.

Et puis, il y avait toutes les questions qu'elle se posait : et si... Lorsqu'elle ne sursautait pas au moindre bruit, elle passait son temps à se demander ce qui aurait pu se passer.

Et s'ils n'avaient pas été en bas au moment où la bombe avait explosé ? Et si la bouteille s'était brisée et l'essence s'était répandue ? Et s'ils étaient sortis à l'avant de la maison et que ces hommes les avaient interceptés ? Et si Walker s'était mis à pleurer alors qu'ils se cachaient ?

Et si, et si, et si... les questions s'enchaînaient sans fin dans son esprit.

Elle allait perdre la raison si cela ne s'arrêtait pas. Il y avait un autre *et si* : et si elle finissait par y laisser la raison ?

Non.

Certaines personnes pouvaient se payer le luxe de craquer lorsque la vie les malmenait. Elles n'avaient pas un bébé qui dépendait d'elles.

Elle caressa la petite tête de Walker et posa le menton dessus comme pour le protéger, s'émerveillant de sa capacité à rester profondément endormi malgré tout ce qui se passait autour de lui. C'était une bénédiction, surtout lorsqu'elle repensait au moment où ils tentaient d'échapper aux deux hommes.

— Merci, mon chéri, murmura-t-elle avant de l'embrasser.

Qui avait tenté de les tuer ? Les ennemis de Robert, ou ceux de Brax ? La cruauté du mode opératoire suggérait qu'il s'agissait du cartel, mais rien n'était certain.

Cela avait-il une quelconque importance ? Le résultat aurait été le même.

Un petit coup sur son épaule la fit sursauter à nouveau.

— Désolé, dit Brax en levant les mains en signe d'excuse. Je ne voulais pas te faire peur.

Elle eut un petit rire.

— Tu es bien le dernier à me faire peur !

— Heureusement !

Il fronça les sourcils.

— Weston va te conduire vers la planque qu'il a trouvée. Tu seras bien là-bas.

« Bien ». Comme si c'était possible ! Elle faillit rire à nouveau, mais le peu de contrôle qu'elle avait encore sur elle-même lui souffla que ça ne serait pas une bonne idée.

Il l'escorta jusqu'à la voiture de Weston et ouvrit la portière du côté passager pour qu'elle puisse s'installer, pendant que Luke fixait le siège-auto à l'arrière. Lorsque Brax tendit les bras pour prendre Walker, elle se détourna en le serrant un peu plus fort contre elle.

Le visage de Brax se décomposa. Elle comprit que sa réaction l'avait heurté, et elle se ressaisit. Il n'avait jamais fait de mal ni à elle ni à Walker et ne méritait pas cela.

Elle lui tendit Walker. Brax le prit et alla l'attacher dans le siège-auto. Son fils serait en sécurité. Même si elle se sentait encore prête à craquer.

L'envie de se glisser derrière le volant, et de fuir dans la nuit avec Walker lui parut un instant presque irrésistible.

La seule chose qui lui importait était la sécurité de son bébé, et elle avait failli le perdre à nouveau.

Elle étudia Brax alors qu'il la regardait debout à côté de la portière. Il avait toujours sur le visage l'expression triste qui s'y était peinte lorsqu'elle avait retenu Walker contre elle. Brax détestait cette situation tout autant qu'elle. Peut-être plus encore, puisqu'il s'en sentait responsable. Personne n'avait besoin de le lui dire. Elle le savait.

Il s'accroupit à côté de la voiture.

— Tout ira bien, je te le jure. Lorsque Walker et toi serez là-bas, rien ne pourra vous arriver.

Il posa une main sur la sienne.

— Tu n'es pas seule. Je vais tout faire pour vous protéger. Je te le jure, Tessa. Rien ne m'importe plus que Walker et toi. Vous êtes ma priorité, et j'ai l'intention de vous consacrer ma vie. Tu comprends ?

La conviction avec laquelle il prononça ces paroles l'émut au plus profond d'elle-même. Il avait mis tant de force dans cette déclaration, tant d'intensité...

Et elle le crut.

Elle retourna sa main pour pouvoir entrecroiser leurs doigts.

— Oui, je comprends.

— Bien.

Il posa délicatement son autre main sur sa joue et scella sa promesse par un baiser qui lui alla droit au cœur.

— Allons-y, déclara Weston en se glissant derrière le volant. Nous te retrouverons là-bas.

Brax fit un signe d'acquiescement à son frère et échangea un autre regard avec elle avant de refermer la portière. Il leva la main pour la saluer avant de s'éloigner.

Weston démarra.

— Ne t'inquiète pas. Il vaut mieux y aller séparément si par hasard quelqu'un nous observe. Ce n'est pas le cas, mais on n'est jamais trop prudent, expliqua-t-il.

Il tourna la tête vers elle et suggéra :

— Pourquoi n'essaierais-tu pas de dormir un peu en chemin ?

— Où allons-nous ? Je veux dire, où se situe cette cachette ? Je suis désolée si la question est indiscrète, mais je suis un peu curieuse.

— C'est normal. Tu as le droit d'être curieuse ! Il s'agit d'un appartement au nord de San Antonio.

— D'accord.

Il la dévisagea.

— Sérieusement, tu as l'air prête à t'écrouler de fatigue.

— Je n'arrivais pas à dormir ce soir, même avant que ce cauchemar commence.

— Alors, déclara-t-il d'un ton réconfortant, repose-toi tant que tu le peux. Quelque chose me dit que tout à l'heure, ce petit bout ne se souciera pas trop de ce qui s'est passé cette nuit !

Il avait raison.

Elle allait fermer les yeux pour une minute seulement...

— Tessa ? Nous sommes arrivés.

Elle sursauta. Une seconde à peine s'était écoulée.

Vraiment ? Car ils étaient maintenant sur un parking.

— Eh bien ! Je me suis immédiatement endormie.

— Tu en avais besoin. Viens. Brax m'a envoyé un message il y a à peine une minute. Il est déjà arrivé.

Weston l'aida à sortir le siège-auto, et Tessa le suivit à l'intérieur de l'immeuble.

— Ce n'est rien de très grand ni de très luxueux, expliqua Weston tout en ouvrant la porte.

C'était comme s'il s'excusait d'avance.

Si elle n'avait pas été presque morte de fatigue, elle lui aurait dit que cet appartement faisait au moins trois fois la surface de celui qu'elle avait laissé à Eagle Pass, et qu'il était bien mieux meublé.

Brax les attendait, comme son frère l'avait annoncé. Il la serra dans ses bras.

— Tu seras en sécurité ici, je te le promets.

— Je vais repartir, déclara Weston en déposant le siège-auto sur la table basse. Tout va bien ?

— Oui, tout va bien, répondit Brax en hochant la tête.

— Merci, murmura Tessa.

Weston leur fit un signe de la main, et sortit.

Elle se tourna vers Brax avec un soupir.

— Enfin seuls.

Il lui fit un bref sourire.

— Je suis désolé de te le dire, mais je vais devoir bientôt m'en aller, moi aussi.

— Ah bon ? Déjà ?

Mais un coup d'œil par-dessus son épaule lui apprit que le soleil était près de se lever.

— Je reviendrai vite, je te le promets.

Elle devait le laisser partir, elle le savait.

Mais il n'était pas pour autant plus facile de le lâcher.

— Tessa...

Il lui caressa les cheveux, le visage.

— Personne ne connaît cet endroit, à part des personnes en qui j'ai une entière confiance. Ne sors pas. Si tu veilles à cela, tu seras en sécurité ici.

— Cela m'est égal de ne pas sortir. C'est pour toi que je suis inquiète !

Il sourit plus spontanément cette fois et retrouva un instant sa chaleur habituelle.

— Ce sont ces types qui devraient être à l'origine de tes soucis, pas moi !

Elle n'en avait pas moins le cœur serré par l'angoisse.

— Je t'en prie, sois prudent.

— Je le serai.

Il déposa un baiser sur son front et la serra dans ses bras avant de la lâcher.

— J'enverrai quelqu'un avec des provisions pour Walker et toi. Il y a un téléphone prépayé sur la table de nuit. C'est lui dont je me servirai pour te joindre. Pour le moment, la seule chose que tu as à faire, c'est dormir. D'accord ?

— D'accord.

Elle essaya d'être aussi courageuse que possible, pour ne pas être un poids supplémentaire pour lui.

Après tout, elle lui avait déjà donné assez de sujets d'inquiétude comme ça.

Il était midi passé lorsqu'elle se réveilla.

Sa première pensée, comme d'habitude, fut pour Walker. Il était à côté sur le grand lit, entouré de coussins pour qu'il ne risque pas de tomber.

— Hé, petit !

Elle se détendit en le voyant gazouiller tout en jouant avec son pied.

— J'étais souple comme toi auparavant, moi aussi.

Au moins, il se sentait bien. Il ne semblait pas avoir souffert du traumatisme de cette nuit.

C'était toujours ça...

Il y avait un message de Brax sur le téléphone prépayé.

Les provisions arrivent. Sources sûres.

Elle ne savait pas très bien ce qu'il entendait par là, mais elle lui faisait confiance.

Elle eut juste le temps de changer Walker et de se rafraîchir avant que l'on frappe à la porte d'entrée. Tessa se dirigea vers elle sur la pointe des pieds, sentant l'angoisse monter en elle, et regarda par le judas.

C'était Maci, de l'agence, avec une femme qui lui semblait vaguement familière. Elles étaient toutes deux chargées de sacs. Elle ouvrit rapidement la porte pour qu'elles puissent les déposer à l'intérieur.

— Bonjour, murmura Maci en se dirigeant vers la cuisine. Eh bien, j'ai fait ma musculation de la journée ! Je n'en peux plus !

— Tu peux parler normalement, il est réveillé.

Tessa alla chercher Walker dans la chambre.

— Le voilà ! Mon meilleur ami ! s'exclama Maci en tendant les bras.

Soudain, elle ne semblait plus particulièrement fatiguée d'avoir porté les courses.

Pendant ce temps, l'autre femme, mince, blonde, et que Tessa avait l'impression d'avoir déjà vue, lui tendit la main.

— Bonjour, je suis Claire Wallace, la fiancée de Luke.

C'était cela. Tessa était presque morte de chagrin et d'angoisse lorsque Robert lui avait enlevé Walker, mais elle se souvenait du moment où le visage de Claire était apparu sur l'écran pendant le journal télévisé. On disait qu'elle avait tué une de ses collègues et un policier, mais elle avait ensuite été innocentée.

Et par la même occasion, elle avait réussi à faire tomber l'un des hommes d'affaires les plus véreux du Texas. Et maintenant, Tessa voyait que cette femme avait non seulement réussi à traverser ces épreuves, mais qu'elle en était sortie avec le sourire et la joie de vivre. Elle serra la main de Claire avec chaleur.

— Je n'ai jamais vu Brax comme cela, déclara Maci, alors que Claire et Tessa rangeaient les provisions.

— Moi non plus, confirma Claire. Il est d'ordinaire le plus détendu de tous, n'est-ce pas ? Il n'a jamais été aussi nerveux.

— C'est vrai. Alors que Luke est le plus renfermé des quatre... sauf avec toi, bien sûr ! ajouta Maci avec un clin d'œil à l'adresse de Claire. Weston est le sérieux du groupe, poursuivit-elle. Quant à Chance...

Elle leva les yeux au ciel.

— Vous ne vous entendez pas vraiment, n'est-ce pas ? demanda Tessa, se souvenant de leurs disputes fréquentes à l'agence.

— Si, nous nous entendons bien... quand je n'ai pas envie de l'étrangler !

Claire se mit à rire.

— Oh ! je vois bien qu'il y a quelque chose entre vous deux, même si aucun ne veut l'admettre !

— Certainement pas ! s'exclama Maci en retournant son attention vers Walker.

Mais ses joues rouges la trahissaient.

Tessa échangea un regard avec Claire et fit remarquer :

— Parfois, ce sont ces attirances que l'on refuse de reconnaître qui sont les plus explosives.

— Je préférerais être à distance lorsque l'on mettra le feu aux poudres ! répartit Claire.

— Bon, ça suffit !

Maci avait le visage tout empourpré lorsqu'elle se tourna vers elles.

— Croyez-moi, ajouta-t-elle, je ne suis pas le genre de femmes que Chance remarquerait seulement. Les hommes préfèrent celles qui sont comme vous deux, vous ne le saviez pas ?

Tessa pensa que Maci faisait référence à sa silhouette potelée.

— Tu as les courbes que j'aimerais tant avoir. Chance devrait être aveugle pour ne pas te remarquer !

— Quoi qu'il en soit, déclara Maci pour mettre un terme à cette conversation, Brax prend ta sécurité très à cœur.

— Brax se soucie de son neveu, et c'est normal, répliqua Tessa.

Claire fronça les sourcils.

— Tu plaisantes. Tu penses vraiment que c'est la seule chose qui lui importe ?

— J'ai vu son visage quand il parle de toi. Il est tout aussi préoccupé par ta sécurité que par celle de Walker. C'est la vérité, constata Maci en haussant les épaules.

— Je doute que Brax puisse vraiment me faire confiance après les mensonges que j'ai été obligée de faire, confessa-t-elle.

— Écoute, déclara Claire en s'asseyant en face d'elle, l'air sérieux, s'il y a une chose que les Patterson connaissent, c'est la survie. Je veux dire, tout le monde aurait menti à ta place : tu ne voulais pas qu'on t'arrache Walker à nouveau, mais tu ignorais ce que Robert avait raconté à Brax, et s'il le croyait.

Maci tendit Walker à Claire, qui avait l'air de mourir d'envie de le prendre dans ses bras.

— Claire a raison, déclara-t-elle. Ces frères sont tous des survivants, et ils respectent le courage qu'il faut pour traverser les épreuves. Tu es toi aussi une survivante, et je sais que Brax t'estime profondément.

— Tout à fait d'accord, déclara Claire en faisant un large sourire au bébé.

Avaient-elles raison ? Tessa l'espérait, car une chose était plus claire que jamais et l'effrayait un peu.

Elle était tombée amoureuse de Brax Patterson.

20

Si Brax avait dû choisir à nouveau les personnes avec lesquelles il avait envie de travailler, il aurait préféré ses frères entre tous.

L'atmosphère était plus intense lorsque les enjeux étaient gros, mais jamais elle n'avait été aussi oppressante qu'en ce moment... d'autant plus que d'habitude, c'était lui qui dissipait la tension, remontait le moral des troupes et réussissait à préserver la cohésion du groupe en aidant chacun à maîtriser ses émotions.

Et maintenant ? C'était au tour de ses frères de le calmer.

— Quand je pense à ce qui aurait pu arriver...

Il croisa les doigts sur le sommet de sa tête, comme s'il était nécessaire de la tenir en place. Et c'était exactement l'impression qu'il avait, tant les idées se bousculaient à l'intérieur.

— Je vais te donner un conseil : arrête d'y penser.

Chance ne prit même pas la peine d'adoucir sa remarque par un sourire.

— Il a raison. Tu es en train de te rendre fou ! déclara Luke.

Il se dirigeait vers la salle de repos pour aller chercher du café et tapota l'épaule de Brax au passage.

C'était facile à dire ! Comme s'il pouvait oublier tout ce qu'il avait vu et ressenti la nuit dernière... et pourtant il ne se laissait pas effrayer par grand-chose !

— Mais si j'avais dû m'absenter pour le travail ? Et si Tessa et le bébé avaient été seuls à la maison ?

Il regarda un à un ses frères assis à la table de la salle de conférences, où ils s'étaient réunis pour décider d'un plan d'action.

Weston poussa un long soupir.

— Ça aurait pu être bien pire.

— Et si nous n'avions pas été debout lorsque c'est arrivé ? poursuivit-il, tout en se remémorant le baiser échangé dans la cuisine, et la sensation si douce de tenir Tessa dans ses bras, tout contre lui.

Comme il se sentait bien lorsqu'il était revenu avec Walker dans les bras pour lui donner son biberon ! Combien c'était... gratifiant. C'était comme s'il avait une famille. Le rêve avait volé en éclat en un instant. Mais, ainsi que Weston venait de le souligner, cela aurait pu être bien pire.

Chance avait apporté son tableau blanc, qui ressemblait maintenant à une œuvre d'art abstrait : des mots de toutes les couleurs notés dans tous les coins... À le voir, on aurait cru qu'il planifiait une invasion.

Alibi. Témoins. Témoignages.

Brax sentit la colère monter en remarquant le mot alibi. Il faisait référence aux déclarations de Prince Riviera, qui affirmait que la nuit dernière, il se trouvait en compagnie d'une bonne dizaine de personnes avec lesquelles il était sorti. Toutes étaient prêtes à témoigner pour lui. C'était bien pratique.

Et même si c'était vrai, cela ne prouvait rien. Prince Riviera n'avait pas besoin d'être physiquement sur les lieux : ses acolytes avaient très bien pu faire le sale boulot pour lui... ce qui était d'ailleurs habituellement le cas.

C'était un lâche de la pire espèce.

Weston remarqua que Brax fixait le tableau du regard.

— Tu sais bien que pas un seul policier de San Antonio n'ajoute foi à ce qu'affirme Prince Riviera... ou ses prétendus associés.

Brax secoua la tête.

— Ce n'est pas vraiment un réconfort pour ceux auxquels

ils s'en prennent. Surtout quand il n'y a pas le moindre élément pour prouver qu'ils mentent.

— Je te l'accorde. Mais sache que la police est de ton côté.

— Je l'espère...

Mais si les choses se passaient comme il l'espérait, il n'aurait pas besoin d'eux. Il s'occuperait de Prince Riviera à sa manière... à mains nues s'il le fallait.

Brax accepta avec gratitude la tasse de café que Luke lui rapporta.

— Comment se fait-il qu'il soit souvent nécessaire d'être particulièrement efficace quand on manque de sommeil ? C'est moi qui me fais des idées, ou ça se passe comme ça ?

Luke haussa les épaules.

— Je vois ce que tu veux dire. J'avais la même impression quand Claire avait des ennuis.

— Déjà, s'il ne m'arrive rien au cours des cinq prochains jours et si je peux témoigner contre Riviera, un de mes problèmes sera réglé.

Luke ne répondit pas au sourire de Brax. En fait, l'expression de son visage était sombre lorsqu'il se rassit.

— Je sais que tu n'as pas envie d'entendre cela, déclara-t-il en fronçant les sourcils, mais tu penses vraiment que ce procès signera la fin de tes ennuis avec le cartel ?

— Que veux-tu dire ?

— Riviera n'est pas le genre de type à oublier. En admettant qu'il aille en prison grâce à ton témoignage, tu penses vraiment qu'il ne va rien tenter contre toi lorsqu'il sera derrière les barreaux ? À mon avis, il aura seulement une raison supplémentaire de s'en prendre à toi.

Le café prit soudain un goût aigre dans la bouche de Brax. D'ailleurs, il n'était déjà pas si bon au départ.

— Comment ai-je pu être assez stupide pour ne pas y penser ?

Il regarda ses frères, comme s'ils pouvaient lui donner la réponse.

— Tu n'es pas stupide. Tu es débordé en ce moment, c'est tout, répondit Luke. Tu essaies seulement de résoudre les problèmes au fur et à mesure.

— Si tu pensais trop à l'avenir tu sombrerais dans l'inertie... ou la folie ! ajouta Weston, l'air grave.

Incapable de rester en place, Brax se leva et se mit à arpenter la pièce.

— Si je ne suis pas en sécurité après mon témoignage, cela signifie que Tessa et Walker ne le seront pas non plus... Pas s'ils sont près de moi.

Cela le déchirait de penser qu'ils seraient menacés, surtout lorsqu'il songeait que c'était à cause de lui. Et il avait au moins appris une chose au cours de ces dernières heures : Tessa et Walker étaient tout pour lui, et il ne pouvait pas vivre sans eux.

— Je pense qu'il est temps de mettre la police sur cette affaire.

Brax se tourna vers Weston qui venait de faire cette suggestion.

— Que veux-tu dire exactement ?

— Qu'il faut qu'ils te surveillent. Tout comme Riviera. Ainsi, nous saurons où il se trouve, et nous pourrons mieux assurer ta protection. Je pense que c'est vraiment la meilleure option en ce moment.

— Tu as probablement raison, reconnut Brax. Je me sentirais mieux si nous savions ce que lui et ses associés sont en train de faire.

Il leva les yeux au ciel en prononçant le mot « associés ». Comme si ce cartel était une entreprise ayant pignon sur rue !

— Cela ne changera rien à ce qui pourra se passer après ton témoignage, remarqua Luke. Il faut que nous réfléchissions sur le long terme.

— D'accord. Réfléchissons sur le long terme, intervint Chance, comme à l'accoutumée le stratège du groupe.

Il était toujours le premier à suggérer d'établir un plan.

— Nous pouvons t'aider à te cacher pendant quelques années, si c'est nécessaire. Nous avons les ressources pour cela.

— Riviera a beaucoup de relations, mais pas assez pour te

chercher dans tout le pays, déclara Luke pensivement. Ce serait comme tenter de retrouver une aiguille dans une botte de foin. Il arrêtera au bout d'un moment, surtout si, en l'absence de son leader, le cartel meurt de sa belle mort.

— Le procureur compte bien sur cela, acquiesça Brax. Si Riviera va en prison, ses troupes vont s'entretuer.

— Mais...

Ils attendirent la suite. Weston prit une inspiration avant de poursuivre :

— Il faudra que tu partes seul.

Ils comprenaient tous ce que ces paroles impliquaient : pas avec Tessa. Ni avec Walker.

Il détestait l'idée d'être éloigné d'eux. À quoi cela servirait-il d'avoir enfin compris ce qu'il attendait depuis toutes ces années, si c'était pour le perdre aussi rapidement ?

— Je ne sais pas... Il faut que je réfléchisse.

Il continuait à aller et venir dans la pièce comme si cela pouvait changer quelque chose à la situation et l'aider à mettre de l'ordre dans ses pensées.

Il avait le choix entre leur dire au revoir et partir, ou rester et les mettre en danger. Et il savait qu'ils n'auraient peut-être pas autant de chance la prochaine fois.

Il balaya la salle de conférences du regard. C'était son agence, ses frères. Il était heureux de ce qu'ils avaient bâti ensemble et ne voulait pas abandonner le résultat de leur travail acharné. Il ne pouvait pas laisser ses frères derrière lui non plus. Ils formaient une équipe.

Sans mentionner le fait que perdre Tessa et Walker lui serait intolérable.

— C'est étrange...

Il se parlait à lui-même plus qu'à ses frères, gardant les yeux fixés sur le sol, alors qu'il continuait à aller et venir.

— Pendant un instant, j'avais presque réussi à me convaincre que j'avais une vie normale, avec Tessa et Walker...

— Tu as une vie normale.

Il rit sans regarder Weston et répondit :

— Tu sais ce que je veux dire.

— Ça ne durera pas… Tu pourras retourner à cette vie quand tout sera terminé.

— Je ne veux pas attendre que tout soit terminé. Je ne veux pas me cacher.

Luke eut un petit rire, et Brax tourna vivement la tête.

— Tu trouves ça drôle !

— Eh, du calme ! déclara Luke en levant les mains. Je lisais un message de Claire. Elle est à l'appartement.

Brax se passa la main sur le visage.

— Désolé. Je ne voulais pas…

— C'est bon.

Brax désigna le téléphone d'un coup de menton.

— Que dit-elle ?

— Que tout va bien. Maci et elle ont apporté les provisions.

— Bien.

C'était un souci de moins. Peut-être la liste qu'il avait donnée à Maci et Claire était-elle un peu longue, mais il avait trop le confort de Tessa et Walker à cœur pour le regretter.

— Claire apprécie Tessa, ajouta Luke avec un sourire. Et elle pense que Walker est si mignon que cela lui donne presque envie d'avoir des enfants !

Brax sourit.

— Elle aurait dû le voir il y a quelques semaines de cela, lorsque Robert me l'a confié et qu'il ne faisait que crier ! Attends, cela ne fait que quelques semaines ? J'ai l'impression que c'était il y a une éternité !

— Beaucoup de choses peuvent se passer en un mois, remarqua Luke. Encore une fois, je suis bien placé pour le savoir !

Le tintement de la sonnette s'éleva, les surprenant tous. La porte de l'agence n'aurait pas dû être fermée à clé, mais Maci n'étant pas là pour accueillir les visiteurs, il leur avait paru plus prudent de le faire.

Ils craignaient une visite de Prince Riviera, ce qui était la raison pour laquelle ils avaient demandé à leur fidèle collaboratrice de ne pas venir travailler aujourd'hui.

Chance se leva.

— Je vais voir qui c'est.

— Nous n'avons pas souvent des visiteurs… remarqua Luke en se redressant, comme s'il se préparait à quelque chose de désagréable.

— C'est peut-être une livraison. Maci aurait su si nous attendions un colis ou non, déclara Weston en se levant comme s'il voulait aller soutenir Chance.

Mais celui-ci appela :

— Brax ? Tu peux venir ?

Brax regarda Luke et Weston avec surprise avant de rejoindre Chance. Sa voix ne lui avait semblé ni anxieuse, ni paniquée… plutôt dénuée d'émotions.

Il lui fallut quelques secondes pour comprendre pourquoi. Mais la vue de quelqu'un qu'il connaissait bien lui apprit tout ce qu'il y avait à savoir.

— Salut, frérot ! lança Robert avec un de ses sourires faux. Ça fait longtemps qu'on ne s'est pas vus !

21

Brax resta un instant sans voix... Peu de choses avaient le pouvoir de le réduire au silence, mais le spectacle de son demi-frère voleur, menteur, fugitif ayant le front de se tenir tout sourires devant lui faillit avoir raison de lui.

Heureusement pour lui, il n'était pas seul.

— Comment oses-tu venir ici comme si de rien n'était, après avoir mis le bazar dans la vie de Brax ? demanda Chance.

— Pas seulement celle de Brax, d'ailleurs, marmonna Luke d'un ton menaçant, en serrant les poings.

Ils étaient donc deux à vouloir lui casser la figure... non, quatre, car un coup d'œil autour de lui apprit à Brax que tous ses frères étaient prêts à en découdre.

Robert, lui, se contenta de les regarder en poussant un soupir.

— Nous pouvons parler seul à seul ? demanda-t-il à Brax, ignorant les autres.

Cela ne fit qu'accroître la colère de Brax.

— Si tu as quelque chose à me dire, tu peux le faire devant eux.

Robert eut un sourire narquois :

— Tu sais comment sont certaines personnes : colériques, incapables d'écouter les autres...

Weston souffla avec mépris, pendant que Brax poussait Robert vers la salle de conférences.

— Tu as de la chance que j'aie besoin que tu répondes à mes questions, sinon, je les laisserais volontiers t'étriper.

Brax ferma la porte derrière lui, sachant que ses frères pourraient voir et entendre tout ce qui se passerait ici grâce aux caméras installées dans la pièce.

Robert s'assit.

— Alors, demanda Brax, pourquoi es-tu ici ? Pour me laisser d'autres enfants sur les bras ?

La remarque eut l'effet escompté : Robert fit la grimace.

— Bonjour à toi aussi, déclara-t-il en rajustant ses vêtements comme si Brax l'avait malmené.

Tout en Robert excitait la colère de Brax : son mépris, sa désinvolture, son culot.

— Tu as le don de te faire passer pour la victime, n'est-ce pas ? demanda Brax, tentant de comprendre son frère.

— Que veux-tu dire ?

— Que tu débarques ici et que tu fais semblant d'être celui qui est agressé pour détourner l'attention du problème. C'est ainsi que tu procèdes tout le temps, non ? En essayant de distraire les gens assez longtemps pour qu'ils n'aient pas l'occasion de te faire payer le mal que tu leur as fait.

Il vit passer une lueur dans les yeux de Robert, comme s'il avait vu juste.

Elle s'évanouit rapidement.

— Je ne vois pas ce dont tu veux parler.

— Bien sûr que non.

Brax tira une chaise et s'assit.

— Tu as beaucoup de choses à m'expliquer.

L'écueil à éviter était d'aborder le sujet de Tessa. Il ne voulait pas que Robert apprenne qu'elle faisait à nouveau partie de la vie de Walker, ni même qu'il l'avait rencontrée.

C'était bien dommage, car il aurait été très gratifiant de faire peur à Robert en lui faisant valoir les peines qu'il encourait pour avoir fait de fausses déclarations afin d'enlever Walker à sa mère.

Mais non, l'important, c'était Tessa. Si Robert contactait à nouveau les services de protection de l'enfance et qu'ils lui enlevaient Walker une seconde fois, elle en sortirait brisée. Brax le savait.

Ce fut Robert qui parla le premier.

— Je veux reprendre Walker.

Brax se tourna brusquement vers lui. C'était la dernière chose à laquelle il s'attendait. Une explication, peut-être. Une histoire destinée à tirer les larmes de son interlocuteur, certainement. Mais cela ?

— Je ne comprends pas. Tu as fait faire tous ces papiers pour rien ? C'est un jeu pour toi ?

— Les choses ont changé...

Comment Robert pouvait-il rester là, et lui débiter toutes ces âneries sans ciller ?

Brax secoua la tête.

— Ça ne fait rien. On ne fait pas intervenir la justice pour ensuite changer d'avis. Que se passe-t-il ?

Robert ne répondit pas.

Brax prit une chaise et s'assit à califourchon dessus, en face de son frère.

— Je ne plaisante pas. Je veux savoir ce qui se passe vraiment.

— Je te l'ai dit : les choses ont changé.

Mais maintenant Robert se tortillait sur sa chaise, visiblement embarrassé.

Brax se dit que c'était le moment d'insister.

— Tu viens de décider que tu veux récupérer ton fils ? Après m'en avoir confié la garde ? Pourquoi as-tu changé d'avis ? Pourquoi Walker a-t-il soudainement une place dans ta vie ?

Robert roula les yeux avec un soupir dramatique.

— Il me manque. C'est mon fils. C'est bien normal que j'aie envie d'être avec lui, non ? Toi qui es une autorité morale, tu dois bien comprendre cela.

— Une autorité morale ? souffla Brax avec mépris. D'accord, l'autorité morale va te dire ce qu'elle en pense : tu ne peux pas te débarrasser de ton fils comme d'une plante verte quand tu en as envie, puis décider que tu as commis une erreur et vouloir le récupérer ensuite. Je sais bien que Walker n'est qu'un bébé, mais ce n'est pas bon pour lui que sa routine soit ainsi perturbée.

— Tu viens de le dire : c'est un bébé, répéta Robert comme s'il parlait à un simple d'esprit. Ce qu'il vit maintenant n'a pas d'importance : il ne s'en souviendra pas.

— Parce que tu es devenu expert en développement de l'enfant maintenant ?

— Et toi ?

— Tu serais surpris si tu savais tout ce que j'ai appris sur le tas, murmura Brax en soutenant le regard de Robert, lorsque les jours se sont transformés en semaines.

— Bon, d'accord, je reconnais que j'ai un peu perdu les pédales, déclara Robert en levant les mains. Mais ça arrive à tout le monde ! Je ne pensais pas que j'arriverais à m'occuper d'un enfant. Je me suis dit que ce n'était pas bon pour lui, et que tu serais un meilleur parent que moi...

Il parlait avec beaucoup de conviction, comme s'il pensait véritablement ce qu'il disait.

Non que cela ait la moindre importance.

— Mais j'ai changé d'avis, poursuivit Robert.

— Tu ne peux pas changer d'avis. C'est pourtant clair, non ? D'ailleurs, qui me dit que tu ne décideras pas encore le contraire demain ? Ça ne marche pas comme ça.

— Où est Walker ? demanda Robert en plissant les paupières. Je suis allé chez toi, mais il n'y avait personne. J'ai l'impression qu'il y a eu un incendie.

Brax se raidit. Que se serait-il passé si Tessa et Walker avaient été seuls à la maison lorsque Robert était arrivé ? Cette pensée le rendait malade.

— Il est ailleurs, avec sa *baby-sitter*. Tout se passe bien. L'incendie était accidentel, et il ne s'est pas étendu au-delà du salon.

— C'est une bonne chose. Je détesterais savoir que mon fils est en danger.

— Les accidents arrivent, marmonna Brax, exaspéré par l'impudence de son demi-frère. Il est en sécurité et très heureux là où il est.

— Et où est-il ?

— Quelle importance cela a-t-il, quand j'en ai légalement la garde, et pas toi ? Tu me l'as confié, et je prends les choses à cœur. Et quand tu décides d'entrer et de sortir de sa vie, j'ai le devoir de te demander pourquoi.

Robert se mit à rire.

— J'aurais cru que tu serais heureux d'être débarrassé de lui. Plus de corvées de couches. Tu devrais me remercier !

Brax agrippa le dossier de la chaise pour ne pas le frapper.

— En fait, je prends beaucoup de plaisir à élever Walker. Je suis désolé si tu pensais que je te jetterais le bébé dans les bras et que je partirais en courant, ce n'est pas ce qui va se passer.

Robert déglutit, dévisageant Brax comme s'il essayait de déterminer si son frère était vraiment sérieux.

Brax assista alors à un spectacle saisissant : Robert sembla physiquement se dégonfler. Ses épaules se voûtèrent. Les commissures de ses lèvres tombèrent en un rictus de clown triste, et il s'avachit sur sa chaise.

— Il faut que je le reprenne.

Apparemment, Brax n'allait pas tarder à savoir la vérité.

— Pourquoi ? Et pourquoi maintenant ? Qu'est-ce qui a changé ?

— Des types sont après moi. Des types dangereux.

Quelle surprise...

— Raison de plus pour que Walker reste avec moi, non ? Pour le mettre à l'abri de ceux qui te veulent du mal.

— Les choses ne se passent pas comme ça.

— Tu plaisantes ? Tu es en danger. Pourquoi veux-tu mêler ton fils à cela ?

Robert secoua la tête tout en regardant le sol.

— C'est compliqué.

— C'est toujours compliqué avec toi, répliqua Brax, regardant Robert dans les yeux. Qui sont ces types ?

Robert poussa un long soupir avant de se décider à répondre.

— La famille Solomon.

Une fois de plus, Brax eut du mal à trouver ses mots. Il ne s'attendait pas du tout à cela.

— La famille qui possède des casinos dans tout l'État ? Ces Solomon-là ?

— Oui.

— Ils sont immensément riches.

— Je le sais.

— Et tu t'en es fait des ennemis ? Que vous ayez des différends, pourquoi pas, mais il faut vraiment être idiot pour...

— D'accord, d'accord... Inutile de m'insulter !

Brax serra les dents. C'était une chose d'être un joueur professionnel, mais de là à se mettre à dos le propriétaire d'une chaîne de casinos, un homme qui avait tant de pouvoir et d'influence...

— Tu leur dois de l'argent ?

C'était l'hypothèse la plus probable.

Robert hocha la tête.

— Oui. C'était l'argent que j'essayais de rassembler quand je t'ai laissé Walker.

— D'accord.

Mais Robert continuait à fixer le sol du regard. Il y avait autre chose.

— Ce n'est pas uniquement une histoire d'argent. N'essaie pas de mentir et de me faire perdre du temps.

Robert poussa un lourd soupir.

— J'ai eu une relation avec un des membres de la famille.

— D'accord...

— Gabrielle Solomon. Elle était venue voir le casino d'Eagle Pass. Je ne sais pas si tu l'as déjà vue, mais elle est très sexy. Et intelligente. Elle ne se contente pas de dépenser l'argent de la famille : elle a vraiment le sens des affaires. Je n'arrivais pas à la quitter des yeux.

Ou des mains, Brax l'aurait parié !

— La première fois que je lui ai parlé, elle m'a dit qu'elle aimait les enfants. Les bébés. Lorsque je lui ai dit que j'en avais un, son visage s'est illuminé.

Brax commença à entrevoir ce qui s'était passé, mais il fallait qu'il l'entende de Robert.

Robert haussa les épaules.

— Alors, j'ai joué la carte du père célibataire. Elle est tombée amoureuse de Walker, et cela nous a rapprochés.

Et c'était là la raison pour laquelle il avait enlevé Walker à Tessa. Afin de séduire une femme riche, qui était peut-être intelligente, mais pas assez pour voir clair en lui.

S'il y avait jamais eu un moment où Brax avait voulu tuer Robert, c'était celui-ci. Penser à toute la souffrance qu'il avait fait endurer à Tessa... et tout cela pour séduire une femme !

— J'ai tout gâché, admit Robert en se frottant les tempes. J'ai été stupide. Je l'ai trompée.

— Gabrielle Solomon ?

— Juste une fois. Quelques jours avant que je vienne chez toi. Elle m'a fait une scène, m'a dit qu'on ne trompait une femme comme elle sans avoir à en payer les conséquences. Elle m'a mis à la porte, et elle a tout raconté à son frère Victor qui a décidé que je devais rembourser immédiatement tout l'argent que je leur devais.

— Et je peux savoir combien ?

Robert se tassa.

— 50 000 dollars.

Brax ferma les yeux, le temps de prendre conscience de l'énormité du montant.

— Je suis en fuite depuis ce moment. Je ne sais pas ce que je vais faire, déclara Robert avant de se voûter et de se prendre le visage à deux mains.

Brax réfléchit un instant.

— Ils ne vont pas te tuer, si c'est ce que tu crains. Cela ne leur ramènerait pas leur argent. Si j'étais toi, je retournerais les voir, et j'encaisserais ma correction.

Quand Robert tressaillit, Brax ajouta :

— Je sais que c'est beaucoup plus facile à dire qu'à faire, mais ils ne vont pas te lâcher. Tu préfères passer le restant de ta vie à fuir ?

— Eh bien...

— Ne me dis pas qu'il y a encore autre chose ?

— Un des types de l'équipe de sécurité des Solomon... Il me déteste. C'est personnel.

— C'est-à-dire ?

— Il a mal compris certaines de mes blagues sur son physique. Il est plutôt susceptible, remarqua-t-il d'un ton moqueur, retrouvant soudain un peu de sa suffisance.

Brax leva les yeux au ciel.

— Et comment s'appelle-t-il ?

— Jakob Hawkins. Il veut me tuer.

— Robert...

Son frère leva les yeux, le regard dur.

— Si, c'est vrai : quand il me trouvera, il me tuera. Il le dit très clairement à qui veut l'entendre.

— Et tu voudrais faire quoi ? Récupérer Walker et te réconcilier avec Gabrielle ? Ou l'utiliser comme bouclier humain, en espérant que ce Jakob changera d'avis lorsqu'il verra le bébé ? C'est ça ton plan ? Et si ce Jakob te trouvait et te tuait, ainsi qu'il l'affirme, qu'arriverait-il à ton fils ?

Robert n'avait pas de réponse à cette question, ce qui n'était pas surprenant. Brax savait qu'il n'avait pas pensé à Walker, pas véritablement. Son avenir était bien peu de chose comparé à la nécessité pour Robert de se sortir de cette crise, qui ne serait pas la dernière.

Il était hors de question que Robert mette ce plan à exécution. Brax ne le laisserait plus jamais mettre la main sur Walker. Même s'il n'avait pas eu connaissance de ce qui s'était passé entre les services de protection de l'enfance et Tessa, ce que Robert venait de lui apprendre suffisait pour que Brax décide de garder Walker aussi loin que possible de son père.

Mais tant que la famille Solomon poursuivrait Robert, Tessa serait également en danger. Il devait mettre un terme à cela… d'autant plus qu'ils avaient demandé à Tessa où se trouvait Walker, lorsqu'ils l'avaient menacée sur le parking du centre commercial.

Voulaient-ils utiliser Walker pour faire pression sur Robert ? Jamais Brax ne laisserait faire cela non plus.

— Eh bien, au cas où tu te poserais la question, je n'ai pas cet argent, décréta Brax en se levant. Mais il y a une chose que je peux faire pour toi.

Une lueur s'alluma dans les yeux de Robert.

— De quoi s'agit-il ?

— Donne-moi quarante-huit heures. J'ai menti quand je t'ai dit que Walker était avec sa *baby-sitter*. Ce sont mes parents qui le gardent, et ils ne sont pas ici. Il va me falloir du temps pour le récupérer.

— Tes parents ? répliqua Robert d'un ton moqueur. J'espère qu'ils ne se promènent pas avec lui, sinon les gens vont se poser des questions.

Brax sentit sa patience arriver à son terme. Il ne pouvait plus supporter les sous-entendus racistes de Robert.

— Que dois-je comprendre ?

— Hé, hé, dit Robert en levant les mains en affectant de se défendre. Je n'ai rien dit, mais je suis sûr que les gens vont jaser et se demander ce qu'ils font avec ce bébé blanc. Tu n'as pas le sens de l'humour.

Il sortit de la salle de conférences en souriant.

— À dans deux jours, frérot !

Brax dut faire appel à toute sa volonté pour ne pas étrangler Robert et attendit que la porte d'entrée se referme avant de sortir de la pièce.

La porte du bureau de Weston s'ouvrit au même moment, et ses trois frères apparurent. Ils ne dirent pas un mot sur le dernier commentaire de Robert, mais leurs visages fermés parlaient d'eux-mêmes.

Chance s'éclaircit la voix.

— Weston a trouvé des informations sur ce Jakob Hawkins, déclara-t-il avec un coup de tête en direction de l'ordinateur portable que tenait Weston.

Un regard sur la photo sur l'écran suffit à Brax.

— C'est lui. Je reconnais sa peau grêlée.

— Et nous savons maintenant pourquoi il déteste tant Robert, marmonna Luke, le visage fermé.

— Oui, imagine un peu les prétendues blagues que Robert a pu faire à ses dépens, déclara Brax avec dégoût. Vous ne savez pas à quel point j'ai envie qu'il subisse le sort qui l'attend, mais tant qu'il est en fuite et que ces hommes ne savent pas où ils se trouvent...

— Tessa est en danger, termina Weston.

Brax se laissa tomber sur une chaise et poussa un long soupir en regardant le plafond. Un plan commençait à s'ébaucher dans son esprit, mais il était encore très vague... et il n'avait pas beaucoup de temps pour le mettre au point.

— Tu penses que la famille Solomon veut elle aussi la mort de Robert ? demanda Chance. La menace vient-elle d'eux, ou de Hawkins qui déteste Robert, et a besoin d'un prétexte ?

— Les Solomon sont riches et puissants, mais ils ne sont pas stupides, réfléchit Brax à voix haute. Je ne sais pas s'ils ont des liens particuliers avec la pègre et s'ils sont à l'origine de règlements de comptes, mais je pense que si c'était le cas, nous le saurions.

— Même si à mon avis, les Solomon ne pleureraient pas la mort de Robert, déclara Chance, surtout s'il a trompé Gabrielle. Et l'argent qu'il leur doit est peut-être beaucoup pour nous, mais rien pour eux.

— Une vengeance de famille... marmonna Weston. Mais si

les Solomon avaient payé pour qu'on retrouve Robert, il serait déjà mort, cela ne fait aucun doute. J'ai plutôt l'impression que Hawkins et son copain mènent une croisade personnelle.

— Je m'en voudrais d'être rabat-joie, mais nous avons un problème plus immédiat...

Chance haussa les épaules lorsque Brax le regarda.

— Prince Riviera.

— Bien sûr, mais ce Hawkins est potentiellement une menace pour Tessa, et je ne peux pas le laisser s'en prendre à elle, répliqua-t-il. Je m'occuperai du cartel quand je serai certain qu'elle ne risque rien. D'ailleurs, si jamais je dois me résoudre à partir pour un temps, il faut que je sois certain que Tessa et Walker n'auront plus jamais rien à craindre de Robert. Sinon, je ne le supporterais pas.

Il se leva, glissa les mains dans ses poches et regarda ses frères.

— J'ai un plan.

Il se tourna vers Weston.

— Je crois que tu avais raison quand tu disais qu'il était temps de mettre la police sur cette affaire. Tu peux appeler tes anciens collègues du département de San Antonio ?

22

Tessa sursauta comme un lièvre effarouché lorsque la clé tourna dans la serrure de la porte d'entrée.

Brax lui avait envoyé un premier message pour lui dire qu'il quittait l'agence et qu'il allait se mettre en route. Puis il lui en avait envoyé un second pour lui annoncer qu'il était dans le garage, et qu'il allait arriver.

Même s'il avait eu la délicatesse de la prévenir, elle retint sa respiration jusqu'à ce qu'il ouvre la porte et passe la tête dans le salon.

Ensuite, ce fut comme si ses pieds décidaient seuls de ce qu'ils avaient à faire. Elle s'approcha de lui sans même s'en rendre compte.

Elle s'immobilisa avant de faire quelque chose de stupide. Il n'avait peut-être pas envie qu'elle se précipite sur lui comme un jeune chiot dès qu'il passait la porte d'entrée !

Son sourire éclatant lui dit le contraire. Il la prit dans ses bras et la serra étroitement. Lorsqu'elle était ainsi tout contre lui, plus rien d'autre au monde n'existait.

— Bonjour, murmura-t-il contre ses cheveux avant d'y déposer un baiser. Comment vas-tu ?

— Ça serait nunuche de dire que je vais mieux maintenant que tu es là ?

Elle sentit son rire résonner dans sa poitrine contre son oreille.

— Peut-être, mais ce n'est pas désagréable à entendre.

— Tant mieux, dit-elle en se blottissant contre lui, inspirant son odeur et savourant sa chaleur. Et toi, comment vas-tu ?

— Pas trop mal.

Il recula assez pour la regarder, et elle se demanda si lui aussi aurait pu passer le reste de sa vie ainsi, les yeux dans les yeux.

Être blottie dans ses bras était un réconfort pour son âme blessée, mais son baiser fut le paradis. Il resserra son étreinte, et le gémissement qu'il poussa toucha quelque chose de très profond en elle. Elle était comblée : elle avait Walker, et lui.

Tous les trois ensemble... Et si cela pouvait être leur vie ?

Mais cette pensée la ramena à la réalité : ils étaient dans une planque, car ils étaient menacés. Non, ce n'était pas exactement ainsi qu'elle voyait sa vie.

Elle sourit lorsque leur baiser prit fin, et, tout en lui effleurant les lèvres du bout de son nez, elle lui demanda :

— Tu as mangé ?

— Pas encore. Je vais préparer quelque chose.

— Certainement pas ! C'est moi qui vais le faire. Tu as l'air épuisé.

Il la suivit vers la cuisine, s'arrêtant un instant dans la chambre où Walker dormait avant de la rejoindre.

— Comment s'est passée ta journée ? Je vois que tu as pas mal de provisions maintenant, déclara-t-il.

— C'était gentil de la part de Maci et Claire de faire les courses. Et de ta part de dresser une liste !

— C'était normal. Tu n'as pas à me remercier

Tessa n'était pas tout à fait d'accord. C'était grâce à lui qu'elle se trouvait maintenant dans cet appartement. Et grâce à lui aussi qu'elle était avec son fils.

— J'aime beaucoup Claire et Maci. Cela m'a fait du bien de parler avec elles.

— Je savais que vous vous entendriez bien.

Il sourit, lui aussi, mais elle remarqua une fois de plus combien il avait l'air fatigué. La lumière du plafonnier accentuait les cernes qu'il avait sous les yeux.

Elle interrompit la préparation d'un sandwich pour toucher sa joue râpeuse.

— Tu as vraiment besoin de te reposer. Sinon, je vais commencer à me faire du souci.

— Ce n'est rien. Je suis juste un peu fatigué. Ne t'inquiète pas pour moi.

— J'ai besoin que tu saches que je suis là pour toi.

Elle le vit sourire avec indulgence, comme s'il trouvait sa réflexion touchante.

— Je suis sérieuse, insista-t-elle. Jusqu'à maintenant, c'est toi qui t'es complètement impliqué pour m'aider à résoudre mes problèmes. Mais les choses vont dans les deux sens. Ça ne peut pas toujours être moi, moi, moi !

— Je ne vois pas les choses comme ça. Pas du tout.

— Merci. Mais tu m'as comprise.

Elle se retourna vers lui, l'assiette à la main, et vit qu'il s'appuyait contre le mur.

— Viens dans le salon. Tu seras mieux.

Il la rejoignit sur le canapé et ôta ses chaussures avec un soupir avant de prendre l'énorme sandwich qu'elle lui avait préparé.

— C'est mon préféré ! s'exclama-t-il avec un sourire en voyant qu'elle y avait mis de la dinde, de l'emmental et de la salade de chou, le tout agrémenté d'une mayonnaise au ketchup.

— Maci m'a dit que c'était ce que tu commandais toujours lorsqu'elle allait vous chercher des sandwichs. Elle a acheté tous les ingrédients, au cas où tu en aies envie.

— Maci est un don du ciel !

Il ferma les yeux après avoir pris une bouchée et grogna :

— Oh oui !

— C'est bon, non ?

— Parfois, ce sont les repas les plus simples qui sont les plus savoureux !

Il avait l'air véritablement heureux lorsqu'il dévora le sandwich en quelques bouchées.

Elle était assise en tailleur en face de lui.

— Alors, maintenant que te voilà rassasié, tu peux m'expliquer ce qui se passe ? Je sais que le cartel Riviera est après toi et je vais devenir folle d'inquiétude si tu ne me mets pas au courant des derniers rebondissements.

— J'apprécie le fait que tu te soucies de moi.

Il se pencha en avant pour déposer l'assiette et la serviette sur la table basse, puis s'enfonça à nouveau sur le canapé avec un soupir.

— Mais je ne veux pas faire peser cela sur toi.

— Ce n'est pas un poids.

Il la regarda d'un air entendu.

— Bon, reconnut-elle, même si c'est un poids, ça ira. J'ai les épaules solides.

Elle les fit rouler, espérant lui arracher un sourire.

Et elle réussit, même si ce fut bref.

— Je sais que tu es forte, déclara-t-il en lui prenant la main. Mais tu as déjà enduré tant de choses !

— Je suis capable d'en supporter d'autres. Je t'en prie, dis-moi ce qui se passe.

Il poussa un long soupir.

— D'accord. Ça ne va pas être facile.

Elle se prépara à encaisser ce qu'il allait lui apprendre.

Il resserra les doigts sur sa main.

— Robert est de retour. Il est passé à l'agence aujourd'hui. Il veut récupérer Walker.

Elle eut un sursaut et sentit tout son corps réagir : son cœur se mit à battre plus fort, le sang à tambouriner à ses oreilles, son estomac à se tordre, ses muscles à se contracter… Il fallait qu'elle parte. Il fallait qu'elle parte avant que Robert ne la trouve !

Avant qu'il ne lui prenne à nouveau Walker.

— Hé, hé.

Brax se rapprocha jusqu'à ce qu'elle soit presque assise sur ses genoux.

— Ça va aller, lui dit-il. Ce n'est pas parce qu'il est revenu qu'il va récupérer Walker. Ça ne va pas se passer comme ça.

— Je...

Elle détourna la tête parce qu'il la dévisageait avec intensité, alors qu'elle savait qu'elle allait devoir partir.

— Je sais ce à quoi tu penses en ce moment.

Il posa sa main libre sur l'arrière de sa tête et l'approcha de lui, jusqu'à ce que leurs fronts se touchent.

— Je comprends. Crois-moi. Mais respire. En aucun cas mes frères, mes véritables frères, et moi ne laisserons cela arriver. Tu peux me croire, d'accord ? Nous ne laisserons jamais Robert reprendre Walker.

Elle respira, ainsi qu'il le lui avait recommandé, et fut enfin assez calme pour lui demander :

— Et comment vas-tu empêcher cela ? Il a des documents officiels. Même si ce sont des faux, il faudra du temps pour le prouver pendant lequel il peut emmener Walker et disparaître, peut-être à jamais.

— Je te le promets : cela n'arrivera pas.

— Je ne voudrais pas t'offenser, mais comment peux-tu en être aussi certain ?

— J'ai un plan.

L'espoir se leva en elle.

Il poursuivit :

— Nous pouvons prouver que Robert a utilisé des moyens illégaux pour t'enlever ton bébé. Lorsque cela sera fait, tu retrouveras tous tes droits parentaux. Les frères Patterson vont s'en assurer.

C'était si facile de le croire !

Mais elle n'en remarqua pas moins les mots qu'il avait employés.

— Les frères Patterson vont s'en assurer ?

Elle se recula juste assez pour pouvoir le regarder dans les yeux, et y chercher la réponse à ses questions.

— Oui.

— Pas toi, personnellement ?

Elle le considéra attentivement.

— Je ne veux pas dire que tu dois tout faire seul. Mais j'ai toujours eu l'impression que c'était toi qui te battais pour Walker et moi. Pourquoi mentionnes-tu tes frères maintenant ? J'ai loupé quelque chose ?

La façon dont il fronça les sourcils fut éloquente. Elle avait vu juste. Brax Patterson n'était pas un livre ouvert, mais elle le connaissait maintenant assez pour savoir comment il réagissait.

Il prenait sa situation et celle de Walker à cœur. De manière personnelle. Il avait peut-être entièrement confiance en ses frères, mais la protection de Tessa et Walker était son affaire à lui.

— Les choses se compliquent avec Riviera et le cartel. Tu es bien placée pour le savoir, expliqua-t-il.

Il lui caressa les cheveux et la regarda dans les yeux.

— Il va peut-être falloir que je disparaisse un moment à cause de cela. Mais je ne partirai pas avant d'être certain que tes problèmes sont réglés. Je te le jure.

Elle sentit sa gorge et sa poitrine se serrer.

Il allait la quitter.

Peut-être n'avaient-ils jamais été ensemble, d'ailleurs.

Bien sûr, les baisers qu'ils avaient échangés avaient été extraordinaires, mais il n'y avait rien eu de plus. Ils ne s'étaient fait aucune promesse.

Elle se redressa sur le canapé.

— Alors, tu vas partir pour te mettre à l'abri. C'est bien. C'est ce que tu dois faire. Ces types...

— Tessa...

— Ces types ne s'arrêteront pas avant de t'avoir fait taire.

— Tu veux bien m'écouter ?

Elle tenta de se détourner pour lui cacher les émotions qu'elle combattait, la déception qui lui tordait le cœur.

Il ne la laissa pas faire.

— Écoute-moi...

Il la prit par les épaules, et l'obligea à le regarder.

— Tu penses que j'essaie de m'éloigner de toi ? Rien ne pourrait être plus faux. Tu n'as pas encore compris à quel point je veux faire partie de ta vie ? Pas seulement de celle de Walker, mais de la tienne. Je veux que nous soyons ensemble. Mais pas si cela signifie te mettre en danger. Tu es ma toute première préoccupation en ce moment. Tu me crois ?

Il n'y avait qu'une réponse possible :

— Oui.

— Bien.

— Alors, quel est ton plan ?

Il lui fit un sourire gêné.

— C'est curieux que tu le demandes, parce que tu as un rôle à jouer. Ne t'inquiète pas, ajouta-t-il rapidement lorsqu'il la vit avoir un mouvement de recul, ce n'est pas grand-chose. Tu n'auras pas à te montrer, ni même à parler à Robert. À ce propos, il ne sait pas que tu es à San Antonio, et nous n'allons certainement pas le lui dire !

— D'accord.

Même à elle, sa voix semblait tremblante.

— Il va falloir que tu appelles ce type, celui qui t'a poursuivie. Nous avons son nom maintenant. Tu lui diras que tu sais où est Robert. C'est tout ce que tu auras à faire. Mes frères, la police et moi nous occuperons du reste. Et si tout se passe comme prévu, et il n'y a aucune raison pour que ce ne soit pas le cas, Robert et ce Jakob Hawkins qui te terrorise seront arrêtés. Et tu seras libre.

— Libre...

Le mot sortit de ses lèvres comme une prière. Elle avait l'impression de parler une langue étrangère, qu'elle n'avait pas encore apprise.

— C'est ce que je veux pour toi.

Il lui embrassa le front, les joues.

— Je veux que tu sois libre et que tu te sentes en sécurité. Tu mérites le monde entier. Je ne peux peut-être pas te le donner, mais je peux au moins t'offrir cela.

Et elle l'accepterait avec joie, même si elle en voulait plus. Elle voulait l'homme qui la tenait maintenant dans ses bras, l'homme qui essaierait de se protéger du cartel seulement lorsqu'il serait certain qu'elle irait bien.

Il était son miracle, tout ce dont elle avait rêvé.

Elle l'embrassa et eut l'impression de fondre dans ses bras. Elle l'embrassa encore et encore, et à chaque fois que leurs lèvres se rencontraient, la soif qu'elle avait de lui grandissait.

Jamais elle ne serait étanchée.

Il finit par reculer la tête et par la prendre par les épaules.

— Tu es libre, tu sais.

Elle passa les mains sur ses bras, sur ses épaules.

— Je le sais.

— C'est simplement que je ne veux pas que tu aies l'impression de ne pas avoir le choix.

Elle lui prit le visage entre ses mains et caressa ses joues un peu râpeuses de ses pouces, tout en se demandant ce qu'elle avait fait pour mériter un homme comme lui dans sa vie.

— Je sais que j'ai le choix, murmura-t-elle.

Et elle pensait ce qu'elle disait de tout son cœur. Elle poursuivit :

— Et je t'ai choisi.

Un léger sourire vint relever la commissure de ses lèvres avant qu'il ne l'attire à lui, et cette fois il n'y eut aucune hésitation lorsque sa bouche s'écrasa sur elle, et que ses bras la serrèrent contre son torse solide.

Elle percevait les battements de son cœur sous la paume de sa main, et ils se firent plus nets encore quand elle lui enleva son T-shirt.

Son propre cœur battait la chamade. Mais pour une fois, ce n'était pas de peur. La peur était la dernière de ses préoccupations lorsque Brax l'allongea sur le canapé et vint sur elle, ôtant de son esprit tout ce qui n'était pas lui. Et elle. Ensemble.

23

Le temps n'avait jamais passé si lentement. Brax en était certain.

— Une heure.

Comme si Chance avait besoin de le lui rappeler ! Brax avait vérifié sa montre des centaines de fois depuis qu'il était arrivé à l'agence.

— Et Robert connaît l'endroit où vous devez vous rencontrer ? demanda Tessa, qui se tenait debout à côté de lui.

Malgré tout, il ne lui serait pas venu à l'idée de se plaindre, car ces deux derniers jours en compagnie de Tessa et Walker avaient été les plus heureux de sa vie.

Il les avait essentiellement passés avec elle, d'ailleurs, puisqu'il ne pouvait plus se passer du contact de sa peau sous ses doigts depuis cette première nuit ensemble.

Maintenant, elle lui était plus précieuse que jamais. Il aurait fait n'importe quoi pour cette femme… et mettre son demi-frère derrière les barreaux était vraiment insignifiant.

Il lui prit la main, et la serra pour la rassurer.

— Oui, il sait où nous retrouver. Il a dit qu'il connaissait le quartier. C'est un vieil entrepôt situé à l'extérieur de la ville.

— Mais pourquoi le connaîtrait-il ?

— Qui sait ? répondit Chance en haussant les épaules. Toutes sortes d'activités illégales auxquelles Robert a peut-être pris part ont pu s'y dérouler : des paris illégaux, du commerce de drogue par exemple…

— Ce qui m'inquiète, c'est qu'il ait eu l'air si satisfait quand je lui ai communiqué le lieu de rendez-vous, reconnut Brax. Lorsqu'il a su que ce serait un endroit désert, il a eu l'air soulagé.

— Et pourquoi, d'après vous ? demanda Tessa en les regardant.

Chance pinça les lèvres et fronça les sourcils.

— Il est méfiant peut-être ? Mais avec tous les ennemis qu'il s'est faits, c'est normal !

— Ne t'inquiète pas, je ferai le nécessaire pour le calmer et le faire parler, assura Brax.

À nouveau, il serra la main de Tessa, et le sourire qu'elle lui fit lui alla droit au cœur.

Elle se débrouillait comme un chef. Mais il était convaincu que ce serait le cas. La fierté qu'il ressentait en la regardant était immense.

— Tu es prête à passer l'appel ? demanda Chance.

Elle répondit d'un signe de tête décidé, la mâchoire serrée.

— Tout à fait.

Sa main ne trembla pas lorsqu'elle composa le numéro de Jakob. Elle avait mis le haut-parleur afin qu'ils puissent tous entendre la conversation, et qu'ils puissent l'aider si leur échange ne se déroulait pas comme ils l'avaient prévu.

— Oui ?

La voix résonna dans la pièce.

Tessa leva le menton.

— Jakob Hawkins ?

— Oui. C'est moi. Et c'est Tessa.

— Vous avez reconnu ma voix ? demanda-t-elle en pinçant les lèvres.

— Oui. Mais je n'aurais jamais cru que ce serait toi qui m'appellerais. C'est pour quoi ?

Elle s'humecta les lèvres.

— Je sais où est Robert et je me suis dit que je devais vous communiquer l'information.

Bien, bien. Essaie de t'en tenir au script. Brax hocha la tête pour l'encourager.

— Ah bon ?

— Oui. Je vous disais que j'ignorais où il se trouvait, et c'était la vérité. Mais je sais où il sera dans une heure, et j'ai pensé que vous voudriez le savoir.

— Je dois reconnaître que tu as éveillé mon intérêt.

— Pas si vite. Je veux quelque chose en retour. Vous m'avez plutôt malmenée, et je mérite une petite récompense.

— Et tu penses à quoi ?

Brax pria pour que ça marche.

— 12 000 dollars, annonça Tessa tout en fermant brièvement les yeux.

Brax avait déterminé ce montant, pensant qu'il serait assez élevé pour qu'on la prenne au sérieux, mais pas trop pour ne pas rebuter Hawkins.

— Nous pouvons arriver à nous entendre... du moment que je mets la main sur ce type.

Il marqua un temps d'arrêt et reprit :

— Alors, il sera où ?

— Il y a un entrepôt à l'extérieur de la ville. Il doit rencontrer quelqu'un là-bas.

Elle lui indiqua l'adresse que Brax avait notée.

— Tu es en train de me dire qu'il sera au beau milieu de nulle part ?

— Je vous dis seulement ce que je sais.

— Il va rencontrer qui ?

Tessa jeta un coup d'œil à Brax.

— Comme je vous l'ai dit, c'est tout ce que je sais. Il sera là-bas dans une heure.

— Et tu penses que je vais aller dans cet entrepôt sans savoir qui je vais trouver ? Pas question, ma belle. Il m'en faut plus que ça !

Brax secoua la tête ostensiblement. Il était hors de question de laisser cette ordure dicter ses conditions.

— Comme quoi ? demanda-t-elle.

Brax secoua la tête encore plus énergiquement, tout en agitant les mains.

— Je veux que tu sois là aussi.

Chance attrapa le bras de Brax, lui faisant signe de rester calme. C'était facile pour lui, non ? Si Luke avait été là, il aurait compris ! Mais Claire et lui étaient en train de s'occuper de Walker dans l'appartement.

Avec horreur, il entendit Tessa demander :

— Et que se passera-t-il quand vous aurez vu que Robert est bien là, et que je ne vous mens pas ?

— Je te laisserai partir. Mais il est hors de question que j'entre dans un entrepôt désert sans me protéger.

Brax tremblait de rage. Devait-il rester en retrait et laisser les choses se dérouler ainsi ? Il ne supporterait pas que Tessa soit blessée… ou pire.

— D'accord, acquiesça-t-elle.

Brax serra les dents pour stopper ses protestations.

— On se retrouve là-bas, conclut Hawkins avant de raccrocher.

Brax réussit à attendre que résonnent les bips signalant que l'appel était terminé avant d'exploser.

— Pourquoi as-tu accepté ?

Elle écarquilla les yeux et ouvrit la bouche, l'air surpris.

— Parce qu'il n'y serait jamais allé si je n'avais pas dit oui. Tu n'écoutais pas ?

— Il ne faut jamais laisser la cible dicter les termes, Tessa. Je refuse que tu t'approches de cet homme.

— Tu penses que j'en ai envie ?

— Bon, arrêtez, tous les deux.

Chance tenta de s'interposer, mais Tessa fit un pas de côté pour pouvoir continuer à défier Brax du regard.

— Je suis prête à tout pour protéger Walker, c'est compris ? déclara-t-elle, les mains sur les hanches. Ne me demande pas de ne pas faire ce qui est nécessaire pour cela. Et si le fait que je sois là peut convaincre Hawkins qu'il ne court aucun risque et qu'il peut venir, je n'y vois pas d'inconvénient.

— Notre plan est solide, lui rappela Chance. Weston est déjà là-bas avec Rick et ses hommes. Nous avons placé des micros dans tout l'entrepôt, et tu en porteras un toi aussi pour enregistrer toutes les paroles de Robert. Les flics pinceront Robert et Hawkins un peu plus loin, lorsqu'ils repartiront. Je les suivrai, et j'empêcherai Hawkins de s'en prendre à Robert et de le tuer avant que la police mette la main sur eux.

Brax hocha la tête.

— Oui, oui, je sais tout ça. Mais nous avions tout prévu dans les moindres détails, et maintenant, il y a des changements. Je ne veux pas que Tessa soit dans cet entrepôt.

— Et tu pourrais éviter de parler de moi comme si je n'étais pas là, suggéra Tessa en levant les sourcils.

Il se passa les doigts dans les cheveux, complètement désemparé.

— Tu sais bien que si tu ne comptais pas, je ne serais pas si opposé à l'idée que tu sois impliquée dans tout cela.

— Eh bien je vais t'apprendre quelque chose, dit-elle en se dirigeant vers lui et en l'enlaçant, je suis impliquée. Je n'aurai qu'à me montrer, et ça s'arrêtera là.

— Bon, nous ferions mieux d'y aller, déclara Chance en leur faisant signe de le suivre.

Brax savait qu'il ne pouvait plus rien faire. Leur plan était déjà en cours d'exécution, et ils n'avaient plus le temps de le modifier. Il fallait qu'il arrive avant Robert.

Ils sortirent ensemble, main dans la main.

— Écoute-moi, lui dit-il alors qu'ils se dirigeaient vers la voiture, ne t'approche jamais trop de Hawkins. Joue ton rôle, montre-toi, puis pars. D'accord ?

— D'accord.

— Tu me le promets ?

Il se tourna vers elle et prit ce visage qu'il aimait tant entre ses mains. Elle ne comprendrait jamais à quel point elle était importante pour lui, que son bonheur comptait plus que tout, et que s'il pouvait parfois lui sembler dur c'était par amour.

— Je te le promets.

Elle posa les mains sur les siennes et lui sourit.

— Hé, après tout ce que j'ai dû endurer pour pouvoir être avec mon bébé, tu penses vraiment que je vais courir le risque d'être tuée ? De le laisser seul ? Il n'en est pas question. Je te promets que je serai excessivement prudente.

Il déposa un baiser sur ses lèvres avant de la laisser partir. Ils auraient du temps plus tard. Il pourrait lui montrer tout ce qu'elle représentait pour lui, lui expliquer que sa vie avait maintenant un sens grâce à elle et Walker, et qu'il avait attendu si longtemps sans savoir vraiment quoi, parce qu'il n'aurait jamais imaginé que quelqu'un comme elle existait.

Quelqu'un d'aussi parfait pour lui... Quelqu'un d'aussi parfait en tout.

Du moment qu'elle suivait ses recommandations et que Hawkins ne faisait rien d'irrationnel, il pourrait bientôt lui dire tout ce qui était dans son cœur.

24

— Weston, c'est bon ?

Brax ajusta son écouteur miniature, le plaçant plus profondément dans l'oreille pour bien le cacher.

— Je te reçois cinq sur cinq, répondit Weston. Dans combien de temps arriveras-tu ?

Brax jeta un coup d'œil à l'écran du GPS.

— Dans cinq minutes.

— Bien. Nous sommes prêts et nous attendons dehors. Tu te rappelles ce que tu dois faire dès que Robert sera sur les lieux ?

— Je me le suis répété des centaines de fois, étape par étape, crois-moi !

— Redis-le moi quand même.

Brax leva les yeux au ciel. Weston, toujours si rigoureux !

— Je dois faire en sorte que Robert avoue les crimes qu'il a commis. Fais-moi confiance, je le sais ! Il y aura mon micro, plus tous ceux qui ont été installés dans l'entrepôt. Chance surveillera les alentours. Tessa va rencontrer Hawkins à l'extérieur du bâtiment, afin qu'il sache que...

— Tessa ?

Effectivement, Weston n'était pas au courant.

— Crois-moi, je ne voulais pas qu'elle soit présente ! Mais Hawkins a insisté. Il voulait être certain qu'elle ne mentait pas.

— Bien. J'avais prévu qu'il ne serait pas si facile à appâter.

— Je dois aussi soutirer un maximum d'informations à

Hawkins. Il faut qu'il reconnaisse qu'il a l'intention de tuer Robert. Crois-moi, je n'ai que ça à l'esprit en ce moment !

— D'accord. Je voulais seulement vérifier. De notre côté, tout est bon. Concentre-toi sur ce que tu as à faire, et nous nous occuperons du reste.

Ça irait...

En fait, Brax en doutait. Rien dans cette affaire n'avait été facile.

Mais peut-être était-ce le moment qu'ils aient un peu de chance... Elle serait bienvenue.

Il arriva devant l'entrepôt une minute avant les prévisions du GPS. Il était le premier, ce qui était une bonne chose. Le siège-auto de Walker était fixé à l'arrière. Il le sortit ostensiblement de la voiture pour l'emporter dans l'entrepôt.

Il fit même mine de parler à la poupée enveloppée de couvertures qui se trouvait dedans, au cas où Robert soit dissimulé dans les parages. Non qu'il le pense capable de ce genre de précautions, mais on ne savait jamais, et ce n'était pas le moment de prendre des risques.

Il était à peine entré qu'il entendit la voix de Chance à son oreillette.

— Robert arrive. Il est tout près de l'entrepôt.

Brax prit une inspiration profonde, se forçant à se détendre, et tentant de se mettre dans la peau de son rôle : il n'était là que pour donner le bébé à Robert, un demi-frère dont il avait le bien-être à cœur.

Il fallait qu'il s'en convainque, pour pouvoir sembler crédible.

— Nous sommes prêts, annonça Weston. Brax, à toi de jouer maintenant !

— Jouer ? C'est bien le mot !

Il espérait que le fait qu'il soit encore capable de plaisanter était bon signe.

Robert entra par la porte ouverte, regardant de part et d'autre.

— J'ai cru un instant que ce rendez-vous était une embuscade, dit-il en ricanant.

— C'est trop sérieux pour que je joue à ça.

Robert haussa les épaules.

— Bon. Tu me donnes Walker ?

Brax recula d'un pas.

— Pas avant que tu me dises comment les choses en sont arrivées là. Tu es mon frère. Je ne peux pas te laisser partir sans savoir comment tu t'es mis dans cette situation, et comment tu envisages la suite.

— Pourquoi cela est-il soudain si important ?

— Tu vas peut-être me trouver sentimental, mais je me suis attaché à ton fils. Et je veux savoir ce que son père a l'intention de faire en quittant ces lieux.

Encore ce sourire faux...

— Je vais rester en vie, frérot. Tu me connais. J'ai toujours une longueur d'avance.

Brax se retint de faire un commentaire. Il fallait qu'il oriente la conversation dans la bonne direction, idéalement jusqu'à l'arrivée de Hawkins.

— Tu m'as dit que la mère de Walker était morte. C'est vrai ? Sois honnête avec moi, je t'en prie. C'est peut-être la dernière fois que nous nous voyions. Je pense qu'après la façon dont tu as débarqué chez moi complètement à l'improviste pour me laisser ton fils, tu me dois bien ça !

Malgré le peu de lumière qui filtrait à travers les quelques fenêtres crasseuses de l'entrepôt, il vit nettement Robert lever les yeux au ciel.

— Que veux-tu que je te dise ? C'était une perdante. Elle n'arrivait pas à s'occuper d'elle-même, et encore moins de notre fils.

Brax se contint à grand-peine.

— Je ne comprends pas comment un homme comme toi a pu sortir avec une perdante qui n'arrivait pas à s'occuper d'elle-même !

— Elle était mignonne... En tout cas, elle n'était bonne à rien, alors j'ai obtenu la garde de Walker.

— Ne le prends pas mal, mais je vois mal des juges accorder la garde d'un bébé à un joueur professionnel plutôt qu'à sa mère.

— Parce que être serveuse dans un casino, c'est mieux ? ricana Robert. Voyons ! Ça s'est fait en un rien de temps. Rappelle-toi : mon cousin est juge.

Robert lui facilitait tant la tâche qu'il lui était difficile de ne pas éclater de rire...

— Ah bon ? C'était si simple ? C'est lui qui a tout arrangé ?

— Écoute, Brax, ne joue pas au donneur de leçons. J'ai fait ce que j'avais à faire.

— Ça veut dire quoi ? Tu as volé le bébé à sa mère ? Elle sait seulement ce qui se passe entre toi et la famille Solomon ?

— Non, et pourquoi serait-elle au courant ? L'important, c'est que j'aie obtenu la garde de Walker. C'est tout.

— Même si tu as dû mentir pour cela ?

— Que veux-tu que je te réponde ? Oui. J'ai fait ce que j'avais à faire. J'ai demandé à mon cousin d'arranger le coup. Il m'a expliqué ce qu'il fallait dire aux services de protection de l'enfance, les éléments qui étaient importants pour eux. J'ai suivi ses conseils, et bingo ! J'ai obtenu la garde de Walker.

— Tu as menti aux services de protection de l'enfance ?

C'était toujours bien d'en obtenir la confirmation.

— Oui. Et alors ? Je leur ai dit qu'elle se droguait, et je me suis arrangé pour qu'une inspection ait lieu à un moment où elle était sous l'emprise d'une substance. Elle ne s'est même pas aperçue qu'un de mes amis la lui avait injectée quand elle est partie de son travail. J'ai appelé les services de protection de l'enfance, je leur ai demandé de venir immédiatement, et ils ont vu de leurs propres yeux qu'elle n'était bonne à rien. Après ça, ça a été facile.

Robert venait de signer son mandat d'arrestation. Brax eut du mal à contenir sa joie.

— Et le juge qui t'a aidé à obtenir la garde est le même que celui qui a imité ma signature sur les documents qui m'attribuent la garde du bébé ? C'est lui qui a fait des faux ?

Robert poussa un soupir.

— Pourquoi toujours ces grands mots ? « Faire des faux » ! Voyons...

— Je n'ai jamais signé aucun document pour obtenir la garde de Walker, et pourtant il me l'a accordée, sans même m'avoir rencontré.

— Il savait que tu étais mon demi-frère.

— Cela n'a pas d'importance. Il a établi des faux documents.

— Tu es en train de me faire perdre mon temps. J'aurais dû me douter que tu ne pouvais pas te contenter de me donner Walker et qu'on en finisse. Il fallait que tu me dises que je suis une ordure et que tu me détestes.

— Je ne te déteste pas, répliqua Brax. Je suis plutôt désolé pour toi.

— Alors, épargne-toi ce sentiment.

Robert s'avança vers lui à grandes enjambées en tendant les mains.

— Donne-moi l'enfant. J'ai des choses à faire.

— Brax ? murmura Chance dans son oreillette. Tessa et Hawkins vont entrer.

Le moment était parfait.

Brax donna le siège-auto à Robert et observa avec plaisir l'expression de son visage, alors qu'elle passait de l'arrogance à la confusion.

— Qu'est-ce que c'est ?

Il souleva les couvertures et fit apparaître la poupée.

— Et tu espères quoi ? demanda-t-il en levant les yeux vers Brax.

— Protéger ceux qui ne se comportent pas comme des crapules, répliqua Brax du tac au tac.

Quelques instants plus tard, Hawkins entra, suivi de Tessa. Robert en resta bouche bée. Il laissa tomber le siège-auto, qui heurta le sol avec un bruit qui résonna dans tout l'entrepôt.

Il se tourna vers Brax, l'air menaçant.

— Qu'as-tu fait ?

Ils entendirent Hawkins pousser un soupir de satisfaction.

— Tu as tenu parole.

Il se tourna vers Tessa et lui tendit une enveloppe épaisse.

Elle en sortit une liasse de billets, les compta et leva les yeux vers Brax avant de fixer sur Robert un regard brûlant de colère.

Brax poussa un soupir de soulagement lorsqu'elle sortit de l'entrepôt. Un moment plus tard, Chance lui annonça :

— Elle est en sécurité. Elle est sortie du bâtiment et se trouve dans sa voiture.

Robert se tourna vers Brax. Des gouttes de sueur perlaient à son front.

— Comment tu as pu me faire ça ? gronda-t-il.

— Tu as volé ton fils à sa mère et tu l'as utilisé comme monnaie d'échange, répliqua Brax sur un ton également menaçant.

Il n'avait plus à faire semblant.

— Tu as fait tout ce que tu pouvais pour la détruire. Comment voudrais-tu que j'aie de la compassion pour toi ? Tu mérites tout ce qui va t'arriver.

— Je suis d'accord, déclara Hawkins en s'avançant.

Mais Brax lui fit signe de rester où il était. Il n'en avait pas encore fini.

— Vous ne pourrez pas récupérer l'argent qu'il doit à la famille Solomon si vous le tuez, lui rappela Brax.

Hawkins haussa les épaules, prit Robert par le col de sa chemise et lui décocha un coup de poing en pleine face, puis un autre. Robert tomba à terre.

Hawkins se tourna vers Brax.

— Si tu voulais que ton frère reste en vie, il ne fallait pas me dire où le trouver. Tu sais probablement mieux que quiconque qu'il mérite qu'on lui fasse la peau ! Et j'ai mes problèmes personnels à régler avec Robert.

Il lui envoya un coup de pied dans les côtes pour ponctuer sa déclaration.

— N'est-ce pas ? cria-t-il.

Son ton était soudainement devenu si menaçant que Brax sursauta.

— Je t'avais prévenu que je te tuerais si tu n'arrêtais pas de me ridiculiser ! De ridiculiser toute cette famille ! De ridiculiser Gabrielle ! Les Solomon savent que je vais te tuer, Robert. Et tu sais quoi ? Ils se fichent complètement de ce qui va t'arriver, du moment qu'ils ne remettent plus jamais les yeux sur toi.

Brax sentit un frisson monter en lui.

Weston intervint.

— C'est bon : nous avons tout ce dont la police a besoin. Nous les pincerons dès qu'ils seront sortis d'ici. Chance va les suivre.

— Je me dirige vers la route pour les intercepter, confirma Chance.

— Emmène-le loin d'ici pour faire ce que tu as à faire, déclara Brax en se tournant vers Hawkins.

Il fallait qu'il empêche cet homme de tuer Robert sur-le-champ.

— Nous sommes tout près de San Antonio, poursuivit-il, et je me retrouverais mêlé à tout ça puisqu'il est mon demi-frère. Tu me dois bien ça, maintenant que tu as ce que tu voulais !

C'était un risque, mais Hawkins sembla le comprendre.

— C'est d'accord. Je vais l'emmener loin d'ici. J'ai l'impression qu'il t'a rendu la vie assez difficile comme ça.

— Ce n'est rien de le dire !

Brax ôta discrètement son oreillette alors que Robert et Hawkins ne le regardaient pas et jeta un coup d'œil au siège-auto vide.

Quoi qu'il lui arrive maintenant, il aurait la satisfaction de se dire que Tessa et Walker étaient ensemble, et hors de danger.

— Qui va là ?

Il tourna brusquement la tête en entendant la question de Hawkins.

Et tout s'écroula.

— Eh bien ! s'exclama Prince Riviera avec un large sourire.

Il traînait Tessa derrière lui. Elle était bâillonnée, et il lui pressait le canon d'une arme sur la tête.

— Et moi qui pensais que tu étais un type bien, Brax Patterson ! Mais je vois que tu n'as pas hésité à livrer ton frère, même si tu savais qu'il allait y laisser la vie.

25

Tessa n'avait pas la moindre idée de ce qui avait pu se passer.

Elle s'était dirigée vers sa voiture, le cœur léger que Hawkins l'ait laissée repartir si facilement et savourant déjà la joie de retrouver son fils et de vivre avec lui au grand jour sans plus avoir à se cacher.

Elle attendait dans sa voiture que Brax ou un de ses frères vienne la rejoindre ainsi qu'ils l'avaient promis, quand la porte s'était soudain ouverte. Elle avait crié lorsque Prince Riviera l'avait attrapée par les cheveux et tirée au-dehors.

Elle n'avait jamais eu le déplaisir de le rencontrer auparavant, mais elle l'avait reconnu pour avoir vu son visage sur les écrans de télévision : il était grand, mince, avec des lèvres constamment relevées en un rictus méprisant.

Elle avait tenté de prévenir Brax, mais Prince l'avait réduite au silence en lui pressant une arme sur la tempe avec un petit rire. Elle avait croisé ses yeux noirs, dénués de toute expression, et en avait été glacée jusqu'aux os.

— Je ne sais pas ce qui se passe ici, avait-il murmuré, mais nous allons entrer dans ce bâtiment pour avoir une petite conversation avec Patterson.

Il avait envoyé l'homme qui l'accompagnait voir ce qui se déroulait à l'intérieur de l'entrepôt, pendant qu'il continuait à la menacer de son arme.

Lorsque son comparse était revenu et lui avait raconté ce qu'il avait observé, Prince avait ri doucement en secouant la tête.

— Nous nous sommes peut-être trompés sur ce Brax. Je ne le pensais pas capable de faire une telle chose !

Puis, il l'avait attrapée par le bras d'une main de fer, et l'avait traînée à l'intérieur de l'entrepôt.

— Viens, avait-il grondé, il est temps que j'aie une petite conversation avec ton ami !

Juste au moment où elle commençait à croire qu'un avenir avec Brax était possible - presque certain même - l'arme pointée sur sa tempe réduisait ses espoirs à néant.

Alors que Prince Riviera l'entraînait dans l'entrepôt, elle ne put que remercier le ciel que Walker soit en sécurité.

Mais elle ne pouvait pas dire la même chose pour elle.

Le pire cauchemar de Brax était devenu réalité.

Il n'avait pas peur pour lui, non. Mais s'il arrivait quelque chose à Tessa, il ne pourrait plus vivre. Et elle était là, sous ses yeux, avec un bâillon et une arme pointée sur la tempe... une arme tenue par Prince Riviera.

— Bon sang, c'est quoi ça ? s'écria Hawkins.

— Tais-toi, lâcha Riviera. Je parle à mon ami, M. Patterson. Il est plutôt dur à rencontrer, tu sais. Je le cherche depuis quelques jours.

Brax regarda Tessa. Elle avait les yeux exorbités.

— Tu lui as fait du mal ? demanda-t-il à Riviera.

— Rien dont elle ne se remettra pas avec le temps. Ne t'inquiète pas de ça. Tu n'as pas envie de gâcher les derniers instants que tu as à vivre en te faisant du souci, non ?

— Baisse ton arme, Riviera, d'accord ? Tu veux négocier quelque chose ? demanda Brax en faisant un pas, puis un deuxième, dans leur direction...

Il reprit :

— Je suis prêt à parler. Mais je ne peux pas me concentrer tant qu'elle a cette arme pointée sur la tempe. C'est comme ça.

— Comme si je me souciais de ce que tu veux ou que tu ne veux pas !

Le rire de Riviera était aussi froid et vide que ses yeux et son sourire.

— Baisse ton arme, et nous pourrons parler. Elle n'a rien fait. Elle n'est pas une menace pour toi, insista Brax en continuant à avancer presque imperceptiblement.

Riviera tira Tessa vers lui. Brax en eut la nausée en voyant ce monstre la toucher... lui faire du mal. Il lisait dans son regard qu'elle souffrait, probablement à cause de la force avec laquelle il lui agrippait le bras.

— D'accord. Tu peux parler, déclara Riviera.

Il abaissa l'arme et demanda :

— Qu'as-tu à me dire ?

— Je n'irai pas témoigner. Tu pourras continuer à faire tes affaires sans te soucier de moi.

Riviera le jaugea.

— Vraiment ? Comme ça ?

Il eut un petit rire et déclara en regardant Tessa :

— Ton ami est assez accommodant dès que l'on connaît ses points faibles. Et tu es visiblement un énorme point faible, ma mignonne !

Brax se mordit la langue.

Si seulement il avait pu entendre ses frères dans son oreillette ! Mais il l'avait déjà enlevée. Et s'il la remettait maintenant, tous leurs efforts seraient réduits à néant. Hawkins et Robert étaient derrière lui, tous deux silencieux, probablement sous le choc.

— Tu préférerais que je te dise que je veux de l'argent pour garder le silence ? demanda Brax en haussant les épaules.

Tout était bon pour gagner du temps. Le mieux qu'il puisse espérer était qu'un de ses frères ait entendu ce qui se passait, et ait appelé du renfort.

Mais s'ils n'écoutaient plus ? Et s'ils attendaient que Hawkins sorte et n'avaient pas le moindre soupçon de ce qui se déroulait à l'intérieur de l'entrepôt ?

Riviera sourit.

— Maintenant, tu parles mon langage, Brax. L'argent. C'est au cœur de tout, n'est-ce pas ? Mon homme de main vous a entendu en parler ici.

Brax sentit son sang se glacer lorsque Riviera leva son arme et la pointa sur Tessa.

— Mais je vais d'abord m'occuper de toi, ma mignonne, puisque j'ai appris une leçon importante : il ne faut jamais laisser un témoin en vie.

Brax n'avait pas le temps de réfléchir, pas le temps d'essayer de faire entendre raison à Riviera. De toute façon, on ne discutait pas avec un individu dénué de toute morale et de tout sentiment. Riviera allait exécuter Tessa : il mettait toujours ses menaces à exécution et n'hésiterait pas un seul instant à tuer une femme innocente de sang-froid.

Personne n'était là en renfort. Brax était seul.

Mais s'il y avait une chose qu'il savait avec une certitude absolue, c'était que la vie sans Tessa ne valait pas la peine d'être vécue. Même l'idée de devoir disparaître pendant un temps et de ne plus la voir lui était insupportable. Il doutait, en ce moment de clairvoyance, qu'il en ait jamais été capable.

Et c'est la raison pour laquelle il se jeta sur Prince Riviera. Advienne que pourra, du moment que Tessa n'était pas blessée.

Une détonation retentit. Brax tomba sur Riviera, l'entraînant dans sa chute. La tête du patron du crime heurta le sol, et il perdit connaissance.

Brax attendit que la douleur causée par la balle surgisse dans son corps, mais il ne sentit rien. Pourquoi n'avait-il pas mal ? On avait tiré un coup de feu. Tout s'était passé si vite !

Il leva les yeux vers Tessa, qui était toujours debout. Elle semblait terrifiée, mais n'avait pas de sang sur elle.

— Brax ! Ça va ?

C'était la voix affolée de Weston, lui parvenant de l'extérieur du bâtiment.

— Ça va, réussit-il à répondre en criant.

Il se mit péniblement debout et courut vers Tessa.

Elle tomba contre lui alors qu'il lui ôtait le bâillon de la bouche. Il lui prit le visage entre ses mains et l'examina.

— Tu vas bien ?

— Oui...

Mais elle sursauta lorsque Weston entra en courant dans l'entrepôt, l'arme à la main.

— Il y avait un type avec Riviera, expliqua Weston. Il te visait depuis l'entrée du bâtiment. Je me suis occupé de lui.

Brax savait maintenant qui avait tiré : c'était son frère qui lui avait sauvé la vie.

Quelques secondes plus tard, ils virent briller des éclats de lumière rouges et bleus à travers les vitres sales de l'entrepôt.

Il enveloppa Tessa dans ses bas, la serrant comme s'il voulait la garder là pour toujours.

— Tu es en sécurité maintenant, lui souffla-t-il à l'oreille alors qu'elle tremblait. Tu es en sécurité. Tout va bien.

— Tu aurais pu mourir ! s'écria-t-elle avec colère.

— La seule chose qui comptait pour moi, c'était que tu aies une chance de t'en sortir.

— Ne dis pas ça ! Ne me dis pas que tu étais prêt à mourir pour moi ! s'écria Tessa alors que les larmes se mettaient à ruisseler sur son visage.

— Et si c'était la vérité ?

Il lui glissa les cheveux derrière l'oreille et laissa ses doigts s'attarder sur la peau douce de ses joues, de sa gorge.

— Quand je t'ai vue avec cette arme pointée sur la tête, j'ai compris que je ne pourrais pas vivre sans toi... parce que je t'aime.

— C'est vrai ?

Malgré les larmes qui coulaient sur ses joues, elle sourit.

— Oh oui, c'est vrai, murmura-t-il. Je t'aime, Tessa Mahoney. Et j'aurais défié une centaine d'hommes armés pour toi. Avec Walker, tu es tout ce que je veux, tout ce dont j'ai besoin.

Il captura ses lèvres dans le baiser le plus doux, le plus tendre qu'il put lui donner. Elle était déjà tout pour lui, mais le fait d'avoir été aussi près de la perdre rendait ces instants plus poignants encore.

— Je t'aime tant ! lui souffla-t-elle avec un sourire éclatant avant de se blottir dans ses bras, et de poser sa joue humide contre son torse.

Il la tint serrée contre lui, tout en regardant la police attacher les mains de Robert, Hawkins et Prince Riviera, et les emmener.

— Tu as également réussi à obtenir la confession de Riviera, déclara Weston en se dirigeant vers eux, puisqu'il a explicitement parlé de tuer un témoin. Je dirais que c'est une bonne journée de travail !

Brax éclata de rire :

— Oui ! Une bonne journée de travail !

26

— Laissez-moi vous donner un coup de main !

Brax prit Walker dans ses bras lorsque Tessa le lui confia pour pouvoir aller aider sa mère à sortir les plats du four.

— Vous avez bien travaillé ! s'émerveilla Claire.

— Ce n'est pas du travail de cuisiner les plats préférés de mes garçons, répondit Sheila, regardant autour d'elle avec un sourire éclatant. Le fait que vous soyez tous ensemble ici serait déjà une raison suffisante pour préparer un bon repas. Mais c'est un jour spécial, et il faut le célébrer dignement !

Tessa sourit à Brax, qui prit la petite main de Walker et l'agita en l'air.

— Eh oui, petit, murmura-t-il, maman et toi, vous ne serez plus jamais séparés.

— Ça a tout de même pris quatre semaines, remarqua Clinton en entrant dans la pièce. Je n'ai pas trouvé la justice très rapide !

— Nous sommes bien placés pour le savoir, lui rappela Sheila, peut-être pas en ce qui concerne la justice en particulier, mais les tracasseries administratives en général. Nous avons dû subir cela à quatre reprises, tu t'en souviens ?

Clinton passa le bras autour de la taille de sa femme et l'embrassa sur la tête.

Brax s'émerveilla une fois de plus de la chance qu'il avait eue. Il avait des parents qui lui avaient donné l'exemple d'un couple épanoui, d'une relation fondée sur le respect mutuel et l'amour.

Claire, qui préparait une salade de fruits, se redressa pour demander à Tessa :

— Comment te sens-tu maintenant que tu as retrouvé tous tes droits parentaux ?

— J'ai l'impression d'avoir reçu le monde entier ! répondit Tessa qui rayonnait de bonheur.

Elle semblait presque flotter de joie.

Brax savait parfaitement ce qu'elle ressentait. Il en avait lui-même fait l'expérience lorsqu'il avait été enfin certain qu'elle était en sécurité, qu'il n'y avait plus rien ni personne qui pourrait lui faire du mal.

Savoir qu'elle avait à nouveau la garde de Walker lui apportait également une énorme satisfaction. Les choses étaient comme elles devaient être.

— Nous passons à table dans cinq minutes ! annonça Luke en allant chercher une boisson dans le réfrigérateur.

— C'est tout ce que tu trouves à faire, alors que nous sommes en train de travailler pour vous ? demanda Claire en secouant la tête.

— Hé, je n'ai jamais prétendu que je savais me débrouiller dans une cuisine. Mon annonce était ma contribution !

Il se pencha et embrassa la joue de Claire. Elle se mit à rire et secoua à nouveau la tête.

— Tiens, je te propose une autre manière de contribuer, déclara Brax en déposant Walker dans les bras de son frère.

Il dut se retenir pour ne pas éclater de rire à l'expression paniquée du visage de Luke.

— Du calme ! s'exclama-t-il. Je ne t'ai pas donné une bombe !

— Je dois reconnaître, déclara Sheila, que ça te va très bien d'avoir un bébé dans les bras.

Luke rougit.

— Alors, c'est bien qu'il y ait un bébé à tenir ici, répliqua-t-il.

Mais il ne trompait personne. La façon dont il regardait Walker qui agitait ses petits poings et babillait joyeusement le trahissait.

Chance et Weston mirent la table à la demande de Sheila,

Clinton apporta les plats, pendant que sa femme s'inquiétait de savoir s'ils avaient assez de vin. Tessa mit la dernière main à un plat de macaronis gratinés, ajoutant un peu de chapelure dessus, pendant que Claire et Luke s'occupaient de Walker.

Brax n'avait jamais ressenti un tel sentiment de bonheur et de paix.

C'était la raison pour laquelle il avait décidé d'entreprendre aujourd'hui la démarche la plus évidente qu'il ait jamais eue à faire. Il n'avait pas le moindre doute.

Tessa était tout pour lui. Elle faisait tout autant partie de sa famille que les personnes qui étaient autour d'eux aujourd'hui.

Le plus difficile était de savoir comment procéder.

Lorsqu'ils se furent servis parmi tous les plats disposés sur le comptoir, ils allèrent s'asseoir à table.

— Tout est délicieux ! s'émerveilla Tessa. J'aime cuisiner, mais je pense que je n'ai jamais préparé autant de plats différents en même temps. Comment faites-vous pour y arriver ?

— C'est une question de pratique, répondit Sheila en haussant les épaules. J'ai dû nourrir quatre adolescents à chaque repas, sans parler d'un mari avec un bel appétit.

— Si tu ne cuisinais pas si bien, je n'aurais pas constamment envie de me resservir, remarqua Clinton.

— Une fois, je comprends. Mais deux, Clinton Patterson ?

— En tout cas, j'aimerais beaucoup apprendre certaines de vos recettes, comme celle de ce gratin de macaronis, déclara Tessa.

— Dans la mesure où c'est le plat préféré de Brax, je pense que c'est une excellente idée ! s'exclama Sheila, tout en posant un regard très maternel sur son fils.

Tessa fit manger à Walker une banane écrasée, ce qui nécessitait une grande attention de sa part si elle voulait éviter que tout ce qui se trouvait dans un rayon d'un mètre n'en soit crépi.

C'était maintenant ou jamais, se dit-il. Toute sa famille était réunie et joyeuse, Tessa était enfin rassurée maintenant qu'elle savait qu'on ne pouvait pas lui reprendre Walker, et les personnes qui représentaient une menace pour ceux qu'il aimait étaient derrière les barreaux. La vie de Brax n'avait jamais été plus parfaite.

Ce fut la raison pour laquelle il sortit l'écrin de sa poche pendant que Tessa avait le dos tourné. Il l'ouvrit et le déposa sur la table, là où elle ne pourrait pas manquer de le voir en se retournant après avoir nourri Walker.

Claire retint un cri.

Sheila leva les mains, les enjoignant au silence. C'était inutile, car tous s'étaient tus lorsqu'ils avaient compris ce qui se passait.

Tessa finit par remarquer le changement.

— Tout va bien ? demanda-t-elle d'un air inquiet.

Puis son regard se posa sur l'écrin, et la bague à l'intérieur.

— Oh ! mon Dieu !

Elle leva les yeux vers Brax.

— Qu'est-ce que c'est ?

— À ton avis ? demanda-t-il, plus nerveux qu'il ne l'avait jamais été.

Pourquoi tremblait-il ?

— Brax... Oh ! mon Dieu...

Elle croisa les mains sur sa poitrine, alors que les larmes se mettaient à couler.

— Tu sais déjà que je t'aime, murmura-t-il, et que Walker et toi êtes tout pour moi. Je veux que nous soyons une vraie famille. Je veux que tu sois ma femme, et que Walker soit mon fils. Tu me rendrais le plus heureux des hommes si tu acceptais de m'épouser.

— Si j'acceptais ? répondit-elle en éclatant de rire. Comme s'il y avait le moindre doute...

— C'est oui ? demanda-t-il, toujours hésitant.

— Bien sûr que c'est oui !

Elle faillit le faire tomber de sa chaise lorsqu'elle l'enlaça et le serra à lui en faire perdre le souffle.

Mais il n'aurait pas eu l'idée de s'en plaindre.

— Ah, il était temps ! s'écria Sheila d'une voix enrouée.

Elle riait et pleurait tout à la fois.

— Il était temps ? répéta Chance en riant. Ça ne fait que quelques semaines qu'ils se connaissent !

— Mon chéri, s'il y a une chose que j'ai apprise, c'est que quand on a rencontré la bonne personne, on le sait. Et j'ai compris à l'instant où cette jeune femme est entrée chez moi qu'elle était la bonne personne pour mon Brax.

— Tu vois, murmura Brax à l'oreille de Tessa. Maman savait. C'est de bon augure : elle ne se trompe jamais.

Tessa desserra son étreinte pour pouvoir le regarder. Elle avait un sourire radieux.

Il sortit la bague de son écrin et la lui passa au doigt. Tous se mirent à les acclamer et à applaudir.

Même Walker leva ses petits poings en poussant des cris.

Brax et Tessa s'appuyèrent épaule contre épaule et se mirent à rire.

— Il est d'accord, remarqua Tessa. Cela aussi est de bon augure !

Vous avez aimé ce roman ?
Retrouvez en numérique les frères Patterson :
1. *Cœur en sursis*
2. *Un bébé dans la tourmente*
Et découvrez l'histoire de Weston dès le mois de novembre
dans votre collection Black Rose !